BELLA ANDRE

Hotshots – Firefighters

Verhängnisvolle Wahrheit

BELLA ANDRE

FIREFIGHTERS
HOTSHOTS
VERHÄNGNISVOLLE WAHRHEIT

Roman

Ins Deutsche übertragen von
Dorothea Kallfass

LYX EGMONT

Die Originalausgabe erschien 2010 unter dem Titel »Never too Hot« bei
Bantam Dell, a Division of Random House, Inc., New York.

Deutschsprachige Erstausgabe Oktober 2011 bei
EGMONT Verlagsgesellschaften mbH,
Gertrudenstr. 30–36, 50667 Köln

1. Auflage
Redaktion: Hannes Riffel
Satz: Greiner & Reichel, Köln
Druck: GGP Media GmbH, Pößneck
ISBN 978-3-8025-8368-1

www.egmont-lyx.de

Gewidmet all denjenigen Songwritern und Sängern, die jedes Mal genau den richtigen Nerv treffen, wenn ich mich zum Schreiben hinsetze.

Und wie immer …

für Paul.

1

Connor MacKenzie lenkte seinen Mietwagen in die Kiesauffahrt hinter dem alten Holzhaus. Als er den Autoschlüssel abzog, kratzte der billige Metallring des Anhängers über die Narben in seiner Handfläche. Fluchend ertrug er den heftigen Schmerz, der seine Hand durchzuckte. Die Haut spannte dort so stark, dass er die Finger kaum bewegen oder gar zur Faust ballen konnte.

Auch wenn es heute nicht mal so schlimm war. Den ganzen Flug über und auch während der zweistündigen Autofahrt über verschlungene Landstraßen hatte er wenigstens Gefühl in den Händen gehabt. Die schlimmsten Tage waren diejenigen, an denen die Taubheit siegte. Dann kam er sich vor wie ein verwundeter Löwe in einem viel zu kleinen Käfig, der ständig auf eine Gelegenheit zur Flucht lauerte, um wieder gesund und frei als König des Dschungels umherstreifen zu können.

Die Hand brannte immer noch, als er den Gurt löste und die Autotür hinter sich zuschlug. Er musste dringend irgendwohin, wo er auf das Wasser blicken und tief durchatmen konnte. Sich verdammt noch mal wieder beruhigen.

Dieser See inmitten der Adirondack-Wälder würde ihm dabei helfen, sein Leben in den Griff zu bekommen.

Es war höchste Zeit.

Dafür hatte Connor einen anderen See hinter sich gelassen. Zwölf Jahre lang hatte er rund um Lake Tahoe in Kalifornien Flächenbrände bekämpft. Aber er konnte unmöglich noch einen weiteren Sommer lang seinem Bruder und seinen Freunden dabei zusehen, wie sie dort ein Feuer nach dem anderen löschten, während er zur Physiotherapie ging und sich im Übungsraum der Feuerwehr mit Anfängern herumschlug, denen er theoretisches Wissen vermittelte. Und dabei so tat, als würde er nicht mitbekommen, wie sie ihm die ganze Zeit auf die von dicken Transplantationsnarben überzogenen Arme starrten.

Sein Bruder hatte ihm geraten, nach Blue Mountain Lake zu fahren. »*Dianna und ich wollen Ende Juli in* Poplar Cove *heiraten*«, hatte Sam ihm erklärt. Ursprünglich war eine große Hochzeitsfeier im Spätherbst, also zum Ende der Feuersaison, geplant gewesen. Aber da Dianna schwanger war, hatten sie die Feierlichkeiten jetzt kurzerhand um ein paar Monate vorverlegt. »*Das Holzhaus dort könnte nach all den Jahren sicher eine Grundüberholung vertragen. Oma und Opa leben inzwischen schließlich das ganze Jahr über in Florida. Vielleicht wäre das etwas, mit dem du dich die nächsten Wochen beschäftigen könntest. Jedenfalls besser, als hier untätig rumzuhängen.*«

Connor hatte eigentlich vorgehabt, so lange vor dem Hauptgebäude der Forstbehörde zu campieren, bis die Zuständigen dort sich endlich bereit erklärten, die nötigen Formulare zu unterzeichnen, damit er wieder zu seiner Hotshot-Crew zurückkehren konnte. Zwei Jahre lang hatte er unzählige Male Beschwerde eingelegt und eine Hürde nach der anderen überwunden, um die Schreibtischtäter zu überzeugen, dass er – sowohl geistig als auch körperlich – in der Lage war, wieder als Hotshot zu arbeiten. Bislang hatten sie jedoch immer behauptet, das Risiko sei zu hoch. Sie hielten es für wahrscheinlich, dass er infolge einer posttraumatischen Belastungsstörung im Ernstfall wie gelähmt sein und somit zu einer Gefahr nicht nur für sich selbst, sondern auch für andere werden würde.

Blödsinn. Er war wieder voll auf dem Damm. Schon längst. Dieses Mal, da war er ganz sicher, würde seinem Antrag stattgegeben werden.

Aber Sam hatte natürlich recht. Die Arbeit mit Hammer und Säge an der Hütte würde ihm guttun. Außerdem waren lange Dauerläufe auf den umliegenden Wanderwegen und ausgiebiges Schwimmen im kühlen Wasser vielleicht genau das richtige Mittel gegen die nervöse Unruhe, mit der er seit zwei Jahren zu kämpfen hatte.

An diesem Ort würde sich bestimmt alles wieder zum Guten wenden. Der kommende Sommer versprach besser zu werden als der letzte – und mit Sicherheit verdammt viel angenehmer als die beiden zuvor, die er im Krankenhaus verbracht hatte.

Connor ging von der Kiesauffahrt über das kleine Rasenstück bis zum Seeufer hinunter. Er betrachtete die spiegelglatte Wasseroberfläche, auf der sich dicke weiße Wolken und grüne Berghänge abzeichneten, und wartete darauf, dass sich der feste Knoten in seiner Brust löste.

In diesem Moment kam ein Schnellboot quer über den See geschossen, dessen Kielwasser die eben noch so ruhige Wasseroberfläche aufwirbelte. Wellen brachen sich am Ufer, sodass Connor das Wasser in die Schuhe schwappte.

Verdammt.

Wem wollte er hier eigentlich etwas vormachen? Auch dieser Sommer würde kein Zuckerschlecken werden. Connor konnte bestenfalls darauf hoffen, die ständigen Schmerzen in Händen und Armen in den Hintergrund zu drängen.

Er war hier, um sich bis zu Sams Hochzeit in Topform zu bringen, damit er der kalifornischen Forstbehörde nach seiner Rückkehr beweisen konnte, dass er wieder voll und ganz einsatzfähig war.

Und er war hier, um das einhundert Jahre alte Holzhaus seiner Urgroßeltern auf Vordermann zu bringen. Nach einem langen Tag voll schweißtreibender Arbeit würde er hoffentlich abends so müde sein, dass er seinen Albträumen entrinnen konnte. Sie führten ihn stets zu dem grauenhaften Tag zurück, als er auf dem Berg am Lake Tahoe beinahe sein Leben verloren hätte.

Er war hier, um endlich einmal ganz für sich alleine zu sein.

Connor würde alles in seiner Macht Stehende tun, um zu der inneren Ausgeglichenheit zurückzufinden, die vor dem Feuer in der *Desolation Wilderness* eines seiner Wesensmerkmale gewesen war.

Connor wandte den Blick vom Wasser ab und betrachtete die Hütte. In das Holz über der Eingangstür waren die Worte POPLAR COVE geritzt. Auf diesen Namen hatten seine Urgroßeltern 1910 ihr Ferienhaus in den Adirondacks getauft. Er musterte das Haus eingehend, um sich ein Bild davon zu machen, was alles ausgebessert werden musste. Die heftigen Stürme in der Gegend hatten dazu geführt, dass unter der überdachten Veranda vor dem Eingang die Farbe abbröckelte. Einige Dachziegel hatten sich gelockert.

Aber auch wenn Connor sich um eine objektive Sicht auf das Blockhaus bemühte, nahm ihn die Liebe zum Detail, mit der sein Urgroßvater es ein Jahrhundert zuvor errichtet hatte, sofort gefangen. Jeder einzelne der verwendeten Baumstämme war perfekt ausgewählt, und die von kleineren Balken und Astwerk umrahmte Veranda mit viel handwerklichem Geschick gestaltet worden.

Achtzehn Sommer hatte er hier gemeinsam mit Sam und ihren Freunden in der liebevollen Obhut seiner Großeltern verbracht. Nur seine Eltern waren nie dabei gewesen. Er hatte seine Mutter einmal darauf angesprochen. Aber ihr Gesicht hatte daraufhin diesen seltsamen Ausdruck angenommen, den er nicht ertragen konnte und den er eigentlich nur von ihr kannte, wenn sie mit Dad über seine vielen Überstunden sprach. Daher hatte er das Thema schnell wieder fallen lassen. Er hatte den Eindruck gehabt, sie würde gleich in Tränen ausbrechen.

Connor konnte kaum glauben, dass es schon zwölf Jahre her war, seit er die Hütte das letzte Mal besucht hatte.

Nachdem er mit achtzehn bei den Hotshots angefangen hatte, waren all seine Sommer mit Brandeinsätzen ausgefüllt gewesen. Normalerweise war er am Anfang des Sommers zusammen mit den anderen zwanzig Männern der Hotshot-Crew in die Wälder an der Westküste gezogen – mit einer Kettensäge in der Hand und fünfundsiebzig Kilo Gepäck auf dem Rücken. Doch die letzten beiden Jahre waren alles andere als normal gewesen.

Nie hätte Connor es für möglich gehalten, dass er einmal als »behindert« gelten würde. Bis heute hatte er sich nicht daran gewöhnt, obwohl bereits siebenhundertdreißig Tage vergangen waren, seit ihn der Feuersturm in der *Desolation Wilderness* überrascht hatte.

Er gehörte nach Tahoe, wo er den Flammen die Stirn geboten hatte, und doch spürte er hier in der feuchtwarmen Luft am Seeufer eine tiefe Verbundenheit mit Blue Mountain Lake. Er hatte diesen Ort vermisst.

Er kehrte zu seinem Wagen zurück, griff sich seine Reisetasche, warf sie sich über die Schulter und ging auf die Treppe zu, die zur Veranda hochführte. Der mit Fliegengittern geschützte Vorbau zog sich an der gesamten Vorderseite des Hauses entlang.

In seiner Kindheit hatte er sich am liebsten auf der Veranda aufgehalten, wenn er nicht hatte hinausgehen können. Gut vor Regen und Insekten geschützt, aber trotzdem an der frischen Luft. Seine Großeltern hatten all ihre Mahlzeiten an dem alten Küchentisch auf der Veranda eingenommen, und Connor selbst hatte so manchen Frühsommermorgen genau dort gesessen und seine Cornflakes gelöffelt, ohne sich weiter an der morgendlichen Kälte zu stören. Er und Sam hatten sich stets geweigert, etwas anderes als T-Shirts und Badehosen zu tragen, auch wenn ab und zu eine Kaltfront über den See zog.

Als Connor die Treppe hochging, wäre eine der Stufen beinahe unter seinem Gewicht entzweigebrochen. Während er sich hinunterbeugte, um sich den Schaden genauer anzusehen, wurde er von Schuldgefühlen gepackt – seine Großeltern hätten sich hier ernsthaft verletzen können. Bei dieser Vorstellung zog Connor besorgt die Stirn kraus. Er hätte in den Wintermonaten einmal herkommen und nach dem Rechten sehen sollen. Aber für ihn hatte das Feuer immer an erster Stelle gestanden.

Immer.

Der Gedanke nagte an ihm, also rief er sich lieber ins Gedächtnis zurück, dass die Blockhütte ein solides Grundgerüst besaß. Hundertmal hatte er die Geschichte zu hören bekommen, wie sein Urgroßvater jeden einzelnen Holzstamm eigenhändig aus dem dichten Fichtenwald geholt hatte, der nur wenige Hundert Meter vom See entfernt begann. Doch der Zahn der Zeit nagte irgendwann an jedem Gebäude, ganz gleich, mit wie viel Sorgfalt es erbaut worden war.

Connor stieg die restliche Treppe hinauf, wobei er immer zwei Stufen auf einmal nahm. Er war gespannt, was ihn wohl im Hausinneren noch alles erwarten würde. Er streckte die Hand nach dem Knauf der Fliegengittertür aus.

Und erstarrte.

Was zum Teufel?

Auf der Veranda stand eine Staffelei, vor der eine Frau mit einem Pinsel in der Hand herumtanzte und dabei in den schiefsten Tönen vor sich hin trällerte. Von ihren Ohren baumelten weiße Kabel herab.

Alle paar Sekunden tauchte sie den Pinsel in ihre Farben und machte einen weiteren ausladenden Strich auf der Leinwand.

Er konnte kaum glauben, was er da sah. Das Letzte, womit er sich an diesem Tag auseinandersetzen wollte, war irgendeine fremde, singende Frau auf seiner Veranda.

Trotzdem musste er zugeben, dass sie ziemlich hinreißend aussah, wie sie da schwungvoll einen Spritzer Farbe auf die Leinwand gab und ihn mit dem Pinsel verstrich. Er war ihr nahe genug, um erkennen zu können, dass sie unter ihrem roten Tanktop keinen BH trug. Als sie sich mit einem Tuch über ihren verschwitzten Hals und den Ausschnitt fuhr, erinnerte die Reaktion seines Körpers Connor schmerzhaft daran, wie lange es her war, seit er das letzte Mal eine Frau berührt hatte. Viel zu lange.

Sein Blick wanderte rasch über ihren Körper. Mit ihren orange lackierten Fußnägeln, den kurzen Jeansshorts, aus denen braun gebrannte Beine hervorschauten, und den mit einer Plastikhaarspange hochgesteckten Locken bot sie ein äußerst verführerisches Bild.

Es dauerte eine Weile, bis Connor sich aus dem Dunstschleier seines Begehrens befreien konnte. An einem anderen Punkt in seinem Leben wäre er vielleicht mit einem Lächeln auf die Frau zugegangen und hätte seinen Charme spielen lassen. Aber er war nicht an den See gekommen, um sich ein paar schöne Nächte zu machen.

Für eine Frau war in diesem Sommer kein Platz, mochte sie auch noch so verführerisch aussehen.

Was auch immer diese Frau dazu gebracht hatte, in sein Revier einzudringen, sie sollte schleunigst wieder daraus verschwinden.

Heute war wirklich ein wunderschöner Sommertag, dachte Ginger bei sich, während sie etwas Zinnoberrot mit Ozeanblau mischte. Begonnen hatte sie ihn mit einem ausgedehnten Spaziergang am Seeufer, dann hatte sie sich mit einem Bagel und einem spannenden Liebesroman auf den Steg zurückgezogen und war nun auf der Veranda der Blockhütte ganz in ihre Malerei versunken.

Da der Popsong in ihrem Ohr sich gerade zum finalen Refrain

steigerte, hielt sie kurz inne, um in der Luft zu trommeln und lauthals mitzusingen. Sie war so glücklich – wie losgelöst von allem. Noch vor wenigen Monaten wäre so etwas nie und nimmer möglich gewesen.

Sie konnte sich lebhaft vorstellen, wie ihr Exmann und all ihre »Freunde« reagieren würden, wenn sie sie jetzt so sehen könnten. In ihrem alten Leben als brave Ehefrau war sie eher zugeknöpft gewesen, wenn auch stets schick frisiert und elegant zurechtgemacht – obwohl sie niemals die Modelmaße besessen hatte, für die ihre teuren Kleider entworfen worden waren. Einmal abgesehen davon, dass ihr die Pfunde hartnäckig auf den Hüften gesessen hatten, obwohl sie ständig nur Salat gegessen hatte, war sie ein mustergültiges reiches Mädchen und später eine genauso vorbildliche Ehefrau eines Geschäftsmannes gewesen.

Doch das war vorbei. In Blue Mountain Lake hatte sie endlich ein neues Leben beginnen können.

Sie musste nicht länger dieser Mensch sein.

Zwar sammelte sie weiterhin Spenden für den Kunstunterricht an der Schule in Blue Mountain Lake – aber das war schließlich etwas, das ihr wirklich am Herzen lag. Außerdem verspürte sie stets eine tiefe Befriedigung, wenn es ihr wieder einmal gelungen war, jemanden davon zu überzeugen, für einen guten Zweck etwas tiefer in die Tasche zu greifen. Sie hatte ein ausgesprochenes Talent dafür, Spenden einzutreiben. Zu Hause hatten ihre Bekannten immer gescherzt – sollte sie nicht langsam damit aufhören, diese Stadt ihr Zuhause zu nennen? –, dass Ginger nur ein Zimmer voller Millionäre betreten musste, und schon begannen diese, ihr all ihr Geld hinterherzuwerfen.

Durch ihr Engagement für die Schule in Blue Mountain Lake hatten sich schnell Kontakte zu den Ortsansässigen ergeben. Dadurch hatte sich Ginger nicht ganz so einsam gefühlt, als sie hier ihr neues Leben begonnen hatte. Die Menschen im Ort waren vielleicht nicht reich, aber dafür begeisterungsfähig. Und so war Ginger inzwischen viel stärker in die Arbeit mit Kindern und Eltern einbezogen worden, als sie ursprünglich vorgehabt hatte. Eigentlich war sie ja nur zum Malen hergekommen.

An dem Tag, als sie in *Poplar Cove* eingezogen war, hatte Ginger sich geschworen, nicht mehr zurückzublicken. Sie wollte nur noch im Hier und Jetzt leben. Jeden Tag so nehmen, wie er kam. Alles wäre einfach rundherum perfekt, wenn sie nur …

In der Stille zwischen zwei Liedern konnte sie eine Vogelmutter hören, die ihrem Nachwuchs laut zwitschernd ihre Rückkehr zum Nest ankündigte. Ginger beugte sich vor und beobachtete, wie sich ein kleines Köpfchen aus dem Nest reckte. Als die Mutter ihr Vogeljunges fütterte, sah es aus, als würden sich die beiden einen Kuss geben.

Eine neue beschwingte Melodie begann, doch Ginger nahm die Kopfhörer aus dem Ohr. Ihre Stimmung war dahin. Mit leerem Blick starrte sie auf die Leinwand vor sich und statt der Farben und Formen sah sie das niedliche Kleinkind vor sich, das sie heute Morgen bei ihrem Spaziergang am Seeufer beim Spielen im Sand beobachtet hatte.

Quietschvergnügt hatte das pausbäckige Mädchen mit einer rosafarbenen Schaufel im Sand gebuddelt, die stämmigen Beinchen hatten aus einem gepunkteten, ebenfalls rosafarbenen Badeanzug hervorgelugt. Und obwohl die Mutter des Mädchens müde, ja richtiggehend erschöpft ausgesehen hatte, hatte sie mit einer tiefen Zufriedenheit ihrer kleinen Tochter beim Spielen zugesehen.

Jeremy, Gingers Ehemann, hatte sie jahrelang vertröstet, was die Kinderfrage betraf. *»Irgendwann«*, hatte er immer gesagt. *»Wir werden darüber sprechen, wenn der richtige Zeitpunkt gekommen ist.«*

Als Ginger endlich begriffen hatte, dass es den richtigen Zeitpunkt für ihn niemals geben würde, und dass sie damit irgendwann nicht mehr würde leben können, hatte sie auch der Tatsache ins Auge sehen müssen, dass ihre Ehe zum Scheitern verurteilt war.

In der letzten Zeit hatte sie sich oft gefragt, wann sie selbst wohl ein Kind bekommen würde. Ob es überhaupt jemals dazu käme. Schließlich kannte sie genügend Frauen, die bereits im Alter von dreißig Jahren auf künstliche Befruchtung zurückgegriffen hatten. Und da sie schon dreiunddreißig war, dachte Ginger manchmal darüber nach, ob ihr nicht langsam die Zeit davonlief.

Aber das war noch längst nicht alles. Wäre sie jetzt gerade in einer ihrer »Eigentlich-sollte-ich-es-besser-wissen«-Phasen, die üblicherweise auf einige Gläser Wein folgten, dann würde sie sich eingestehen, dass sie nach wie vor von einem wunderbaren Ehemann und einer Familie träumte. Zugegeben, ihre erste Ehe war ein ziemlicher Fehlschlag gewesen. Aber das bedeutete schließlich nicht, dass sie es nicht noch einmal versuchen konnte. Vielleicht würde sie ja doch noch die Liebe finden, nach der sie sich sehnte.

Hierin lag auch das einzige Problem, als Singlefrau in eine Kleinstadt zu ziehen. Alleinstehende Männer – die nicht schon das Seniorenmenü bestellten – waren hier eher dünn gesät.

Eine der übereifrigen Frauen aus dem Ort hatte versucht, sie mit Sean Murphy zu verkuppeln, der mit seinem jüngeren Bruder einen Gasthof in Blue Mountain Lake besaß. Leider hatte es zwischen ihnen aber nicht gefunkt. Zwar sah Sean ziemlich gut aus – groß, dunkelhaarig und mit ebenmäßigem Gesicht –, aber er war doch eher der Typ großer Bruder gewesen, auch wenn Ginger ihre gemeinsamen Dates wirklich genossen hatte.

Würde sie Blue Mountain Lake schon bald verlassen müssen, nur um irgendwann doch noch eine Familie gründen zu können?

Sie seufzte. Vielleicht war es Zeit für eine neue Runde Eistee. Schließlich war es verflucht heiß heute. Außerdem hatte sie nur noch eine halbe Stunde zum Malen, bevor ihre Schicht im Restaurant anfing. Und über eine ungewisse Zukunft nachzudenken oder darüber, was hätte sein können, war reine Zeitverschwendung. Sie sollte lieber ihr Singledasein genießen.

Gerade als Ginger den Pinsel zur Seite legen wollte, schwang mit einem Mal die Fliegengittertür neben ihr auf.

Sie fuhr herum. Vor ihr im Türrahmen stand ein großer Mann mit grimmigem Gesichtsausdruck, der sie aus schmalen Augen anstarrte. Schlagartig bekam Ginger es mit der Angst zu tun.

Wie lange hatte er bereits da draußen gestanden? Hatte er sie etwa beobachtet?

Sie hatte den Mann noch nie zuvor gesehen, da war sie ganz sicher. Einen Typ wie ihn hätte sie sich gemerkt. Warum sah er sie nur so wütend an, als ob sie ihm etwas getan hätte?

Oh Gott, ihre Eltern hatten sie immer vor so etwas gewarnt – sie hielten es für leichtsinnig, dass Ginger ganz alleine tief im Wald lebte. Die nächsten Nachbarn wohnten ziemlich weit weg, so weit, dass sie nicht einmal ihre Schreie hören würden. Ein absurder Gedanke kam ihr in den Sinn: Vielleicht bestand die größte Gefahr für eine alleinstehende Frau in einer Kleinstadt gar nicht darin, nicht den passenden Partner zu finden, sondern ermordet zu werden.

Erschrocken rang sie nach Luft. Obwohl Ginger klar war, dass sie sich diesen Muskelberg nicht mit einem Pinsel vom Leib würde halten können, richtete sie diesen trotzdem wie eine Waffe auf den Mann, der sie immer noch unverwandt anstarrte.

»Wer sind Sie? Was wollen Sie von mir?«

Er machte einen Schritt auf sie zu, und die Tür krachte hinter ihm ins Schloss. »Was haben Sie in meinem Haus zu suchen?«

Sein Haus? Wovon redete er?

Hünenhaft und offensichtlich vollkommen verrückt. Eine ungünstige Kombination. Sie steckte wirklich in Schwierigkeiten. Das Telefon war zu weit weg, um einen Freund oder gar die Polizei alarmieren zu können. Blieb ihr also nichts weiter übrig, als die toughe Frau zu mimen?

Dann war sie wirklich erledigt.

»Runter von meiner Veranda!«, knurrte sie drohend, während sie den Pinsel wie ein Messer über den Kopf hob. In diesem Moment brach die Sonne hinter den Wolken hervor und tauchte seinen Oberkörper in gleißendes Licht.

Sie musste ein Keuchen unterdrücken. Zunächst hatte sie seine Arme und Hände gar nicht so genau sehen können, doch jetzt war sie nicht mehr imstande, den Blick abzuwenden. Seine Haut, die unter den kurzen Ärmeln zum Vorschein kam, sah schrecklich aus: Sie war mit geröteten Striemen überzogen, wie von Peitschenhieben. In dem funkelnden Sonnenlicht, das durch die Fliegengitter der Veranda fiel, hatte sie beinahe den Eindruck, das rohe Fleisch vor sich zu sehen. Er musste furchtbare Schmerzen haben.

»Um Himmels willen, was ist mit Ihnen geschehen?« Sie ließ den Pinsel sinken und ging auf ihn zu.

Sein Gesichtsausdruck verfinsterte sich daraufhin noch mehr, wenn das überhaupt möglich war. »Mir geht es gut.«

Sie trat noch näher an ihn heran. Wahrscheinlich stand er unter Schock und verdrängte seine Schmerzen.

»Sie müssen nicht so tun, als ob alles in Ordnung ist. Ich sehe doch an Ihren Armen, dass …«

Inzwischen war Ginger nur noch ein oder zwei Meter von dem Mann entfernt, nahe genug, um das ganze Ausmaß seiner Verletzungen erkennen zu können. Als sie endlich begriff, was sie da sah, schluckte sie ihre restlichen Worte hinunter.

Sie hatte sich geirrt. Ja, er war verletzt worden. Schwer verletzt. Doch das war nicht gerade eben geschehen. Es handelte sich um alte Wunden.

Seine Stimme klang tief und kalt. »Ich habe mir die Verbrennungen vor zwei Jahren zugezogen. Inzwischen geht es mir wieder gut.«

Sie biss sich auf die Lippe. Nickte. »Ah. Ja. Jetzt kann ich es auch sehen. Es war nur so, als die Sonne direkt auf Sie fiel, da dachte ich …« Besser, sie sagte gar nichts mehr. Sie hatte sich ohnehin schon tief genug reingeritten. »Es tut mir leid. Ich wollte kein so großes Aufhebens um Ihre … Narben machen.«

Die peinliche Stille nach ihrem schrecklichen Gestammel hielt viel zu lange an. Es war kaum zu ertragen. Er fand garantiert nichts schlimmer als Menschen, die wegen seines Aussehens ausflippten. Und sie war ja schon drauf und dran gewesen, ihn zu verarzten.

Auch wenn es sie nichts anging, fragte sie sich doch die ganze Zeit, wie er sich wohl dermaßen starke Verbrennungen hatte zuziehen können.

»Ich bin Connor MacKenzie«, brach er schließlich das Schweigen. »Das hier ist mein Haus. Eigentlich sollte es leer stehen. Ich bin gerade von Kalifornien hergeflogen. Es sollte eigentlich niemand hier sein.«

Der Name sagte ihr etwas. »Sind Sie mit Helen und George MacKenzie verwandt?«

»Das sind meine Großeltern.«

Ginger seufzte erleichtert auf. Also war er doch kein Serienmörder, sondern mit den Besitzern des Hauses verwandt.

»Ich heiße Ginger. Kommen Sie doch rein.« Sie lächelte zaghaft. »Vielleicht können wir ja noch einmal von vorne beginnen. Möchten Sie ein Glas Eistee?«

Er erwiderte ihr Lächeln nicht. »Woher kennen Sie meine Großeltern?«

War ihm bewusst, dass jedes seiner Worte wie eine Anschuldigung klang? Als hätte er irgendwelche großen Pläne gehabt, die sie durchkreuzt hatte, nur weil sie keine Ahnung gehabt hatte, wer da vor ihr stand.

»Ich habe das Häuschen von ihnen gemietet. Haben sie Ihnen das nicht gesagt?«

Der Mann starrte sie weiterhin wütend an, und sie beschlich das ungute Gefühl, dass er ihr nicht glaubte.

»Nein.«

Früher hätte ein so großer, starker und wortkarger Mann sie wahrscheinlich derart eingeschüchtert, dass sie weiche Knie bekommen und am ganzen Körper zu zittern begonnen hätte. Doch glücklicherweise hatte sich im letzten Jahr so einiges geändert – außerdem hatte sie schließlich nichts verbrochen. Und, um ganz ehrlich zu sein, war sie keineswegs in der Stimmung, sich herumschubsen zu lassen.

»Warten Sie hier.« Eine Minute später kehrte sie mit dem unterschriebenen Mietvertrag zurück. »Da, sehen Sie.«

Er nahm ihr die Unterlagen ab und las sie sich aufmerksam durch. So konnte sie ihn das erste Mal eingehend betrachten: Er hatte goldbraunes Haar und stark gebräunte Haut. Er besaß dichte Wimpern, volle Lippen und ein markantes Kinn, auf dem ein leichter Bartschatten lag.

Da Ginger sich nicht länger von ihm bedroht fühlte, erlaubte sich ihr Körper, auf sein attraktives Äußeres anzusprechen.

Und auf die unglaublich starke Energie, die von ihm ausging.

So von Nahem betrachtet war er nicht nur verblüffend gut aussehend, sondern auch noch größer, als sie zunächst angenommen hatte. Was sich da in ihr breitmachte, wenn sie seinen kräftigen Oberkörper, die schmale Taille, den gewaltigen Bizeps und die festen Bauchmuskeln betrachtete, die sich unter seinem T-Shirt abzeichneten, fühlte sich beunruhigenderweise wie heftiges Begehren an.

So versunken, wie sie in seinen Anblick war, bekam sie gar nicht gleich mit, dass er sie ebenfalls anstarrte. Sein Blick glitt gemächlich von ihrem Gesicht zu den kaum verhüllten Brüsten hinab, dann weiter über ihre Hüften bis zu den Beinen, bevor er wieder nach oben wanderte.

Da erst wurde Ginger bewusst, was sie anhatte. Oder vielmehr, wie knapp sie bekleidet war.

Normalerweise würde sie niemals ohne BH auf die Straße gehen, doch hier war sie in ihrem Zuhause, also konnte sie anziehen, was sie wollte. Das war es schließlich, was sie so daran schätzte, alleine zu leben. Sie konnte genau das tun, wonach ihr der Sinn stand, und anziehen, worauf sie Lust hatte.

In der Stadt hatten weder abgeschnittene Jeans noch Tanktops einen Platz in ihrer Garderobe gehabt. Hier am See schoss die Temperatur jedoch gerne mal auf knapp dreißig Grad hoch, während die Luftfeuchtigkeit in Erwartung des nächsten Regenschauers ebenfalls anstieg. Außerdem mochte sie den künstlerisch lässigen Touch, den ihr die Jeansshorts verliehen, besonders wenn sie dabei war, sich mit Farbe zu bekleckern.

Es gefiel ihr überhaupt nicht, dass ein wildfremder Mann sie so überrascht hatte – und noch viel weniger gefiel ihr die Tatsache, dass er den Anblick wahrscheinlich insgeheim genossen haben dürfte. Deshalb verschränkte sie rasch die Arme vor der Brust, um der Peepshow ein Ende zu bereiten. Aber dann fiel ihr auf, dass er ihr den Mietvertrag noch nicht zurückgegeben hatte, also musste sie ihre schützende Haltung doch noch einmal kurz aufgeben, um eine Hand nach den Unterlagen auszustrecken.

Er hielt sie jedoch weiterhin so fest, dass das Papier Knicke bekam. Verdammt, die wenige Zeit, die Ginger noch zum Malen verblieben war, näherte sich bereits ihrem Ende. Sie war wirklich nicht in der Stimmung für irgendwelche Spielchen.

Ginger setzte die strenge Miene auf, die sie normalerweise für Milliardäre reserviert hatte, die »vergaßen«, ihre vorher öffentlich bekundete Spendenabsicht auch einzuhalten. Damit brachte sie solche Typen meist dazu, sich vor Angst in ihre Designerhosen zu machen. »Jetzt, da Sie Ihren Beweis haben, würde ich Sie darum bitten, mir den Mietvertrag wieder zurückzugeben«, sagte sie mit fester Stimme.

Doch dieser Kerl zeigte keine Regung, sondern sah sie einfach weiter aus diesen tiefblauen Augen an. Und sie war sich fast sicher, eine Art Kampfansage darin erkennen zu können.

Überraschenderweise ließ sein Blick ihr Herz höher schlagen. Wahrscheinlich handelte es sich um eine instinktive Reaktion auf sein umwerfendes Aussehen und die Bedrohung, die er offensichtlich für ihren traumhaften Sommer am See darstellte.

»Wie schön für Sie«, sagte er gedehnt, »dass Sie den ganzen Sommer hier verbringen können.«

Ginger war nicht darauf vorbereitet, welche Empfindungen seine tiefe, raue Stimme in ihr auslösen würde. Verführerisch strömte sie durch ihre Adern, bis sie das Gefühl hatte, ihr würde der Verandaboden unter den Füßen weggezogen. Wie war das möglich? Er hatte doch kaum mehr als einen Satz von sich gegeben!

Bislang hatte er einen unversöhnlichen Eindruck gemacht. Unnachgiebig. Als könne man keineswegs mit ihm verhandeln. Doch da sie ihren Anspruch auf das Haus inzwischen geltend gemacht hatte, sah es so aus, als hätte er seine Taktik geändert und versuchte nun, sie mit der geballten Kraft seiner erotischen Ausstrahlung in die Knie zu zwingen.

Tja, aber nur weil ihr gefiel, was sie sah (man müsste sie schon sämtlicher Hormone ihres Körpers berauben, um daran etwas zu ändern), bedeutete das noch lange nicht, dass sie darauf hereinfallen würde. Für diese Form der Beeinflussung war sie unempfänglich.

Jedenfalls größtenteils.

»Sie haben recht«, stimmte Ginger ihm zu. Obwohl es eigentlich gar nicht ihre Art war, konnte sie es sich nicht verkneifen, triumphierend hinzuzufügen: »Es ist einfach atemberaubend.«

Er ließ den Blick über den See schweifen. »Hier gibt es nur wenige Häuser mit einer solchen Aussicht. Mein Großvater hat immer gesagt, dieser Teil des Seeufers sei nicht mit Gold aufzuwiegen.«

Als er sich wieder zu ihr umwandte, war einer seiner Mundwinkel leicht nach oben gezogen, was sie unter anderen Umständen als Anflug eines Lächelns gedeutet hätte. Aber im Augenblick wirkte sein Gesichtsausdruck eher höhnisch.

»Ich frage mich nur eins: Wie konnten Sie wissen, dass meine Großeltern die Absicht hatten, die Hütte zu vermieten, wenn sie das doch nicht einmal ihrer eigenen Familie mitgeteilt hatten?«

Ein unfairer Zug. Oh nein, das würde sie ihm nicht so einfach durchgehen lassen. Ginger Sinclair ließ sich nicht mehr von anderen Leuten in die Pfanne hauen. Und dieser Typ gab eindeutig zu viel Mist von sich.

»Wollen Sie mir irgendetwas unterstellen?«

Der Anflug des Lächelns, das doch keines war, verschwand aus seinem Gesicht. »Nur, wenn Sie sich etwas vorzuwerfen haben.«

Himmel Herrgott noch eins. Was war nur los mit den gut aussehenden Kerlen? Waren sie vielleicht so sehr daran gewöhnt, immer ihren Willen zu bekommen, dass sie dachten, sie könnten tun und lassen, was sie wollten, und einfach alles sagen, was ihnen gerade in den Sinn kam? Jemand hätte ihm schon längst mal eine Lektion erteilen sollen. Diese Aufgabe sollte nun offenbar ihr zufallen.

Sie verzog den Mund zu einem süffisanten Lächeln, das dem glich, mit dem er sie gerade bedacht hatte, und sagte: »Da ich bereits seit acht Monaten hier lebe, ohne dass Sie davon erfahren haben, ist Ihr letztes Schwätzchen mit den lieben Großeltern anscheinend schon eine Weile her. Sieht also ganz so aus, als wäre nicht ich diejenige, die ein schlechtes Gewissen haben sollte.«

Sie bereitete sich innerlich auf seine nächste Parade vor, doch er funkelte sie nur düster an, so wie vorhin. Aber dieses Mal wirkte er weniger wütend als vielmehr fasziniert. Gingers Puls begann zu rasen, bis ihr leicht schwindelig wurde. Was hatte dieser Kerl nur an sich, das ihren Körper dazu brachte, sich so gegen sie zu wenden?

Es musste an dieser schwülen Hitze liegen. Das ganze Herumgetanze auf der Veranda hatte ihren Elektrolythaushalt aus dem Gleichgewicht gebracht. Wahrscheinlich litt sie unter Flüssigkeitsmangel. Das war alles.

»Sie haben recht«, sagte er dann. »Ich sollte sie mal wieder anrufen.«

Ginger traute ihren Ohren kaum. Hatte er ihr wirklich zugestimmt? Gut, dann wäre das also erledigt. Da nun alles geklärt war, würde er endlich verschwinden und sie in Ruhe lassen. Wunderbar.

Sie konnte es kaum erwarten.

Aber dann fiel ihr Blick auf die große Reisetasche zu seinen Füßen. Offensichtlich hatte er vorgehabt, die Nacht hier im Haus zu verbringen, weil er davon ausgegangen war, es stünde leer. Das bedeutete wohl auch, dass er nirgendwohin konnte.

Oh nein.

Als sie wieder nach oben schaute, nahmen seine blauen Augen sie auf der Stelle gefangen.

Ganz sicher nicht.

Diese Blockhütte gehörte nur ihr allein. Von der Uhr, die im

Wohnzimmer über dem Kamin hing, drangen vier Kuckucksrufe zu ihnen herüber. Ginger konnte ihre Wut nicht länger im Zaum halten – er hatte ihr diesen wunderschönen Tag komplett verdorben!

»Hören Sie, es tut mir wirklich leid, dass Sie davon ausgegangen sind, hier würde niemand wohnen, aber ich habe den Mietvertrag über ein ganzes Jahr abgeschlossen. Sie müssen sich also eine andere Bleibe suchen.« Für heute Nacht und auch danach, vielen Dank. »Und wenn ich mich nicht bald auf den Weg mache, komme ich zu spät zur Arbeit, also …«

Sie schaute zur Tür, um keinen Zweifel daran zu lassen, dass er langsam verschwinden sollte.

Er nickte, nahm seine Tasche und sagte: »Okay.«

Die ganze Zeit hatte Ginger unwillkürlich den Atem angehalten. Doch als sie jetzt erleichtert ausatmete, setzte er hinzu: »Ich werde morgen wiederkommen. Dann können wir uns eine Lösung überlegen, mit der wir beide leben können.«

Wie bitte? Er wollte wiederkommen?

Sie hätte sich denken können, dass ein Mann wie er sich nicht so leicht geschlagen geben würde.

»Zum allerletzten Mal: *Mein Mietvertrag gilt für den gesamten Sommer*. Auf Wiedersehen.«

So. Noch deutlicher ging es nicht.

Er machte jedoch immer noch keine Anstalten zu gehen. Stattdessen ließ er den Blick über die Hütte gleiten, bis er gefunden hatte, wonach er suchte. Er ging zu einem der dicken Stämme hinüber, die die Wand zwischen Veranda und Wohnzimmer bildeten. Ohne Vorwarnung rammte er die Faust hinein.

Ginger unterdrückte einen überraschten Aufschrei. »Was zum Teufel tun Sie da?«, fragte sie.

Seelenruhig wischte er mit den Fingerspitzen einige der herausgebrochenen Holzspäne beiseite.

»Sehen Sie das?«

Sie atmete tief durch. »Sie haben gerade ein Loch ins Holz geschlagen.«

Ein genau faustgroßes Loch. Wie stark musste er sein, um so heftig zuschlagen zu können, ohne auch nur mit der Wimper zu zucken?

»Dieser morsche Stamm stellt nur eine von bestimmt einem ganzen Dutzend Möglichkeiten dar, wie das Haus über Ihnen einstürzen könnte.« Er drehte sich wieder zu ihr um und hob eine Augenbraue. »Ich bin mir sicher, meine Großeltern werden sich gerne bereit erklären, Ihnen Ihre Miete zurückzuerstatten.«

Ihr Herz pochte immer noch wie wild, weil sein Schlag gegen den Pfeiler sie derart erschreckt hatte. Aber sie war wild entschlossen, sich nicht von ihm einschüchtern zu lassen.

»Ich gehe nirgendwohin.«

»Dann werden wir uns morgen weiter unterhalten.«

Hinter ihm flog die Fliegengittertür krachend ins Schloss. Ginger konnte nicht anders, sie musste zu dem Holzstamm hinübergehen, um sich das Loch genauer anzusehen. Auch wenn es sie noch so sehr wurmte – als sie die eigene kleine Faust in das Loch hielt, sah sie ihren Rückzugsort auf einmal mit anderen Augen.

Sie war verunsichert.

2

Normalerweise genoss Ginger die acht Kilometer lange Fahrt zu dem am anderen Ufer des Blue Mountain Lake gelegenen Ortskern. Es war eine malerische Strecke, besonders seit der Winter dem Frühling Platz gemacht hatte und dieser wiederum dem Sommer gewichen war. Die in hellem Grün hervorbrechenden Triebe der Bäume, dieses Zeichen neuen Lebens, verzauberten sie jedes Mal aufs Neue.

Nur heute nicht.

Was um alles in der Welt sollte sie bloß wegen diesem Connor unternehmen? Offensichtlich wollte er unbeschränkten Zutritt zu ihrem Zuhause, aber sie war nicht bereit, ihr idyllisch am Seeufer gelegenes Heim so einfach aufzugeben.

Gerade hatte sie sich richtig eingelebt und gelernt, auch mal abzuschalten. Und beim Malen näherte sie sich langsam immer mehr ihren ursprünglichen Vorstellungen an.

Ginger fühlte sich in Blue Mountain Lake – und ganz besonders in *Poplar Cove* – mehr zu Hause als je irgendwo zuvor.

Der Alltag fernab von jeglicher Zivilisation war so ganz anders als ihr altes Leben in New York City. Sie liebte einfach alles daran. Die letzten acht Monate in *Poplar Cove* waren die schönsten ihres Lebens gewesen. Das lag natürlich zum Teil an der spektakulären Umgebung, aber es gab auch noch einen anderen Grund.

Sie fühlte sich endlich frei, und für Ginger glich dieses Gefühl einer Offenbarung. Zum ersten Mal in ihrem Leben musste sie niemandem außer sich selbst Rechenschaft ablegen. Weder ihrem Ehemann noch ihren Eltern gegenüber oder vor den Komiteemitgliedern irgendeiner Wohltätigkeitsorganisation.

Zwar hatte sie sich einen Aushilfsjob als Kellnerin suchen müssen, um ihre Leinwände, Farben und alles andere Lebensnotwendige bezahlen zu können. Es hatte auch eine Weile gedauert, bis sie sich an die Arbeit gewöhnt hatte. Bestellungen aufzunehmen und Essen zu servieren war jedoch nur ein kleiner Preis, wenn sie dafür kein Geld von ihren Eltern annehmen musste – denn ihr Exmann hielt mithilfe seiner Anwälte das gemeinsame Vermögen unter Verschluss.

Nachdem Ginger hinter dem Diner geparkt hatte, blieb sie noch kurz davor stehen, atmete die frische Luft ein und erinnerte sich daran, dass es keinen Grund gab, die Nerven zu verlieren.

Der Enkel der Hausbesitzer war aus heiterem Himmel hier aufgetaucht. Na und? Das Wichtigste war doch, dass sie nicht klein beigegeben hatte. Und sie würde sich auch in Zukunft nicht von ihm unterkriegen lassen. Leider musste Ginger sich eingestehen, dass dieser Connor ihr die Mängel der Blockhütte sehr eindrücklich demonstriert hatte. Da musste dringend etwas gemacht werden.

Ihre beste Freundin Isabel, der das Diner in Blue Mountain Lake gehörte, hatte immer einen guten Rat parat. Wenn jemand wusste, was in dieser Situation zu tun war, dann Isabel.

Auf halbem Weg zum Hintereingang wurde Ginger beinahe von Josh über den Haufen gerannt, Isabels fünfzehnjährigem Sohn. Er lief zu einem blonden Mädchen hinüber, das am Straßenrand auf ihn wartete. Ginger rief ihm noch einen Gruß hinterher, aber da war er längst um die Ecke verschwunden und hörte sie nicht mehr.

Als Ginger die Hintertür öffnete, war Isabel gerade dabei, Paprikaschoten in dünne Scheiben zu schneiden. »Was ist denn das für ein hübsches Mädchen, mit dem Josh da abgezogen ist? Er konnte ja kaum den Blick von ihr abwenden.«

Isabel seufzte, ohne von ihrer Arbeit aufzublicken. »Wer weiß? Ich bin wahrscheinlich die letzte Person, der er sie vorstellen würde.«

Schon bei ihrer ersten Begegnung war Ginger von Isabels gutem Aussehen beeindruckt gewesen. So schmal und blond, wie sie war, sah sie nicht wie knapp fünfzig aus, sondern eher zehn Jahre jünger. Heute wirkte sie jedoch irgendwie müde. Abgekämpft. Das lag wahrscheinlich an den Schwierigkeiten, die Isabel in letzter Zeit mit ihrem Sohn gehabt hatte. Typisch Teenager.

»Was ist denn heute wieder los gewesen?«

Die Worte strömten nur so aus Isabel heraus. »Er kam hier Türen knallend reingestürmt, obwohl ich ihm schon hunderttausendmal gesagt habe, dass er sie so noch irgendwann aus den Angeln reißt. Als ich ihn dann gebeten habe, das Besteck aus der Spülmaschine auszuräumen, hat er mir verkündet, dass er nicht vorhat, heute zu arbeiten.«

In den letzten Monaten hatte Josh immer nachmittags für ein paar Stunden im Diner ausgeholfen, um sich ein wenig Geld dazuzuverdienen. Eigentlich hatte er seine Sache gut gemacht, und bis auf ein Tablett Gläser war nie etwas kaputtgegangen. Er war zwar nicht übermäßig fleißig, aber schließlich war er ja auch erst fünfzehn.

»Hmmm…« Obwohl Josh sich anscheinend wirklich danebenbenommen hatte, wollte Ginger lieber keine Partei ergreifen. »Hat er dir auch verraten, warum nicht?«

»Offensichtlich hat sein Vater ihm den Rat gegeben, lieber mehr Zeit mit seinen Freunden zu verbringen und seine Jugend zu genießen, weil später, wenn er älter ist, noch genug Arbeit auf ihn warten würde.«

Isabel schnaufte wütend. »Ich würde Brian am liebsten umbringen. Er stillt damit sein schlechtes Gewissen, weil er seinen Sohn immer nur wenige Wochen im Jahr zu Gesicht bekommt. Aber wie sehr mir seine *Großzügigkeit* das Alltagsleben mit Josh erschwert, davon hat er keine Ahnung. Du hättest Josh gestern mal hören sollen, wie er stundenlang davon geschwärmt hat, was er mit seinem Vater in den letzten Wochen für eine ›supergeile‹ Zeit in der Stadt gehabt hat.«

»Ist bestimmt nicht einfach, da mitzuhalten.«

»Unmöglich. Jedenfalls habe ich Josh gesagt, was ihm bevorstehen würde, sollte er tatsächlich abhauen, und jetzt rate mal, was mein herzallerliebster Sohn daraufhin geantwortet hat?«

Ginger konnte sich lebhaft vorstellen, was ein fünfzehnjähriger Junge als Antwort darauf parat hatte. Besonders seit sie in den letzten Monaten mit einigen der Jugendlichen des Ortes gearbeitet hatte.

»Er hat gesagt, ich könnte ihn nur aufhalten, indem ich ihn an den Ofen hier kette. Und dann ist er abgehauen, um mit diesem Mädchen ins Kino zu gehen.«

Ginger stützte sich mit den Händen auf der Arbeitsplatte ab. »Wenn ich an meine Zeit als Fünfzehnjährige zurückdenke, bekomme ich immer noch Albträume. Zahnspange. Schlechte Haut. Fehlten nur noch die obligatorische Brille und ein Pferdeschwanz, um das Bild abzurunden. Und die sieben Kilo Übergewicht haben es auch nicht wirklich besser gemacht.«

Isabels Murren verriet ihr, dass sie ihr im Moment keine große Hilfe war. »Was ich damit sagen will: Fünfzehn ist einfach ein schwieriges Alter. Und du weißt doch, dass Josh eigentlich ein toller Junge ist. Ich habe das ganze Jahr in seiner Klasse Kunst unterrichtet, und er war immer ausgesprochen höflich. Unglaublich aufmerksam. Es gab da diesen einen Jungen, dem ich manchmal am liebsten eine übergebraten hätte, weil er andauernd mit der Farbe auf dem …« Ginger fiel auf, dass sie vom Thema abschweifte. »Na, jedenfalls verglichen mit manch anderem ist Josh praktisch ein Engel.«

Ihre Worte schienen ihre Freundin ein wenig aufzuheitern. »Nett von dir, dass du das sagst. Es tut gut zu hören, dass er sich nicht in einen totalen Chaoten verwandelt hat. Sehr sogar.«

»Gern geschehen. Ich wünschte, ich könnte mehr tun, aber weil ich kein eigenes Kind habe, an dem ich üben könnte, ist das alles graue Theorie.«

Isabel wusste, dass Kinder ein heikles Thema für Ginger waren. »Ach, Schätzchen«, sagte sie. »Ich sollte mich gar nicht beschweren. Es ist nur so, dass ich mir an einem solchen Tag manchmal einen Partner wünsche, der das mit mir gemeinsam durchsteht. Jemand, mit dem ich meine Entscheidungen besprechen kann. Das würde vieles leichter machen. Und ich dachte, die schlaflosen Nächte, als Josh noch ein Baby war, seien anstrengend gewesen. Jede Nacht war ich wach und musste am nächsten Tag trotzdem so tun, als sei ich ein funktionierendes menschliches Wesen. Aber eins kann ich dir sagen: Dieser Teenagermist und seine Launen sind viel schwieriger zu ertragen als alles andere.«

»Aber dafür vollkommen normal«, erinnerte Ginger sie.

Isabel nickte. »Du hast recht. Wenn ich mir diese Kleinigkeiten immer so sehr zu Herzen nehme, habe ich längst den Verstand verloren, wenn er irgendwann aufs College geht. Erinnere mich daran, dass ich dir nachher ein paar Münzen aus dem Trinkgeldglas gebe. Damit erkläre ich die Beratungsstunde offiziell für beendet.«

Das war eigentlich Gingers Stichwort, um in den Lagerraum zu gehen, ihre Tasche aufzuhängen und in ihre schwarze Hose und die Kellnerinnenbluse zu schlüpfen. Aber sie zögerte noch einen Moment.

Eigentlich hatte sie gehofft, mit Isabel über Connor sprechen zu können. Aber ihre beste Freundin hatte offensichtlich schon genug eigene Probleme mit ihrem Sohn.

Halb so wild. Immerhin hatte sich in den letzten acht Monaten, die sie hier am See verbracht hatte, so einiges geändert. Ginger hatte gelernt, den Mund aufzumachen. Sich nicht länger von anderen Menschen überfahren zu lassen. Das hatte sie Connor ja auch deutlich gezeigt. *Poplar Cove* war vielleicht früher einmal sein Haus gewesen, aber jetzt wohnte sie darin. Wenn während ihrer Mietzeit Reparaturarbeiten anstanden, dann würde sie allein bestimmen, wann diese ausgeführt wurden.

Das brauchte ihr Isabel nicht erst zu erklären.

Auf der Main Street war die Hölle los, sodass Connor erst weitab vom *Blue Mountain Lake Inn* einen Parkplatz fand. Die Hauptstraße im Ort war etwa einen Häuserblock lang, und obwohl er fast zehn Jahre nicht mehr am See gewesen war, kam es ihm so vor, als würde er eine Zeitreise in die Vergangenheit unternehmen. Zwar war bei einigen der Geschäfte die Fassade erneuert worden, und früher hatte es auch keinen gepflasterten Bürgersteig gegeben, aber die riesigen Blumenkörbe an den altmodischen Laternen waren dieselben geblieben. Und auch das Eisenwarengeschäft und der Tante-Emma-Laden befanden sich immer noch an ihrem alten Platz.

Im Schaufenster eines Nähgeschäfts konnte er einen Blick auf sein Spiegelbild erhaschen. Grundgütiger, er sah aus, als wolle er sich vor einem Sturm in Sicherheit bringen – unnatürlich vornübergebeugt und vollkommen verspannt. Der Flug von der West- zur Ostküste um fünf Uhr morgens machte sich langsam bemerkbar. Connor war es gewohnt, immer in Bewegung zu sein. Er hasste es, stundenlang auf einem engen Sitz eingepfercht zu sein. Nachher würde er sich bei einem ausgedehnten Trainingslauf von dem ganzen Ärger des Tages befreien. Doch erst musste er sich ein Zimmer im Gasthof besorgen.

Nur für eine Nacht. Morgen würde er verdammt noch mal einen Weg finden, in seine eigene verfluchte Hütte am See einzuziehen.

Während Connor das Gasthaus umrundete, erinnerte er sich an die Abende mit Klaviermusik und Popcorn, die er hier früher verbracht hatte. Der Kamin im Speisesaal des Gasthauses war so groß, dass zwölf Jungs ohne Probleme aufrecht darin hätten stehen können. Aber wenn er sich das Gebäude jetzt so ansah, konnte er kaum glauben, dass es sich um denselben Ort handelte. Der Vorgarten war aufwendig gestaltet, es gab wetterbeständige Fenster und einen neuen Anbau nach hinten raus.

Als er die Tür öffnete, sah er seinen alten Freund Stu Murphy am Empfangstresen. Als Jungs hatten sie beide Superheldencomics geliebt und mit ihren Heften und einer Taschenlampe bewaffnet unzählige Stunden gemeinsam auf dem Dachboden von *Poplar Cove* verbracht.

Aber Connor war gerade überhaupt nicht danach, in Erinnerungen zu schwelgen. Er hätte sich denken können, dass er hier im Gasthof mitten im Ort lauter alte Bekannte treffen würde, die ihn noch aus Kindertagen kannten. In einer Kleinstadt, in der jeder über den anderen Bescheid wusste, würden sie ihn bestimmt über seine Verletzungen ausfragen. Und darüber, warum er hierhergekommen war.

»Connor MacKenzie. Lange nicht gesehen!«, rief Stu ihm zu. »Schön, dass du mal wieder in den Adirondacks vorbeischaust.«

Connor versuchte, sich seine düstere Stimmung nicht anmerken zu lassen. Er gab seinem alten Freund die Hand. »Arbeitest du jetzt hier?«

»Eigentlich gehört mir der Laden. Sean und ich haben den Gasthof vor ein paar Jahren zusammen gekauft.« Beim Anblick von Connors vernarbten Armen erbleichte Stu. »Ich habe gehört, du arbeitest inzwischen als Feuerwehrmann am anderen Ende des Landes?«

»Ja. Sam und ich gehören zu den Hotshots in Lake Tahoe.«

»Hört sich toll an«, sagte Stu leichthin. Dabei war ihm an der Nasenspitze anzusehen, dass ihn nichts dorthin ziehen würde. Es war genau so, wie Connor es sich vorgestellt hatte.

An dem Tag, als er das Krankenhaus verlassen hatte, hatte er die Entscheidung getroffen, seine Narben vor niemandem zu verstecken. Auch wenn sich manch einer wahrscheinlich wünschte, er täte es. Aber er hatte sich auch früher schon in T-Shirts am wohlsten gefühlt. Ihm wurde schnell heiß, selbst wenn es draußen kalt war. So war es immer gewesen.

Obwohl es sich bei den Verbrennungen nicht um Kampfverletzungen handelte, die er mit Stolz tragen könnte, schämte er sich doch auch nicht für seine Narben. Feuerwehrmänner erlitten häufig Verbrennungen. Das war eines der Risiken in ihrem Beruf. Diese Gefahr verschaffte ihnen allen den nötigen Adrenalinkick. Denn es gab einfach kein besseres Gefühl, als wenn ein Feuer niedergerungen war. Nichts befriedigte ihn mehr als zu wissen, dass er wieder ein Waldstück gerettet hatte, ein weiteres Haus oder gar ein Menschenleben.

Aber er hatte damals nicht geahnt, wie schwierig es für seine Umwelt sein würde, mit seinen Narben konfrontiert zu werden. Sogar für die Menschen, die er für seine Freunde gehalten hatte.

Die Frau, die er so überraschend in der Holzhütte seiner Großeltern angetroffen hatte, war bisher die Einzige gewesen, die nicht einfach so getan hatte, als hätte sie seine Narben nicht bemerkt. Stattdessen hatte sie ausgesprochen, was ihr bei seinem Anblick durch den Kopf gegangen war.

Verglichen mit den üblichen Reaktionen war das geradezu eine wohltuende Abwechslung gewesen.

»Also, was führt dich hierher?«, fragte Stu.

»Sam will Ende des Monats am See heiraten. Ich möchte *Poplar Cove* in den nächsten Wochen dafür herrichten und alles Nötige reparieren.«

Jedenfalls sobald er die Bewohnerin der Hütte – Ginger – davon überzeugt hatte, ihm Zutritt zu seinem eigenen Haus zu gewähren.

»Ich werde auch bald heiraten.« Stu trat ein paar Schritte zurück und warf einen Blick um die Ecke ins angrenzende Büro. »Rebecca, kommst du mal bitte kurz? Hier ist ein alter Freund von mir, den ich dir gerne vorstellen würde.«

Eine hübsche Brünette kam aus dem Hinterzimmer und schüttelte Connor die Hand. »Hallo«, sagte sie, während Stu sie miteinander bekannt machte.

»Es ist immer wieder schön, einen von Stus Freunden kennenzulernen. Ich wette, in eurer Kindheit habt ihr beide jede Menge Unfug angestellt.«

In dem Moment klingelte Stus Handy. »Mist! Es ist wieder diese zukünftige Braut. Ich schwöre, das ist die letzte Hochzeit, die wir hier ausrichten!«

Als er wegging, wandte Rebecca sich mit einem verschmitzten Lächeln Connor zu. »Zumindest bekomme ich so schon mal eine Vorstellung davon, was für eine Braut ich auf keinen Fall werden will«, sagte sie mit gesenkter Stimme und legte den Kopf schräg. »Bist du nur vorbeigekommen, um Stu Hallo zu sagen, oder kann ich sonst noch etwas für dich tun?«

»Ich bräuchte ein Zimmer. Nur für eine Nacht.«

Sie machte ein langes Gesicht. »Es tut mir schrecklich leid, Connor. Ich wünschte, wir hätten eines frei, aber durch diese Hochzeit sind wir vollkommen ausgebucht. Bis auf das letzte Zimmer. Sogar solche, die wir normalerweise gar nicht vermieten. Diese Truppe ist praktisch in unseren Vorratsschrank eingezogen. Sämtliche Pensionen in der Nähe haben sie gleich mit in Beschlag genommen, zumindest für die nächsten Tage. Aber ich kann die Hotels in den umliegenden Städten anrufen, wenn du ein paar Minuten Zeit hast.«

Sie brauchte nicht lange, um herauszufinden, dass die nächstgelegene Übernachtungsmöglichkeit eine Stunde Fahrt bedeuten würde. Ein Motel am Piseco Lake, ganz im Süden der Adirondacks, hatte noch ein Zimmer frei.

»Nichts für ungut«, sagte Connor. »Mir wird schon noch was einfallen.«

Verflixt und zugenäht, er sollte in *Poplar Cove* die Nacht verbringen und nirgendwo anders. Connor konnte sich lebhaft das Gesicht dieser Frau vorstellen, wenn sie ihn dort mit hochgelegten Beinen und einem Bier in der Hand auf der Veranda vorfinden würde, sobald sie von der Arbeit kam. Wie sie verwundert die Augen aufriss und ihre Wangen sich vor Wut röteten.

Was war nur in ihn gefahren? Er hatte sie doch gerade erst kennengelernt. Kannte sie also eigentlich gar nicht. Und daran wollte er auch nicht unbedingt etwas ändern, abgesehen davon, dass er sie irgendwie dazu bringen musste, ihn die Reparaturarbeiten an der Hütte ausführen zu lassen. Sie war einfach nur irgendeine Frau, die zufällig im Ferienhaus seiner Familie wohnte.

Dass sie etwas Faszinierendes an sich hatte – nie hätte er damit gerechnet, dass eine so anmutige und künstlerisch veranlagte Frau so viel Rückgrat besitzen würde –, spielte keine Rolle.

Aber für Stus Verlobte war es undenkbar, dass er heute Nacht keine Unterkunft haben sollte. »Stu würde dich sicher nicht den weiten Weg bis nach Piseco fahren lassen. Du könntest bei ihm auf der Couch schlafen, wenn dir das nichts ausmacht. Sobald diese Hochzeit vorbei ist, wird auch wieder ein Zimmer frei werden.«

Da ihr Angebot unter den Umständen wohl die beste Lösung

war, ließ sich Connor von Rebecca bereitwillig zu Stus Suite führen, wo die Couch stand, auf der er übernachten sollte. Nachdem sie weg war, zog er sich seine Sportkleidung an, und fünf Minuten später joggte er bereits die Main Street entlang.

Dass diese Reise ein komplettes Desaster werden würde, hätte ihm eigentlich schon vorher klar sein sollen. Achtundzwanzig Jahre lang war ihm alles im Leben zugeflogen. Sein Traumberuf. Wunderschöne Frauen. Ein unbeschwertes, aufregendes Leben. Mit jeder Menge Spaß.

Zwei Jahre nach dem Unfall hätte sich alles längst wieder eingependelt haben müssen. Stattdessen geriet sein Leben nur immer mehr aus dem Gleichgewicht. Als er noch in Lake Tahoe festgesessen hatte, hätte er sich oft am liebsten ins Auto gesetzt und wäre abgehauen. Irgendwohin. Einfach nur raus. Alles vergessen. Das, was auf dem Berg geschehen war, hinter sich lassen. Besonders nachts, wenn er wieder nicht schlafen konnte und nichts Besseres zu tun hatte, als die sechzig Sekunden, die alles verändert hatten, wieder und wieder in seinem Kopf abzuspielen.

Einfach davonzulaufen wäre Connor jedoch feige vorgekommen, also war er geblieben. Hatte ausgeharrt und gehofft, dass die Forstbehörde ein Einsehen haben und ihn wieder zurück in die Truppe lassen würde. Das elende Warten hatte erst heute Morgen ein Ende gehabt, und zwar genau in dem Moment, als er das Flugzeug in Richtung New York bestiegen hatte.

Waren ein wenig Ruhe und Frieden etwa zu viel verlangt? Etwas Abstand, um den ganzen Mist in seiner Vergangenheit zu verarbeiten und seinen Körper anzutreiben, bis er verdammt noch mal endlich wieder tat, was Connor von ihm verlangte, anstatt sich einen ständigen Kampf mit ihm zu liefern? War es zu viel verlangt, wenn er seinem Bruder bei den Hochzeitsvorbereitungen helfen wollte, indem er die alte Blockhütte seiner Urgroßeltern wieder auf Vordermann brachte?

Obwohl ihm schon die Lunge brannte, genoss er diesen leichten Schmerz, der ihn daran erinnerte, wie glücklich er sich schätzen konnte, überhaupt noch am Leben zu sein. Seine Schnelligkeit als Läufer hatte ihm damals auf dem Waldweg in Lake Tahoe das Leben gerettet. Nur deshalb war er mit verletzten Händen und Armen davongekommen, mit nichts weiter als schrecklichen Narben an Schultern und Hals.

Und deswegen würde er dem Schmerz davonlaufen; so lange rennen, bis er dermaßen erschöpft war, dass er ihn gar nicht mehr spürte.

Zwei Stunden später schleppte sich Connor die Treppen des Hotels hoch. Er war dem Erschöpfungszustand, den er anstrebte, ziemlich nahe gekommen. An Stus Kühlschrank klebte ein Zettel, auf dem stand, er solle sich einfach daraus bedienen. Bevor Connor eine Dusche nahm, stürzte er schnell ein Bier hinunter und ging anschließend mit einer zweiten Flasche in der Hand auf den Steg hinter dem Gasthof hinaus. Vielleicht gab es dort Handyempfang.

Mit einer Sache hatte diese Ginger nämlich recht gehabt. Es war lange überfällig, dass er sich mal wieder bei seinen Großeltern meldete.

Im Dämmerlicht beobachtete er vom Ende des Stegs aus ein kleines Segelboot, das vorbeitrieb. Obwohl ihn sein Lauf mitten durch den Wald geführt hatte, nahm er die Umgebung des Sees erst jetzt zum ersten Mal bewusst wahr.

Connor war immer schon aktiv und voller Tatendrang gewesen; ein Mensch, der etwas bewegen wollte. Als Kind hatte er an solchen Abenden wie heute – wenn alle Lagerfeuer niedergebrannt waren, und der Mond hoch am Himmel stand – aber auch gelernt, ganz bei sich zu sein. Einfach nur ruhig dazusitzen und auf den Ruf des Eistauchers zu lauschen. Den Wellen dabei zuzuschauen, wie sie sanft ans Ufer plätscherten.

Eigentlich sollte sich der innere Frieden, den er in solchen perfekten Momenten immer empfunden hatte, auch jetzt einstellen.

Doch da war nichts. In seinem Inneren herrschte nur Leere.

Connor zog das Handy aus der Hosentasche und wählte die Nummer seiner Großeltern in Florida. »MacKenzie.«

»Hier ist Connor.«

»Wer? Ich hatte mal einen Enkel, der so hieß. Aber ich habe so lange nichts mehr von ihm gehört, dass ich mich gar nicht an ihn erinnere.«

Seine Großmutter wollte ihm offensichtlich eine Entschuldigung entlocken, aber ihm war nicht danach. Schließlich hatten seine Großeltern ihm *Poplar Cove* unter der Nase wegvermietet.

»Ich bin am See. Im Gasthof. Wo ich die Nacht auf der Couch von Stu Murphy verbringen werde.«

»Finde dich damit ab, Connor. Du und dein Bruder, ihr seid das letzte Mal in eurer Kindheit in der Hütte gewesen. Und überhaupt, redet man so mit seiner Großmutter?«

Er hätte wissen müssen, dass sie ihm sein schlechtes Benehmen nicht einfach so durchgehen lassen würde. Himmel, schließlich war sie ganz alleine mit zwei hyperaktiven Jungs fertig geworden, und das achtzehn Jahre lang jeden Sommer. Ihre geringe Körpergröße konnte über ihre innere Stärke nicht hinwegtäuschen. Ob er nun drei Jahre alt war oder dreißig, sie würde sich ganz bestimmt nicht von ihm auf der Nase herumtanzen lassen.

»Die junge Frau, der wir die Hütte vermietet haben, wurde uns von Millers Tochter wärmstens ans Herz gelegt. Du weißt schon, die die Ferienhäuser verwaltet. Jedenfalls ist es geradezu ein Segen zu wissen, dass jemand dort wohnt und aufpasst, dass das Haus nicht einstürzt.«

Der Tadel in ihrer Stimme war nicht zu überhören. Es leuchtete ja auch wirklich ein, das Ferienhaus zu vermieten, da seine

Großeltern nicht mehr länger alle sechs Monate die beschwerliche Fahrt in die Adirondacks und wieder zurück nach Florida auf sich nehmen wollten. Nicht etwa, weil sie auf das Geld angewiesen wären, sondern weil so ein Holzhaus eben nicht dafür gemacht war, jahrelang leer zu stehen.

Eigentlich sollten dort Kinder umherrennen, mit tropfnassen Badesachen auf der Veranda bibbern und eine Sandspur bis hoch ins Schlafzimmer ziehen. Außerdem war es auch praktisch, wenn dort jemand lebte, der den Besitzern Bescheid geben konnte, sobald etwas im Haus kaputtging oder erneuert werden musste.

»Bist du unserer Untermieterin denn schon begegnet?«, fragte seine Großmutter. »Ist sie hübsch?«

»Ja, ich bin ihr begegnet«, antwortete er, ohne auf ihre zweite Frage einzugehen. Es würde seiner Großmutter viel zu viel Genugtuung bereiten, wenn sie wüsste, wie hübsch Ginger tatsächlich war.

»Und wie fand sie dich?«

»Wohl nicht so besonders. Sie hat mir gesagt, ich solle von ihrer Veranda verschwinden.«

»Das hört sich gut an. Offenbar kann sie sich durchsetzen.«

»Oma, es müsste wirklich einiges ausgebessert werden. Ziemlich viel sogar. Soweit ich das momentan abschätzen kann, würde es mich fast einen Monat Arbeit kosten, alles wieder herzurichten.«

Seine Großmutter stieß einen verärgerten Seufzer aus. »Hör mir mal gut zu, mein Junge, die Sache verhält sich folgendermaßen: Miss Sinclair hat bei uns bis zum *Labor Day* Anfang September einen Vertrag zur Untermiete, und an den werde ich mich auch halten.«

Er ließ sich den Nachnamen der Frau auf der Zunge zergehen. Sinclair. Das klang ausgefallen. Irgendwie Schickimicki. Sogar ein wenig versnobt. Seltsamerweise schien keines dieser

Adjektive zu der knapp bekleideten, in den schiefsten Tönen singenden Frau mit den wilden Locken und ihren Farbpinseln passen zu wollen.

»Wenn du wirklich meinst, es sei notwendig, dass du Reparaturen durchführst«, fuhr seine Großmutter fort, »dann arbeite mit ihr zusammen. Und nur zu deiner Information: Wenn dieser Anruf Rückschlüsse darauf zulässt, auf welche Art und Weise du dich ihr genähert hast, dann würde ich lieber mal darüber nachdenken, etwas von dem Charme einzusetzen, für den du früher so berühmt warst.« Im Hintergrund konnte er seinen Großvater sprechen hören. »Zeit für unsere Cocktails, Schätzchen, ich muss jetzt auflegen. Ich liebe dich!«

Nachdem Connor das Gespräch beendet hatte, beobachtete er, wie die Sonne langsam hinter dem See versank, und dachte über die unerwartete Wendung nach, die seine Pläne für den Sommer genommen hatten.

Er musste seiner Großmutter recht geben. Wenn er Ginger überzeugen wollte, dann musste er den alten charmanten Connor wieder ausgraben. Aber seine letzte nähere Begegnung mit einem weiblichen Wesen war wirklich lange her. Genau wie die Zeiten, als ein Lächeln von ihm ausgereicht hatte, um die Frauen in seine Arme zu locken.

Nachdem die Hauttransplantationen ausgeheilt waren, war er zwar einmal mit den anderen Hotshots auf eine ihrer Abschlepptouren gegangen, bei denen sie Feuerwehr-Groupies aufrissen. Es hatte jedoch keine zehn Minuten gedauert, bis Connor klar geworden war, dass er nicht mehr dazugehörte. Und das nicht, weil die Frauen in der Bar sich durch seine Verletzungen abgestoßen gefühlt hätten. Obwohl er sich ziemlich sicher war, dass genau das der Fall gewesen wäre, wenn sie seine Narben näher betrachtet oder gar berührt hätten.

Nein, er gehörte nicht mehr dazu, weil er keine Feuer mehr

bekämpfte. Und er würde auch erst wieder ein Teil dieser Welt sein, wenn die Forstbehörde ihn zurück in seine Truppe ließ.

Die untergehende Sonne tauchte die Wolken in dieses leuchtende Orangerot, das er noch von früher kannte. Aber dann verwandelten sich die Wolken plötzlich in etwas anderes.

Sie wurden zu orangeroten Flammen.

Er war wieder in Kalifornien, auf dem Berg, von tödlicher Hitze umgeben, rannte und rannte immer weiter, aber er kam nicht vom Fleck. Es gab kein Entrinnen.

Bei Gott, noch nie hatte er eine solche Hitze gespürt. War noch nie so schnell um sein Leben gerannt wie jetzt. Der Rauch in seiner Lunge nahm ihm den Atem, er hustete, rang nach Luft. Die Lunge kollabierte, während er noch versuchte, Sauerstoff einzuatmen, wo keiner mehr war.

Das war das Ende.

Nun war er also doch noch dem einen Feuer begegnet, das ihm überlegen war.

Fast schien es, als ob die Flammen ihn auslachen würden, während sie ihn niederrissen und einsogen. Sie zerrten ihn weiter zurück, direkt in den Höllenschlund hinein.

Verdammt, seine Hände schmolzen ihm weg. Heftige Schmerzen durchzuckten ihn, als die Zellen in seiner Haut zerplatzten, bis er nur noch eines denken konnte: Scheiße, Scheiße, verfluchte Scheiße.

Der Tod wäre geradezu eine Erlösung von dieser Folter. Aber er wollte nicht sterben, kämpfte mit jeder Faser seines Wesens dagegen an.

Er war noch nicht bereit, verdammt!

Dann fiel ihm auf, dass er seine Hände nicht mehr spürte, auch die Pulaski nicht länger festhalten konnte. Mit einem lauten Krachen fiel sie ihm aus der Hand …

Unvermittelt fand sich Connor auf dem Anlegesteg wieder. Die leere Bierflasche lag zwischen seinen Füßen auf den Holzbalken. Der Wind hatte aufgefrischt und kühlte sein schweißnasses Gesicht.

Was war geschehen? Eben hatte er doch noch auf den See geblickt, und dann …

Diese verdammte PTBS! Die Aussetzer hatten nicht direkt nach dem Unfall eingesetzt. Sie waren mit den unerträglichen Schmerzen der Hauttransplantationen gekommen. Nachdem sich die Forstbehörde dagegen entschieden hatte, ihn wieder einzusetzen, hatten sie sich noch verschlimmert. Und mit jedem neuen gescheiterten Berufungsverfahren waren die Episoden länger und intensiver geworden.

Und es hatte ihn immer mehr Kraft gekostet, ihre Existenz zu leugnen.

3

»Sie haben mir den falschen Kuchen gebracht, Liebes.« Ginger betrachtete das große Stück Zitronen-Baisertorte, das sie gerade vor Mr Sherman abgestellt hatte. Er war Stammgast im Diner, ein älterer Herr, dessen Frau lange vor Gingers Ankunft in Blue Mountain Lake verstorben war. Entweder konnte er nicht kochen oder er hatte schlicht keine Lust dazu. Meistens kam er Punkt sechs Uhr abends und setzte sich an den Tisch ganz hinten in der Ecke. Manchmal leistete ihm auch ein Freund Gesellschaft. Heute hatte er seinen Hackbraten mit Kartoffelbrei allerdings alleine gegessen. Sein üblicher Nachtisch bestand aus einem Stück Kirschkuchen.

»Tut mir leid, Mr Sherman«, sagte Ginger und nahm den beanstandeten Teller wieder zurück. »Ich weiß auch nicht, wo ich heute meinen Kopf gelassen habe.«

Das war glatt gelogen.

Ginger tauschte die Baisertorte gegen ein Stück Kirschkuchen und brachte es Mr Sherman, und als sie gerade dabei war, die Theke zu wienern, läutete das Glöckchen an der Eingangstür. Sie legte den Lappen beiseite, griff in das Fach mit den Speisekarten und blickte auf.

Und da sah sie ihn. Connor.

Unwillkürlich wollte sie sich über das Haar fahren und die Bluse nach Flecken absuchen, und es gelang ihr nur mit Mühe, sich zusammenzureißen.

Was war bloß in sie gefahren? Warum war es ihr so wichtig, was Connor von ihr dachte?

Diesen Teil ihres Lebens hatte sie doch ein für alle Mal hinter sich gelassen – dieses ständige Prüfen, ob sie auch ja ordentlich zurechtgemacht war, falls sie beim Einkaufen in einem der teuren Delikatessengeschäfte in New York City zufällig einem Bekannten über den Weg laufen sollte. Sie würde Connor schlicht und einfach einen Platz zuweisen, seine Bestellung aufnehmen und ihn genau wie jeden anderen Kunden behandeln.

Sie würde sich keine hormongesteuerte Reaktion auf seine breiten Schultern oder das wie gemeißelt wirkende Kinn erlauben – komme, was wolle!

Sie würde eiskalt sein.

Als er genau vor ihr an der Theke Platz nahm, wirkte er wieder genauso gefährlich wie neulich auf der Veranda.

»Wen haben wir denn hier? Ginger Sinclair!«

Nie zuvor hatte jemand ihren Namen auf diese Art und Weise ausgesprochen – fast wie ein Schimpfwort. Gleichzeitig schwang in seiner Stimme jedoch auch etwas Sinnliches mit.

Als Antwort darauf begann ihr Herz unregelmäßig zu schlagen. Entsetzt bemerkte sie, wie sein Blick zu ihrem Hals hinaufglitt, genau zu der Stelle, wo ihr verräterischer Pulsschlag zu sehen war. Es war wie in diesem Elvis-Song, *I can't help falling in love*. Sie hätte schwören können, dass sich Connors Atem beschleunigte, während er mit den Blicken verfolgte, wie sie auf seine körperliche Nähe reagierte.

Unwillkürlich beugte sie sich näher zu ihm hin, und auch er rückte auf seinem Barhocker weiter nach vorne, und es juckte sie in den Fingern, einfach die Hand auszustrecken, um zu überprüfen, ob er sich genauso heiß anfühlte, wie er aussah.

Die Speisekarte, die sie in der Hand hielt, stieß gegen den Tresen und sofort war der bizarre Bann gebrochen. Gerade noch rechtzeitig. Connor schien ebenfalls ein wenig aus der Fassung gebracht.

Was war da gerade mit ihr geschehen? Mit ihnen beiden? Waren sie etwa zufällig in das Experiment eines verrückten Wissenschaftlers geraten, der untersuchen wollte, wie schnell Mann A und Frau B in Flammen aufgingen, wenn man sie zusammenbrachte?

Verärgert über ihren Mangel an Selbstbeherrschung knallte Ginger die Karte auf den Resopal-Tresen. Das Geräusch war lauter als geplant, weil sie zu viel Schwung genommen hatte.

»Das Tagesgericht ist Hackbraten mit Kartoffelbrei. Ich werde Ihnen ein paar Minuten Zeit lassen, damit Sie in Ruhe wählen können.«

Er beachtete die Speisekarte jedoch überhaupt nicht. Stattdessen sagte er: »Ich weiß ganz genau, was ich gerne hätte.«

Ihr war klar, dass er über das Essen redete. Trotzdem, so wie er es betonte, hatte sie das Gefühl, als ob …

»Ich wusste gar nicht, dass Sie hier arbeiten. So ein Glück. Jetzt muss ich nicht erst bis morgen warten, um Sie wiederzusehen.«

Ach du meine Güte! Ein halbes Dutzend Deckenventilatoren sorgten im Diner für Kühlung. Eigentlich sollte ihr nicht so heiß sein.

»Ich wollte mich dafür entschuldigen, dass ich mich heute Nachmittag wie ein Vollidiot aufgeführt habe.«

Sie spürte, wie ihr Ärger verrauchte, genauer gesagt, schmolz sie geradezu dahin. Aber dann betrachtete sie ihn noch einmal genauer, und ihr wurde klar, dass es genau diese Reaktion war, auf die er es abgesehen hatte.

Noch vor wenigen Stunden hätte sie schwören können, dass er sie am liebsten eigenhändig von der Veranda geworfen hätte. Irgendetwas musste hinter seiner plötzlichen Freundlichkeit stecken. Da fiel es ihr wie Schuppen von den Augen.

»Sie haben wahrscheinlich inzwischen mit Ihren Großeltern gesprochen, was?«

»Ja. Aber meine Großmutter ist nicht die Einzige, die der Meinung ist, dass ich mich danebenbenommen habe. Vorhin haben Sie mich gefragt, ob wir noch einmal von vorne anfangen wollen. Wäre es vielleicht möglich, jetzt noch auf das Angebot zurückzukommen?«

Ihr Körper schrie *Ja!*, ihr Verstand hielt mit einem *Bloß nicht! Der spielt dir doch nur etwas vor* dagegen.

Offen gesagt, vertraute sie in dieser Sache eher ihrem Verstand.

Dachte er wirklich, er bräuchte nur hier hereinzuspazieren, mit diesem Geruch nach frischer Seife und Tannennadeln, einmal mit den unfassbar blauen Augen zu klimpern, und sie würde ihm jeden Wunsch erfüllen?

Niemals.

Auch wenn er genau die richtigen Worte fand, bezweifelte sie stark, dass er sie wirklich ernst meinte. Er wollte sich *Poplar Cove* unter den Nagel reißen. Und basta!

Mit zusammengekniffenen Augen trat sie einen Schritt vom Tresen zurück. »Ersparen Sie mir das Süßholzgeraspel. Kommen wir zu Sache. Was genau wollen Sie von mir?«

»*Poplar Cove* ist seit mindestens zwanzig Jahren nicht mehr renoviert worden. Einige der Stämme müssten ausgetauscht werden, bevor sie zerbröckeln. Eine Dacherneuerung ist auch fällig. Ich muss in die Hütte und die nötigen Reparaturen vornehmen.«

Sie war froh, dass er endlich Klartext redete. Mit einer ehrlichen Diskussion konnte sie umgehen. Jedenfalls besser, als wenn er wie vorhin versuchte, mit ihr zu flirten, bis sie ohnmächtig wurde. Trotzdem kam es gar nicht infrage, dass sie ihn wochenlang an der Hütte herumwerkeln lassen würde.

»Das Haus hat so lange standgehalten«, wandte sie ein, »da

werden ein paar Monate mehr oder weniger wohl kaum einen Unterschied machen.«

»Benutzen Sie den Herd? Die Mikrowelle? Einen Föhn?«

Ihr war bewusst, dass es sich um Fangfragen handelte. Mit jedem seiner Worte rückte ihr Traumsommer in weitere Ferne, bis sie schließlich zögerlich zugab: »Natürlich.«

»Die elektrischen Leitungen sind uralt. Jedes dieser Geräte könnte ein Feuer auslösen. Zuerst würden Sie es gar nicht bemerken. Die Funken würden sich hinter den Wänden ausbreiten. Auf Sparflamme brennen, bis Sie tief und fest schlafen. Dann würde langsam Rauch in Ihr Zimmer strömen.«

Er hielt inne, damit sie genügend Zeit hatte, sich das alles lebhaft vorzustellen.

»Höchstwahrscheinlich würden Sie nicht mehr aufwachen.«

Er tat es schon wieder. Versuchte, ihr Angst einzujagen, damit sie ihr Zuhause aufgab. Es ihm überließ.

Das machte sie so wütend, dass sie für einen Moment vergaß, sich von seinen Muskeln und seiner Hitze fernzuhalten. Sie beugte sich zu ihm über den Tresen.

»Sie waren sich hundertprozentig sicher, dass ich nach diesem Vortrag nicht Nein sagen könnte, habe ich recht?« Besonders weil er ja quasi ein wandelndes Werbeplakat für die Wichtigkeit von Brandschutzmaßnahmen darstellte. »Tja, Sie werden es nicht glauben, aber meine Antwort lautet immer noch: Nein danke! Ich kann ebenso gut einen Elektriker bestellen. Auf Sie bin ich bestimmt nicht angewiesen.«

»Meine Großeltern werden die Kosten für eine Erneuerung der elektrischen Leitungen keinesfalls übernehmen. Erst recht nicht, wenn ich hier bin und es umsonst machen würde.«

Leider verfügte sie selbst auch nicht über die finanziellen Mittel. Jedenfalls nicht mehr. Verdammt noch mal. Sie müsste ihre Eltern um Geld bitten, und das kam gar nicht infrage.

»Schön!«, fauchte sie so laut, dass sich einige der Gäste neugierig zu ihr umdrehten. »Sie können die Leitungen erneuern. Aber dann möchte ich, dass Sie verschwinden!« Sie drückte den Kugelschreiber so fest auf ihren Bestellblock, dass sie mit der Spitze ein kleines Loch hineinbohrte. »Also, was kann ich Ihnen bringen?«

Aber er würdigte die Speisekarte immer noch keines Blickes, sondern sagte: »Wir sind noch nicht fertig miteinander. Ich bin nicht nur hierhergekommen, um die Sicherheitsmängel an der Hütte zu beheben.«

»Es kommt noch mehr?«, fragte sie und konnte seine Dreistigkeit kaum fassen. Eigentlich war seine Hartnäckigkeit fast schon wieder bewundernswert.

»Die Verlobte meines Bruders ist schwanger. Und für die beiden war es ein langer Weg, dahin zu kommen.«

»Schön für sie. Aber da ich weder Ihren Bruder noch seine Verlobte kenne, weiß ich nicht, wieso mich das interessieren sollte«, gab Ginger zurück, obwohl sie sich selbst unhöflich dabei vorkam. Es ärgerte sie einfach maßlos, wie er sie dazu gebracht hatte, ihm die Sache mit den elektrischen Leitungen zu gestatten.

»Sie möchten Ende Juli am Seeufer von *Poplar Cove* heiraten.«

Irgendwoher schien er zu wissen, wie er zu ihr durchdringen konnte.

Musste er unbedingt das Thema Heiraten anschneiden? Dieses trügerische »Für immer und ewig«, nach dem sich alle Menschen sehnten? Sie tat es jedenfalls. Denn auch wenn ihre eigene Ehe zerbrochen war, so war sie doch in der Tiefe ihres Herzens immer noch davon überzeugt, dass dauerhaftes Liebesglück möglich war.

Zu allem Übel musste sie zugeben, dass *Poplar Cove* wirklich das ideale Fleckchen Erde für eine Hochzeitsfeier war. Nach acht Monaten hier am See konnte sie das beurteilen.

»Als Nächstes sagen Sie mir wahrscheinlich noch, dass Sie kein Zimmer mehr im Gasthof bekommen konnten«, entfuhr es ihr vor lauter Frust.

»Da liegen Sie richtig. Eine große Hochzeitsgesellschaft hat alles in Beschlag genommen.«

Oh nein, das hatte sie vollkommen vergessen. Ihre Freundin Sue hatte ihr sogar schon von Bridezilla erzählt, die mitsamt ihrer Entourage die nächsten Tage über alle Zimmer belegt hatte.

»Und wie sieht es mit einer anderen Pension aus?«, fragte sie versuchshalber, obwohl ihr klar war, dass ihr immer mehr die Felle davonschwammen.

»Nix zu machen. Jedenfalls nicht hier am See. Aber es gibt noch ein Zimmer in Piseco.«

»Piseco? Das ist ja eine Stunde von hier entfernt.«

»Mindestens«, stimmte er ihr zu und griff dann doch noch zur Speisekarte.

In dem Moment fiel ihr Blick auf seine Hände. Sie war verblüfft, wie schlimm die Narben von Nahem aussahen. Sie konnte weder wegschauen noch an etwas anderes denken als daran, wie viel Schmerz er erduldet haben musste. Sie dachte dabei nicht nur an die Verbrennungen selbst, sondern auch an die Hauttransplantationen. In Gedanken rieb er sich mit der rechten Hand über die linke, so als wollte er die Knoten in den Muskeln und Sehnen unter der geschundenen Haut wegmassieren.

»Als kleines Mädchen«, hörte sie sich selbst mit sanfter Stimme sagen, »habe ich einmal einen Topf mit kochendem Wasser auf dem Herd umgerissen. Ich werde nie vergessen, wie sehr es wehgetan hat, als mir das Wasser die Schulter verbrannt hat.«

Sie hatte lediglich Verbrennungen ersten Grades erlitten, und die Narbe war inzwischen kaum noch zu sehen, aber trotzdem war es eines der schmerzhaftesten Erlebnisse ihres Lebens gewesen.

»Es hat noch so lange danach wehgetan«, fuhr sie fort. »Der Schmerz war einfach furchtbar. Tun Ihre Hände Ihnen auch immer noch weh?«

Als keine Antwort kam, sah sie auf und war sofort in seinem Blick gefangen, der so tiefe Gefühle verriet, dass ihr urplötzlich der Schweiß ausbrach. Sie spürte ein Kribbeln auf der Haut, während sie ihn wie gebannt anstarrte. Seine Pupillen waren stark geweitet, sodass seine blauen Augen einen Moment lang schwarz wurden. Mit angehaltenem Atem wartete sie auf seine Antwort.

»Ja«, sagte er, und seine Stimme klang tief und rau.

Seine angespannte Körperhaltung und die Ader, die an seiner Stirn hervortrat, zeigten deutlich, wie viel ihn dieses Eingeständnis gekostet hatte. In diesem Moment sah Ginger in ihm nicht länger nur einen großen, gut aussehenden Kerl, der sich vorgenommen hatte, ihr den Sommer zu verderben.

Connor war ein menschliches Wesen.

Offensichtlich hatte er ein schreckliches Erlebnis hinter sich und versuchte jetzt, mit dem klarzukommen, was ihm das Schicksal vor die Füße geworfen hatte.

Warum verhielt sie sich ihm gegenüber eigentlich derart feindselig, nur weil er vorhatte, die Blockhütte wieder in Schuss zu bringen? Und vielleicht ein paar Tage dort zu wohnen, bis der Gasthof ein Zimmer frei hatte.

Weil sie eine starke Frau war? Hart im Nehmen? Beharrte sie nur deshalb auf ihrem Recht, weil sie kein Fußabtreter mehr sein wollte?

Oder – und das wäre die schlimmste Erklärung von allen – war es genau andersherum? Traute sie sich selbst nicht über den Weg? Fürchtete sie, dass sie in ihrer neuen Heimat doch noch nicht so fest verwurzelt war, wie sie gedacht hatte? Dass die Anwesenheit eines Fremden in ihrem Kokon ihn sofort wieder zerstören könnte?

Nein, beruhigte sie sich selbst. Das Leben, das sie sich hier in Blue Mountain Lake aufgebaut hatte, tat ihr gut. Connor dagegen war den ganzen Weg von Kalifornien hierhergeflogen, ohne zu wissen, dass seine Großeltern das Haus vermietet hatten. Im Schein der Neonlampen sah er furchtbar müde aus.

»Wissen Sie was? Das ist doch Irrsinn. Sie werden heute Nacht nicht den langen Weg bis nach Piseco fahren. Im oberen Stockwerk von *Poplar Cove* stehen genügend Zimmer leer. Aber nur so lange, bis der Gasthof wieder etwas für Sie hat.«

Er antwortete nicht gleich. Sie machte sich auf einen triumphierenden Blick gefasst, aber als er sie ansah, war nicht die geringste Spur Siegesfreude in seinen Augen zu erkennen.

»Ich weiß das wirklich zu schätzen, Ginger.«

Auch auf die Gefahr hin, sich zu wiederholen, sagte sie: »Aber nur, bis Sie eine andere Unterkunft gefunden haben.« Sie wollte ganz sichergehen, dass er sie verstanden hatte – es ging ihr nicht nur um sich selbst, sie dachte dabei auch an ihn.

»Na klar.« Dann lächelte er das erste Mal, und auch wenn es bloß ein winziges Hochziehen der Mundwinkel war, verschlug es ihr dennoch den Atem. »Nur bis dahin. Und ich nehme das Tagesgericht.«

Ginger ging in die Küche und gab die Bestellung an Isabel weiter. »Ich brauche etwas frische Luft«, verkündete sie dann und trat durch die Hintertür auf den Parkplatz hinaus.

Die Sonne war bereits untergegangen. Während der Wind ihr den Pferdeschwanz ins Gesicht wehte, blickte Ginger zu der dichten Wolkendecke empor, die den Himmel bedeckte.

Es würde ein Unwetter geben.

Noch heute Nacht.

Eigentlich liebte Ginger diese Wetterumschwünge. Es war jedes Mal ein unglaubliches Erlebnis, das Duell zwischen Blitzen und laut krachendem Donner zu verfolgen, und dabei gemütlich und dick eingemummelt im Schutz der Veranda zu sitzen.

Sie fühlte sich jedoch nicht mehr länger sicher und geborgen.

Die Gelassenheit der letzten Monate war mit einem Schlag dahin. Ebenso wie die Vorstellung, Blue Mountain Lake sei eine Zuflucht, in die niemand vordringen könnte. Sie hatte sich eingeredet, dass niemand jemals wieder ihre Welt ins Wanken bringen könnte, dass sie jetzt festen Boden unter den Füßen gewonnen und Kontrolle über ihr Leben erlangt hätte.

Hatte sie sich etwas vorgemacht?

Trotz allem lief ihr ein freudiger Schauer über den Rücken, wenn sie nur daran dachte, wie Connor darauf wartete, dass sie mit dem Essen zurückkam. Fast so, als sehne sich insgeheim ein Teil von ihr nach Ärger. Nach jemandem, der in ihre Seeuferidylle einbrach.

Aber das war doch verrückt. Sie war rundum glücklich und zufrieden. Es konnte gar keine Rede davon sein, dass sie sich irgendetwas – oder irgendjemanden – herbeiwünschte, der ihr Leben umkrempelte.

Warum wurden ihr dann aber allein bei dem Gedanken daran, mit Connor unter einem Dach zu schlafen, die Knie weich?

Er wollte sie.

Bereits in dem Moment, als er das Lokal betreten und Ginger hinter der Theke entdeckt hatte, hatte ihn unbändiges Verlangen erfasst. Während er darum kämpfte, in *Poplar Cove* einziehen zu können, war die sexuelle Spannung zwischen ihnen beinahe mit den Händen greifbar gewesen.

Sie trug zwar nicht mehr dieses knappe Oberteil und hatte die abgeschnittene Jeans gegen eine schwarze Hose eingetauscht, aber zusammen mit der eng anliegenden weißen Bluse war das auch keine schlechte Kombination. Es brachte ihren schönen Busen zur Geltung. In den Spiegeln hinter dem Tresen hatte er während ihres Wortgefechts die Rundung ihrer Hüfte und das leichte Wippen ihrer Brüste betrachten können.

Ginger entsprach nicht nur genau seinem Schönheitsideal – mit Kurven an den richtigen Stellen und einer temperamentvollen Seite, die viel Spaß im Bett versprach –, sie war auch noch unglaublich schlagfertig. Nicht so leicht unterzukriegen. Auch wenn es ihn ärgerte, hatte es ihn gleichzeitig beeindruckt, wie sie seiner Charmeattacke kurzerhand ein Ende bereitet hatte. Er war es nicht gewohnt, eine Abfuhr erteilt zu bekommen. Jede andere Frau hätte sich bereits von seiner anfänglichen Entschuldigung einwickeln lassen.

Und dann war da noch ihre ungewöhnliche Reaktion auf seine Narben. Durch ihre eigene Verbrennung hatte sie zumindest eine Vorstellung von den höllischen Schmerzen, die er erlebt hatte.

Niemand wusste, wie sehr ihm die Hände immer noch zu schaffen machten. Vor ihr hatte auch noch niemand den Mut besessen, ihn direkt darauf anzusprechen, ob sie noch wehtaten. Sie hatte ihn mit ihrer Frage dermaßen überrumpelt, dass er tatsächlich geantwortet hatte.

Als sie kurz danach in der Küche verschwunden war und ihre Unterhaltung somit beendet hatte, war er sogar ein wenig enttäuscht gewesen.

Seit der Pubertät war er schon mit einigen Frauen zusammen gewesen. Er hatte jedoch noch nie erlebt, dass körperliche Anziehung zu tieferen Gefühlen geführt oder auch außerhalb des Schlafzimmers Bestand gehabt hätte.

So ein Mist. Er konnte es sich wirklich nicht erlauben, sich von seinen Plänen für diesen Sommer ablenken zu lassen: erstens, sein Training zu intensivieren, damit er für die Wiedereinstellung durch die Forstbehörde in Topform war; und zweitens, *Poplar Cove* für die Hochzeit herzurichten.

Für ein drittens war kein Platz.

Connor nahm einen Zwanziger aus seinem Geldbeutel und warf ihn auf den Tresen. Dann machte er, dass er so schnell wie möglich hinauskam.

4

Den ganzen Abend über war es Isabel so vorgekommen, als ob mit Ginger irgendetwas nicht in Ordnung war. Nur konnte sie nicht genau sagen, was. Ihre Freundin wirkte irgendwie verändert. Fröhlicher als sonst. Und gleichzeitig schien sie ein bisschen neben der Spur zu sein.

Bei ihrer ersten Begegnung vor acht Monaten hatte Ginger denselben Eindruck bei ihr hinterlassen – den einer Frau, die dringend einmal einen Gang herunterschalten musste. Hier in Blue Mountain Lake zu leben hatte sich dann geradezu als Wohltat für Gingers strapaziertes Nervenkostüm erwiesen. So ging es eigentlich allen, die sich lange genug hier niederließen, um sich dem gemächlichen Rhythmus des Kleinstadtlebens anzupassen. Was also konnte dann in Herrgotts Namen bloß dazu geführt haben, dass Ginger sich nun wieder in ihr altes, hypernervöses Ich zurückverwandelt hatte?

Nachdem Isabel Scott, ihren Koch an der Fritteuse, gebeten hatte, sie kurz am Herd zu vertreten, folgte sie Ginger nach draußen.

»Was ist los?«

Ginger schob sich eine Locke aus dem Gesicht, die sich aus ihrem Pferdeschwanz gelöst hatte. »Heute Nachmittag ist überraschend jemand bei mir aufgetaucht.«

An einem so schönen Ort wie Blue Mountain Lake war das eigentlich nichts Ungewöhnliches. Meist handelte es sich um Freunde aus der Stadt, die sich spontan dazu entschieden hatten, ein paar Tage am See zu verbringen. Auch nicht unüblich waren

Verwandte auf der Suche nach ein bisschen Ruhe vor ihren Kindern, die sie an einem der privaten Uferabschnitte spielen ließen, während sie selbst den Schnapsschrank durchforsteten. Aber ein Haufen ins Haus geschneiter Freundinnen würden Ginger sicher nicht in diesen Zustand versetzen.

»Wer denn? Sag bloß nicht, dass dein Ex den weiten Weg hierher auf sich genommen hat? Oder womöglich deine Mutter?«

Ginger hatte Isabel alles über ihre Ehe mit Jeremy erzählt und auch, dass ihre Beziehung sich eigentlich schon in dem Moment totgelaufen hatte, als er ihr den Ring an den Finger gesteckt hatte. Und obwohl Ginger immer wieder betont hatte, sie seien beide gleichermaßen für das Scheitern der Ehe verantwortlich gewesen, so hatte sich für Isabel doch ein anderes Bild ergeben. Gingers Exmann schien ein egomaner Tyrann zu sein, der es für kurze Zeit geschafft hatte, ein freundlicheres Gesicht aufzusetzen, um Ginger hinters Licht zu führen. Von Gingers Eltern hatte Isabel eine ähnlich schlechte Meinung.

Ginger schnitt eine Grimasse. »Nein, Jeremy würde niemals herkommen, nur um mich zu besuchen. Nach allem, was ich gehört habe, hat er sich inzwischen schon mit einer kleinen, zierlichen Brünetten getröstet. So eine mit Stupsnase und hohlen Wangen. Und meine Mutter würde verrückt werden bei dem ganzen Ungeziefer hier, also wird das wohl auch nie passieren.«

Isabel hatte den Eindruck, als würden sich Gingers Wangen in den Pausen zwischen ihren Sätzen noch ein wenig mehr röten.

»Sein Name ist Connor. Connor MacKenzie. Seine Großeltern sind die Besitzer von *Poplar Cove*. Er dachte, er könnte da heute einziehen. Bis er mich auf der Veranda vorgefunden hat. Und jetzt ist er hier, im Restaurant. Vorne am Tresen.«

Isabel hörte sich selbst nach Luft schnappen. Sie fragte sich, warum sie auf einmal das Gefühl hatte, als hätte jemand ihre Welt aus den Angeln gehoben.

Der Enkel eines benachbarten Ehepaares war zu Besuch in der Stadt. Na und?

»Weißt du, warum Connor hierher zurückgekommen ist?«

»Er will das Haus für die Hochzeit seines Bruders herrichten.«

Der Stein in ihrer Magengrube schien noch schwerer zu werden. Hochzeiten bedeuteten Familie. Mütter.

Und Väter.

»Wann wird die Hochzeit stattfinden?«

»Am einunddreißigsten Juli.«

Noch vier Wochen Zeit. Lange genug, um sich eine neue Frisur zuzulegen, überlegte Isabel. Nein, besser gleich eine Rundumerneuerung. Sie wollte sichergehen, dass es Andrew umhaute, wenn sie sich wiedertrafen.

Falls es überhaupt dazu kam.

Herrje, was war nur in sie gefahren? Sie hatte Connors Vater seit dreißig Jahren nicht mehr gesehen. Das war doch alles Schnee von gestern. Inzwischen hatte sie ein erfülltes Leben mit einem gut laufenden Restaurant, vielen Freunden und einem großartigen Sohn.

»Connor hat gesagt, das Haus sei nicht sicher. Es würden überall Brandgefahren lauern, deswegen müsse er einige Reparaturen vornehmen. Aber auch wenn das stimmen mag, macht mich die Vorstellung ganz verrückt, dass sich irgendein Kerl in meinen vier Wänden einnistet. Ganz besonders dieser Kerl.«

»Warum?«, hakte Isabel nach, weil sie immer auf der Hut war, wenn es um die Sicherheit ihrer Freundin ging. »Was hat er getan? Irgendwas versucht?«

Ginger wurde ganz rot. »Oh Gott, nein. Natürlich nicht. Es ist nur …«

»Was? Du kannst mir alles sagen.« Und anschließend würde Isabel ins Restaurant gehen und ihn eigenhändig umbringen.

»Oh Isabel, er hat so etwas an sich. Nicht nur, weil er groß ist und super aussieht, da ist auch diese seltsame Verbindung zwischen uns. So als ob wir …« Das hätte Isabel am wenigsten erwartet.

Sie versuchte zu ignorieren, dass es sich um einen der MacKenzies handelte, und überlegte, welchen Rat sie ihrer Freundin in diesem Fall normalerweise gegeben hätte. Wahrscheinlich hätte sie ihre Freundin dazu ermuntert, ihr einjähriges Zölibat zu brechen, und zwar mit genau diesem Mann.

Zum Glück musste Ginger in diesem Moment bereits über sich selbst lachen. »Wie ich mich anhöre. Wie eine Fünfzehnjährige, die in den Schulschwarm verknallt ist. Gleich werde ich noch davon anfangen, dass es uns vorherbestimmt ist, zusammen zu sein! Könnten wir bitte einfach so tun, als hätte ich das eben nicht gesagt?«

Isabel konnte sich jedoch nur allzu gut daran erinnern, was für gut aussehende Jungs die MacKenzie-Brüder waren. Nicht ohne Grund waren Gingers Wangen dermaßen gerötet, und auch das Leuchten in ihren Augen war verständlich. Ein MacKenzie glich einer Naturgewalt. Als Teenager war Isabel manchmal selbst davon überzeugt gewesen, Connors Vater halte die Fäden des Schicksals in der Hand.

»Hey, deine Familie und die MacKenzies waren doch lange Zeit Nachbarn. Gibt es etwas, das ich über sie wissen sollte? Vielleicht ein paar warnende Worte, was Connor betrifft?«

Isabel schüttelte entschieden den Kopf, vielleicht ein bisschen zu entschieden, stellte sie fest, als ihr schwindlig wurde. »Naja, Helen und George sind großartig. Aber das weißt du ja schon von euren Telefonaten.«

Das wäre eigentlich der richtige Zeitpunkt gewesen, um einfach den Mund zu halten und nicht mehr weiterzureden. Aber aus irgendeinem unerfindlichen Grund brachte sie es nicht fertig.

»Ich kannte Connors Vater Andrew. Wir sind eine Zeit lang miteinander ausgegangen. Aber das ist ewig lange her.«

Als Ginger ein interessiertes Gesicht machte, bemühte Isabel sich sofort, die Sache kleinzureden. »Wir waren praktisch noch Kinder. Im gleichen Alter wie Josh und das Mädchen, mit dem er heute ins Kino gegangen ist. Ich hab schon seit Jahren nicht mehr an ihn gedacht. Wahrscheinlich würde ich ihn nicht mal mehr wiedererkennen, wenn er hier durch die Tür kommen würde.«

Viel zu spät wurde ihr bewusst, dass sie bei dem Versuch, Ginger von der Harmlosigkeit ihrer Beziehung zu Connors Vater zu überzeugen, maßlos übertrieben hatte. Ein klarer Fall von Überkompensation.

Glücklicherweise war Ginger viel zu sehr mit ihren eigenen Problemen beschäftigt, als dass ihr das aufgefallen wäre. »Ich sollte wohl lieber wieder reingehen, bevor die Gäste eine Meuterei anzetteln.«

»Mach das«, sagte Isabel ungezwungen. Erst als sie wieder in der Küche angekommen war und nach ihrem Messer griff, bemerkte sie, wie stark ihre Hände zitterten.

Eigentlich begann jetzt ihre Lieblingszeit des Tages – wenn das geschäftige Treiben am frühen Abend in eine Art organisiertes Chaos umschlug. Heute fiel es ihr jedoch schwer, sich auf ihre Arbeit zu konzentrieren. Ihre Gedanken kreisten die ganze Zeit um dasselbe. Die Geschichte, wie sie zu dem Restaurant am See gekommen war.

Inzwischen war es zehn Jahre her, dass sie das heruntergekommene Gebäude an der Hauptstraße von Blue Mountain Lake gekauft hatte. Damals hatte der Ort aus wenig mehr als einem Lebensmittelgeschäft, einem Postamt, einem Wein- und Spirituosengeschäft und einer Tankstelle bestanden. Wenn sie in der letzten Zeit die *Main Street* entlangging, um einen Brief aufzugeben, fiel ihr immer wieder auf, wie sehr sich die kleine Stadt seit damals herausgemacht hatte.

In dem weißen Haus mit der filigranen Glasfront an der Ecke gab es inzwischen ein nettes Café, in dem auch öfter Konzerte stattfanden. *Anderson's Market*, das alte Lebensmittelgeschäft aus der Zeit, als ihre Großeltern hier am See ihr Ferienhaus gebaut hatten, hatte ebenfalls einige Neuerungen eingeführt. Mittlerweile konnte man dort das ganze Jahr über Obst und Gemüse aus Bioanbau kaufen. Früher hatte es dieses Angebot nur im Juli und August für die Touristen gegeben, die den Sommer hier verbrachten. Und der Gasthof konnte mit einem Meer leuchtender Blumen aufwarten, die entlang der Straße, gleich hinter dem Zaun, gepflanzt worden waren.

Nur das Nähgeschäft wirkte immer noch ziemlich altertümlich. Isabel erinnerte sich noch gut an den Sommer, als sie dort auf den gemütlichen Sofas gesessen und Sticken gelernt hatte. Josh war damals noch ein Kleinkind gewesen – und sie hatte die Hilfe der anderen Frauen im Laden zu schätzen gewusst. Mehr als die Handarbeit, mit der sie nie sonderlich viel anfangen konnte.

Nach ihrer Scheidung war ihr gar nichts anderes in den Sinn gekommen, als nach Blue Mountain Lake zu ziehen. Ihr Herz hatte schon lange an dem Ort gehangen. Und jedes Jahr im September, wenn sie wieder nach Hause hatte zurückkehren müssen, hatte sie den nächsten Sommer kaum erwarten können. Wegen ihres Kindes hatte sie lange nicht gearbeitet, und als ihre Beziehung zerbrochen war, hatte sie buchstäblich vor dem Nichts gestanden. Aber in dem Moment, als sie den Ehering abgenommen hatte, hatte sich ihr ganzes Leben verändert. Sie hatte nicht auf Unterstützung von ihrem Ex angewiesen sein wollen.

Trotzdem glaubte sie, dass Josh eine relativ behütete Kindheit und Jugend gehabt hatte. Das schrieb sie vor allem der Umgebung hier zu, die so grundverschieden von der schnelllebigen Großstadt war, in der sie selbst aufgewachsen war. Auch dass Mobiltelefone erst vor Kurzem ihren Weg hierher gefunden hatten, war nicht unbedingt von Nachteil gewesen. Wegen der dichten Wälder in der Umgebung – und dank einer Übereinkunft der Einheimischen, kein Land zu verkaufen, wenn darauf Telefonmasten errichtet werden sollten – gab es an den meisten Stellen im Ort so gut wie keinen Empfang.

Aber seit Handys mit den Jahren immer beliebter geworden waren, musste Isabel oft lachen, wenn sie einen der Sommergäste dabei beobachtete, wie er mitten auf dem See in einem Paddelboot stand und sein Gerät hin- und herschwang. Es schien ihnen so unglaublich wichtig zu sein, mit ihrem rastlosen Leben zu Hause verbunden zu sein.

Lief das nicht eigentlich der Grundidee eines Urlaubs am See zuwider? Hier kam man doch eigentlich her, um dem allen zu entfliehen, oder?

Bei ihr war es jedenfalls so gewesen.

Gleich am ersten Tag nach ihrem Umzug war ihr das ZU-VERKAUFEN-Schild am alten Diner aufgefallen, und sie hatte das Gefühl gehabt, als hätte jemand über ihrem Kopf eine Glühbirne angeknipst. Sie hatte schon immer leidenschaftlich gerne gekocht. So konnte sie nach einem langen harten Tag immer am besten abschalten.

Und da sie durch das Leben im Ferienhaus kaum Geld ausgab, hatte sie ihre Ersparnisse dafür nutzen können, das Restaurant zu pachten und zu renovieren. Am Ende hatte sich herausgestellt, dass die Aufgaben, die mit der Führung eines Restaurants einhergingen – sich Menüs einfallen lassen, Köche und Angestellte einarbeiten und ihnen eine gute Chefin sein –, das beste Mittel waren, um über ihre Scheidung hinwegzukommen. Um sich weiterzuentwickeln.

Wenn sie am Herd stand oder vor dem Computer saß, gelang es ihr, die hässlichen Auseinandersetzungen zu vergessen, die sie und Brian sich am Ende ihrer Ehe geliefert hatten, und nicht mehr über all die schrecklichen Vorwürfe nachdenken zu müssen, die er ihr gemacht hatte.

»Hast du mich jemals wirklich geliebt, Isabel?«, hatte er sie gefragt. *»Gab es jemals genug Platz in deinem Herzen für ihn und für mich?«*

Zwischen Isabels Brüsten und auch auf ihrer Stirn breitete sich Feuchtigkeit aus. Das große M der Menopause schwebte drohend über ihr. Immer häufiger wachte sie mitten in der Nacht in schweißgetränkten Laken auf. Um ihre Regelblutung tat es ihr nicht leid. Das war nie die beste Woche des Monats gewesen.

Was ihr viel mehr zu schaffen machte, war das Gefühl, keine richtige Frau mehr zu sein. Von achtundvierzig zu fünfzig war es nicht mehr weit, und dann wäre sie nichts weiter als eine dahinwelkende ältere Frau, deren beste Jahre vorbei waren.

Isabel machte sich auf den Weg in den herrlich kühlen begehbaren Eisschrank am anderen Ende der Küche, um dort die Vorräte zu überprüfen. Sie wusste, dass es ungerecht von ihr war, die Vergangenheit in ein so schlechtes Licht zu rücken. Als Kind hatte sie schließlich viele wunderschöne verregnete Nachmittage am Tresen des alten Diners verbracht, Milchshakes oder Malzbier getrunken und sich kichernd mit ihren Freundinnen über niedliche Jungs unterhalten. Auch fünfunddreißig Jahre später hatte sich nicht viel verändert: Jeden Sommer kamen Mädchen in abgeschnittenen Jeans und Flipflops durch die Tür, die an der Schwelle zum Erwachsenwerden standen. Sie saßen mit ihren Freundinnen zusammen und hatten jede Menge Spaß, während sie über die Jungs redeten, die sie tagsüber am Seeufer getroffen hatten.

Im Traum wurde Isabel manchmal wieder zu einem dieser

Mädchen. Anders als bei Ginger war ihr die Zeit als Fünfzehnjährige keineswegs in schlechter Erinnerung geblieben. Ganz im Gegenteil.

Mit fünfzehn hatte die erste Begegnung von ihr und … Ach, was nützte der Blick zurück. Besser, sie fing gar nicht erst damit an.

Caitlyn, eine ganz reizende Zweiundzwanzigjährige mit einem Händchen für Grünzeug, steckte den Kopf zur Tür herein. »Oh, Isabel, du bist hier drin. Wollte nur kurz nachschauen, ob jemand versehentlich die Tür offen gelassen hat.«

Isabel konnte sich denken, was für einen merkwürdigen Anblick sie bot, wie sie da im Kühlraum stand und ins Leere starrte. Als sei sie nicht mehr ganz bei Trost. Schnell nahm sie ein paar Auberginen und eine Handvoll Karotten aus dem Metallregal, ging damit zum Waschbecken und hielt sie unter den Wasserstrahl. Als sie sich anschließend mit einem bunt gemusterten Küchentuch die Hände abtrocknete, kam Ginger mit dem Tagesmenü zurück.

»Stimmt etwas mit dem Essen nicht?«, fragte Isabel.

»Nein. Das war Connors Bestellung. Aber er ist verschwunden.«

In diesem Moment hörte Isabel ein lautes Poltern hinter sich. Als sie sich umdrehte, sah sie noch, wie das Scharnier der Hintertür aus den Angeln fiel. Es hinterließ ein klaffendes, rostiges Loch in der weißen Tür.

Während sie und Ginger zuschauten, wie die lose an einem Scharnier baumelnde Tür haltlos hin- und herschwang, beschlich Isabel das Gefühl, dass dies ein schlechtes Omen war.

Der Horrorfilm war wirklich unter aller Kanone gewesen. So was von schlecht. Aber das machte Josh Wilcox nichts aus. Mit Hannah auf dem Sitz neben ihm hatte er sich sowieso nicht auf die Handlung konzentrieren können. Bei dieser einen besonders blutrünstigen Stelle, als einer Tussi der Kopf abgeschlagen worden war, hatte sie sogar nach seinem Arm gegriffen. Das war klasse gewesen.

Die anderen hatten sich gleich nach dem Film auf den Weg nach Hause machen müssen. Josh wusste jedoch, dass seine Mutter keinesfalls vor elf von der Arbeit im Diner zurück sein würde. Bis dahin hatte er also noch jede Menge Zeit.

»Ganz schön dunkel hier draußen«, sagte Hannah, nachdem ihre Freunde sie auf der *Main Street* abgesetzt hatten.

Josh war sich zwar nicht ganz sicher, ob sie damit auf irgendetwas hinauswollte, aber er wagte trotzdem ein: »Ich könnte dich noch nach Hause bringen.«

Da sie ihn daraufhin ermutigend anlächelte, gingen sie gemeinsam zum Seeufer hinunter. Hannah wohnte ganz in der Nähe, er hingegen auf der anderen Seite des Sees. Die Strecke von hier nach Hause hätte er aber auch mit geschlossenen Augen radeln können.

Vereinzelt leuchteten Lagerfeuer im Dunkeln auf, und Hannah sagte: »Stell dir vor, ich habe noch nie ein Marshmallowsandwich probiert.«

Er drehte sich zu ihr um und gab sich Mühe, sie nicht anzustarren, als sei sie verrückt. »Im Ernst?«

»Schräg, oder?«, fragte sie und wirkte fast ein wenig beschämt. »Vielleicht könntest du mir irgendwann mal zeigen, wie man das macht?«

Als er mit pochendem Herzen nickte, fand Josh seine eigene Reaktion bereits viel zu überschwänglich. Aber er konnte einfach nicht anders. Schließlich wäre das *die* Gelegenheit, sie zu beeindrucken.

Jeder wusste, dass er das beste Marshmallowsandwich weit und breit machte.

»Klar.« Inzwischen waren sie fast bei ihrem Haus angekommen. »Wie wär's mit heute Abend?« Da fiel ihm plötzlich etwas ein. »Aber du hast wahrscheinlich gar nicht alles hier, was wir dazu brauchen würden.«

Hannah nickte jedoch. »Eigentlich schon«, verriet sie ihm. Josh setzte sich also auf den Steg vor ihrem Haus, bis sie mit den Zutaten zurückkam: Graham Cracker, Marshmallows, Schokolade und Streichhölzer.

»Komm mit.« Gemeinsam gingen sie zum Waldrand. Er deutete auf den Boden. »Als Erstes brauchst du den perfekten Stock. Nicht zu dick, nicht zu dünn. Nicht zu kurz, nicht zu lang. Und er sollte eine schmale Spitze haben, damit du das Marshmallow gut aufspießen kannst.«

Sie hob einen kleinen Zweig auf. »Wie wäre es damit?«

Nachdem er den Zweig eingehend gemustert hatte, lächelte er sie an. »Das nenne ich Anfängerglück. Der ist goldrichtig.«

Sein Kompliment ließ sie erröten. »Danke. Und jetzt?«

»Jetzt machen wir ein Feuer.«

Josh war mit Lagerfeuern aufgewachsen. Am liebsten wandte er die Pyramidentechnik an. Nur wenige Minuten später loderten bereits die ersten Flammen empor. Schnell suchte er sich einen eigenen Stock.

»Es kommt vor allem auf das Marshmallow an – wenn er außen knusprig braun, innen aber schön klebrig ist, hast du alles richtig gemacht. Dann schmilzt die Schokolade von ganz allein, wenn du sie drauflegst. Das Schlimmste, was passieren kann, ist, dass du das Marshmallow verbrennst. Dann hast du eine verkohlte Außenseite, während er innen noch ganz roh ist.« Er verzog das Gesicht zu einer Grimasse. »Kleinen Kindern passiert das ständig.«

»Wow!« Hannah klang beeindruckt. »Hört sich schwierig an. Vielleicht sollte ich das erst mal dir überlassen.«

»Ach was«, sagte er achselzuckend. »Eigentlich ist es ganz einfach. Wenn du erst einmal ein Gespür dafür bekommen hast, machst du das bestimmt wie ein Profi.«

Beide spießten ein Marshmallow auf ihren Zweig und hockten sich neben das große Lagerfeuer. »Am besten hältst du ihn unten über die Glut. Dauert zwar ein bisschen länger, lohnt sich aber.«

Während sich Hannah neben ihn kniete, spürte Josh, wie er sich immer mehr entspannte. Schweigend hielten sie ihre Marshmallows ins Feuer, bis die äußere Schicht braun wurde und Blasen warf.

»Jetzt können wir loslegen«, sagte er dann. Sie gingen zu dem Tablett mit den Keksen und der Schokolade hinüber. Josh brach einen der Cracker in der Mitte auseinander, legte ein Stück Schokolade auf eine Hälfte und sagte: »So fügst du dann alles zusammen. Halt mal deinen Stock hoch.«

Vorsichtig zog er mit den beiden Kekshälften das Marshmallow von Hannahs Zweig und achtete dabei darauf, dass die Schokolade nicht hinunterfiel. »Also gut, jetzt probier mal.«

Gebannt beobachtete er, wie sie abbiss und dabei verzückt die Augen schloss. Noch nie hatte er so viel für ein Mädchen empfunden, dass es ihn interessiert hätte, ihr mit etwas so Einfachem wie einem Marshmallowsandwich Freude ins Gesicht zu zaubern. Hannah könnte er jedoch ewig betrachten.

»Wie findest du's?«, fragte er sie mit leicht belegter Stimme.

Sie öffnete die Augen und lächelte ihn an. »Einfach himmlisch.«

Als er sich gerade fragte, wie er es wohl anstellen könnte, sie zu küssen, redete sie weiter: »Ich kann mir gar nicht vorstellen, wie es ist, hier aufzuwachsen. Da hast du echt Glück gehabt. Auch weil deiner Mom das Diner gehört. Du kennst bestimmt jeden hier.«

»Pah, das ist es ja gerade, was ich an der Großstadt so mag –

dort kennt mich keiner. Jedes Mal, wenn ich hier zur Post gehe, fragt mich Frau Hendricks, ob ich etwa schon wieder gewachsen bin.«

Hannah kicherte. »Und, bist du?«

»Vielleicht ein paar Zentimeter.« Das brachte sie wieder zum Lachen. »Ganz im Ernst, es ist sterbenslangweilig hier.«

Als sie betroffen schaute, fügte er schnell hinzu: »Ich meine natürlich nicht mit dir. Ich lebe nur schon so lange am See. Und meine Mom nervt mich auch die ganze Zeit.«

»Als meine Eltern sich hier nach einem Ferienhaus umgesehen haben, waren wir alle zusammen im Diner essen. Deine Mutter hat sich mit uns unterhalten und davon erzählt, wie es sich hier so lebt. Sie war wirklich cool. Und sehr freundlich.«

Er zuckte mit den Achseln. »Ja, ich meine, sie ist schon in Ordnung.«

»Hat sie einen Freund?«

»Nein.«

»Wirklich nicht? Dabei ist sie so hübsch. Geht sie wenigstens manchmal aus?«

Er dachte kurz darüber nach und versuchte, sich seine Mom als Frau und nicht als seine Mutter vorzustellen. »Nö. Sie trifft nie irgendjemanden.«

Vielleicht war das ja ihr Problem. Seine Mutter hatte überhaupt kein eigenes Leben. Kein Wunder, dass sie sich immer in seines einmischen wollte und ihn ständig fragte, ob er mit ihr etwas unternehmen wollte, wandern oder mit dem Ruderboot rausfahren.

Als das Feuer fast heruntergebrannt war, rief Hannahs Mutter sie von der Veranda zu sich ins Haus. »Ich muss los«, sagte sie. »Danke für die Marshmallowsandwich-Lehrstunde.«

Als er zu seinem Fahrrad ging, kam er an ein paar zwielichtigen Typen vorbei, die am Seeufer herumlungerten.

»Willste Feuerwerkskörper?«, fragten sie ihn.

Eigentlich wollte er einfach weitergehen und sie ignorieren, aber dann fiel ihm ein, dass er Hannah wahrscheinlich schwer beeindrucken könnte, wenn er am bevorstehenden Feiertag am 4. Juli einen Geheimvorrat eigener Böller und Raketen vorweisen konnte. Also langte er nach seinem Geldbeutel und gab ihnen ein Bündel der Scheine, die er von seinem Vater bekommen hatte.

5

Connor holte seine Tasche aus Stus Apartment, hinterließ ihm eine kurze Nachricht und machte sich dann auf den Weg nach *Poplar Cove*. Er fühlte sich ein bisschen mies dabei, dass er Ginger in dem Glauben gelassen hatte, er müsste bis nach Piseco fahren, obwohl Stu ihm seine Couch zum Übernachten angeboten hatte, aber diesen Gedanken schob er schnell wieder beiseite.

Poplar Cove gehörte schließlich rechtmäßig ihm. Er sollte sich nicht auf irgendeine Couch im Gasthof quetschen müssen, sondern dort übernachten.

Vom Bootssteg aus schaute er eine Weile auf den dunklen See hinaus. Nach zwölf Jahren in Lake Tahoe hatte er nicht erwartet, dass er sich in *Poplar Cove* immer noch so heimisch fühlen würde. Vielleicht lag es daran, dass er überall an diesem Ort die Anwesenheit seiner Großeltern spürte.

Die von seiner Großmutter selbst genähten Sitzüberzüge erinnerten ihn daran, was es jedes Mal für ein Theater gegeben hatte, wenn er oder Sam sie dreckig gemacht hatten. Dann waren da die Bücherregale, die er als Zehnjähriger gemeinsam mit seinem Großvater gebaut hatte. Im selben Jahr hatte ihn sein Opa auch das erste Mal die elektrische Tischkreissäge benutzen lassen. Irgendwie hatte Connor das hinbekommen, ohne sich einen Finger abzusägen.

Sein Blick schweifte zu Gingers halb vollendetem Gemälde hinüber, das am anderen Ende der Veranda auf der Staffelei stand. Er war nie der Typ für Museumsbesuche gewesen. Ihn hatte auch niemals selbst der Wunsch gepackt, eine bestimmte Szene für die Nachwelt festzuhalten. Er war immer lieber draußen in der Natur gewesen. Und doch sprach das Bild irgendetwas in ihm an, brachte Empfindungen zum Ausdruck, die ihm seltsam vertraut waren.

Dann ging er nach oben in den ersten Stock, wo er gewohnheitsmäßig die Tür gleich links neben der Treppe ansteuerte – sein altes Zimmer.

Zuerst schlug ihm ihr Duft entgegen. Leicht nach Vanille, mit etwas anderem gemischt, das irgendwie erdig und betörend roch. Dann stürmten Farben auf ihn ein. An den Haken an der Wand hingen leuchtend bunte Kleidungsstücke, daneben war jedes freie Stückchen Wand mit bemalten Leinwänden bedeckt. Der antike Toilettentisch war mit kleinen Fläschchen und Schmuck übersät, und vor dem Spiegel hatte sie Postkarten aufgestellt.

Sein altes Schlafzimmer war in einen farbenprächtigen Regenbogen verwandelt worden und von einer beinahe greifbaren Energie erfüllt. Das Bett war nicht gemacht. Statt seines alten, eher nützlichen als schönen blauen Baumwollüberwurfs lag dort jetzt eine bunte Steppdecke. Allein der Anblick der zerwühlten Laken erregte Connor so stark, als würde Ginger selbst nackt dort liegen und ihn zu sich winken.

Am weitesten entfernt von ihrem Zimmer wäre das Schlafzimmer seiner Großeltern, ganz am Ende des Flurs. Es fühlte sich jedoch irgendwie nicht richtig an, dort zu übernachten. Also entschied er sich für das Gästezimmer, das allerdings direkt an Gingers Zimmer angrenzte.

Er hatte das dringende Bedürfnis, nach draußen zu gehen, sich eines der Kajaks zu schnappen und damit gegen den stürmischen Wind auf dem See anzupaddeln. Wenn er sich nicht bis zur völligen körperlichen Erschöpfung trieb, würde er kein Auge zutun können … außerdem sah er keine andere Möglichkeit, die Albträume fernzuhalten, solange er mit Ginger unter einem Dach schlafen musste.

Um zehn Uhr abends nahm Ginger die Schürze ab und hängte sie in ihren Spind. Sie hatte sich mit dem Saubermachen mehr Zeit gelassen als sonst. Normalerweise wäre sie jetzt längst zu Hause. Aber heute Abend hatte sie versucht, sich mit Schwamm und Wischmopp von dem Gedankenchaos in ihrem Kopf zu befreien.

Als Isabel aus dem Büro kam, wo sie noch am Computer gesessen hatte, fiel ihr Blick als Erstes auf die glänzenden Böden, dann betrachtete sie die blitzblanken Edelstahlflächen.

»Wow. Das könnte man für eine Zeitschrift fotografieren lassen.« Sie warf einen schnellen Blick zu Ginger hinüber. »Hast du vielleicht doch Bedenken, Connor für ein paar Tage bei dir im Haus übernachten zu lassen?«

Ginger seufzte. Sie fühlte sich in der Blockhütte wirklich zu Hause. Genau das war ihr Problem. Irgendwann hatte sie ganz vergessen, dass *Poplar Cove* nur eine zeitlich begrenzte Ruhepause von ihrem normalen Leben darstellte. Und auch wenn sie am liebsten so tun würde, als sei es ihr Haus – und als könnte sie dort in Frieden leben, ohne den ganzen Alltagsstress –, wusste sie doch, dass das nicht gehen würde.

»Sobald mein Mietvertrag ausläuft, wird er *Poplar Cove* für sich beanspruchen.«

»Ist das wirklich alles, was dich bedrückt? Dass du dir dann in ein paar Monaten eine neue Bleibe suchen müsstest? Ich bin mir sicher, bis dahin lässt sich eine andere Hütte mit Seeblick finden, die du mieten kannst.«

»Du hast ja recht«, gab Ginger zu. »Es ist nur so, dass …« Sie versuchte, ihre Gefühle in Worte zu fassen. »Es hört sich vielleicht merkwürdig an, aber dort hatte ich das erste Mal in meinem Leben das Gefühl, ich könnte ganz ich selbst sein.«

Sie musste sich nicht mehr ständig von ihren Eltern sagen lassen, wie sie sich zu verhalten hatte. Oder sich die Kritik ihres Exmanns anhören. Endlich hatte sie einen Ort gefunden, an dem die Leute sie als eigenständige Persönlichkeit wahrnahmen und sie nicht darüber definierten, wer ihr Vater war oder wie viel Geld sie besaß. »Außerdem erinnert mich Connor in so vielen Dingen an meinen Exmann.«

Zwischen ihnen hatte es genauso gefunkt wie damals zwischen ihr und Jeremy. Und Connor legte das gleiche Alphamännchen-Gehabe an den Tag, nach dem Motto »Ich nehme mir, was mir gehört«.

»Mit ihm im Haus werde ich darauf achten müssen, wie ich aussehe. Was ich anziehe. Was ich sage.«

Es hatte längst angefangen. Schließlich hatte sie gerade alles Mögliche getan, nur um nicht nach Hause gehen zu müssen.

»Wie kommst du denn darauf?«, widersprach ihr Isabel. »Warum machst du nicht einfach genauso weiter wie bisher? Und wenn ihm das nicht passt, dann ist das eben sein Problem. Wen interessiert, was er über dich denkt? Du hast hier wirklich zu dir selbst gefunden. Ich kann nicht glauben, dass ein einziger Kerl das wieder zunichtemachen kann.«

Isabels Worte blieben nicht ohne Wirkung. »Weißt du was?«, antwortete Ginger stockend. »Du hast vermutlich recht. Es wird schon alles gut werden.«

Wenn sie in den vergangenen acht Monaten etwas dazugelernt hatte, dann, dass sie ein Leben führen wollte, das sie glücklich machte. Dazu gehörte, die Kleidung zu tragen, die ihr gefiel, und tun und lassen zu können, wonach ihr gerade der Sinn stand. Und auch mit ihrer Meinung nicht hinter dem Berg halten zu müssen.

Connor würde also in den nächsten Wochen ein Teil ihres Lebens sein und ein paar Nächte in einem der ungenutzten Zimmer übernachten. Na und?

Auf dem Weg zu ihrem Auto fiel Ginger auf, dass der Wind sogar noch stärker aufgefrischt hatte. Und während der Fahrt zur Hütte gingen ihr wieder und wieder Isabels Worte durch den Kopf. Ihre Freundin hatte sie gerade noch rechtzeitig zur Räson gebracht, bevor sie sich in irgendetwas verstieg.

Nachdem sie hinter dem Haus geparkt hatte, lief Ginger über die kleine Rasenfläche zum Seeufer. Dort stellte sie sich mit ausgestreckten Armen unter die Gruppe hochgewachsener alter Pappeln, dank derer das Häuschen die meiste Zeit des Tages über im Schatten lag. Der Sturm fuhr ihr durchs Haar und zerrte an ihren Kleidern.

Sie liebte diesen Ort und das unberechenbare Wetter am See, das sich von einer Sekunde auf die nächste ändern konnte. Ihr Leben in der Blockhütte war genauso frei, wie sie sich in diesem Moment fühlte – so als wäre sie nicht von Wänden, sondern nur von einem Wald umgeben.

Plötzlich hörte sie über sich ein lautes Knirschen, gefolgt von einem ohrenbetäubenden Krachen. Connors Warnung über den Zustand der Hütte kam ihr wieder in den Sinn. Sie wollte weglaufen, aber sie stand wie gelähmt da und konnte ihre Füße nicht bewegen. Wohin sollte sie gehen?

Auf einmal wurde sie von starken Händen gepackt, hochgehoben und auf den Sand geworfen.

Connor.

Nur Sekundenbruchteile nachdem sie hart auf der Seite gelandet war, lag er bereits über ihr und schützte sie mit seinem Körper.

Dann spürte sie, wie sie beide von etwas Hartem getroffen wurden. Ihr drehte sich der Magen um, als würde sie sich im freien Fall in einem in die Tiefe rasenden Fahrstuhl befinden. Auf der Rückseite ihres Arms spürte sie einen heftigen Schmerz, aber gleichzeitig begriff sie, dass Connor die Wucht des Aufpralls dessen abgefangen hatte, was da gerade auf sie herabgestürzt war – was immer es sein mochte.

»Was ist passiert?«, keuchte sie an sein Schlüsselbein gepresst.

Connors Atem ging genauso unregelmäßig wie ihrer. Sie konnte jeden einzelnen Schlag seines Herzens spüren, das direkt neben ihrem eigenen pochte.

Anstatt ihre Frage zu beantworten, rang er sich mühsam ein »Sind Sie verletzt?« ab.

Seine Fingerspitzen fuhren im Dunkeln über ihr Gesicht – von der Stirn zu den Wangenknochen bis hinunter zu ihrem Mund, als müsste er sich eigenhändig davon überzeugen, dass nichts gebrochen war.

»Nein«, antwortete sie und erzitterte unter seiner Berührung. »Was ist da auf uns draufgefallen?«, fragte sie noch einmal.

Sie spürte das Vibrieren seiner Worte in seiner Brust. »Das war ein Witwenmacher. Er hätte Sie beinahe erschlagen.«

»Ein Witwenmacher?«

Ohne sie loszulassen, verlagerte er sein Gewicht ein wenig. Noch nie hatte sie jemand auf diese Weise festgehalten – als sei er bereit, sie bis zum letzten Atemzug zu verteidigen.

Trotz des kalten Windes breitete sich durch die Nähe von Connors muskulösem Körper Hitze zwischen ihren Brüsten aus. Und zwischen ihren Beinen.

Es war zwar keine Überraschung, dass er so durchtrainiert war, trotzdem hätte sie nicht gedacht, dass sie sich neben ihm so klein vorkommen würde. Als würden ihre Kurven völlig mit seinem kräftigen Körper verschmelzen.

Ihr war immer noch ein bisschen schlecht und furchtbar schwindelig, als sie in die Baumkronen des kleinen Wäldchens hinaufschaute. »Ein Witwenmacher ist ein abgestorbener Ast oder Zweig eines Baumes, der lose auf den anderen liegt. Jedes Jahr werden Hunderte Menschen von so etwas erschlagen.«

Im sanften Schein des Mondes, der gerade durch die Wolkendecke fiel, konnte sie einen großen Ast ausmachen, der direkt neben ihnen am Ufer lag. An der dicksten Stelle maß er bestimmt dreißig Zentimeter im Durchmesser. Sie konnte sich lebhaft vorstellen, wie schwer er sein musste – und wie knapp sie dem Tod entronnen war.

»Wenn Sie ihn nicht gesehen hätten, wenn Sie nicht so schnell bei mir gewesen wären …« Die plötzliche Erkenntnis ließ sie erneut erzittern. Wenn Connor nicht gewesen wäre … »Danke, dass Sie mir das Leben gerettet haben.«

»Ich habe ihn schon heute Nachmittag entdeckt. Da hätte ich ihn sofort beseitigen sollen.« Fluchend zog er sie noch enger an sich. »Worauf zum Henker habe ich nur gewartet?«

Moment mal, machte er sich etwa Vorwürfe wegen dieser Sache?

»Es war ein Unfall.«

»Sie hätten verletzt werden können. Mehr als das.«

»Aber mir geht es gut, wirklich. Nur ein Kratzer, mehr nicht«, sagte sie und zeigte ihren Arm, damit er begriff, dass es nicht sein Fehler war.

Sie war nicht darauf gefasst gewesen, mit welch sanften Berührungen er ihren Ellbogen abtasten würde. Und wie zärtlich er über die zerschrammte Haut fahren würde.

»Wo tut es sonst noch weh?«

»Am Knie«, hörte sie sich selbst sagen, obwohl es doch kaum mehr als ein leichtes Pochen war. Sie wollte einfach noch einmal seine Hände spüren. Und als er tatsächlich besorgt ihr Bein entlangfuhr, konnte sie ein leises Stöhnen nicht unterdrücken.

Sofort hielt er inne. »Sind Sie sicher, dass alles in Ordnung ist?«

Was Arme und Beine betraf, war sie sicher. Es waren sämtliche anderen Teile ihres Körpers, die schmerzten. Aus Verlangen nach ihm.

Sie konnte gerade noch »Ja, es geht mir gut« antworten, bevor er sie auf die Beine und mit sich zog. »Was haben Sie eigentlich so spät noch hier draußen verloren gehabt?«

Seine unvermittelte Frage und der Entzug seines warmen, harten Körpers brachten Ginger derart aus der Fassung, dass sie kurzzeitig nicht in der Lage war, ihm eine vernünftige Antwort zu geben.

»Manchmal bin ich nach der Abendschicht noch so aufgekratzt.« Besonders heute, nachdem sie sich mit ihm über den Tresen hinweg dieses Wortgefecht geliefert hatte. »Und ich liebe den See an Abenden wie heute, wenn ein Sturm aufzieht.«

Dann fragte sie sich plötzlich, wieso er eigentlich dort gewesen war, um sie retten zu können. »Und was haben Sie hier draußen verloren gehabt? Wie haben Sie mich überhaupt gesehen?«

»Ich war gerade dabei, mit dem Kajak zum Ufer zurückzupaddeln, als Sie ans Ufer gelaufen kamen und sich unter den Baum gestellt haben. Dann habe ich den Ast gehört, der sich gelöst hat.«

»Sie waren mitten in der Nacht auf dem See unterwegs? Warum das denn?«

Er trat einen Schritt zurück. »Ich bin seit zwölf Jahren nicht mehr hier gewesen. Ich wollte endlich aufs Wasser.«

»Und das konnte nicht bis morgen warten?«, hakte sie nach. Als er keine Antwort gab, schob sie eine weitere Frage hinterher. »Zwölf Jahre sind eine lange Zeit. Sind Sie davor öfter hier gewesen? Als Kind meine ich?«

»Jeden Sommer.«

Das wollte ihr einfach nicht einleuchten. »Es ist so wunderschön hier. Wie konnten Sie da so lange wegbleiben?«

»Meine Arbeit als Feuerwehrmann war wichtiger.«

Ein weiteres Puzzleteil fügte sich ins Bild. »Daher stammen auch Ihre Verbrennungen, habe ich recht?«

Statt zu antworten, zog er sich noch weiter in die Dunkelheit zurück, sodass auch das Mondlicht ihr nicht mehr verraten konnte, was für einen Gesichtsausdruck er hatte.

»Schlafen Sie gut, Ginger.«

Na großartig. Sie hatte es schon wieder getan. Sich von ihrer Neugier leiten lassen und nach seinen Narben gefragt. Wahrscheinlich war er inzwischen überzeugt, sie würde nichts anderes an ihm wahrnehmen.

Nachdem sie zur Hütte zurückgelaufen war, ging sie nach oben und stellte sich unter die Dusche, um sich den Frittiergeruch des Diners aus den Haaren zu waschen. Dann putzte sie sich noch die Zähne und schlüpfte ins Bett. Die ganze Zeit über hatte sie das Gefühl, als spürte sie immer noch seinen schweren Herzschlag an ihrer Brust und seine Finger auf ihrer Haut, mit denen er ihr so zärtlich über Gesicht und Beine gestrichen hatte, weil er dachte, sie sei verletzt.

Nach zehn Jahren als Hotshot kannte Connor seine körperlichen Grenzen ganz genau. Und heute hatte er sich wirklich extrem stark gefordert, mehr als sonst. Jeder Muskel schrie förmlich nach einer Atempause, nach einigen Stunden Ruhe, um neue Kraft zu tanken.

Nur durch eine Wand von Ginger getrennt zu sein, war jedoch die Hölle. Besonders jetzt, da er wusste, wie sie sich anfühlte.

Wieder und wieder spielte er die Szene in seinem Kopf ab: Ginger, die unter den Bäumen stehen blieb. Das Geräusch des sich lösenden Astes. Das Wissen, dass der Witwenmacher sie zermalmen würde. Er war aus dem Kajak gesprungen und durchs Wasser gesprintet, während er ein Stoßgebet ausstieß, er möge noch rechtzeitig zur Stelle sein.

Ihm brach wieder der Schweiß aus, wenn er nur daran dachte, wie knapp sie davongekommen war. Er schob das dünne Laken beiseite, das seinen nackten Körper bedeckte. Während der Sturm den Regen auf das Dach peitschte, schlief Connor endlich ein.

Ginger war gerade in einem dunklen Traum gefangen, der sie immer tiefer in einen Wald voller Witwenmacher führte, als sie von einem entsetzlichen Laut – halb Schrei, halb tierisches Gebrüll – geweckt wurde. Mit einer Hand auf dem Herzen fuhr sie im Bett hoch. Sie begriff sofort, dass das Geräusch aus Connors Zimmer gekommen sein musste.

Vor Angst zog sich Ginger der Magen zusammen. Hastig warf sie sich einen dünnen Morgenmantel über und stürmte aus dem Zimmer. Oh Gott, was konnte ihm nur zugestoßen sein? Sie stieß die Tür zum Nebenzimmer auf.

Aus dem Flur fiel dämmriges Licht hinein. Ginger sah gleich, dass Connor nicht im Bett lag. Er stand mitten im Zimmer und schwang mit geschlossenen Augen die Fäuste gegen einen unsichtbaren Feind. Mit dem vor Wut entstellten, schönen Gesicht glich er einem gequälten wilden Tier. Sie sah tief vergrabenen, dunklen Schmerz in seinen Zügen. Er hatte die Hände so fest zusammengeballt, dass die Narben an seinen Fingerknöcheln hervortraten. Es brach ihr das Herz, mit anzusehen, wie dieser große starke Mann so verzweifelt gegen seine inneren Dämonen kämpfte.

Eine leise Stimme riet ihr, sich zurückzuziehen, ihn seine Kämpfe alleine ausfechten zu lassen. Warnte sie davor, dass er sie vermutlich in der Luft zerreißen würde, sollte sie sich einmischen – jedenfalls wenn er nicht aufwachte.

Aber sie brachte es einfach nicht über sich.

Schließlich hatte er sie gerade erst vor dem herabstürzenden

Ast gerettet, indem er die volle Wucht des Aufpralls mit seinem eigenen Körper abgefangen hatte.

Seine beschützenden, zärtlichen Gesten am Seeufer lagen nur wenige Stunden zurück.

Bei der Erinnerung daran war alle Angst vergessen. Sie lief zu ihm hinüber und legte ihm eine Hand auf den Arm. Sobald er jedoch ihre Berührung spürte, packte er sie und zog sie an sich. Gingers Morgenmantel öffnete sich durch die heftige Bewegung und rutschte ihr von den Schultern. Connor hielt sie so fest umklammert, dass sie kaum noch atmen konnte.

Himmel, sie bekam keine Luft mehr! Mit letzter Kraft rief sie:

»Connor, ich bin es, Ginger. Sie haben einen Albtraum. Es ist nur ein Traum. Bitte wachen Sie auf!«

Auch wenn er daraufhin die Augen öffnete, war sie sich nicht sicher, ob er sie wirklich wahrnahm. Offenbar war er immer noch in seiner eigenen Hölle gefangen. Dann wurde sein Blick mit einem Mal wieder klar, und er schien in sein Schlafzimmer in *Poplar Cove* zurückgekehrt zu sein.

Schwer atmend standen sie sich gegenüber, und als sein Brustkorb sich an ihrer nackten Haut rieb, wurde ihr langsam bewusst, dass er vollkommen entblößt war – und sie beinahe. Aber das spielte keine Rolle. Dafür war sie einfach zu besorgt, nachdem sie beobachtet hatte, wie sehr er sich quälte.

»Was tun Sie hier?« Seine Worte klangen genauso schroff und abweisend wie bei ihrem ersten Zusammentreffen auf der Veranda.

»Ich konnte einfach nicht anders. Als ich gehört habe, wie Sie …« Sie sprach den Satz nicht zu Ende, weil ihr einfiel, dass er sie wahrscheinlich dafür hassen würde, dass sie ihn in diesem Zustand gesehen hatte. »Ich musste Ihnen einfach zu Hilfe kommen.«

Er lockerte seinen Griff um ihre Schultern und ließ langsam

die Hände sinken, jedoch ohne sie dabei von ihrem Körper zu nehmen. Zuerst glitten sie fast unmerklich bis zu ihren Schulterblättern hinab, dann die ganze Wirbelsäule entlang bis zu ihren Hüften. Seine Antwort war so leise, dass sie ihn kaum verstehen konnte.

»Und du dachtest, das hier würde mir helfen?«

Da er sie immer noch fest in den Armen hielt, konnte sie sich unmöglich bewegen oder auch nur einen tiefen Atemzug nehmen. Sich aus seinem Griff zu befreien war jedoch das Letzte, wonach ihr Körper verlangte. Dann griff er ihr ins Haar, bog ihren Kopf zurück und küsste sie. Jeder einzelne ihrer weiblichen Instinkte wollte nachgeben, sich ihm ganz hingeben.

Sie war noch nie einem Menschen begegnet, der so tief verletzt war wie Connor. Und sie wollte die Frau sein, die ihn von seinem Leid befreite. Das war alles, woran sie denken konnte, während er sich auf sie stürzte, als sei sie seine Beute, ihren Hintern packte, als gehörte sie ihm.

Gleichzeitig wusste sie jedoch, dass ihre Hingabe ihr selbst genauso viel bedeutete und sie damit ebenso ihre eigene Sehnsucht stillte.

Als er mit den Händen ihre Brüste umfasste, erkannte sie sich selbst nicht mehr wieder. Diese Frau, die unter seiner Berührung aufstöhnte, während er die aufgerichteten Spitzen streichelte. Seine Haut fühlte sich herrlich rau und so aufregend anders an.

Oh ja, bitte, mehr. Eine derartige Leidenschaft hatte sie seit Jahren nicht mehr empfunden. Sie ließ ihrer Begierde freien Lauf, bis er plötzlich zu fluchen begann und sie von sich stieß. Ginger war fassungslos.

Sie setzte sich auf sein Bett. Was war denn jetzt los? Gerade eben hatte er noch jeden Teil ihres Körpers mit den Händen erforscht und nun wollte er sie plötzlich nicht einmal mehr anfassen?

Es wäre einfach, sich an den Ort in ihrem Innern zurückzuziehen, wo sie immer Zuflucht suchte, wenn jemand sie verletzt hatte, und sich einzureden, dass Connor eben keine molligen Frauen mochte. Instinktiv wollte sie genau das tun. Aber sie kämpfte dagegen an.

Das konnte nicht sein. Er begehrte sie, davon war Ginger überzeugt. Was gerade beinahe geschehen war, glich einer Urgewalt. Sie hatten es beide nicht kontrollieren können.

So einfach würde er es sich nicht anders überlegen. Es musste also einen verdammt triftigen Grund für sein Verhalten geben. Anstatt sich also beleidigt aus dem Staub zu machen, zog sie den Morgenmantel fester um sich und blieb auf dem Bett sitzen.

»Was ist los? Was ist passiert?«

So erstarrt und mit unnahbarem Gesichtsausdruck kam er ihr vor wie ein Felsbrocken. Fast so, als wolle er sich vor seinen eigenen Empfindungen schützen.

»Ich habe mir vorgenommen, die Finger von dir zu lassen. Zum Teufel, ich habe einfach völlig die Kontrolle verloren. Ich hätte dir wehtun können.«

Auch wenn sie sich davor fürchtete, sie musste ihm die Wahrheit sagen. Das konnte sie so nicht stehen lassen. »Ich wollte es genauso sehr wie du.« Sie waren beide gleichermaßen außer Kontrolle geraten.

Nie zuvor hatte sie sich derart waghalsig und impulsiv verhalten wie eben, als sie ihrem Verlangen nachgegeben hatte. Eigentlich sollte sie erleichtert sein, weil Connor die Notbremse gezogen hatte, bevor sie einen noch größeren Fehler hatten begehen können.

Aber so war es nicht. Sie war kein bisschen erleichtert.

Er hielt den Blick weiterhin abgewandt. »Ich konnte dich nicht spüren«, gab er schließlich zu, während er die Wand anstarrte.

Er konnte sie nicht spüren?

»Natürlich konntest du das. Es war …« Das Wort »unglaublich« lag ihr auf der Zunge, doch ehe sie es aussprechen konnte, hielt sein Blick sie auf.

»Meine Hände. Sie sind taub geworden.«

Die blaue Tiefe seiner Augen verdunkelte sich. Der Anblick nahm ihr den Atem.

»Ich habe dich nicht gespürt.«

6

Connor konnte kaum glauben, dass er ihr das gebeichtet hatte. Niemand wusste von diesem Taubheitsgefühl in seinen Händen, bis auf die Ärzte, die er heimlich konsultiert hatte. In den letzten Jahren hatte er sich angewöhnt, nie nach etwas zu greifen, wenn er nicht sicher war, ob er es auch wirklich festhalten konnte. Er war geradezu ein Meister der Verstellung geworden. Aber als er eben ihre nackte Haut hatte berühren wollen, war ihm sämtliches Gefühl aus den Fingern gewichen.

Verdammte Scheiße.

Er wollte alleine sein. Verflucht, noch lieber würde er sich einfach in Luft auflösen. In eine andere Wirklichkeit fliehen, die nichts mit dieser Realität zu tun hatte, in der ihm so ein Mist passierte. Ein Ort, an dem er wieder normal wäre – und verdammt noch mal auch geistig gesund.

»Wovon hast du geträumt? Als ich ins Zimmer gekommen bin?«

Verflucht. Wie hatte er das vergessen können? Deswegen war sie doch überhaupt hier. Weil er im Traum in einer Erinnerung gefangen gewesen war.

Er kämpfte vergeblich mit seinem Stolz. »Du kennst mich nicht, und ich kenne dich nicht.« Die abweisende Antwort klang grob und gemein.

Connors Blick glitt über ihre Oberschenkel, die aus dem Morgenmantel hervorschauten. Dabei ließ er sie keine Sekunde vergessen, dass er immer noch vollkommen nackt war. Und dass er sie trotz allem begehrte.

»Du solltest Sex nicht mit Gefühlen verwechseln.«

Okay. Jetzt war sie wirklich kurz davor, aufzuspringen und in ihr Zimmer zurückzurennen. Aber es verging eine Sekunde nach der anderen, ohne dass Ginger irgendwelche Anstalten machte zu gehen. Sein Ärger fraß ihn fast auf, obwohl er langsam sogar wieder Gefühl in den Händen hatte, wenn auch nur in Form eines unangenehmen Kribbelns, als wäre er von tausend Ameisen gebissen worden.

»Du solltest besser gehen. Jetzt gleich.«

Doch sie schien keineswegs beeindruckt. Stattdessen erwiderte Ginger seinen Blick, ohne mit der Wimper zu zucken.

»Wenn du damit fertig bist, den großen, bösen Wolf zu spielen, würde ich vorschlagen, wir reden darüber, was gerade vorgefallen ist. Ich denke, das würde dir guttun.«

Sie leckte sich über die Lippen. Diese wunderschönen, vollen Lippen, die das Tor zum Himmel bildeten.

»Niemand sonst weiß von diesen Albträumen, habe ich recht?«

Er gab nur deshalb keine Antwort, weil es nicht nötig war. Diese Frau, die auf seinem Bett saß, wusste einfach zu viel. Ihre großen grünen Augen sahen genau die Dinge, die er verstecken wollte. All das, was die anderen Menschen nicht wahrnahmen.

»Du hast von dem Feuer geträumt, stimmt's? Das, in dem du dir die Hände verbrannt hast.«

Noch bevor er wusste, wie ihm geschah, stand sie plötzlich dicht vor ihm. Sie griff nach seiner Hand und legte sie mit der Innenfläche nach oben in ihre eigenen kleinen Hände.

»Sind sie immer noch taub?«, fragte sie sanft. »Oder kannst du das hier spüren?«

Ganz vorsichtig fuhr sie mit dem Finger über die am schlimmsten vernarbte Stelle, einen langen Striemen, der die Handinnenfläche in zwei Hälften teilte.

»Ja.«

Ihr Lächeln war umwerfend. Wunderschön. Als wäre gerade ein Sonnenstrahl durch das Fenster hereingefallen.

»Schön. Das freut mich«, sagte Ginger. »Was ist geschehen?«, fragte sie ihn dann. »Ich meine nicht heute Nacht, sondern vor zwei Jahren. Als du verletzt wurdest.«

Es gab überhaupt keinen Grund, warum er gerade ihr von dem Feuer erzählen sollte. Zwei Jahre lang hatte er dieses Erlebnis tief in sich vergraben. Sich eingeredet, dass darüber zu sprechen auch nichts ändern würde.

Bisher hatte jedoch auch noch niemand einen seiner Albträume miterlebt. Ginger war die Erste. Sie hatte seine dunkle Seite gesehen.

Na gut. Er würde ihr die Antworten geben, nach denen sie verlangte. Und dabei würde er kein einziges blutiges Detail auslassen. Wahrscheinlich tat es ihr anschließend leid, überhaupt gefragt zu haben.

»Bei den Hotshots gehören Verbrennungen zum Berufsrisiko. Das Feuer ist eine unberechenbare Hure«, sagte er, ohne auf seine Ausdrucksweise zu achten. Wenn es Ginger nicht passte, konnte sie ja jederzeit gehen.

»Aber deshalb tut es wahrscheinlich trotzdem nicht weniger weh.«

Einzelne Bilder des Flächenbrandes in der *Desolation Wilderness* drängten an die Oberfläche und stürzten mit voller Wucht auf ihn ein wie ein außer Kontrolle geratener Schnellzug: Flammen, die sich wie eine Riesenwelle über den Berg wälzten. Dicker, schwarzer Rauch, der sich in die Luft erhob und den Himmel verdunkelte, bis er den schmalen Pfad vor sich kaum noch erkennen konnte.

»Wir waren in der *Desolation Wilderness*, unserem Haupteinsatzgebiet. Diesen Gebirgsweg bin ich unzählige Male entlanggewandert. Mein Bruder und der Gruppenführer waren gerade dabei, eine Schneise freizulegen. Der Brand war ein Witz. Wir waren scharf auf eine richtige Herausforderung, wollten uns mit Äxten bewaffnet an einem stärkeren Gegner messen.«

Aber einen solchen Einsatz hatte es nicht mehr gegeben. Jedenfalls nicht für ihn. Sam hingegen hatte sich nach Connors Unfall direkt wieder in die Arbeit gestürzt. An seiner Stelle hätte Connor dasselbe getan. Er hätte sofort weitergemacht, um Rache dafür zu nehmen, dass sein Bruder ins Krankenhaus eingeliefert wurde. Um das Feuer eigenhändig zu ersticken, weil es sich an seiner Familie vergriffen hatte.

»Was ist passiert? Wie konnte sich dieses Feuer zu so einer Katastrophe entwickeln?«

Genau die gleiche Frage hatte er sich selbst schon tausendmal gestellt. »Der Wind muss gedreht haben. Ein Funke ist übergesprungen. Logan hat als Erster festgestellt, dass wir oberhalb des Feuers gelandet waren. Es ist die erste Regel, die man Anfängern beibringt: Feuer wählt immer den Weg nach oben. In neunundneunzig Prozent der Fälle wird es dich dabei einholen. Logan hätte sich in Sicherheit bringen sollen. Stattdessen kam er den Berg heruntergerannt, um mich und Sam zu warnen. Wir sollten alles stehen und liegen lassen und die Flucht ergreifen.«

Himmel, er erinnerte sich noch haargenau an diesen Moment. Wie er mit der Kettensäge einem riesigen ausgedörrten Gestrüpp zu Leibe gerückt war, vollkommen in seine Arbeit versunken. Aus den Augenwinkeln hatte er eine Bewegung wahrgenommen. Es war Sam gewesen, der die Säge abgestellt und mit den Armen gewunken hatte. Sein Mund hatte zwei Worte geformt. *»Ein Feuersturm?«* Logan hatte genickt. Ohne ein weiteres Wort waren alle drei gemeinsam den nahezu senkrechten Abhang hinaufgerannt.

»Wir haben Erde und Funken geschluckt, während wir durch helle Aschehaufen gelaufen sind. Ich hatte einen Hustenanfall, deshalb sind die anderen beiden langsamer geworden, damit wir zusammenbleiben konnten. Aber selbst da haben wir noch gedacht, wir würden später mit den Jungs in irgendeiner Bar sitzen und über die Geschichte lachen.«

Sein Atem ging schnell. Zwischen den Bauchmuskeln bildeten sich Schweißperlen.

Ginger hielt seine Hand, und das Gefühl ihrer weichen Haut auf der seinen half ihm dabei, sich zu beruhigen. Es holte ihn in die Blockhütte zurück, in das Schlafzimmer, in dem er vorhin beinahe die Kontrolle über sich verloren hätte.

Sie war so still gewesen, dass er ihre Anwesenheit beinahe vergessen hatte. Aber jetzt kam ihm der Gedanke, dass er sie nur an sich zu ziehen brauchte, um nicht mehr länger reden zu müssen. Wenn er sie küsste, würde sie bestimmt nicht mehr an ihre Frage denken, und vielleicht könnte auch er selbst für ein paar Minuten die Erinnerung an das, was er erlebt hatte, ausblenden.

Er betrachtete ihre zarte Haut, die sinnlichen Rundungen ihres Körpers, das lockige Haar, das ihr auf die Schultern fiel … die Versuchung war so groß, er wünschte sich nichts sehnlicher, als sie wieder zu berühren. Mit ihr zu schlafen wäre sicherlich einfacher, als sich ihr so zu offenbaren. So viel direkter und weniger gefährlich als dieses Auflodern einer tieferen Verbindung zwischen ihnen.

Aber der Teil von ihm, der immer noch klar denken konnte – der Teil, der nicht vollkommen betört war von ihrem Duft, von dem schönen Gefühl, ihre Hand zu halten –, wusste genau, es wäre nur ein kurzer Aufschub.

Denn sobald sie sich genommen hätten, was sie beide wollten, würde sie ihn weiter mit Fragen löchern.

»Der Wind wurde stärker, und plötzlich standen wir direkt vor einer Feuerwand.«

»Das mag ich mir gar nicht ausmalen«, flüsterte sie.

»Nein, das kann man sich auch nicht vorstellen. Dann griffen die Flammen nach mir und rissen mich zu Boden.«

Ginger war so überwältigt, dass sie seinen Namen rief und seine Hand fester packte.

»Sam und Logan waren vor mir. Als sie mitbekamen, dass ich hingefallen war, haben sie kehrtgemacht, um mich zu retten.« Er konnte es immer noch selbst kaum glauben. »Sie sind zurückgekommen!«

»Natürlich sind sie das.«

»Nein!« Er schrie das Wort beinahe heraus. »Dadurch wären sie auch fast gestorben. Sie hätten weiterlaufen sollen. Mich zurücklassen.« Stattdessen hatten sie ihn in ihre Mitte genommen und waren weiter um ihr Leben gerannt. »Logan hat eine Felswand entdeckt, ziemlich hoch, aber wir konnten gerade noch so drüberklettern. Am Ende trafen die Flammen auf den Stein und wurden umgelenkt.«

Danach konnte er sich nur noch an wenig erinnern, er wusste lediglich, dass er ohnmächtig geworden war. Später hatte er in den kurzen Phasen, wenn er das Bewusstsein wiedererlangt hatte, mitbekommen, wie sich die Krankenschwestern unterhielten. Das war am Tag danach gewesen.

»Die Schutzkleidung war mit der Haut an meinen Armen verschmolzen. Am Ende hatten die Ärzte die Haut großflächig entfernen müssen.« Sie hatten sie ihm von den Ellbogen bis zu den Händen abgezogen. Er deutete auf seine Oberschenkel. »Die meiste Haut haben sie von den Beinen genommen und mich wie einen Apfel geschält.«

Sie blickte auf die vernarbten Beine. »Ich …« Sie hielt inne und schluckte mühsam. »Diese Narben waren mir noch gar nicht aufgefallen.«

Sein Mund zuckte. »Alles, was man über Hauttransplantationen hört, ist wahr. Es ist die Hölle.«

An den Armen und Händen war es erträglich gewesen. Vielleicht hatte es an den verletzten Nerven gelegen. Aber die Stellen an den Oberschenkeln, wo die Ärzte die unversehrte Haut entnommen hatten – das waren ein paar schlimme Monate gewesen. Angesichts der unfassbaren Schmerzen, die jede Bewegung oder auch nur eine leichte Berührung mit Stoff ausgelöst hatten, hatte er damals am liebsten wie ein kleines Kind losheulen wollen. Die Ärzte hatten versucht, ihm Schmerzmittel zu verabreichen, aber die Tabletten hatten ihn benommen gemacht, als ob alles in Zeitlupe stattfinden würde.

Dann hatten die Albträume eingesetzt.

»Nur wenige Menschen haben überhaupt den Mut, Feuerwehrmann zu werden«, sagte Ginger leise. »Und noch weniger würden nach so einem Erlebnis in ihren Beruf zurückkehren wollen.«

Früher hatte er sich in bewundernden Worten wie diesen gesonnt. Besonders, wenn sie aus dem Mund einer schönen Frau kamen. Dieser Mann war er jedoch nicht mehr.

Er schüttelte ihre Hand ab. »Deine Komplimente kannst du dir sparen. Ich bin seit zwei Jahren nicht mehr im Einsatz. Dafür hat die Forstbehörde gesorgt.«

Überrascht trat sie einen Schritt zurück. »Aber du hast doch gesagt …«

»Ich habe Berufung eingelegt. Gerade wird auf höchster Instanz entschieden.«

Verdammt, er hatte es selbst die ganze Zeit über nicht wahrhaben wollen. Aber jetzt hatte er die Wahrheit laut ausgesprochen. Es war die letzte Chance, in den Beruf zurückzukehren, für den er wie geschaffen war. Wenn sie ihm das wegnahmen, was dann?

»Sie befürchten, ich würde im Ernstfall wie gelähmt sein. Mich selbst dadurch in Lebensgefahr bringen oder – noch schlimmer – womöglich auch noch Zivilisten gefährden.«

»Aber sie werden doch bestimmt deinen starken persönlichen Einsatz berücksichtigen? Und wie viel dir diese Arbeit bedeutet?«

Das sagte er sich auch ständig. Deswegen stand er jeden verfluchten Tag um fünf Uhr früh auf und lief sechzehn Kilometer am Stück.

»Weiß die Behörde über deine Albträume Bescheid? Oder über die Sache mit deinen Händen?«

Er griff in die Reisetasche, die auf der Kommode stand, fischte eine Shorts heraus und zog sie an. »Was glaubst du denn?«

»Nein, ich hätte vermutlich auch nichts gesagt, wenn ich meinen Job wiederhaben wollte.« Ihre Stimme klang nicht wertend, auch nicht mitleidig. Aus ihr sprach reines Verständnis. »Wann wollen sie dir denn ihre endgültige Entscheidung mitteilen?«

Er beobachtete, wie sie den Morgenmantel enger um sich zog. Auch wenn es hundert Gründe gab, warum er sich von ihr fernhalten sollte, begehrte er sie. Noch ein Kuss. Mehr bräuchte es nicht, um sie in sein Bett zu locken. Er würde über sie gleiten und in sie hinein, sich nur noch auf ihre Haut, ihren Schweiß und ihre Bewegungen konzentrieren und ein paar selig machende Sekunden lang diesen ganzen Albtraum vergessen.

Nachdem sie ihm jedoch so verständnisvoll zugehört hatte, verdiente sie etwas Besseres als nur eine heiße Nacht mit einem arbeitslosen Feuerwehrmann, der von nächtlichen Angstattacken geplagt wurde und immer wieder mit tauben oder überempfindlichen Händen zu kämpfen hatte.

»Noch in diesem Sommer.«

Ginger sah ihn eine Weile wortlos an, dann wandte sie sich ab und ging hinaus. Dabei drehte sie sich noch einmal um und sagte mit sanfter Stimme: »Ich hoffe wirklich, dass du bekommst, was du dir wünschst. Gute Nacht, Connor.«

Er begann sofort damit, Liegestützen zu machen. Vielleicht würde es ihm so gelingen, diese immer größer werdende Leere zu füllen, diesen Abgrund, der sich unter seinen Füßen auftat und nur darauf wartete, dass er wieder hineinstürzte.

An Schlaf war in dieser Nacht nicht mehr zu denken.

7

Während der restlichen Nacht schreckte Ginger immer wieder aus einem leichten Schlaf auf, weil ihr Connors Geschichte nicht mehr aus dem Kopf gehen wollte. All die Bilder, die er heraufbeschworen hatte. Und auch diejenigen, die er nicht beschrieben hatte, die sie sich jedoch leicht selbst hatte ausmalen können.

Endlose Krankenhausaufenthalte. Die Ungewissheit, ob er je wieder seine Hände würde gebrauchen können. Dann der Kampf mit der Forstbehörde, um seinen Job zurückzubekommen, nachdem er bereits so viel dafür geopfert hatte.

Seine Leidensgeschichte hatte sie tief berührt. Mit jedem Wort hatte er sie bis ins Mark erschüttert. Sie hatte sich nach ihm verzehrt, während sie ihm zugehört hatte. Hatte gar keine andere Wahl gehabt, als nach seiner Hand zu greifen, um ihn spüren zu lassen, dass er nicht allein war, und ihm etwas von seinem Schmerz abzunehmen – wenn auch nur für den Augenblick. In den kurzen Wachphasen fragte sie sich besorgt, ob er überhaupt hatte einschlafen können, und hoffte, ihn würde nicht wieder ein Albtraum verfolgen, sobald er sich dem Schlaf hingab.

Zum ersten Mal seit vielen Jahren wurde sie von ihrem Wecker geweckt und nicht von den ersten Sonnenstrahlen. Da es gerade erst sechs Uhr war, ging Ginger davon aus, dass Connor noch schlafen würde, aber die Tür zu seinem Zimmer stand sperrangelweit offen. Wo mochte er nur stecken? Hatte er vielleicht genug von ihren neugierigen Fragen gehabt und war nach Kalifornien zurückgefahren?

Wenn sie nur daran dachte, drehte sich ihr bereits der Magen um – auch wenn sie sich gestern noch gewünscht hatte, er möge schleunigst wieder verschwinden. Also sah sie nach, ob er seine Kleider mitgenommen hatte.

Als sie seine Reisetasche auf der Kommode entdeckte, war sie unendlich erleichtert. Er war nicht fort. Noch nicht. Und auch wenn sie nicht wusste, wie sich die Dinge zwischen ihnen nach der letzten Nacht weiterentwickeln würden, war sie froh darüber.

Nachdem Ginger hastig geduscht hatte, zog sie sich an und ging in die Küche, um noch schnell eine Tasse Kaffee hinunterzustürzen, bevor sie wieder ins Diner fuhr. Dabei blickte sie durch das Küchenfenster auf das Seeufer hinaus und sah Connor, der gerade offenbar ein schweißtreibendes Training durchzog. Im Augenblick machte er Klimmzüge an einem der Bäume am Seeufer.

Sein Anblick erinnerte sie sofort daran, wie er sich angefühlt hatte – die warmen, festen Muskeln, seine Finger auf ihren Brüsten. Noch nie hatte sie sich körperlich so stark zu einem Mann hingezogen gefühlt oder das Verlangen gehabt, von ihm *besessen* zu werden.

Im hellen Tageslicht traten die Narben auf seinem Körper deutlich hervor. Während sie ihn beobachtete, spielte sich in ihrem Kopf noch einmal das verheerende Feuer ab, fast so als wäre sie mit ihm dort gewesen.

Welche Mühe musste es ihn gekostet haben, überhaupt so weit zu kommen, dass er sich mit den verletzten Händen an einem Ast festhalten und hochziehen konnte?

Und wie schwierig war es wohl auch jetzt noch?

Bildhauerei hatte Ginger nie besonders gereizt, obwohl sie sich neben der Malerei auch für andere künstlerische Ausdrucksformen interessierte. Aber sie war sicher, wenn sie jetzt etwas Ton zur Hand hätte, würde ihr ein wahres Meisterwerk gelingen. Einfach nur, weil die Vorlage so inspirierend war.

Wenn die Frühschicht zu Ende ging, war Ginger jedes Mal von Neuem erstaunt darüber, wie schnell sieben Stunden verstreichen konnten.

»Also«, begann Isabel, als alle Gäste gegangen waren. »Wie ist es letzte Nacht mit Connor gelaufen?«

Ginger wusste ganz genau, dass Isabel diese Frage schon den ganzen Tag auf der Zunge gebrannt hatte. Und sie konnte es ebenfalls kaum erwarten, ihrer Freundin alles zu beichten. »Mir fallen nur zwei Worte ein, um es zu beschreiben: unwiderstehliche Anziehungskraft.«

Isabel packte sie am Arm und zog sie zu einem der Stühle im Gastraum hinüber. »Was meinst du damit?«

»Wir haben uns unterhalten.« *Unter anderem.* »Ziemlich lange sogar.«

Wenn sie die Augen schloss, war sie sofort wieder dort, in seinem Schlafzimmer, und sah, wie er seinen Schmerz zu unterdrücken versuchte, während er ihr von dem Feuer erzählte.

»Er hat so viel durchgemacht. So hart gearbeitet, um dahin zu kommen, wo er heute ist. Er ist wirklich ein ganz außergewöhnlicher Mann.«

»Ich dachte, er erinnert dich an deinen Exmann.«

Stimmt, das hatte sie gesagt, nicht wahr?

»Meinst du nicht, der erste Eindruck kann manchmal auch täuschen? Dass sich alles ändert, wenn man jemanden erst näher kennenlernt und mehr über ihn erfährt?«

»Vielleicht. Es könnte aber auch ein Trick sein, mit dem wir uns selbst davon überzeugen wollen, dass wir etwas haben können, von dem wir uns eigentlich fernhalten sollten«, sagte Isabel eindringlich. »Mal davon abgesehen, wie gut kann man sich in einer einzigen Nacht schon kennenlernen?«

Gingers Wangen färbten sich augenblicklich dunkelrot. Das war Antwort genug.

»Willst du mir etwa sagen, du bist mit ihm ins Bett gegangen? Mit demselben Kerl, mit dem du gestern noch auf keinen Fall etwas zu tun haben wolltest?«

»Nein, das nicht«, sagte sie und war froh, ihre Freundin in dieser Hinsicht nicht anlügen zu müssen. »Er hat mich vor einem herabstürzenden Ast gerettet, und später haben wir uns geküsst, aber …«

»Oh Ginger.« Isabel streichelte ihr die Wange. »Ich wollte dir gestern Abend eigentlich nichts davon erzählen. Ich hatte gehofft, dass das nicht nötig sein würde. Du warst schließlich so wild entschlossen, dich von ihm fernzuhalten. Aber ich finde wirklich, du solltest dich vor Connor in Acht nehmen.«

»Warum das?« Isabel war schließlich immer diejenige gewesen, die sie ermuntert hatte, auszugehen und Männer kennenzulernen. »Kanntest du ihn gut, als er noch klein war?«

»Nein. Um ehrlich zu sein, habe ich weder ihn noch seinen Bruder viel zu Gesicht bekommen. Nur wenn sie mal ein Lagerfeuer am Seeufer gemacht haben oder auf dem See Wasserski gefahren sind. Ich will bloß verhindern, dass du verletzt wirst.«

»Das weiß ich doch«, sagte Ginger zögerlich. Sie war auch wirklich dankbar für die warnenden Worte ihrer Freundin, aber irgendetwas daran kam ihr seltsam vor. Wenn es nicht um Connor, sondern um irgendeinen anderen Mann gegangen wäre, hätte Isabel sie dann nicht sogar ermutigt? Ihr geraten, nicht länger auf Nummer sicher zu gehen, sondern einmal im Leben etwas zu wagen?

Da kam ihr eine mögliche Antwort in den Sinn. »Wie ernst war eigentlich damals die Sache zwischen dir und Connors Vater? Nur ein paar Verabredungen? Oder war da mehr?«

Der Schmerz, der sich daraufhin im Gesicht ihrer Freundin breitmachte, ließ sie ihre Fragen sofort bereuen. Ginger hatte sich jahrelang immer so stark zurückgenommen, dass sie jetzt im

Gegenzug manchmal über das Ziel hinausschoss. So war es mit Connor gewesen und nun auch mit Isabel. Durch ihr ständiges Nachbohren zwang sie alle dazu, Dinge preiszugeben, die sie lieber für sich behalten würden.

Noch bevor Ginger dazu kam, sich für ihr aufdringliches Verhalten zu entschuldigen und ihrer Freundin zu versichern, dass sie für ihre Fürsorglichkeit dankbar war, sprudelte es aus Isabel heraus: »Es war schon ziemlich ernst mit uns. Sogar mehr als das.«

Dann begann sie, einfach so, Ginger die ganze Geschichte mit Connors Vater zu erzählen.

Fünfzehn Jahre alt, mit langen, schlanken Beinen, die gut gebräunt unter einem Strandkleid hervorschauten – so stand Isabel an der Ecke First und Main Street am Straßenrand und wartete.

Sie war den Weg von der Blockhütte ihrer Eltern hierher mit dem Fahrrad gefahren. Eigentlich hatte sie sich mit ihrer Freundin Judy verabredet gehabt, aber von ihr war nichts zu sehen, obwohl Isabel bereits seit einer halben Stunde vor dem Diner herumstand. Aber da sie wusste, wie streng Judys Eltern waren und dass sie ihre Tochter nur ungern alleine aus dem Haus ließen, war sie ihr deswegen nicht böse. Schließlich war es ein wunderschöner Sommertag. Und außerdem war sie ja auch hergekommen, um in dem kleinen Gemischtwarenladen diese Sandalen anzuprobieren, die sie im Schaufenster entdeckt hatte.

Vielleicht, dachte sie mit einem Lächeln auf den Lippen, würden ihre Eltern ihr ja ein Paar zum Geburtstag schenken, der nur noch wenige Wochen entfernt war. Als Musiker verdienten sie zwar nicht besonders viel Geld, aber Isabel fühlte sich trotzdem nie benachteiligt. Wieso auch? Immerhin hatten sie ein unglaubliches Ferienhaus am Blue Mountain Lake, in dem sie jeden Sommer wohnen konnten. Ihr Großvater hatte es in der Zeit um

1910 selbst gebaut. Bereits ihre fünf älteren Geschwister hatten die Sommer am Seeufer direkt vor dem Haus verbracht – sie war das Nesthäkchen in der Familie oder, wie ihre Mutter es gerne nannte, »eine wundervolle Überraschung«. Isabel hatte noch den ganzen Sommer vor sich. Keine Schule. Kein Unterricht. Einfach nur Spaß haben und die Sonne genießen.

Gut gelaunt spazierte sie die Straße entlang. Das Fahrrad ließ sie einfach an die Backsteinmauer gelehnt zurück. In den vergangenen Sommern hatte sie manchmal für ein oder zwei Wochen Freundinnen aus der Stadt hierher eingeladen, aber keine von ihnen hatte dem Ort so viel abgewinnen können wie sie. Sie nannten Blue Mountain Lake »das Ende der Welt« und beschwerten sich darüber, es würde hier zu wenig Läden und kaum Jungs geben.

Isabel reichten die restlichen neun Monate des Jahres jedoch vollkommen aus, um nach Herzenslust bummeln zu gehen. Die Zeit zwischen Juni und August war anderen Dingen vorbehalten: Natur, Familie, Spaß haben.

Und was gut aussehende Jungs betraf, so gab es für Isabel sowieso nur einen einzigen.

Sein Name war Andrew. Er wohnte im Nachbarhaus. Und er schien noch nicht einmal zu wissen, dass sie existierte.

Mit seinen siebzehn Jahren hatte er bereits den Körperbau eines erwachsenen Mannes. Mit breiten Schultern und hellbraunem Haar, in das sich mit jeder weiteren Sommerwoche mehr blonde Strähnchen mischten. Sie war seit dem zehnten Lebensjahr in ihn verliebt. Fünf Jahre heimliches Schwärmen. Fünf Jahre Zeit, um zu träumen. Fünf Jahre, in denen sie sich ganz genau zurechtgelegt hatte, was sie sagen würde, um ihn bei ihrer ersten Unterhaltung zu beeindrucken.

Andrew war ihr Märchenprinz, daran bestand kein Zweifel. Eines Tages würde er sich nach ihr umsehen und sie endlich bemerken. Eines Tages würde er sie küssen – bei dem Gedanken errötete sie –, und wenn er dann erst einmal erkannt hatte, dass er ohne sie nicht leben konnte, würden sie heiraten und für immer und ewig glücklich sein.

Isabel blickte kurz nach links und rechts, bevor sie über die Straße rannte. Als sie die Tür des Lädchens erreicht hatte, war sie ein wenig außer Atem. In dem zweistöckigen Gebäude hatte sich bereits ein Geschäft befunden, als sie noch ein kleines Kind gewesen war. Von Unterwäsche über Flipflops bis hin zu Geschirr bekam man hier einfach alles.

Mit der Hand am Türknauf blieb sie stehen, weil ihr Blick auf ein Schild gefallen war: AUSHILFSKASSIERERIN GESUCHT stand da. Isabel überlegte noch, ob es ihr Spaß machen würde, ein paar Stunden die Woche Einkäufe abzukassieren, um sich ein bisschen Extrageld für Milchshakes und Eis am Stiel dazuzuverdienen, da griff ein kräftiger, gebräunter Arm an ihr vorbei, um die Ladentür zu öffnen.

Als sie hochsah und direkt in Andrews Augen blickte, stockte ihr der Atem. »Ach, tut mir leid, ich sollte nicht hier im Weg rumstehen«, plapperte sie los, und ihre Worte überschlugen sich fast, was die ganze Angelegenheit noch peinlicher machte.

Aber der Junge, den sie seit Jahren aus der Ferne angehimmelt hatte, schien es keineswegs eilig zu haben. Er lächelte sie an – ihr fiel auf, wie schön das Weiß seiner Zähne sich von seinem tiefbraunen Gesicht abhob –, und dabei bildeten sich kleine Lachfältchen um seine grünen Augen.

»Macht doch nichts«, sagte er. Seine tiefe Stimme jagte ihr einen Schauer über den Rücken. »Ich habe es nicht eilig. Du etwa?«

Ihre Wangen brannten so stark, als würde ihr Kopf in Flammen aufgehen.

»Nein«, antwortete sie zögerlich, und dabei kam ihr ihre eigene Stimme plötzlich viel zu laut und aufgeregt vor. Als sie feststellte, dass er ihr immer noch die Tür aufhielt, huschte sie in die wohl-

tuende Kühle hinein, die die Hitze in ihrem Körper ein wenig linderte. Bis zum Abend würde sich ihr wie eine kleine Trommel schlagendes Herz vielleicht wieder beruhigt haben. Aber anstatt an ihr vorbeizugehen, blieb Andrew immer noch lächelnd direkt neben ihr stehen.

In seinem Blick gefangen, vergaß Isabel zu atmen, bis er fragte: »Wir sind Nachbarn, habe ich recht?«

Sie nickte so heftig, dass ihr Pferdeschwanz auf und ab wippte. Unzählige Male hatte sie sich diesen Moment ausgemalt. Eigentlich hatte sie vorgehabt, sich ein bisschen zu zieren – sich über seine Aufmerksamkeit erfreut zu zeigen, sich aber gleichzeitig zurückzunehmen, um ihn weiter bei der Stange zu halten.

Stattdessen benahm sie sich wie ein tollpatschiger Welpe, der alles dafür tat, gestreichelt zu werden.

Obwohl sie noch keine Erfahrung mit dem anderen Geschlecht gesammelt hatte – keine Küsse, kein Händchenhalten, noch nicht einmal eine Verabredung fürs Kino –, regte sich plötzlich eine ganz neue Stimme in ihr. Die Frau, zu der sie bald werden sollte, gab ihr den Rat, nichts zu überstürzen und ihm den ersten Schritt zu überlassen.

Nachdem sie einmal tief durchgeatmet hatte, gelang ihr ein leichtes Lächeln, das seinem ähnelte. »Ja, das stimmt. Ich bin Isabel.«

»Andrew«, sagte er und streckte die Hand aus.

Sie fand es herrlich, wie er das sagte. Als wüsste sie nicht, wie er hieß. Als wäre sie nicht schon seit fünf Jahren hoffnungslos in ihn verknallt.

Unter Aufbietung all ihrer Willenskraft gelang es ihr, ein »Wir sehen uns« herauszubringen, nachdem sie sich die Hand geschüttelt hatten. Dann eilte sie an ihm vorbei in den ersten Stock, wo sich die Frauenabteilung befand.

Dort griff sie wahllos nach irgendeinem Pullover, stürmte in eine der Umkleidekabinen, zog die Tür hinter sich zu und setzte sich erst einmal auf den Boden. Sie war vollkommen durcheinander. Mit wild hämmerndem Herz blickte sie in den Spiegel und sah, dass ihre Wangen sich puterrot verfärbt hatten. Glücklicherweise stand ihr das ganz gut, aber sie war fest überzeugt, sich Andrew gegenüber dadurch verraten zu haben – mochte sie sich bei ihrer Verabschiedung auch noch so gelassen gegeben haben. Bestimmt wusste er ganz genau, wie verliebt sie in ihn war.

Und deswegen würde sie auch genau hier, in dieser Umkleidekabine, sitzen bleiben, bis sie sich einhundertprozentig sicher sein konnte, dass er wieder verschwunden war.

Nachdem einige Minuten vergangen waren, klopfte es an der Tür. »Entschuldigen Sie, Miss, ist alles in Ordnung mit Ihnen?«

Schnell sprang Isabel auf die Füße, fuhr sich mit der Hand über das Haar und öffnete die Tür. »Ja, danke.« Sie hob den Pulli in die Höhe. »Tut mir leid, aber der steht mir nicht so richtig.«

Erst als sie der Verkäuferin das aufwendig bestickte Teil zurückgab, fiel ihr auf, dass darauf ein von acht riesigen Rentieren umringter Weihnachtsmann abgebildet war. So etwas würde nicht einmal ihre Großmutter tragen.

Es schien ihr ratsam, sich so schnell wie möglich aus dem Staub zu machen. Sie entschied also, die Sandalen ein andermal anzuprobieren. Stattdessen verließ sie den Laden und wollte gerade zu ihrem Fahrrad zurückrennen, als die ersten Regentropfen fielen. Kurz darauf war ein tiefes Donnergrollen zu hören. Sie sollte sich lieber irgendwo unterstellen, bevor das Gewitter losbrach. Da es ihr aber zu peinlich war, wieder in den Laden zurückzugehen, entschied sie sich für das überdachte Bootshaus am Ende des öffentlichen Steges. Dort würde sie abwarten, bis sich das Unwetter wieder verzogen hatte.

Von ihrem Sitzplatz auf den lackierten Holzplanken aus betrachtete sie an die Wand gelehnt die weißen Gischthauben der

Wellen, die über den See trieben. Der Regen riss kleine Löcher in die Wasseroberfläche. Wenn sie die frische Bergluft einsog, stieg ihr der süßliche Geruch des Regens in die Nase. Langsam entspannte Isabel sich wieder.

Am liebsten würde sie ihre Begegnung mit Andrew noch einmal genüsslich im Geiste durchspielen. Gleichzeitig wünschte sie sich aber auch, sie könnte die ganze Geschichte einfach vergessen. Im besten Fall hielt er sie für ein kleines Mädchen. Im schlimmsten Fall würde er sich mit seinen Freunden über ihre Schwärmerei kaputtlachen.

Sie zog die Knie unters Kinn, schlang die Arme um die Beine und seufzte tief. Mit einem Mal verstand sie, warum in all den Liedern immer die Rede davon war, dass Liebe wehtat. So war es. Es schmerzte wirklich sehr.

Besonders, wenn die Liebe vollkommen unerwidert blieb.

»Darf ich mich zu dir setzen?«

Überrascht wandte Isabel den Kopf in die Richtung, aus der die tiefe Stimme gekommen war. Ihr stockte erneut der Atem.

Andrew schenkte ihr ein liebevolles, beinahe entschuldigendes Lächeln. »Ich wollte dich nicht erschrecken.« Er hielt ihr eine Eiswaffel hin. »Vielleicht kann ich es damit wiedergutmachen?«

Sein Haar war klitschnass; Regen lief ihm die Wangen hinab. Isabel konnte das breite Lächeln, das in ihr Gesicht trat, einfach nicht unterdrücken. Wie auch, schließlich wurden gerade all ihre Träume wahr. Als sie nach dem Eis griff, wurde sie jedoch mit einem Mal wieder so schüchtern, dass sie kein Wort mehr herausbekam.

»Ein guter Ort, um sich vor einem Gewitter zu verstecken«, sagte er und streckte die langen, gebräunten Beine neben ihr aus.

Isabel nickte und begann, ihr Eis zu essen. Sie war immer noch zu verunsichert, um etwas zu erwidern. Warum war er ihr gefolgt?, fragte sie sich. Hatte er vielleicht Mitleid mit dem Mädchen aus dem Laden gehabt, dessen Welt er mit ein paar Worten so sehr durcheinandergebracht hatte, dass sie mit hochrotem Kopf dagestanden hatte? Oder steckte womöglich mehr dahinter?

Bestand eventuell die winzige Chance, dass er sie auch mochte?

»Also«, sagte er beiläufig, »in welche Klasse kommst du denn nächstes Jahr?«

Weil sie den Happen Vanilleeis, den sie gerade im Mund hatte, viel zu schnell hinunterschluckte, fuhr ihr die Kälte bis in die Stirn hinein. Der plötzliche Kopfschmerz ließ sie zusammenzucken. »Die Elfte.« Isabel betrachtete ihn verstohlen, aber so gut, wie er aussah, reichte das bereits völlig aus, um sie aus der Fassung zu bringen. Deshalb richtete sie ihren Blick wieder auf das Wasser und fragte zurück: »Und du?«

»Ich fange im Herbst mit der Uni an, New York University.«

Der Campus war nicht weit von ihrem Zuhause entfernt. »Gratuliere«, sagte sie. »Das ist eine gute Uni.« Für die nächste Frage musste Isabel ihren ganzen Mut zusammennehmen. »Weißt du schon, was du studieren wirst?«

»Maschinenbau. Aber keine Industriemaschinen. Mich interessieren Boote. Ich werde ein Boot bauen und damit um die Welt segeln.«

Isabel ertappte sich dabei, wie sie ihm lächelnd zunickte. »Ach, ich segele sehr gerne. Es gibt nichts Schöneres!«

Er blickte ihr tief in die Augen. »Hört sich ganz so an, als würden wir ein ziemlich gutes Team abgeben, oder?«

Ihr wäre beinahe die Eistüte aus der Hand gefallen, obwohl ihr bewusst war, dass sie in seine Worte viel zu viel hineininterpretierte, weil sie schon so lange in ihn verschossen war.

Aber es verwirrte sie einfach zu sehr, wenn er sie so ansah. »Du hast da etwas Eis«, sagte er schließlich. Als Nächstes spürte sie seine Finger auf ihrer Wange. Während er über ihre Haut strich, bekam sie am ganzen Körper eine Gänsehaut.

Nicht nur, dass er mit ihr geredet hatte, er hatte sie auch noch berührt!

Und dann war das Gewitter genauso plötzlich wieder vorbei, wie es begonnen hatte. Es dauerte nicht lange, bis sich die ersten Sonnenstrahlen auf dem See spiegelten und Dampf von der Oberfläche aufstieg.

»Ich glaube, wir können uns langsam auf den Heimweg machen«, sagte er und stand auf. »Soll ich dich mitnehmen?«

Traurig darüber, dieses einmalige Angebot ausschlagen zu müssen, zeigte sie auf ihr Fahrrad.

»Das passt locker in meinen Kofferraum.«

Gemeinsam schlenderten sie zum Blue Mountain Diner. Andrew steuerte geradewegs auf einen wunderschönen Oldtimer zu.

Als er die Heckklappe öffnete, sagte er betont lässig: »Den hab ich selbst wieder auf Vordermann gebracht. Ich wollte ihn bis zum Sommer fertig haben.«

Mühelos hob er ihr Rad in den großen Kofferraum, dann ging er einmal um den Wagen herum und hielt ihr die Beifahrertür auf.

»Du bist mein erster Fahrgast.«

Außer sich vor Freude und Aufregung glitt Isabel auf den kühlen Ledersitz. Sie faltete die Hände im Schoß, damit sie nicht vor Nervosität zu zittern begannen. Anstatt selbst einzusteigen, beugte sich Andrew jedoch erst über sie und griff nach einer Handkurbel hinter ihrem Sitz. Nur Sekunden später begann sich das Dach des Autos einzufalten.

»Wow, was für ein Wagen!«, sagte sie anerkennend, da sie spüren konnte, wie stolz er darauf war.

Als er sie daraufhin anlächelte, nahm ihr der glückliche Ausdruck in seinen grünen Augen den Atem. »Freut mich, dass er dir gefällt. Und ich bin auch froh darüber, dass du bei der Jungfernfahrt dabei bist.«

Zum ersten Mal seit ihrer Begegnung vorhin vor der Tür des Gemischtwarenladens entspannte sich Isabel. Wovor sollte sie Angst haben, wenn er sie doch auf diese Weise anschaute – als sei sie das schönste Mädchen der Welt? Noch nie hatte ihr jemand dieses Gefühl gegeben. Es war einfach sensationell.

Auf ihrem Weg die Main Street entlang erntete Andrew bewundernde Blicke für sein Cabrio. Danach ging es die Straße am See entlang in Richtung ihrer Ferienhäuser. Isabel löste den Pferdeschwanz, schloss die Augen und genoss den Wind, der ihr durchs Haar fuhr. Sie war glücklicher als je zuvor. Und so lebendig hatte sie sich auch noch nie gefühlt.

Sie wünschte sich, die Fahrt würde niemals enden, aber die acht Kilometer waren viel zu kurz, und noch ehe sie sich versah, hielt Andrew bereits auf dem kleinen Parkplatz hinter dem Haus seiner Eltern.

»Ich bring dich noch schnell rüber«, bot er an. Sie nahm dankend an, obwohl es wirklich kein Problem gewesen wäre, die paar Hundert Meter alleine zu laufen. Auf dem Weg durch das dichte Wäldchen, das die beiden Häuser voneinander trennte, schob er ihr Fahrrad zwischen ihnen her.

»Vielen Dank fürs Mitnehmen«, sagte sie leise, als der Wald sich lichtete und die Hütte ihrer Eltern in Sicht kam. »Und auch für das Eis.«

Mit einem Mal war er es, der nervös und angespannt wirkte. Isabel war erst überrascht von dieser plötzlichen Wendung, dann dämmerte ihr jedoch, dass er sie gleich nach einer Verabredung fragen würde.

Anstatt »Ja!« zu rufen, noch bevor er überhaupt gefragt hatte, biss sie sich auf die Zunge, um ihm den ersten Schritt zu überlassen, obwohl es ihr schwerfiel.

»Ich würde, ähm«, er räusperte sich, »ich würde dich gerne wiedersehen, Isabel.«

»Das fänd ich auch schön«, sagte sie sanft. Dann stellte sie sich auf die Zehenspitzen und hauchte ihm einen Kuss auf die Lippen – sie konnte einfach nicht anders.

Anschließend rannte sie den restlichen Weg bis zu ihrem Haus und ließ Andrew mit ihrem Rad in der Hand dort stehen.

Die lauten Schläge der Uhr hinter der Bar, die die Form einer Colaflasche besaß, holten Isabel zurück in die Gegenwart. Es war bereits drei.

»Nicht zu fassen, dass ich dich eine ganze Stunde lang mit dieser alten Geschichte vollgequasselt habe.«

Obwohl Ginger beteuerte, dass sie natürlich alles darüber hatte erfahren wollen, waren Isabel die dunklen Schatten unter ihren Augen nicht entgangen. Was auch immer letzte Nacht zwischen ihr und Connor vorgefallen war, offensichtlich hatte Ginger wenig Schlaf abbekommen.

Isabel schob ihren Stuhl zurück und sagte: »Lass uns von hier verschwinden.«

»Aber du hast mir das Wichtigste noch gar nicht erzählt. Warum ihr euch getrennt habt«, protestierte Ginger. »Ich meine, es hörte sich doch ganz nach der großen Liebe an – als ob ihr zwei füreinander bestimmt gewesen wärt.«

»Wie wär's, wenn ich dir die ganze Sache in zehn Worten erkläre?«

»Einverstanden.«

»Er hat mich betrogen. Sie wurde schwanger. Sie haben geheiratet.«

»Wow«, sagte Ginger. »Genau zehn Worte.«

Isabel lachte. Sie hatte bereits vor langer Zeit entschieden, dass das viel besser war, als Tränen zu vergießen.

8

Obwohl es eigentlich nichts Besseres gab, als eine Stunde im kristallklaren Wasser des Sees zu schwimmen, fühlte sich Connor danach nicht annähernd so gelöst oder befreit, wie er gehofft hatte. Und das lag an der vergangenen Nacht – nach all den Dingen, die er Ginger anvertraut hatte, hätte er am liebsten Ketten vor ihre Tür gelegt, um sich leichter von ihr fernhalten zu können.

Gott sei Dank war sie zur Arbeit gegangen. Das verschaffte ihm ein paar Stunden, um sich wieder in den Griff zu bekommen. Vielleicht würde es ihm ja noch gelingen, sich selbst davon zu überzeugen, dass seine Welt nicht vollkommen erschüttert war, nur weil er ihre Hand gehalten hatte. So etwas war ihm bisher mit keiner Frau passiert – nicht einmal wenn er Sex mit ihr hatte.

Aber im Moment hatte er Ginger einfach nichts zu geben. Wenn sie sich zwei Jahre früher begegnet wären, dann hätten sie vielleicht …

Mist, verdammter. Besser, er fing gar nicht erst mit so etwas an. Nachdem er sein ganzes Leben lang mit angesehen hatte, wie sich seine Eltern gegenseitig zerfleischt hatten, glaubte er nicht mehr an Liebe und Ehe. Obwohl er Frauen sehr gern mochte – wie sie sich bewegten, wie sie rochen, wie sie beim Sex zum Höhepunkt kamen –, war er bislang noch keiner begegnet, die einzigartig genug gewesen wäre, um an seinen Ansichten zum Thema Beziehung etwas zu ändern.

Mit einem um die Hüften geschlungenen Strandtuch und sandigen Füßen machte er sich auf den Weg zur Hütte, ging die Treppen hinauf, bis er sich vor Gingers Zimmer wiederfand.

Gedankenverloren strich er über eines der Tücher, die an der Wand über der Zimmertür hingen.

Ihm war, als könne er sie immer noch spüren, wie sie in seinen Armen gelegen hatte, so weich und warm. Er erinnerte sich noch genau an ihren Blick, während sie ihm seine Geschichte entlockt hatte. So als ob sie selbst bereits genug schlimme Dinge erlebt hätte, um seinen Leidensweg verstehen zu können. Niemand sonst – weder sein Bruder noch die restlichen Mitglieder der Hotshot-Crew, und ganz sicher nicht die Psychologen, die die Forstbehörde zu ihm geschickt hatte – hatte ihm jemals auf diese Weise zugehört. Ohne zu urteilen, ohne jegliche Hintergedanken.

Er zwang sich, zu seinem eigenen Zimmer weiterzugehen. Dort schlüpfte er in trockene Kleider und versuchte, nicht mehr an Ginger zu denken. In der nächsten Stunde war er damit beschäftigt, das Haus zu inspizieren und eine Liste sämtlicher Mängel zu erstellen, die behoben werden mussten, damit in der Hütte wieder alles den Bauvorschriften entsprach.

Nach unzähligen Brandeinsätzen konnte Connor nicht anders, als das Haus mit dem geschulten Blick eines Feuerwehrmanns zu betrachten: Als Erstes musste das veraltete Leitungsnetz erneuert werden. Außerdem sollte er besser den Herd ersetzen, auch wenn seine Großmutter früher immer so stolz auf ihre zwei Herdplatten und den kleinen Backofen gewesen war. Darüber hinaus brauchten sie Rauchmelder in jedem Zimmer, einen Feuerlöscher und Notleitern für die Zimmer und das Bad im Obergeschoss.

Bevor Connor allerdings in den Baumarkt fahren konnte, um sich alles Nötige zu besorgen, musste er erst einmal seinen Leihwagen loswerden. Für die Renovierungsarbeiten, besonders für den Abtransport der alten Stämme im Wohnzimmer, die er austauschen wollte, brauchte er einen Lastwagen.

Also griff Connor zum Telefon und rief bei der einzigen Firma an, die in der Gegend Autos vermietete. Als Tim Carlson sich meldete, war er ziemlich überrascht.

Verflucht noch eins, überall tauchten alte Freunde von ihm auf. Und heute war ihm nun wirklich nicht nach einem Gespräch über alte Zeiten und darüber, was es Neues gab. Aber da er sich einen Wagen besorgen musste, parkte er bereits zehn Minuten später vor einem frisch gestrichenen, weißen Bauernhaus.

Kaum war er ausgestiegen, da rannte auch schon ein kleines Mädchen mit zwei Zöpfen auf ihn zu, um ihn zu begrüßen.

»Hallo!«, rief sie und winkte ihm dabei mit ihrer kleinen Patschehand unbeholfen zu.

Er ging in die Hocke, und ihr nahezu zahnloses Lächeln vertrieb seine düstere Stimmung augenblicklich. Aus großen, braunen Augen schaute sie ihn an.

»Hallo hübsche Dame. Ich bin Connor.«

Die Kleine brabbelte irgendetwas, das wohl ihr Name sein sollte. In diesem Moment kam sein Freund Tim dazu und schnappte sie sich. Er hob das kichernde Mädchen hoch über seinen Kopf und reichte es dann an die Mutter weiter, die ebenfalls nach draußen gekommen war.

»Schön, dich wiederzusehen«, sagte Tim, umarmte Connor und stellte ihm dann seine Frau vor. »Kelsey, das ist Connor.« Während sie sich die Hand gaben, fügte er hinzu: »Jetzt verstehst du sicher, warum ich bis nach unserer Hochzeit gewartet habe, um dir diesen Kerl vorzustellen. Neben Connor und seinem Bruder wirkt der Rest von uns nur wie zweite Wahl.«

Lachend nahm seine Frau ihre Tochter auf die Hüfte. »Das ist Holly.« Holly gähnte und rieb sich die Augen. »Ich werde sie jetzt für ihr Mittagsschläfchen fertig machen. Wenn ihr Jungs dann genug mit Autos gespielt habt, gibt es einen Brunch.«

Connor erfuhr, dass Tim vor fünf Jahren geheiratet und das Großstadtleben aufgegeben hatte. Seine Firma *Carlson Con-*

struction hatte sich seither zur führenden Baufirma von Blue Mountain Lake gemausert. Nebenbei reparierte er auch alte Trucks. Und nachdem die Lastwagenflotte auf ein gutes Dutzend angewachsen war, hatte seine Frau vorgeschlagen, das Autohaus zu kaufen. Also hatte er das getan.

Angesichts der schlechten Laune, mit der Connor hier angekommen war, war es doch erstaunlich, wie entspannt er nun an einer frisch gemähten Weide entlangspazierte, auf der drei Pferde grasten. Er hatte schon lange keinen Kumpel mehr getroffen, der nicht bei der Feuerwehr arbeitete, und der ihn nicht die ganze Zeit daran erinnerte, was er verloren hatte.

»Eine nette Familie hast du da«, sagte Connor.

»Danke. Wir sind sehr glücklich. Und ich bin froh darüber, dass Holly hier in der Natur mit Erde und Gras unter den Füßen aufwachsen kann, statt auf dem Bürgersteig spielen zu müssen oder in eingezäunten Parks.« Er warf Connor einen neugierigen Blick zu. »Was zum Teufel ist eigentlich mit deinen Händen passiert, Kumpel?«

Connor dachte kurz darüber nach, ob er sich vielleicht ein T-Shirt mit der Aufschrift FLÄCHENBRÄNDE KÖNNEN GANZ SCHÖN BESCHISSEN SEIN besorgen sollte.

»Ich sollte lernen, schneller zu rennen.«

»Schon klar«, erwiderte Tim, »du musst auch nicht groß etwas erklären. Wahrscheinlich bist du es leid, ständig darüber zu reden.«

In Wahrheit hatte er noch nie wirklich darüber geredet. Bis auf letzte Nacht, als er sich Ginger anvertraut hatte. Und da wurde Connor klar, dass er nicht länger totschweigen wollte, was schließlich jeder, der zwei Augen im Kopf hatte, sehen konnte.

»Die kurze Version ist die: Es war ein schlimmer Tag auf dem Berg. Ich bin in eine gefährliche Situation geraten, die man eigentlich vermeiden sollte.« Er hielt die Hände in die Höhe. »Und dafür habe ich einen hohen Preis bezahlt.«

»Und jetzt?«

»Jetzt warte ich darauf, dass die Forstbehörde mir endlich mitteilt, wann ich zur Hotshot-Crew zurückkehren kann. Bis dahin werde ich *Poplar Cove* für Sams Hochzeit herrichten. Halt dir den einunddreißigsten Juli frei.«

»Besteht vielleicht die Möglichkeit, dass du dich hier ganz niederlässt?«, fragte Tim. »Du könntest der örtlichen Feuerwehrtruppe beitreten. Mein Geschäft wächst schnell, und du warst immer schon sehr geschickt, was handwerkliche Dinge betrifft. Ich könnte jedenfalls Hilfe gebrauchen.«

Connor musste nicht lange überlegen. »Ich gehöre nach Tahoe.« Die Hotshot-Crew für immer zu verlassen – daran konnte er nicht mal denken. Er hatte nie eine andere Zukunft für sich gesehen und wollte das auch gar nicht.

Andererseits hatte er auch nicht damit gerechnet, hier draußen einer Frau wie Ginger zu begegnen.

»Hast recht«, stimmte Tim ihm zu. »Hier in den Adirondacks ist es außerdem immer so regnerisch, dass es wohl kaum genug Arbeit für dich geben würde. Jedenfalls nichts Vergleichbares zu den großen Flächenbränden im Westen. Ich kann mich nicht einmal mehr erinnern, wann es hier am See das letzte Mal ein Feuer gegeben hat.«

Sie umrundeten eine riesige Werkstatt. Als Connor die sechs alten Fordmodelle erblickte, die gerade ausgebessert wurden, pfiff er anerkennend durch die Zähne. »Da hast du ja ganz schön was zusammengesammelt!«

Sie gingen direkt zu dem Wagen, der ihnen am nächsten stand – ein verbeulter und zerkratzter kirschroter Ford Pick-up, dessen Sitze mit Klebeband ausgebessert waren. »Meinst du, der würde dir für diesen Sommer reichen?«, fragte Tim. »Er ist ziemlich ramponiert, also bräuchtest du dir keine Sorgen um eventuelle Schrammen zu machen, wenn du Werkzeug und Schrott damit transportierst. Vor Herbstbeginn komme ich sowieso nicht mehr dazu, weiter daran zu arbeiten.«

»Eigentlich hatte ich vor, dir Geld zu geben, aber das kann ich dann wohl stecken lassen.«

»Gern geschehen«, erwiderte Tim, der sich bei der Vorstellung, wie Connor in der alten Kiste durch den Ort zuckelte, ein Grinsen nicht verkneifen konnte. »Und jetzt lass uns zurück in die Küche gehen, bevor Kelseys Blaubeerpfannkuchen kalt werden.« Er rieb sich über den leicht gewölbten Bauch. »Das spricht wirklich fürs Heiraten: Das Essen ist großartig.«

Seit sie über die Forstbehörde geredet hatten, hatte sich in Connor jedoch wieder diese nervöse Unruhe breitgemacht. »Danke, aber ich denke, ich werde mir unterwegs was zu essen besorgen.«

Sein Freund sah ihn leicht drohend an. »Wenn du jetzt gehst, wird Kelsey aber schwer enttäuscht sein.«

Also saß Connor nur Minuten später am gefliesten Frühstückstresen in der Küche und langte ordentlich zu. Er hörte auch dann nicht auf zu essen, als Tim und seine Frau längst satt waren. Stirnrunzelnd beobachtete sein Freund ihn dabei. »Wie zum Teufel schaffst du es, bei deinem Appetit nicht zuzunehmen?«

»Ich würde mal vermuten, dass er sich etwas mehr bewegt, als nur vor dem Schlafengehen den Hund bis zum nächsten Baum auszuführen«, sagte Kelsey neckend.

»Wenn du also in *Poplar Cove* alles für Sams Hochzeit vorbereitest«, sagte Tim, »wo wohnt Ginger denn dann jetzt?«

»In *Poplar Cove*.«

Kelsey und Tim warfen einander einen vielsagenden Blick zu. »Sag mal, Connor«, bohrte Kelsey nach, »gibt es eigentlich bei dir zu Hause irgendein hübsches kleines Ding, das sich gerade nach dir verzehrt?«

»Nein.«

Um Gottes willen. Das war das Zeichen zum Aufbruch. Nichts wie weg hier, bevor sie noch versuchten, ihn zu verkuppeln.

»Vielen Dank für das tolle Frühstück.« Er hielt die Autoschlüssel in die Höhe. »Und für den Truck. Ich werde mir Mühe geben, ihn nicht um einen Baum zu wickeln.«

»Ich fahr dir hinterher und regele das mit dem Leihwagen für dich«, bot Tim ihm an.

Während sie hintereinander zur Stadt fuhren, musste Connor daran denken, dass alle um ihn herum mittlerweile eine Partnerin gefunden hatten. Seine Freunde Tim und Stu. Sein Bruder Sam. Sein Gruppenführer Logan.

Wie aus heiterem Himmel schoss ihm das Bild von Ginger in den Kopf, wie sie im Schlafzimmer seine Hand gehalten hatte, und er verspürte einen Stich in der Magengrube.

Dann erinnerte er sich daran, was für ein schönes Gefühl es gewesen war, als sie sanft seine Narben gestreichelt hatte.

So beruhigend.

Nach der Arbeit schaute Ginger noch kurz im Supermarkt vorbei. Den Stapel blauer Einkaufskörbe ließ sie links liegen und steuerte stattdessen zielsicher auf einen großen Einkaufswagen zu. Erst nachdem sie die halbe Obst- und Gemüseabteilung abgegrast hatte, begann sie sich zu fragen, für wen um Himmels willen sie eigentlich so viele Lebensmittel einkaufte? Sie alleine würde wohl kaum einen ganzen Sack Äpfel oder ein Kilo Bananen essen können.

Fünf Minuten mit einem Mann im Haus hatten offensichtlich ausgereicht, um sie in das perfekte Hausmütterchen zu verwandeln.

Aber Connor war schließlich nicht ihr Gast. Sie war keineswegs verpflichtet, ihn mit durchzufüttern. Oder hinter ihm herzuräumen. Er war ein erwachsener Mann und konnte gut für sich selbst sorgen. Einkaufen. Sich etwas zu essen machen.

Nachdem Ginger die Bananen wieder zurückgelegt hatte, kam sie sich jedoch irgendwie mies vor.

Sie würde doch sowieso kochen. Es war nun wirklich nichts dabei, für zwei Personen Essen zu machen statt nur für sich selbst. Sie würde sich furchtbar fühlen, am gedeckten Tisch zu sitzen, während er leer ausging. Erst recht, wenn sie daran dachte, wie hart er trainierte. Wäre es eine Frau gewesen, die gestern bei ihr auf der Veranda gestanden hätte, würde sie dann auch so eine große Sache daraus machen?

Nein, natürlich nicht.

Also wirklich, schalt sie sich selbst und legte die Bananen wieder in den Einkaufswagen zurück. Sie ging zur Fleischabteilung, holte einen Braten und etwas Gehacktes vom Truthahn. Sie hatte immer schon gern gekocht, und Gerichte für eine Person waren auf die Dauer ein bisschen langweilig, wenn man nicht ständig auf tonnenweise Essensresten sitzen bleiben wollte. So würde sie in den nächsten Tagen immerhin Gelegenheit haben, ein paar von den Rezepten auszuprobieren, die sie sich aus dem *Cooking-Light*-Magazin herausgerissen hatte. Das würde ihr sicher Spaß machen.

Connor würde sowieso bald wieder abreisen und sie mit ihrem Leben weitermachen wie bisher. Nur sie ganz allein in dem Holzhaus. Völlig frei und ungebunden.

Seltsam, irgendwie klang das plötzlich überhaupt nicht mehr so verlockend wie noch vor Kurzem.

Eine halbe Stunde später war sie bereits wieder in *Poplar Cove* und parkte neben einem alten Ford Pick-up. Ihr gefiel der Wagen, Connor hatte ihn wohl gegen sein vorheriges Mietauto eingetauscht. Von einem Feuerwehrmann hätte sie eigentlich etwas mit weniger Geschmack erwartet, vielleicht eine Art Monstertruck mit riesigen Reifen, in den man nur mithilfe einer Leiter einsteigen konnte. Jedenfalls definitiv nicht so eine sympathische alte Kiste. Als sie durch das Wagenfenster ins Innere spähte und ihr Blick auf die mit Klebeband reparierten Sitze fiel, konnte sie sich ein Lächeln nicht verkneifen.

So viel zum ersten Eindruck und wie sehr man sich dabei in jemandem täuschen konnte. Hier hatte sie den eindeutigen Beweis, wie weit Connor von ihrem Exmann entfernt war. Jeremy wäre lieber zu Fuß gegangen, als sich in so einem ramponierten alten Truck blicken zu lassen.

Mit den Einkaufstüten in der Hand ging Ginger die Stufen zur Veranda hoch, von der ein hämmerndes Geräusch herüberdrang. Wenn sie an den Mann dachte, der offensichtlich mehr konnte, als nur eine Glühbirne einzudrehen, setzte ihr Herz für einen Moment aus. Sie versuchte sich einzureden, dass es tausend Dinge gab, die attraktiver waren als handwerkliche Fähigkeiten – auch wenn ihr momentan nichts einfiel –, atmete einmal tief durch und machte sich auf den Weg in die Küche.

Zuerst bemerkte er sie gar nicht, so sehr war er in seine Arbeit vertieft. Aus der Wand, vor der Connor kniete, ragte ein unübersichtlicher Kabelwirrwarr hervor. Den alten Herd, der daran angeschlossen war, hatte er von der Wand weggerückt. Da sie nicht dafür verantwortlich sein wollte, dass er sich einen tödlichen Stromschlag holte, beschloss sie, ihn später zu begrüßen. Sie wollte sich gerade wieder umdrehen und hinausgehen, als er von seiner Arbeit aufblickte.

Ehe sie sich versah, hatte er ihr die Einkaufstüten abgenommen und stapelte den Inhalt auf der Küchenarbeitsfläche. Ihr Ex hatte das nie getan. Er hatte sehr klare Vorstellungen davon gehabt, welche Aufgaben der Frau und welche dem Mann zufielen.

Allerdings war Jeremy unfähig gewesen, auch nur einen Nagel in die Wand zu schlagen, geschweige denn ein ganzes Leitungssystem zu erneuern. Wie kam es bloß, fragte sie sich jetzt, dass sie ihm das alles hatte durchgehen lassen? Außer der Arbeit im Büro hatte er so gut wie nichts im Haus getan. Warum war sie nie auf die Idee gekommen, ihn um die Dinge zu bitten, die ihr wichtig waren?

»Ich hätte wohl erst mit dir sprechen sollen, bevor ich die ganze Küche auseinandernehme«, sagte Connor, und sie war dankbar für die Entschuldigung, die in seinen Worten mitschwang. »Glücklicherweise ist der Kühlschrank an eine andere Sicherung angeschlossen.«

Da erst fiel Ginger auf, dass sie wie eine Idiotin in der Gegend herumstand, also gesellte sie sich zu ihm, um das Fleisch und den Käse wegzupacken. In der engen Küche ließ es sich nicht vermeiden, dass ihr sein berauschender Duft in die Nase stieg. So konnte nur ein Mann riechen, der dabei war, das Haus sicherer zu machen. Als sie den Kühlschrank öffnete, war sie dankbar für die erfrischende Kälte, die ihr entgegenschlug.

Zu zweit war alles schnell verstaut, und danach fühlte sich Ginger seltsam betreten, während sich Connor mit einem Schraubenzieher bewaffnet wieder an der Elektrik zu schaffen machte.

»Ich werd dich dann mal nicht mehr weiter stören«, sagte sie und deutete mit dem Daumen nach draußen. »Ich wollte sowieso auf die Veranda gehen, um zu malen.«

Auf der Veranda baute sie ihre Staffelei auf und stellte sich ihre Farben bereit. Normalerweise war sie Sekunden später bereits in die Arbeit vertieft. Heute vergingen jedoch gute fünf Minuten, bis sie feststellte, dass sie immer noch dabei war, Rot und Orange zu mischen. Inzwischen war ein hässliches Braun daraus entstanden.

Ginger warf einen Blick über die Schulter in die Küche, wo

Connor immer noch mit dem Kabelsalat beschäftigt war. Da er dabei keinerlei Geräusche verursachte, könnte sie eigentlich so tun, als sei alles so wie immer und sie hier allein und zufrieden in ihrem Ferienhaus am See. Connors Nähe war jedoch so verwirrend, dass ihre Gedanken immer wieder abschweiften.

Vielleicht sollte sie alles zusammenpacken, nach draußen gehen und sich einen abgeschiedeneren Ort zum Malen suchen. Allerdings konnte sie schlecht den ganzen Sommer vor ihm wegrennen. Wenn sie das vorhatte, konnte sie genauso gut gleich ausziehen.

Mit geschlossenen Augen nahm sie ein paar tiefe Atemzüge und versuchte, sich zu entspannen. Aber genau in dem Moment trat Connor laut fluchend gegen den Herd. Sie öffnete die Augen und griff lächelnd nach ihrem Pinsel. Er bewegte sich fast wie von selbst. Mit ausladenden Bewegungen verteilte sie eine kräftige Farbe auf der Leinwand.

Obwohl ihm der Magen knurrte, wollte Connor doch erst den Verteilerkasten in Ordnung bringen, bevor er für heute Schluss machte. Morgen würde er den alten Herd gegen einen neuen austauschen. Ungefähr alle halbe Stunde stand er kurz auf, um sich zu strecken, und jedes Mal wanderte sein Blick dabei zur Veranda.

Zu Ginger.

Er folgte den schnellen Bewegungen ihrer Hände und bewunderte, wie sicher und geschickt sie jeden einzelnen Pinselstrich ausführte. Ihr Talent war offensichtlich, selbst für jemanden wie ihn, der nicht den leisesten Schimmer von Kunst hatte.

Er beobachtete sie dabei, wie sie sich im Licht der Abenddämmerung die Locken hochsteckte. Die letzten Sonnenstrahlen des Tages wanderten über die Veranda, und er konnte sich einfach nicht von ihrem Anblick lösen, selbst als sie sich zu ihm umdrehte und ihn dabei erwischte, wie er im Türrahmen hinter ihr stand und sie anstarrte.

Sofort versuchte sie, die Leinwand mit den Armen abzuschirmen, so als wolle sie ihr Bild vor ihm verstecken. »Es ist noch nicht fertig. Ich bin mir nicht sicher, ob es gut wird.«

»Es ist gut.«

Sein Kompliment ließ ihr die Röte ins Gesicht steigen. »Danke schön.«

In ihrem Bild erkannte er die Ruhe, die er an seinem ersten Abend hier auf dem Steg vergeblich gesucht hatte.

»Wie machst du das?«

»Was denn?«

Erst als er den Blick von der Leinwand hob und ihren verwirrten Gesichtsausdruck bemerkte, wurde ihm klar, dass er seine Frage laut ausgesprochen hatte. »Schon gut.«

»Nein«, erwiderte sie, »du wolltest doch etwas über mein Bild sagen.«

Er hob abwehrend die Hände. »Ich verstehe überhaupt nichts von Kunst.«

»Jetzt spuck's schon aus«, sagte sie verärgert. »Was wolltest du sagen?«

»Der See. Die Berge.« Es war schier unerträglich, wie dämlich er sich vorkam. Immer wenn sie in der Nähe war, passierte irgendetwas Seltsames. Seine Hände wurden taub. Er redete zu viel. »Ich wusste nicht, dass noch jemand außer mir sie auf diese Weise sieht.«

»Auf welche Weise?«, hakte sie nach.

Warum konnte sie es nicht einfach auf sich beruhen lassen?

»So lebendig«, kam es mühsam aus ihm hervor. »Sie wirken lebendig.«

Mit weit aufgerissenen Augen führte sie eine Hand zu ihrem Herzen. »Du kannst es sehen? Du verstehst meine Bilder?«

»Ich hab doch schon gesagt, dass ich nicht weiß, wovon ich da rede.«

Ihr Lächeln raubte ihm den Atem. Ganz zu schweigen von ihren rosigen Wangen und dem hochgesteckten Haar, durch das ihr langer, schlanker Hals zur Geltung kam.

»Nein. Ich meine, doch. Du hast recht. Ich male den See. Die ganze Energie, die er ausstrahlt und die sich in seiner Umgebung findet. Aber bis jetzt hat noch nie jemand wirklich erkannt …« Sie schüttelte den Kopf. »Bei abstrakter Kunst denken die meisten Menschen, es handele sich nur um einen Haufen willkürlich hingeschmierter Farbe.«

So ein Mist. Diese Unterhaltung, dieses gegenseitige Anlächeln, genau das hatte er doch eigentlich vermeiden wollen. »Ich werde mein Werkzeug zusammenpacken, und dann bin ich dir für eine Weile nicht mehr im Weg.«

Ginger blinzelte überrascht, sagte dann aber: »Bitte geh nicht. Ich mache Truthahn-Tacos.« Sie wirkte nervös. »Bist du hungrig?«

»Halb verhungert«, gab er zu. »Aber ich kann mir auch was in der Stadt holen.«

Sie war jedoch schon an ihm vorbei in die Küche gegangen und nahm Salat, Paprika, schwarze Oliven und Salsa-Sauce aus dem Kühlschrank. »Es macht mir überhaupt nichts aus. Ich bleibe sonst bloß auf den Resten sitzen.«

Er dachte an Tims Ermahnung, dass Kelsey wirklich sauer wäre, wenn er ihre Einladung zum Frühstück ablehnen würde. Das bedeutete wohl, dass er auch jetzt unmöglich Nein sagen konnte.

»Den wirst du wahrscheinlich brauchen, oder?« Er klopfte auf den Herd.

»Eine Kochgelegenheit wäre recht nützlich, ja.«

Herr im Himmel, in dieser kleinen Küche saßen sie praktisch

aufeinander, wenn sie gemeinsam darin arbeiten wollten. Er packte die äußere Herdkante so fest, dass seine Knöchel weiß hervortraten, und schob das schwere Ding wieder an die Wand zurück.

»Ich mache mich kurz frisch, dann helfe ich dir, wenn du willst.«

Noch bevor der alte Boiler das Wasser aufheizen konnte, hatte Connor sich bereits unter den eiskalten Wasserstrahl gestellt. Er entschied sich, gleich ganz kalt zu duschen. Dieses Abendessen würde eine Lektion in Selbstbeherrschung werden. Um nicht zu sagen, die Hölle.

Als er wieder nach unten kam, war der grüne Esstisch auf der Veranda bereits fertig gedeckt. Vor jedem Teller stand ein Bier. Sie setzten sich einander gegenüber an den kleinen Tisch und belegten schweigend ihre Tacos.

Nach dem ersten Bissen sagte er: »Das schmeckt wirklich super, Ginger.«

»Ach was, sind doch nur ein paar Tacos«, wehrte sie sein Kompliment ab.

Er aß den ersten Taco auf und machte sich gleich an den nächsten. »Du solltest in der Küche arbeiten und nicht als Bedienung.«

»Das mache ich ja auch nur, um nebenher ein bisschen Geld zu verdienen. Lieber würde ich das Malen zu meinem Beruf machen.«

Als er sah, wie sie auf ihrer Unterlippe kaute, regte sich nicht nur etwas in Connors Unterleib, sondern auch in seiner Brust. Egal wie oft er sich dazu ermahnte, sich von ihr fernzuhalten, konnte er doch nicht anders – er wollte einfach mehr über sie erfahren. Ihr Geheimnis ergründen.

Vielleicht würde diese unglaubliche Faszination, die sie auf ihn ausübte, dann ein wenig nachlassen.

»Warum bist du eigentlich hier?«

Die unvermittelte Frage ließ Ginger zögern, sie schlug die Augen nieder.

»Die meisten Leute haben schließlich noch nie von Blue Mountain Lake gehört.«

Ginger legte ihren halb aufgegessenen Taco zurück auf den Teller. »Ich habe mich scheiden lassen. Und, nur um das klarzustellen, ich war diejenige, die die Scheidung wollte. Als dann alles vorbei war, wurde mir klar, dass ich nicht mehr da bleiben konnte.«

»Wo ist ›da‹?«

»New York City.«

So langsam kam Licht ins Dunkel. »Dort hast du aber nicht als Bedienung gearbeitet, habe ich recht?«

»Nein. Ich habe Spendengelder gesammelt.« Sie hob die Augenbrauen. »Mehr, als eigentlich menschenmöglich ist, möchte ich betonen.«

Ein weiteres Puzzleteil fügte sich ins Bild. Auch wenn ihre Kleider recht gewöhnlich waren, so strahlte sie dennoch etwas sehr Kultiviertes aus.

»Die meisten Menschen würden materielle Sicherheit dem Leben hier vorziehen.«

Ginger nahm einen großen Schluck aus der Bierflasche, dann sagte sie: »Ich weiß, das hört sich jetzt so an wie die Wohlstandsprobleme eines reichen Mädchens, aber ich liebe Blue Mountain Lake einfach dafür, dass es so anders ist als mein bisheriges Leben. Meine Eltern halten mich für verrückt, weil ich hier draußen wohnen möchte. Sie können nicht fassen, dass ich für einen Hungerlohn als Bedienung arbeite, aber so habe ich mich eben entschieden. Nach dreiunddreißig Jahren habe ich zum ersten Mal in meinem Leben etwas ganz für mich allein. Noch dazu etwas, das ich ohne fremde Hilfe auf die Beine gestellt, mir selbst erarbeitet habe, anstatt wie sonst alles auf dem Silbertablett serviert zu bekommen.« Sie unterbrach sich und blickte ihm direkt in die Augen. »Ich bin hergekommen, um endlich mein Leben in den Griff zu kriegen.«

Bei jedem anderen Menschen und in jeder anderen Situation hätte Connor es dabei bewenden lassen. Aber es wurmte ihn immer noch, dass Ginger ihm letzte Nacht alles über den Flächenbrand und über seine Hände entlockt hatte. Er konnte sich also guten Gewissens einreden, er wolle sich nur revanchieren.

»Warum ist deine Ehe gescheitert?«

Doch anstatt zusammenzuzucken, ging sie zum Gegenangriff über. »Was wird das – ein Verhör?«

»Letzte Nacht hast du mir Fragen gestellt. Jetzt bin ich dran.«

Sie schien darüber nachzudenken, dann willigte sie mit einem Nicken ein. »Na schön. Aber ich werde dir kein einziges schmutziges Detail ersparen.«

Himmel, nach ihrer gemeinsamen Nacht hatte er das Gefühl gehabt, dass sie ihn besonders gut verstehen würde, aber jetzt schien es fast so, als könnte sie seine Gedanken lesen.

»Die hätte ich sowieso noch herausbekommen.«

Mit einem Mal entwickelte sich aus der aufgeladenen Atmosphäre zwischen ihnen wieder diese beinahe mit den Händen greifbare Leidenschaft, die sie einfach nicht unterdrücken konnten.

»Es war Lust auf den ersten Blick. Jeremy und ich haben uns bei einem gemeinsamen Abendessen mit Freunden kennengelernt. Wir sind früh gegangen, um in seiner Studentenbude übereinander herzufallen.«

Lust? Eifersucht loderte in ihm auf.

Also hatte sie doch recht gehabt – die schmutzigen Details wollte er tatsächlich lieber gar nicht wissen.

»Ich war damals zweiundzwanzig. Und immer noch Jungfrau, weil ich auf den Richtigen warten wollte, obwohl ich schon kurz vor dem Uni-Abschluss stand. Kaum zu fassen, wie naiv ich gewesen bin. Schon nach wenigen Wochen hatte ich einen Ring am Finger. Meine Eltern haben mir geraten, es langsamer angehen zu lassen, aber ich habe es auf ihre übervorsichtige und versnobte Art geschoben – so wie reiche Leute eben sind – und habe gedacht, es läge daran, dass Jeremy kein dickes Bankkonto vorzuweisen hatte. Also habe ich den Ehevertrag zerrissen, den sie ihn unterzeichnen lassen wollten, und als er Geld gebraucht hat, um eine eigene Firma zu gründen, habe ich es ihm gegeben, ohne auch nur eine Sekunde an die Risiken zu denken. Ich bin so blind und dämlich gewesen – verliebt eben.« Sie verzog den Mund. »Eines Tages habe ich begriffen, dass diese Gefühle nichts mit wahrer Liebe zu tun hatten. Und das mit dem guten Sex hatte sich eh schnell erledigt.«

Das »gut« zerrte an seinen Nerven, aber immerhin nicht so sehr wie es ein »großartig« oder »fantastisch« getan hätte. Connor rechnete nach.

»Dann wart ihr also zehn Jahre zusammen.«

»Erinnere mich bloß nicht daran. Was für eine Verschwendung! Zehn Jahre lang habe ich versucht, so zu tun, als sei alles in Ordnung. Habe mir vorgemacht, dass ich die richtige Entscheidung getroffen hätte – dass ich nicht gescheitert wäre.«

»Und was hat dich schlussendlich dazu gebracht, ihn zu verlassen?«

Sie schloss die Augen. »Darüber möchte ich lieber nicht sprechen.«

Ein netter Kerl hätte an diesem Punkt nicht weiter nachgefragt. Aber dieser nette Kerl war im Feuer verloren gegangen. »Ich habe dir letzte Nacht auch alles erzählt. Es ist also nur fair, wenn ich frage.«

Ohne die Augen zu öffnen, redete sie weiter: »Wir waren

bei einer der Versteigerungen, die ich organisiert hatte. Jeremy spielte immer gerne den Auktionator, er war sogar ziemlich gut darin. Nur hatte er an diesem Abend zu viel getrunken. Und wenn er das tat, dann wurde er irgendwie … gemein.«

Connor ballte die Hände zur Faust. »Hat er dir wehgetan?«

Sie riss die Augen auf. »Nein.« Sie schüttelte den Kopf. »Ja. Es war eine von diesen Aktionen, wo auf ein Date mit einer bestimmten Frau geboten werden sollte, und ich war eine der Frauen, die zur Wahl standen. Er hat dann so einen Witz gemacht.«

»Einen Witz.«

»Über eine Kuh.« Zwei knallrote Flecken machten sich auf ihren Wangen breit. »Darüber, dass ich bestimmt der Hauptpreis des Abends wäre, wenn wir in Indien leben würden. Und dass es doch sicher einen Mann im Raum geben müsste, der sich für« – sie hob die Hände, um mit den Fingern Anführungszeichen zu setzen – »vollschlanke Frauen wie mich begeistern könne. Und dann hat er noch das Gesicht verzogen, um deutlich zu machen, für wie abstoßend er mich hält.«

Connor hatte den Mann nie persönlich kennengelernt, aber er wollte ihn am liebsten mit den Händen in der Luft zerreißen.

»Mein Vater hat ihn von der Bühne gezerrt. Ich kann mich nicht mehr so genau erinnern, wie ich ihn aus dem Saal bekommen habe, an all diesen Tischen und Stühlen vorbei.« Sie lächelte, aber es war ein bitteres Lächeln. »Ich werde jedoch niemals vergessen, was für ein tolles Gefühl es war, ihm eine Ohrfeige zu verpassen. Das Geräusch, als meine Handfläche sein Gesicht getroffen hat. Und dann ist er mit den Fäusten auf mich losgegangen. Er hätte mich wohl auch erwischt, wenn nicht ein Freund meines Vaters rechtzeitig dazwischengegangen wäre.«

Sie atmete tief ein und schien langsam wieder zurück auf die Veranda zu finden. »Es war der Tropfen, der das Fass zum Überlaufen brachte. Wem wollten wir noch länger etwas vormachen?

Es war offensichtlich, was für ein Reinfall unsere Ehe war. Also habe ich die Scheidung eingereicht. Und bin abgehauen, so schnell ich konnte.«

»Dein Ehemann war ein Arschloch.«

Sie lächelte, fast so, als überrasche sie seine Aussage. »Du hast recht. Das war er. Ist er.«

»Außerdem hatte er keine Ahnung. Was dich und dein Aussehen angeht.«

»Connor, du musst das nicht sagen. Ich habe zwar eine Weile gebraucht, aber inzwischen habe ich mich mit meinem Körper versöhnt. Mit meiner Figur.« Wieder ein Lächeln, das jedoch eher traurig als versöhnlich wirkte. »Ich habe so einige Sommer in einem Ferienlager für übergewichtige Kinder verbracht.«

»Wow, das soll wohl ein Scherz sein?«

»Jedes Jahr bekam ich erneut die Gelegenheit, mit fünfzig meiner besten übergewichtigen Freunde zusammen zu sein. Ich könnte dir den Kalorienleitfaden von dort immer noch Wort für Wort wiedergeben.«

Allein die Vorstellung eines solchen Abmagerungscamps widerte Connor an. Besonders, da es an Ginger nun wirklich nichts zu bemängeln gab. Überhaupt nichts.

»Ich verstehe das immer noch nicht. Wieso haben sie dich in ein …«

Nein, er würde es nicht aussprechen. Es passte überhaupt nicht zu ihr.

Nach außen hin wirkte Ginger so stark. Sie hatte sich nichts von ihm gefallen lassen, als er sich danebenbenommen hatte. Aber jetzt erkannte er zum ersten Mal die Verletzlichkeit, die sie hinter ihrem bestimmten Auftreten versteckte.

»Meine Eltern sind wohl davon ausgegangen, als schlankes Mädchen würde mir vieles im Leben leichter fallen. Wenn ich dieselben Klamotten tragen könnte wie alle anderen. Aber, wie schon gesagt, ich bin darüber hinweg.« Sie streckte sich. »Nach meiner Scheidung fand ich es an der Zeit, meine Lebenseinstellung zu ändern. Also sage ich mir jetzt: Wer mich nicht so nimmt, wie ich bin, der hat eben Pech gehabt …«

Herrje, sie schien wirklich keinen blassen Schimmer zu haben, wie sehr er sie mochte. Sie begehrte. Wenn er darüber nachdachte, was ihr schwachköpfiger Exmann über sie gesagt hatte und wie Gingers Eltern ihr ihre Schönheit abgesprochen hatten, wurde er von blinder Wut gepackt. Sein Schwur, auf neutralem Terrain zu bleiben, war vergessen.

»Ich habe dich vom ersten Moment an begehrt, als ich dich in den abgeschnittenen Jeans und dem engen kleinen Oberteil auf der Veranda stehen sah.«

Ginger schob so energisch ihren Stuhl zurück, dass die Stuhlbeine laut über den Boden quietschten. Sie griff nach den Tellern.

»Ich werde das mal abräumen.«

Aber weder bot die Küche genügend Abstand noch war sie groß genug, um ihr den Freiraum zu verschaffen, den sie gebraucht hätte, um sich wieder in den Griff zu bekommen.

Beinahe hätte sie sich ihm direkt an den Hals geworfen, ihn angefleht, sie zu lieben. Am liebsten hätte sie ihre Teller und das Essen vom Tisch gefegt und ihm gleich dort die Klamotten vom Leib gerissen, nicht nur als Dankeschön dafür, dass er so unglaublich nette Dinge sagte, sondern auch, weil er sich in ihre Kunst eingefühlt hatte wie kaum ein anderer Mensch vor ihm.

Hätte sie ihm nur nicht diese ganze rührselige Geschichte erzählt. Wenn jetzt etwas zwischen ihnen laufen würde, hätte sie das Gefühl, er habe das nur aus Mitleid getan.

Als er mit dem restlichen Geschirr zu ihr in die Küche kam, nahm seine Gegenwart ihr den Atem, so als hätte er sämtliche Luft aus dem Zimmer verdrängt.

»Da bin ich wohl zu weit gegangen. Eben gerade und auch gestern Nacht.«

»Mach dir darüber keine Gedanken, Connor«, sagte sie in dem Wissen, dass sie sich beide an diesem Abend nicht zu weit vorwagen wollten. »Weder wegen eben noch wegen gestern.«

Da sie in der Vergangenheit jede Menge Smalltalk hatte halten müssen, fiel es ihr nicht schwer, auf ein anderes, unverfänglicheres Thema umzuschwenken. »Mich würde wirklich interessieren, wie es früher hier aussah, als du noch ein kleiner Junge warst. Ich habe immer von einem Ort wie diesem geträumt.«

Er ging zur Spüle hinüber und fing an, das Geschirr abzuwaschen. »Mit drei Jahren habe ich schwimmen gelernt, als mein Bruder mich da hinten am Steg ins Wasser geworfen hat.« Da sie erschrocken den Mund aufriss, fügte er hinzu: »Kein Grund zur Sorge. Er hätte niemals zugelassen, dass mir etwas passiert. Jedenfalls behauptet er das immer. Den restlichen Sommer war ich gar nicht mehr aus dem See rauszubekommen, außer wenn mein Großvater mich mit auf sein Boot, die *Sun Fish*, genommen hat.«

»Wie war es, als du älter wurdest – bist du da immer noch so gerne hierhergekommen?«

»Klar«, sagte er, und dabei klang seine Stimme so unbeschwert, wie sie ihn noch nie erlebt hatte. »Sam und ich haben als Teenager mit ein paar Kumpels den Sommer über ein vollkommen heruntergekommenes Partyboot hergerichtet. Dann sind wir so lange mit dem Ding in der Mitte des Sees im Kreis gefahren, bis der Ranger uns eine Verwarnung für rücksichtsloses Fahren erteilt hat.«

»Wie kommt es dann, dass du so lange nicht mehr hier warst?«, fragte sie. »Anscheinend hast du doch am See immer so viel Spaß gehabt.«

Er versteifte sich. »Ich habe dir doch gesagt, dass meine Arbeit vorging.«

»Natürlich ist die Arbeit als Feuerwehrmann wichtig«, stimmte sie zu, »aber was ist mit deiner Freizeit? Du kannst ja wohl schlecht vierundzwanzig Stunden am Tag den Superhelden geben. Und die Forstbehörde wird doch kaum erwarten, dass ihr für den Job alles andere hintenanstellt?«

»Mich hat niemand zwingen müssen, da ständig wieder rauszugehen«, sagte er abwehrend. Der Schwamm in seiner Hand fuhr immer wieder über denselben Teller, der längst sauber war. »Diese Entscheidung habe ich freiwillig getroffen. Ich wollte nie ein anderes Leben. Es gibt nichts anderes, das mich interessiert.«

»Im Ernst? Es gibt nichts, was dich sonst noch interessieren würde?«

Nach ihrem Gespräch in der Nacht zuvor hatte sie sich eigentlich vorgenommen, ihn nicht wieder derartig zu bedrängen, aber sie konnte einfach nicht anders. Sie wollte ihn verstehen.

»Wünschst du dir keine Familie? Kinder? Etwas anderes neben deiner Arbeit?«

»Nach dem Feuer wurde mir klar, wie einfach sich das alles in Rauch auflösen kann. Wie schnell es geschehen könnte, dass ich morgens durch die Tür gehe und niemals zurückkehre. Ich möchte nicht eine Familie zurücklassen müssen. Und ohne das Feuer kann ich nicht leben. Also, ja, ich denke, ich habe mich bereits entschieden.«

Jetzt war es an ihr, sich zu entschuldigen. »Das ist ja auch sehr löblich. Deine Arbeit als Feuerwehrmann über alles andere zu stellen. Ich wollte auf keinen Fall, dass es sich so anhört, als hättest du eine falsche Entscheidung getroffen. Ich bin mir nur nicht sicher, ob ich das auch könnte.«

Er knallte den Teller in das Trockengestell neben der Spüle. »Glaubst du etwa, ich hätte das nicht hundertmal im Kopf durchgespielt? Wenn ich mir eine Zeit lang frei genommen und etwas mehr Schlaf abbekommen hätte, wenn ich mehr Zeit mit jemandem verbracht hätte, der nicht nur für die Flammen lebt, vielleicht hätte ich es dann schaffen können, ihnen davonzulaufen.«

»Was da in Lake Tahoe geschehen ist, war doch nicht deine Schuld, Connor.«

»Einer unserer Jungs ist bei dem Feuer draufgegangen. Jamie. Er war praktisch noch ein Kind. Ein Neuling, der sich darauf gefreut hatte, in dem Sommer seine ersten Brände zu meistern.«

Auch wenn sie die Arme um ihn legen wollte, wusste sie nach der Erfahrung von letzter Nacht, dass das keine gute Idee war. Es sei denn, sie wollte sich unter seiner Berührung wieder von ihrer Leidenschaft überwältigen lassen.

Und eigentlich wünschte sie sich nichts sehnlicher.

Sie umklammerte das Geschirrtuch fester. »Ich bin mir ganz sicher, dass du und deine Crew … dass ihr alles getan habt, um ihn zu retten.«

»Sie mussten mit einem Mann weniger auskommen. Wegen mir. Ich hätte dort bei Jamie sein sollen, als die Bombe hochging. Vielleicht wäre mir aufgefallen, dass irgendetwas nicht stimmte, und ich hätte ihn rechtzeitig rausholen können. Stattdessen ist er ganz alleine da draußen gewesen, ohne eine verdammte Chance. Ich weiß, eigentlich sollte ich dankbar dafür sein, dass ich heute hier stehen und Geschirr spülen kann. Ich kann rennen und schwimmen und in den Wald gehen, wenn mir danach ist. Aber ich beschwere mich immer nur über meine Hände und darüber, dass ich nicht mehr arbeiten kann.«

Er ging nach draußen. Ginger blieb mit dem starken Wunsch zurück, ihm nachzulaufen, ihn davon zu überzeugen, dass er sich bereits heldenhaft schlug, mit seiner Situation besser zurechtkam als viele andere, und endlich aufhören sollte, sich zu geißeln, nur weil er menschliche Schwächen besaß.

Aber irgendetwas sagte ihr, dass er ihr sowieso nicht zuhören würde. Jedenfalls nicht heute Abend.

Noch nicht. Vielleicht würde er auch nie so weit sein.

Als sie hörte, wie er seinen Wagen anließ und davonfuhr, war sie nicht überrascht.

So tief in Gedanken versunken, wie sie war, wäre ihr beinahe der Teller aus der Hand gefallen, als das Telefon klingelte und sie in die Wirklichkeit zurückholte. »Es tut mir leid, Sie zu stören«, sagte eine ihr unbekannte männliche Stimme. »Ich wollte nur fragen, ob mein Sohn zufällig in der Nähe ist?«

Sofort erinnerte sie sich wieder an die ganze Geschichte, die Isabel ihr erzählt hatte – besonders an das unglückliche Ende. *Er hat mich betrogen. Sie wurde schwanger. Sie haben geheiratet.*

»Sie müssen Andrew sein.«

»Ja. Ich wusste bis eben noch gar nicht, dass meine Eltern das Ferienhaus vermietet haben. Wie gefällt es Ihnen denn so?«

Seltsam, wie sehr sich diese Unterhaltung mit Connors Vater von der mit seinem Sohn unterschied. Connor machte nie viele Worte, während sein Vater sehr redegewandt wirkte. Und doch hatten beide nichts von Helens und Georges Entscheidung gewusst, ihre Hütte zu vermieten. Die Familie stand sich wohl nicht besonders nah.

»*Poplar Cove* ist einfach wundervoll, vielen Dank. Und ja, Connor wohnt auch hier, ist aber gerade aus dem Haus gegangen.«

Irgendwohin, Hauptsache weg von ihr. Da sie mit ihren Worten seinen Schmerz wieder hatte aufleben lassen.

»Könnten Sie ihm bitte ausrichten, dass ich angerufen habe? Und dass ich ihn sehr gerne sprechen würde?«

Sie fragte sich, ob sie zu viel in seine Worte hineininterpretierte, aber ihr kam es so vor, als würde ein Hauch Verzweiflung in Andrews Stimme mitschwingen. »Natürlich. Ich werde es ihm ausrichten.«

Nachdem sie aufgelegt hatte, nahm sie eine Haftnotiz von der Kühlschranktür und schrieb »Dein Vater hat angerufen« darauf. Dann kam Ginger in den Sinn, dass der Kühlschrank vielleicht nicht der beste Ort war, also ging sie mit dem Zettel nach oben den Flur entlang zu Connors Zimmer.

An der Schwelle zögerte sie kurz, weil sie daran denken musste, was hier vor knapp vierundzwanzig Stunden vorgefallen war. Ihr Körper bebte vor Verlangen. Vor Lust.

Gleichzeitig wollte sie die Augen auch nicht vor all den Gründen verschließen, die dagegen sprachen, sich in Connor zu verlieben. Sie wünschte sich Kinder, eine eigene Familie. Er nicht. Sie war auf der Suche nach Ruhe und Frieden. Er hatte sein Leben einzig und allein dem Feuer gewidmet. Aber immer wenn sie zusammen waren, wurde ihr erneut klar, wie einzigartig er war und was für ein himmelweiter Unterschied zwischen ihm und ihrem Exmann bestand.

Obwohl er sich heldenhaft schlug, konnte er sich doch nicht selbst dafür verzeihen, dass er nicht mehr derselbe Mann war wie vor dem Unfall. Könnte sie doch nur seinen Schmerz heilen. Seine Trauer. Ihn in die Arme nehmen und festhalten, bis er endlich alles herausließ.

Während sie die Nachricht auf Connors Kopfkissen legte, versuchte sie sich wieder und wieder daran zu erinnern, dass sie nicht an den See gezogen war, um sich mit einem Mann einzulassen, von dem sie sich lieber fernhalten sollte. Aber sie fühlte sich genauso hilflos, als würde sie im Rückspiegel ihres Wagens einen Unfall voraussehen. Es gab einfach keine Möglichkeit, das Ganze noch aufzuhalten.

Auch weil sie sich gar nicht sicher war, ob sie das überhaupt wollte.

9

Den ganzen nächsten Tag über kam Ginger kaum zum Durchatmen – erst musste sie ihre Schicht im Diner hinter sich bringen, direkt danach gab sie einigen ihrer Lieblingsschüler Privatunterricht bei ihnen zu Hause, bevor sie anschließend zur Dienstagabendstrickrunde im *Lake-Yarns*-Laden auf der Main Street hetzte.

Ihre Freundinnen waren bereits alle da: Rebecca und Sue aus dem Gasthof im Ort. Kelsey, die sich dafür immer ein paar Stunden von ihrer kleinen Tochter losriss. Dann noch ein paar andere Mütter, die sie aus dem Kunstgremium der Schule kannte und von denen sich eine gerade über ihre vierte Schwangerschaft beklagte.

»Als ich es herausfand, bin ich tatsächlich in Tränen ausgebrochen«, gab sie zu. »Eben dachte ich noch, ich hätte die Windelphase endlich hinter mir gelassen und habe mich schon darauf gefreut, dass sie bald alle tagsüber in der Schule sind, und *zack!* hatten sich all meine Träume in Luft aufgelöst.«

Da Ginger einen dicken Kloß im Hals hatte, der es ihr unmöglich machte, etwas zu sagen, war sie froh, dass die anderen Frauen alle durcheinanderredeten – sie gratulierten der Schwangeren und fanden gleichzeitig tröstende Worte für sie.

Himmel, es sollte sie wirklich nicht so hart treffen, mit anzusehen, wie jemand anders all das bekam, was sie sich wünschte. Nicht nur ein Kind, sondern gleich vier.

Aber wie sie es auch drehte und wendete, es tat einfach unheimlich weh.

Nachdem sich alle etwas Wein eingeschenkt hatten und ein paar Brownies herumgereicht worden waren, holten sie ihre Handarbeitssachen hervor, und Rebecca wandte sich an Ginger, die sich mit ihr und Kelsey eine kleine Couch teilte.

»Hast du eine neue Frisur, Ginger? Du siehst irgendwie verändert aus.«

Lustig, dass sie das sagte, denn heute Morgen vor dem Spiegel hatte Ginger selbst zweimal hinschauen müssen. Nervös hantierte sie mit ihren Stricknadeln, bis ihr eine davon herunterfiel.

»Nein. Alles ist wie immer.«

Nur stimmte das nicht. Überhaupt nicht.

Mit einem wissenden Funkeln in den Augen blickte Kelsey von dem Schal auf, an dem sie gerade arbeitete. »Tatsächlich? Alles so wie immer? Obwohl Connor jetzt bei dir wohnt?«

Ginger konnte nicht verhindern, dass sich ihre Wangen röteten. »Woher weißt du denn das mit Connor?«

»Er ist vorbeigekommen, um sich einen von Tims Wagen zu leihen.«

»Und ich habe ihn im Gasthof getroffen«, fügte Rebecca hinzu.

Ginger verspürte den geradezu absurden Drang, ihre Freundinnen mit ihren Stricknadeln zu piken.

»Stu wollte ihm eigentlich einen Schlafplatz auf seiner Couch anbieten, bis diese verrückte Braut ausgezogen ist, aber …«

»Offenbar hat er ein besseres Angebot bekommen«, beendete Kelsey den Satz für sie.

»Das mit Stu hat er mir gar nicht erzählt«, sagte Ginger. »Mir gegenüber hat er es so dargestellt, als müsse er bis nach Piseco fahren.«

Rebeccas Grinsen wurde noch breiter. »Kann man einem Kerl ja wohl kaum übel nehmen, dass er sich die Wahrheit ein bisschen zurechtbiegt.«

»Jedenfalls nicht, wenn er so gut aussieht«, scherzte Kelsey.

Dieses Mal konnte Ginger der Versuchung nicht widerstehen, den beiden kurz in den Arm zu stechen.

»Aua!«, riefen ihre Freundinnen im Chor.

»Du bist leicht reizbar«, stellte Rebecca fest. »Da ist also definitiv was im Busch.«

Weil sie es seit dreiunddreißig Jahren gewohnt war, ihre wahren Gefühle tief in sich verborgen zu halten, hätte Ginger ihre Freundinnen beinahe mit einem *Nein wirklich, da ist nichts, überhaupt nichts* beschwichtigt.

Aber sie hatte ein neues Leben begonnen, und Kelsey und Rebecca waren nicht wie ihre früheren Freunde, die immer alles unter den Teppich gekehrt hatten. Dies waren die Frauen, mit denen sie sich bei ein paar Margaritas zu viel auf einem Partyschiff angefreundet hatte. Gemeinsam hatten sie Tränen über die Fehler ihrer Vergangenheit vergossen, und daher wusste sie auch, dass Rebecca ebenfalls so einiges durchgemacht hatte.

Ihre Freundinnen würden nicht über sie urteilen. Und vielleicht würde ein Gespräch über diese ganze Sache ihr ja auch wieder den Kopf zurechtrücken.

Trotzdem musste nicht unbedingt jeder im Strickladen von ihrem Privatleben erfahren, deshalb senkte Ginger die Stimme und hielt ihren Kopf über den zur Hälfte fertig gestrickten Pullover gebeugt.

»Du hast recht. Es hat sich etwas verändert.«

Obwohl sie bereits den ganzen Tag darüber nachdachte, fiel es ihr immer noch schwer, ihre Gefühle in Worte zu fassen. »Mein ganzes Leben lang bin ich immer auf Nummer sicher gegangen, habe die Regeln befolgt, die andere aufgestellt haben. Das einzig Spontane, was ich je getan habe, war, Jeremy zu heiraten. Aber das war eher ein Ausrutscher, etwas, von dem ich im Nachhinein denke, dass ich es eigentlich nur getan habe, um meine Eltern zu ärgern. Ich wollte beweisen, dass ich meine eigenen Entscheidungen treffen kann. Dann folgte wieder zehn Jahre lang Sicherheit. Und Langeweile.«

»Tja, auf Nummer sicher zu gehen ist nicht immer das Richtige, stimmt's?«, murmelte Rebecca, während ihre Finger fleißig mit der Arbeit beschäftigt waren.

»Nein«, antwortete Ginger. »Das hat mich nirgendwohin gebracht. All das hinzuschmeißen und hierherzukommen war die beste Entscheidung, die ich je getroffen habe.«

Als ihr Blick auf die Nadeln und das Garn in ihren Händen fiel, stellte sie fest, dass sie noch keine einzige Masche aufgenommen hatte.

»Willst du damit sagen, was ich vermute?«, fragte Kelsey und bemühte sich gar nicht erst, die Aufregung in ihrer Stimme zu verbergen.

Natürlich sahen ihre Freundinnen in Connor nur den attraktiven Feuerwehrmann. Dabei war alles viel komplizierter.

Ginger wollte versuchen, sich selbst und auch ihren Freundinnen gegenüber ehrlich zu sein, also sagte sie: »Es besteht so gut wie keine Chance, dass sich mit Connor eine langfristige Beziehung entwickeln könnte. Bald wird er wieder zurück nach Kalifornien gehen, außerdem ist das Letzte, was ihn im Moment interessiert, zu heiraten und eine Familie zu gründen. Das hat er mir klipp und klar gesagt. Aber …«

Inzwischen hatten ihre Freundinnen alle aufgehört zu stricken und lauschten gespannt. Keine von ihnen lächelte mehr.

»Ich habe es satt, immer das Richtige zu tun.« Mit dem Kopf deutete sie auf die Frau am anderen Ende des Zimmers, die zum vierten Mal schwanger war. »Sie hat alles, was ich jemals wollte. Ich war überzeugt, wenn ich mich immer an die Spielregeln halte, würde ich das auch bekommen.« Ginger konnte ihre Enttäuschung nicht länger unterdrücken. »Ich bin dreiunddreißig Jahre alt. Ich habe es satt, auf den richtigen Moment zu warten, auf den richtigen Zeitpunkt und den richtigen Mann. Ich kann nur sagen, dass ich mich noch niemals so stark zu jemandem hingezogen gefühlt habe.«

Ginger atmete einmal tief durch. Dann noch einmal.

»Und selbst wenn es sich als großer Fehler erweisen sollte, hätte ich dann zumindest einmal in meinem Leben wirklich etwas gewagt. Denn, verflucht noch mal, es gibt nichts, was ich mir sehnlicher wünsche!«

Und dieses Mal tat sie das nicht, um irgendjemandem etwas zu beweisen oder ihren Eltern einen Denkzettel zu verpassen. Sondern weil sie sich körperlich und seelisch zu Connor hingezogen fühlte. Und weil sie es viel zu lange immer nur allen anderen recht gemacht hatte.

Bei dieser Sache ging es jedoch allein um sie.

Rebecca griff nach Gingers rechter Hand. »Dann sage ich, wag den Sprung!«

Kelsey nahm ihre Linke. »Und wir sind für dich da, um dich aufzufangen, wenn es schiefgehen sollte.«

Am nächsten Morgen jagte Connor die Säge durch das weiche Holz des Stammes, in den er am Tag seiner Ankunft das faustgroße Loch geschlagen hatte, und begann dann mit der mühseligen Arbeit, die verrotteten Stellen herauszuschneiden. Nach der Fummelei am elektrischen Leitungssystem, mit der er am Abend vorher größtenteils fertig geworden war, hatte er sich auf die körperliche Anstrengung des Sägens gefreut. Auch bei den Einsätzen als Hotshot hatte er es immer genossen, sich im Wald durch abgestorbene Baumstümpfe und dichtes Unterholz zu arbeiten.

Wenn er kein Feuer bekämpfen konnte, dann wollte er wenigstens irgendeine andere schweißtreibende Aufgabe erledigen.

Nach den wenigen Tagen des Herumwerkelns an der Hütte

war er ungeheuer beeindruckt von der vielen Arbeit, die seine Urgroßeltern in dieses Haus gesteckt hatten. Wenn schon das Ausbessern eine solche Plackerei war, wie beschwerlich musste dann der Bau der Hütte gewesen sein? Besonders weil sie damals nicht auf die Hilfe irgendwelcher Schreiner oder Architekten hatten zählen können. Aber sicher war ihre Arbeit auch um einiges befriedigender gewesen.

Connor träumte davon, eines Tages am Lake Tahoe sein eigenes Holzhaus zu errichten. Hier an *Poplar Cove* zu arbeiten war eine praktische Übung dafür – der beste Weg, sich die nötigen Fertigkeiten anzueignen.

Während der Arbeit an der Hütte hatte er außerdem jede Menge Zeit zum Nachdenken. Jedenfalls genug Zeit, um sich einen Plan zurechtzulegen, wie er sich Ginger gegenüber weiter verhalten sollte.

Tagsüber würde er sich ablenken, indem er sich ganz auf seine Arbeit konzentrierte. Keine gemeinsamen Mahlzeiten mehr. Keine intimen Gespräche. Und um dem tagsüber aufgestauten Verlangen nachts nicht nachgeben zu müssen, würde er abends so lange das Haus verlassen, bis er sicher sein konnte, dass Ginger ins Bett gegangen war.

Gestern war er zur nächstgelegenen Kneipe am Ende der Main Street gefahren. Auf dem Weg dorthin hatte er überall scharenweise Kinder und Eltern gesehen, die in Vorbereitung auf den Unabhängigkeitstag ihre Festwagen schmückten. Auch er war einmal eines von diesen Kindern gewesen. Das ganze Jahr über hatte er sich auf den Umzug und das Feuerwerk gefreut.

Aber seit er als Hotshot arbeitete, sah er jede Form von Feuerwerk als Gefahr. Auch schon vor seinem Unfall waren die ersten zwei Juliwochen immer besonders hart gewesen. Überall brannte es, manche Feuer waren Unfälle, andere vorsätzlich gelegt. Deswegen hatte er seit Jahren keine Freude mehr daran gehabt, einem Umzug zuzuschauen. Im letzten Sommer war es jedoch noch schlimmer als sonst gewesen, weil er gewusst hatte, er würde nicht dabei sein, um die Brände zu löschen. Auf das große Ereignis am Abend freute Connor sich also nicht besonders. Er hatte sogar darüber nachgedacht, ob er nicht zur Sicherheit den Anlegeplatz und das Dach von *Poplar Cove* mit Wasser befeuchten sollte.

Als er hörte, wie sich die Fliegengittertür öffnete, versteifte er sich unwillkürlich, denn er wusste, jetzt war es so weit, dass er seinen Plan in die Tat umsetzen und auf seiner Seite des Zimmers bleiben musste. Nach einem Blick auf die Uhr stellte Connor fest, dass es gerade erst elf Uhr war. Ginger hatte heute wohl nur die Frühschicht gehabt.

Wieso dachte er bloß ständig über ihren Tagesablauf nach?

Sie stellte ihre Handtasche auf dem nächstgelegenen Stuhl ab und lächelte ihn an. »Hallo.«

Sobald er sie nur ansah, ließ die Anspannung in seiner Brust auch schon nach. Er konnte sich einfach nicht an ihr sattsehen, und allein mit ihr im selben Zimmer zu sein war so schön, dass er alles andere um sich herum vergaß.

Im Näherkommen warf sie einen Blick auf das neu entstandene Loch in der Wand. »Wow, sieht ja wirklich so aus, als ob du die ganzen Stämme austauschen willst.«

Eine Haarsträhne hatte sich in ihrem Mundwinkel verfangen, und Connor hatte sie schneller befreit, als er darüber nachdenken konnte. Dabei streifte sein Fingerknöchel leicht über ihre Wange.

Er zwang sich, einen Schritt zurückzutreten. »Ich hatte mir vorgenommen, dich nicht mehr anzurühren.«

»Nein«, sagte sie mit sanfter Stimme. »Ist schon gut. Wir müssen doch darüber reden, was sich zwischen uns entwickelt.«

»Da kann sich überhaupt nichts zwischen uns entwickeln.«

»Warum denn nicht?«, fragte sie, obwohl sie gleichzeitig nickte.

Noch ehe ihm ein guter Grund einfiel, war sie bereits auf ihn zugegangen und sagte: »Nein, das musst du nicht beantworten. Ich weiß selbst, warum wir das nicht tun sollten. Aber glaubst du wirklich, wir können es verhindern?«

Er konnte den Blick nicht von ihrem Mund losreißen, diesen wunderbar zarten rosafarbenen Lippen. Alle Willenskraft der Welt würde nicht ausreichen, um sich von ihr fernzuhalten, aber in dem Moment, als er schon nachgeben wollte, weil er sich sowieso nichts sehnlicher wünschte, als sie zu küssen, kam ihm wieder in den Sinn, was sie am Abend zuvor alles zu ihm gesagt hatte.

»Ich habe dreiunddreißig Jahre verschwendet. Ich bin hierhergekommen, um endlich mein Leben in den Griff zu kriegen.«

Sich mit ihm einzulassen wäre genau das Gegenteil davon.

»Wir müssen es verhindern.«

Beinahe wäre Connor der verletzte Ausdruck in ihren Augen entgangen, so schnell war er wieder verschwunden. Auf gar keinen Fall wollte er ihr das Gefühl vermitteln, nicht begehrenswert zu sein – so wie dieser Schwachkopf, mit dem sie verheiratet gewesen war.

»Komm bloß nicht auf die Idee, dass es an dir liegt, Ginger. Ich habe dich vom ersten Moment an begehrt, und das weißt du genau.«

Sie schluckte schwer und leckte sich über die Lippen. »Ja, das weiß ich. Aber ich verstehe einfach nicht, warum du dich auf Teufel komm raus anständig verhalten willst. Die meisten Kerle würden einfach zugreifen, wenn ihnen so ein Angebot gemacht wird, und nicht lange über die Konsequenzen nachdenken.«

»Ich mag dich«, sagte er zögerlich, weil er wusste, er musste nicht nur sie, sondern auch sich selbst überzeugen. »Wenn wir uns in irgendeiner Bar begegnet wären, und ich davon ausgegangen wäre, dass wir uns nie wiedersehen ... wenn ich nicht den ganzen nächsten Monat hier mit dir gemeinsam in der Hütte leben würde und über deine gescheiterte Ehe Bescheid wüsste, dann würde das sicherlich alles ganz anders aussehen. Aber wir wissen doch beide, dass ich bald wieder nach Tahoe zurückkehren werde. Und auch, dass das mit uns nicht funktionieren würde.«

Bereits während er die Worte aussprach, verlor er sich wieder in ihren Augen, bis ihm die Fingerspitzen vor Verlangen brannten.

Es wäre so leicht, sich ganz in Ginger zu verlieren.

Immer wieder brachte sie ihn dazu, Dinge zu erzählen, die er bislang keiner Menschenseele anvertraut hatte. Außerdem zwang sie ihn, Dinge, die er bisher für selbstverständlich gehalten hatte, plötzlich aus einem ganz neuen Blickwinkel zu betrachten. Und als er den Spieß umgedreht und sie dazu bekommen hatte, sich ihm zu offenbaren, hatte es genau das Gegenteil von dem bewirkt, was er sich erhofft hatte. Anstatt die Faszination, die sie auf ihn ausübte, zu schmälern, weil er sie jetzt besser verstand, war sie ihm nur ein noch größeres Rätsel geworden.

Zweifelsohne hatte sie jede Menge Geld. Aber das schien ihr im Leben keine Hilfe gewesen zu sein. Und ihr Exmann wurde dadurch auch nicht zu einem weniger großen Arschloch.

Connor hatte sich sein ganzes Leben über stets unter Kontrolle gehabt. Warum sollte es ausgerechnet bei Ginger anders sein? Er musste einfach nur wieder das Zepter in die Hand nehmen.

»Ich gebe dir mein Wort, dass ich dich nicht mehr anrühren werde.«

Er war nie ein Lügner gewesen. Bis zu diesem Moment hätte er auch nicht gedacht, dass aus ihm jemals einer werden könnte. Nach ihrer gemeinsamen Nacht ging es ihm jedoch nicht länger nur darum, sich nicht von der Arbeit und dem Ziel, wieder zurück in die Hotshot-Crew zu kommen, ablenken zu lassen. Er mochte sie einfach viel zu sehr, um sie auszunutzen oder dem Drang nachzugeben, sie ins Bett zu zerren, obwohl er bereits mit einem Fuß wieder aus der Tür war. Er hatte sie viel zu sehr ins Herz geschlossen, um sich in die lange Liste von Idioten in ihrem Leben einzureihen.

Er beobachtete, wie sie einen zittrigen Atemzug nahm, den Kopf senkte und mit dem Blick auf den Boden gerichtet sagte: »So viel dazu, die Gelegenheit beim Schopf zu packen.«

Als sie wieder zu ihm aufblickte, hatten ihre Augen das für sie so typische Strahlen verloren. »Also, was steht denn als Nächstes auf deiner Liste, sobald du die Stämme ausgetauscht hast?«

Er fand es schier unerträglich mit anzusehen, wie alle Lebensfreude aus ihr wich, aber er wusste, es war besser so. Sie mussten sich auf neutralem Terrain begegnen.

»Ich werde die Ritzen zwischen den Stämmen neu versiegeln müssen, also befreie ich sie vom Ruß und all den Ablagerungen, die sich mit der Zeit angesammelt haben, damit ich sie anschließend lackieren kann. Eigentlich hatte ich auch gehofft, noch genügend Zeit für die Möbel übrig zu haben. Es wäre bestimmt eine schöne Überraschung für meine Oma, wenn einige von ihnen ausgebessert wären. Aber ich bin mir im Moment nicht sicher, ob ich das noch schaffe.«

Sie gab ein verzücktes Geräusch von sich, das sich wie ein unauslöschlicher Funke in seine Brust brannte.

»Wenn ich ehrlich bin, wünsche ich mir schon seit Langem, Hand an die alten Möbel legen zu dürfen. Sie sind alle so geschmackvoll und schön, und ich bin mir sicher, wenn ich sie abschmirgeln und ein wenig neue Farbe drauftun würde, dann wären sie wieder wie neu.« Ihre Worte überschlugen sich fast vor Begeisterung. »Und ich habe in der Stadt unglaublich tolle Stoffmuster gesehen, die so ein bisschen retro angehaucht sind.

Die würden sich einfach wunderbar als Kissenbezug machen. Sie zu nähen wäre gar nicht schwer. Es würde mich wahrscheinlich noch nicht einmal besonders viel Zeit kosten.«

Obwohl die Einrichtung es dringend gebrauchen konnte, sagte ihm eine innere Stimme, dass die ganze Sache keine gute Idee war. Wenn Ginger so deutliche Spuren im Haus seiner Familie hinterließ, dann wurde sie dadurch praktisch ein Teil der Familie. Und das würde es ihm noch viel schwerer machen, sie zurückzulassen, wenn er wieder nach Tahoe ging.

»Danke für dein Angebot, aber ich hätte ein schlechtes Gewissen dabei, dich darum zu bitten. Du zahlst doch sogar Miete hier.«

»Bitte, Connor«, sagte sie sanft. Bei der Vorstellung, die Möbel seines Urgroßvaters aufzupolieren, war das Strahlen in ihre Augen zurückgekehrt. »Ich würde so gerne mithelfen.«

»Und was ist mit deiner Malerei?«

»Na ja, ein paar von meinen Bildern sind noch in der Konzeptionsphase. Vielleicht wäre es also ganz gut, mich mal ein paar Stunden mit etwas anderem zu beschäftigen. Wie wäre es, wenn ich mit der Kommode in meinem Schlafzimmer anfange – ich könnte das Holz abziehen und neu streichen.«

Das war die beste Idee des Tages: Er würde sie in die Werkstatt hinten im Wald verfrachten. Weit weg von ihm und der Hütte.

»Gut, ich gehe gleich hoch und trage sie für dich in die Werkstatt, damit du daran arbeiten kannst.«

»Die Werkstatt? Ach, du meinst sicherlich die rote Laube hinten im Wäldchen?« Als er nickte, fuhr sie fort: »Ich bin schon oft daran vorbeigelaufen, aber auch wenn ich gerne mal einen Blick hineingeworfen hätte, hatte ich immer das Gefühl, damit eine Grenze zu überschreiten.«

Connor genoss das schwere Gewicht der klobigen Kommode

mit ihren vier Schubladen. Während seines Gewaltmarschs durch den Wald war er sogar für den unfassbaren Schmerz in seinen Händen dankbar. Alles, was ihn von seinen Gefühlen für Ginger ablenkte, war ihm willkommen.

Die Werkstatt war gut vierhundert Meter von der Hütte entfernt. Der große, dunkle Schuppen war vom Geruch von Sägespänen und altem Öl erfüllt. Als Connor die Kommode vor der großen Eingangstür abstellte, brannten seine Handflächen wie verrückt. Nachdem er eine Seite der Tür geöffnet hatte, tastete er nach dem Lichtschalter, und die Lampen, die von den freiliegenden Deckenbalken herabhingen, gingen alle gleichzeitig an.

»Wow, das ist ja unglaublich!«, entfuhr es Ginger, während sie langsam den großen Raum durchquerte. »Jedes Mal, wenn ich hier vorbeigegangen bin, war ich mir sicher, dass das ein wunderbarer Ort sein muss.«

»Sam und ich haben meinen Opa immer angefleht, uns mit hierher zu nehmen, als wir noch klein waren«, verriet er ihr und gab sich Mühe, beim erneuten Hochwuchten der Kommode vor Schmerz nicht zusammenzuzucken. »Das ist die Drehbank, auf der mein Großvater alle Stuhl- und Tischbeine gedrechselt hat. Als ich fünf Jahre alt war, hat er mir gezeigt, wie man sie bedient.«

Sie riss erstaunt die Augen auf. »Mit fünf Jahren? Hatte er keine Angst, dass du dich verletzen könntest?«

»Er war der Überzeugung, dass wir nur aus unseren Fehlern lernen. Und zu wissen, dass wir uns damit die Hand aufschneiden könnten, hat eine ziemlich große Hemmschwelle aufgebaut, mit seinem Werkzeug herumzuspielen. Außerdem«, fügte er hinzu und fuhr mit der Hand über die staubige Drehbank, »wollte ich immer gerne so sein wie er.«

»Was hat er eigentlich den Rest des Jahres gemacht?«

»Er war Rektor an einer Highschool. Meine Großmutter hat Französisch und Deutsch unterrichtet. Deswegen waren sie auch überglücklich, als ich in den letzten Jahren endlich doch noch in ihre Fußstapfen getreten bin.«

Sie legte den Kopf zur Seite. »Du unterrichtest?«

»Seit dem Unfall, ja. Ich leite Sicherheitsseminare und mache Berufsanfänger mit den Grundlagen der Brandbekämpfung vertraut. Meine Narben jagen ihnen eine solche Angst ein, dass sie auch wirklich aufpassen. Ist wohl das gleiche Abschreckungsprinzip, das mein Großvater angewandt hat.«

Sie blieb vor einem halb fertigen Segelboot stehen, das mit der Unterseite nach oben mitten im Raum aufgestellt war. »Was ist denn das?«

»Ein Boot, das mein Großvater nie zu Ende gebaut hat. Es stand immer schon da. Sam und ich haben ihm mehrmals angeboten, es fertigzustellen, aber er hat immer abgelehnt und gesagt, das würde er selber erledigen wollen. Dazu ist er wohl nie gekommen.«

Er ging zu einer großen Werkzeugkiste auf Rädern, die an der Wand stand. Während er mehrere Schubladen aufzog, protestierte das alte Metall laut quietschend gegen die grobe Behandlung.

»Hier hast du fürs Erste ein bisschen Sandpapier. Sag einfach Bescheid, wenn du mehr brauchst. Ich kann dir auch gerne Farbe im Baumarkt besorgen.«

Dann machte er sich rasch aus dem Staub, bevor ihm wieder irgendeine Ausrede einfiel, um sich noch länger in ihrer Nähe herumzudrücken.

Im Laufe seiner Karriere war er schon einige Male als Held bezeichnet worden, aber zum ersten Mal musste Connor sich fragen, ob er es Ginger gegenüber wirklich schaffen würde, sich ehrenhaft zu verhalten.

10

Nachdem Ginger die oberste Schublade der Kommode herausgezogen hatte, machte sie sich an die mühselige Arbeit, die Ecken und Kanten abzuschmirgeln, an denen sich bereits die Farbe löste. Sie ließ keinen Zentimeter aus, damit die Grundierung halten würde und die neue Farbe gut trocknen konnte. So arbeitete sie sich von einer Schublade zur nächsten vor.

Es war eine befriedigende, anstrengende Beschäftigung. Genau das Richtige, um sich von Connor abzulenken.

Eigentlich sollte es ihr wahrscheinlich peinlich sein, dass sie ihm erzählt hatte, wie sehr sie sich über sein Übermaß an Respekt ihr gegenüber ärgerte – aber das war nicht der Fall.

Einmal mehr hatte es erstaunlich gutgetan, in Worte zu fassen, was sie wirklich wollte. Selbst wenn sie sich dabei eine ziemlich üble Abfuhr eingehandelt hatte.

Andererseits, kam es ihr plötzlich in den Sinn, hatte sie nicht die ganze Zeit über gewusst, dass sie nichts zu befürchten hatte? Dass Connor einfach so verflucht ehrenhaft war und sie deswegen niemals ausnutzen würde?

So wie unter der abblätternden Farbe der Kommode das blanke Holz zum Vorschein kam, so enthüllte sich ihr nach stundenlanger Schleifarbeit langsam die ganze Wahrheit: Eigentlich hatte sie gar nicht besonders viel riskiert.

Denn es war die ganze Zeit über klar gewesen, dass Connor sich wie ein Held verhalten würde.

Verärgert über diese neue Richtung, die ihre Gedanken einschlugen, zog Ginger ein wenig zu kräftig an der untersten

Schublade, die sich verklemmt hatte. Ein lautes Knacken war zu hören.

»Oh nein!«, rief sie laut aus. Anscheinend war ein großes Stück Holz herausgebrochen. Als sie die Schublade jedoch vollständig herausgezogen und auf dem Boden abgelegt hatte, fand sie zu ihrer Überraschung stattdessen am Grund der Kommode einen Packen Briefe.

Da in Ginger eine romantische Seele schlummerte, die schon immer in einer Tüte im Kleiderschrank ein geheimes Lager von Liebesromanen angelegt hatte – die sie immer nur dann las, wenn sie allein zu Hause war –, zitterten ihre Finger vor Aufregung, als sie nach dem Bündel griff.

Liebesbriefe. Das mussten Liebesbriefe sein. Warum sonst sollte sie jemand aufheben und verstecken?

Die Briefumschläge waren ganz brüchig und mit Wasserflecken übersät, die Schnur hart und porös. Obwohl sie den Stapel so vorsichtig wie möglich aufhob, zerbröckelte einer der weißen Umschläge in ihren Händen. Ein Blatt Papier fiel heraus, und Ginger konnte gar nicht anders, als den in ordentlicher Schreibschrift verfassten Brief zu lesen.

Andrew,

das waren wirklich die schlimmsten zwei Wochen meines Lebens. Ich kann nicht mehr schlafen. Ich kann nichts essen. Ich möchte einfach nur mit Dir zusammen sein.

Gestern Abend habe ich zu Hause angerufen und meine Eltern angefleht, mich wieder an den See fahren zu lassen. Es ist ja nicht so, als ob ich eine Profikarriere oder etwas Ähnliches anfangen könnte, also warum muss ich dann drei Wochen in diesem Tenniscamp bleiben? Ich habe ihnen gesagt, dass ich viel lieber am See wäre, um Zeit mit ihnen zu verbringen. Aber das haben sie mir nicht abgekauft und es nicht erlaubt.

Ich glaube, sie ahnen etwas. Auch wenn wir so vorsichtig waren. Ich weiß nicht, was sie tun würden, wenn sie herausbekämen, dass wir so viel Zeit miteinander verbringen.

Jeden Abend liege ich wach und denke daran, wie ich mich weggeschlichen habe und wie wir zu dem kleinen Weiher gefahren sind. Kannst Du Dir vorstellen, dass ich fünfzehn Sommer in Blue Mountain Lake verbracht habe und diesen Ort trotzdem noch nicht kannte? Ich bin so froh, dass Du ihn mir gezeigt hast. Es hat mir wahnsinnig viel Spaß gemacht, dort mit Dir zu schwimmen. Und auch alles andere, was wir in dieser Nacht getan haben.

Besonders wie Du mich geküsst hast, bevor Du sagtest, dass ich für immer Dir gehören würde.

In Liebe,

Isabel

Großer Gott. Sie war zufällig auf die Liebesbriefe gestoßen, die ihre Freundin Isabel an Connors Vater geschrieben hatte.

Ginger war fassungslos. Gleichzeitig bebte sie jedoch vor Aufregung. Eigentlich hätte sie nicht weiterlesen sollen, da sie jetzt wusste, dass sie damit in die Privatsphäre ihrer Freundin eindrang. Doch ihre Hände und Augen schienen ein Eigenleben entwickelt zu haben.

Andrew,

letzte Nacht habe ich davon geträumt, dass wir mit Deinem Boot auf Weltreise waren – wir hatten schon die halbe Strecke hinter uns, haben aus Kokosnüssen getrunken und die warme, salzige Brise auf unserer Haut genossen.

Es war himmlisch!

Manchmal denke ich mir, vielleicht sollten wir einfach unsere Taschen packen und sofort lossegeln. Nicht mehr an die Uni denken. Alles vergessen, bis auf unseren großen Traum, den wir dann leben könnten. Gemeinsam.

Ich liebe Dich,

Isabel

Ginger wusste nicht, wie viele Briefe sie bereits gelesen hatte, als sie zu diesem kam:

Andrew,

Ich liebe Dich. Ich liebe Dich. Ich liebe Dich. Ich liebe Dich. Ich liebe Dich. Ich liebe Dich. Ich liebe Dich. Ich liebe Dich. Ich liebe Dich. Ich liebe Dich. Ich liebe Dich. Ich liebe Dich. Ich liebe Dich. Ich liebe Dich. Ich liebe Dich.

Isabel

Dann hörte sie Connors Stimme hinter sich. »Es wird langsam dunkel. Und ich habe in der Stadt gehört, dass in diesem Sommer ziemlich viele Bären in den Wäldern gesichtet wurden. Ich wollte nicht, dass du alleine zum Haus zurücklaufen musst.«

Ginger saß mit überkreuzten Beinen auf dem Boden, überall um sie herum waren Briefe verstreut. Sie sah zu ihm auf.

Oje. Sie war so in Isabels Liebesbriefe an Connors Vater versunken gewesen, dass sie gar nicht daran gedacht hatte, jemand könnte sie beim Lesen erwischen.

»Was sind das für Briefe?«

»Sie sind aus der Kommode herausgefallen.« Rasch sammelte sie alle Blätter zusammen, stapelte sie übereinander und hielt sie Connor hin. »Ich hatte nicht vor, sie zu lesen, aber einer ist herausgefallen, und dann … ich konnte einfach nicht anders. Sie sind so wunderschön, dass ich die Zeit vergessen habe. Kein Wunder, dass dein Vater sie aufgehoben hat.«

»Mein Vater?«

Er riss ihr die Briefe aus der Hand, überflog den ersten, der ganz oben lag und auf dem immer wieder »Ich liebe Dich« stand, und mit jeder Sekunde, die verstrich, wirkte er angespannter.

»Ich wusste, dass er und Isabel eine Zeit lang miteinander ausgegangen sind«, sagte Ginger. »Auch, dass es ziemlich ernst war, aber ...«

Er hob den Blick. »Wovon redest du?«

»Du wusstest nichts von deinem Vater und Isabel?«

»Zum Teufel, nein!«

»Sie haben sich als Teenager kennengelernt. Es war Liebe auf den ersten Blick. Das müssen die Briefe sein, die sie ihm als junges Mädchen geschrieben hat.«

Erst in dem Moment wurde ihr klar, was sie da sagte – sie machte eine große Sache aus der Liebesgeschichte zwischen Connors Vater und einer Frau, von der er überhaupt nichts wusste. Das musste ihn kränken.

»Mein Ex hat immer gesagt, ich hätte die schlechte Angewohnheit, jeden Gedanken, der mir durch den Kopf geht, sofort laut auszusprechen«, sagte sie entschuldigend. »Es muss seltsam für dich sein, Liebesbriefe zu lesen, die jemand anderes als deine Mutter an deinen Vater geschrieben hat. Vielleicht fühlst du dich verraten.«

Der Mann aus Stein, den sie bereits in der ersten Nacht in Connors Schlafzimmer kennengelernt hatte, war wieder zurückgekehrt.

»Was auch immer er getrieben hat, bevor er meine Mutter kennengelernt hat, geht mich nichts an.«

Aber das kaufte sie ihm nicht ab. Nicht eine Sekunde lang. Wenn es so wäre, würde er nicht so reagieren.

»Ich kann nachvollziehen, warum diese Briefe dich wütend machen.«

»Hast du nicht zugehört? *Es ist mir egal!*«

Ginger trat einen Schritt auf ihn zu. Wenn er sie nicht mehr anrühren wollte, bitte schön, aber sie würde bestimmt nicht zulassen, dass er sie auch noch anlog.

»Für einen Mann, dem das nichts ausmacht, siehst du aber ganz schön verärgert aus.«

Er trat so nahe an sie heran, dass kein Blatt Papier mehr zwischen sie gepasst hätte. Sein Mund war so dicht an ihrem eigenen, dass sie sich beinahe küssten.

»Und wie zum Henker kommst du auf die Idee, dass du mich so gut kennst?«

Er hatte recht. Das ergab absolut keinen Sinn. Sie hatten sich gerade erst kennengelernt, vor nicht einmal einer Woche, und trotzdem …

»Aber es ist doch so, oder etwa nicht?«

Als sein Blick wieder zu ihrem Mund glitt, loderte unbändiges Verlangen in seinen dunklen Augen auf. Schon sah sie einen weiteren Kuss kommen wie den in seinem Schlafzimmer – ungezügelt und voller Gier. Und während seine Körperwärme sich auf sie übertrug, in jede Pore ihrer Haut eindrang, wünschte sie sich nichts sehnlicher als das.

Anstatt sie zu küssen, wandte er sich jedoch ab und ging zu dem halb fertigen Boot hinüber. Dann sagte er: »Ich bin noch nie jemandem wie dir begegnet, Ginger.« Erneut musste sie eine heftige Welle der Enttäuschung niederkämpfen.

Das klang nun wirklich nicht wie ein Kompliment, aber sie entschied rasch, dass es trotzdem in Ordnung war. Denn ihr dämmerte, dass sie gerade über einen wichtigen Aspekt in Connors Leben gestolpert war. Und sie hätte sowieso nicht aufhören können weiterzulesen, selbst wenn sie es gewollt hätte.

»Was ist dein Vater denn so für ein Mensch?«

Während er mit der Hand über eine rotgoldene Bootsplanke

fuhr, sagte Connor: »Reserviert. Ich kann mir überhaupt nicht vorstellen, dass ihm jemand einen solchen Brief schreiben würde.«

Ginger erinnerte sich an Andrews geschliffene Ausdrucksweise, als sie telefoniert hatten. Dann versuchte sie, sich den dazu passenden Beruf vorzustellen.

»Chirurg? Professor?«

»Anwalt.«

»Was hielt er davon, dass du ein Hotshot geworden bist?«

Connor lachte, aber es klang irgendwie hohl. »Ich kann guten Gewissens behaupten, dass es ihm scheißegal war.«

»Unmöglich, er ist doch dein Vater. Das muss ihn einfach interessieren.«

»Als ich fünf Jahre alt war, ist meine Mutter zu ihrer Schwester gefahren, die gerade ein Baby bekommen hatte. Deswegen sollte mein Vater mich und Sam von der Schule abholen. Er hat es an jedem einzelnen Tag in dieser Woche vergessen. Als ich zehn war, riefen ihn die Leute von meinem Fußballverein an, um zu fragen, ob er ausnahmsweise für den regulären Trainer einspringen könnte. Er hat sie gefragt, ob ihnen überhaupt klar sei, wie viel zwei Stunden seiner Arbeitszeit wert seien. Als er nicht zu meiner Schulabschlussfeier erschienen ist, hatte ich mich längst damit abgefunden, was für ein Mensch er ist. Und was für einer er niemals sein wird.«

»Aber nach deinem Unfall wird er sich doch sicherlich mehr um dich bemüht haben?«

»Klar. Ein paar Anrufe. Einige gemeinsame Biere.«

Das erinnerte sie an etwas. »Die Nachricht, dass er angerufen hat, hast du gefunden, oder? Ich habe sie dir aufs Kissen gelegt.«

»War nicht zu übersehen.«

Mehr wollte er dazu offensichtlich nicht sagen, und verrückterweise kam es Ginger so vor, als ob er bei diesem Thema sogar noch mehr mauerte als bei ihrem Gespräch über den Flächenbrand, bei dem er sich die Hände verbrannt hatte.

»Was hast du mit den Briefen vor?«

»Da gibt es sicher einige Leute, die heute Abend etwas zum Anzünden ihrer Lagerfeuer zum Unabhängigkeitstag brauchen.«

Die Vorstellung, dass die Liebesbriefe in Rauch aufgehen würden, entsetzte Ginger. Sie stürzte sich auf die alten Blätter und presste sie schützend an ihre Brust.

»Das kannst du doch nicht machen! Vielleicht möchte dein Vater sie ja zurückhaben.«

»Er hat sie mehr als dreißig Jahre lang hier liegen gelassen. Ihm scheint also nicht besonders viel daran zu liegen.«

»Allein, dass er sie überhaupt aufgehoben hat, zeigt ganz deutlich, wie wichtig sie ihm sind.«

»Ja sicher, Isabel war ihm sooo wichtig.«

Na gut, der Punkt ging an ihn. Trotzdem hatte Ginger immer noch Probleme damit, die zwei Versionen dieses Mannes unter einen Hut zu bringen – einmal der Mann, in den Isabel so unsterblich und leidenschaftlich verliebt gewesen war, und dann der Vater, von dem Connor ihr erzählt hatte. Zumindest als junger Mann hatte sein Vater anscheinend durchaus liebenswerte Eigenschaften besessen.

Die große Frage war, was hatte ihn als Ehemann und Vater so dermaßen verändert?

Jetzt erst dämmerte Ginger, dass Connor ja noch gar nicht genügend Briefe gelesen hatte, um das alles wirklich verstehen zu können. »Das hier war das Boot deines Vaters. Er wollte es zusammen mit Isabel bauen.«

Connor stieß sich von dem Segelboot ab. »Noch etwas, das ins Feuer gehört.«

»Connor!«

Er warf ihr einen kalten Blick zu. »Wenn du die Briefe behalten möchtest, nur zu. Es ist mir egal, was mit ihnen geschieht.«

Aber seine verkrampfte Körperhaltung und die Art, wie er die Hände immer wieder zu Fäusten ballte, verrieten ihr, dass das nicht stimmte.

11

Connor war wütend. Allerdings nicht auf Ginger mit ihrer endlosen Fragerei. Sondern auf sich selbst.

Sein Vater hatte also von irgendeinem Mädchen Briefe geschickt bekommen.

Na und?

Zwar fühlte er sich für seine Mutter verantwortlich, aber seit der Scheidung vor einigen Jahren führte sie längst ihr eigenes Leben. Mittlerweile hatte sie sogar einen netten Mann kennengelernt, der wollte, dass sie zu ihm nach Florida zog. Ihr ging es gut.

Dennoch hatte es ihn ganz krank gemacht, diese vor Verliebtheit triefenden Sätze von Isabel zu lesen. Er konnte sich einfach nicht vorstellen, dass irgendjemand Andrew gegenüber derartige Gefühle hegen konnte. Offen gesagt kannte er seinen Vater nicht gut genug, um ihn sich als Neunzehnjährigen vorstellen zu können.

Da es allerhöchste Zeit war, das Thema zu wechseln, deutete Connor auf die Kommode. »Beeindruckend, dass du die Schubladen schon fast fertig abgeschliffen hast. Ist eine ziemliche Plackerei.«

Ihre Blicke begegneten sich, und es kam ihm vor, als könnte er förmlich sehen, wie sie abwägte, ob sie ihn wegen der Sache mit seinem Vater noch weiter in die Zange nehmen sollte.

Als sie schließlich die Arme über den Kopf streckte und ihren Nacken dehnte, war er beinahe enttäuscht über ihre Entscheidung, die ganze Sache auf sich beruhen zu lassen – obwohl das vollkommen verrückt war.

Er hatte sich schon daran gewöhnt, dass sie immer alles ganz genau wissen wollte und ihn ständig kritisch hinterfragte.

»Ich bin auch müde. Angenehm müde. Aber du hast recht. Wahrscheinlich sollte ich mich lieber noch ein bisschen hinter meine Staffelei klemmen. Bis zu meiner ersten Ausstellung bleibt nicht mehr viel Zeit. Sie wird kurz vor der Hochzeit deines Bruders stattfinden. Wenn ich also diese Woche nicht ein paar gute Bilder hinbekomme, werde ich demnächst rund um die Uhr malen müssen.«

Während sie nebeneinander durch das Wäldchen zurück zum Haus liefen, war Connor mit jedem Schritt mehr davon überzeugt, dass er sich besser von ihr fernhalten sollte. Und sich verflucht noch mal nicht in ihre Angelegenheiten einmischen.

Nur wünschte er sich eigentlich nichts mehr, als herauszufinden, was in ihr vorging. Ihm wurde immer noch ganz anders, wenn er daran zurückdachte, wie offen sie ihm ihr Begehren gezeigt hatte. Aber es steckte mehr dahinter, nicht allein die körperliche Anziehungskraft zwischen ihnen, gegen die sie beide machtlos waren.

Irgendwie schien Ginger immer ganz genau zu wissen, wann er nicht ehrlich war – nicht nur ihr gegenüber, sondern auch zu sich selbst.

»Wolltest du schon immer malen?«

»Seit ich denken kann.«

»Aber du hast erst damit angefangen, als du hierher gezogen bist, oder schon vorher?«

»Nein. Nicht richtig.«

»Warum nicht?«

»Weiß ich auch nicht.«

Sie ließ ihm nie eine Lüge durchgehen. Und er würde sich das umgekehrt auch nicht gefallen lassen.

»Das glaube ich dir nicht.«

Sie blieb neben einem Baum stehen und lehnte sich dagegen. »Ich habe wohl befürchtet, nicht gut genug zu sein. Ich war der Meinung, jeder andere würde mehr davon verstehen als ich, und ich müsste auf all diejenigen hören, die mir sagten, dass ich alles falsch mache. Ich habe mich beeinflussen lassen, entgegen meiner eigenen Überzeugung. Zum Schluss habe ich drei Jahre lang keinen Pinsel mehr angefasst.«

»Eine lange Zeit, wenn man bedenkt, wie sehr du das Malen liebst.« Er wusste aus eigener Erfahrung, wovon er sprach.

»Erst als ich im Oktober hergekommen bin und auf der Veranda deiner Großeltern die Staffelei ausgepackt habe, habe ich begriffen, dass ich eigentlich die ganze Zeit über das Zeug dazu gehabt hätte.«

Gingers Worte waren wie ein Schlag in die Magengrube. Genau dasselbe hatte er in den letzten Jahren immer wieder von der Forstbehörde zu hören bekommen. Dass er nicht mehr gut genug sei. Dass er auf ihren Rat hören und sich umschulen lassen sollte.

»Ginger«, begann er und trat ganz nahe an sie heran, obwohl er sich genau das Gegenteil vorgenommen hatte, »ich – «

Der Rest des Satzes wurde von einem lauten Knall abgeschnitten, der vom Seeufer kam.

»Da scheint jemand vor der Hütte einen Feuerwerkskörper gezündet zu haben.«

Connor rannte die restliche Strecke durch den Wald, bis er am Seeufer rechts neben *Poplar Cove* auf eine Gruppe von Jugendlichen stieß.

Das war Isabels Grundstück. Die Frau, die eine Beziehung mit seinem Vater gehabt hatte.

»Das sind illegale Böller, die ihr da habt.«

Die zwei Jungs würdigten ihn kaum eines Blickes. »Ey Mann, es ist der vierte Juli. Wir feiern nur ein bisschen.« Das Mädchen wirkte allerdings ein wenig besorgt.

Er streckte eine Hand aus. »Her damit! Ich werd sie für euch entsorgen.«

Statt ihm die Knaller zu geben, zückte der dunkelhaarige Junge jedoch ein Feuerzeug und machte sich daran, den nächsten anzuzünden.

Noch bevor er dazu kam, hatte Connor ihn am Schlafittchen gepackt, sodass ihm der Feuerwerkskörper aus der Hand fiel und im Sand landete.

»Hat dir schon mal jemand erklärt, warum das verboten ist?«

Der Junge zuckte nur kurz mit den Achseln, weil er den starken Mann markieren wollte. »Lassen Sie mich los!«

»Dieser hier«, sagte Connor und sammelte die verkohlten Überreste eines Knallers auf, während er den Jungen weiterhin festhielt, »reißt für gewöhnlich ein oder zwei Finger von der Hand.« Er griff nach einer weiteren leeren Hülle. »Aber dieser hier erst.« Connor pfiff anerkennend durch die Zähne. »Das ist ein richtiges Prachtexemplar. Hat die Angewohnheit, hinten aufzuplatzen und direkt vor deinem Gesicht zu explodieren. Meistens ist man anschließend blind, auch wenn es vorkommt, dass jemand mit ein bisschen Glück und nach genügend Operationen einen kleinen Teil seines Sehvermögens zurückgewinnt.«

»Verdammt, Mann!«, sagte der andere, ängstlichere Junge jetzt zu seinem Kumpel. »Du hast doch gesagt, die wären ungefährlich.«

Da Connor seinen Job als Kinderschreck erfüllt hatte, ließ er es zu, dass der Mutigere von beiden sich aus seinem Griff entwand.

»Der alte Knacker will uns doch nur Angst einjagen. Wahrscheinlich hat er sich das alles ausgedacht.«

Connor zuckte mit den Achseln und sagte: »Es ist eure Entscheidung, ob ihr das herausfinden möchtet.« Aber die Jugendlichen rannten bereits das Seeufer entlang davon – ihre Feuerwerkskörper hatten sie liegen gelassen.

Nachdem Connor alle Überreste aufgehoben hatte, drehte er sich um und prallte direkt gegen Ginger. Sofort ließ er die Knaller fallen, um ihr einen Arm um den Oberkörper zu legen, damit sie nicht hinfiel. So standen sie einige Sekunden schwer atmend da.

»Du hast Josh und seine Freunde beinahe zu Tode erschreckt, Connor!«, sagte Ginger aufgebracht.

»Gut.«

»Sie sind doch noch Teenager.«

»Deswegen muss man ihnen ja nicht jede Dummheit durchgehen lassen.«

»So ist das nun mal mit Kindern, Connor. Sie machen ab und zu etwas falsch und lernen daraus.«

»Da du ja alles zu dem Thema zu wissen scheinst, verrate mir doch mal, was geschieht, wenn einer dieser Fehler nicht mehr gutzumachen ist? Wenn so ein Böller ihnen etwas nimmt, von dem sie niemals gedacht hätten, dass sie es verlieren könnten? Was dann?«

Mit beiden Händen umfasste sie sein Gesicht, um ihn zu beruhigen.

»Ich weiß, wie schlimm das für dich gewesen sein muss. Diese Schmerzen, bis heute. Aber es wird wieder gut, Connor. Schon bald. Das muss es einfach.«

Ein gewaltiges Donnergrollen erschütterte den dunklen Himmel, und ohne weitere Vorwarnung setzte heftiger Regen ein.

»Wenigstens musst du dir jetzt keine Sorgen mehr um irgendwelches Feuerwerk machen.«

»Jedenfalls nicht diese Art Feuerwerk«, erwiderte Connor und beugte sich zu ihr hinunter.

Auch wenn Gingers sanfte Lippen sich so verflucht gut anfühlten, dass Connor sie am liebsten mit Haut und Haaren verschlungen hätte, versuchte er immer noch verzweifelt, sich zusammenzureißen, bevor die Sache aus dem Ruder lief.

Aber dann spürte er ihre Zunge in seinem Mund, und es war um ihn geschehen.

Als sie die Finger in seinem Haar vergrub, um ihn noch fester an sich zu ziehen, stoben heiße Funken in seinem Innern auf. Während ihr Kuss immer leidenschaftlicher wurde, spürte er Gingers Brüste an seinem Oberkörper. Sie stöhnte auf, und er konnte an nichts anderes mehr denken als daran, wie gut sie sich anfühlte: weich und warm, genau wie eine Frau sein sollte.

Während seine Hände an ihrem Körper hinunterglitten, hatte er das Gefühl, nicht vier Tage, sondern vier Jahre darauf gewartet zu haben, sie wieder berühren zu dürfen. So stark war sein Verlangen nach ihr. Als er mit dem Zeigefinger über die nackte Haut am Saum ihres T-Shirts fuhr, keuchte sie auf. Connor wollte nicht länger an seinen Schwur denken, dass er sich von Ginger fernhalten würde, er wollte alles vergessen und nur noch für den Augenblick leben.

Dennoch fühlte er sich dazu verpflichtet, ihr eine letzte Gelegenheit zu geben, es sich anders zu überlegen.

»Wir sollten das nicht tun. Ich kann dir nichts bieten, Ginger. Überhaupt nichts.«

Ginger rang nach Luft. Connor schien ihren Körper besser zu kennen als sie selbst. Er wusste einfach genau, wo sie gestreichelt werden wollte, wie er sie küssen musste. Während sie seinen Duft einatmete, entlud sich die vier Tage lang aufgestaute Sehnsucht in ihrem Innern. Er roch erdig, nach dem Holz, an dem er gearbeitet hatte; sauber und frisch wie der kalte Regen auf seiner warmen Haut.

Wie durch einen Nebel hindurch hörte sie ihn davon reden,

dass sie aufhören sollten, dass er ihr nichts bieten könne. Aber sie glaubte ihm nicht. Tief in ihrem Herzen wusste sie, dass das nicht stimmte.

Er brauchte sie. Brauchte ihre Umarmung, die ihm zeigte, dass sich jemand um ihn sorgte. Sie konnte doch jetzt nicht einfach wegrennen und ihn im Stich lassen.

»Nimm mich mit in dein Zimmer. In dein Bett.«

Aber statt zu tun, worum sie ihn bat, fuhr er mit der Kuppe seines Daumens über ihre Unterlippe. Ihr fiel auf, wie stark seine Hände zitterten – großer Gott, hatte sie ein Mann jemals zuvor auf diese Weise begehrt? Sie küsste die vernarbte Haut. Dann nahm sie seinen Finger in den Mund und fuhr mit der Zunge spielerisch darüber, während sie daran saugte.

»Ich habe dir versprochen, dass ich das nicht tun würde«, sagte er mit belegter Stimme. Heiser vor Begierde.

»Auf deinen noblen Schwur lege ich keinerlei Wert, Connor. Ich will es. Ich will dich. Nie zuvor habe ich etwas Derartiges gefühlt. Ich möchte dem nachgeben. Bitte sei eine Nacht lang kein Held.«

»So etwas kannst wirklich nur du dir wünschen«, stöhnte er, bevor er sie erneut küsste. Ginger nahm ihn an der Hand und zog ihn durch den strömenden Regen hinter sich her. Als sie auf der Veranda angekommen waren, hob er sie hoch, um sie nach oben zu tragen. Ohne sie abzusetzen, öffnete er mit dem Fuß die Schlafzimmertür und ließ sie dann vorsichtig herunter, wobei ihr Körper an seinem entlangglitt.

Quälend langsam zog er den Saum ihres dünnen, nassen T-Shirts hoch, über den Bauch, ihre Brüste und schließlich über ihren Kopf. Als Nächstes war die Hose dran, aber auch hierbei ließ er sich Zeit, sodass sie jede einzelne Empfindung genießen konnte.

Wie das raue Material über ihre empfindliche Haut glitt.

Die sanfte Berührung seiner Hände.

Die Hitze seines Körpers, die sie auf die wohl himmlischste Art zu verbrennen schien.

Schließlich war sie bis auf ihren BH und ein Höschen ausgezogen, und obwohl sie auch in der allerersten Nacht mehr oder weniger nackt gewesen war, fühlte es sich dieses Mal anders an. Irgendwie realer. Jedenfalls real genug, um all die Unsicherheiten hervorzulocken, die sie dreiunddreißig Jahre lang verfolgt hatten. Sie umkreisten Ginger, wanden sich an ihr hoch und flüsterten von bösen Dingen, wie Falten und kleinen Dellen.

Sie hatte gedacht, sie hätte die Vergangenheit hinter sich gelassen – all die Jahre voller Selbsthass. Verwundert musste sie jetzt feststellen, dass sie sich getäuscht hatte.

Am liebsten hätte sie ihn weggestoßen und sich unter einer dicken Decke versteckt, aber genau in dem Moment sagte er: »Mein Gott, du bist so schön«, und die Ehrfurcht, die in seiner Stimme mitschwang, wirkte einen Zauber, der all ihre Ängste verscheuchte. Die Gewissheit, die in Connors Worten lag, ließ Ginger zum ersten Mal in ihrem Leben daran glauben, dass sie wirklich schön war.

Er ließ die Daumen über die Wölbung ihres Busens oberhalb des BHs gleiten. »Du bist so weich.«

Seine zärtliche Berührung ließ sie vor Wonne erschauern. Ginger schloss die Augen und schob sich ihm sanft entgegen. Dabei legte sie eine Hand auf seine Hüfte, um sich festzuhalten, da der Boden unter ihren Füßen nachzugeben schien. Langsam streifte er ihr erst einen BH-Träger und dann den anderen von der Schulter. Sofort blitzten ihre Brustspitzen hervor, da der zarte Seidenstoff allein sie nicht länger halten konnte, und wurden von seinen wartenden Händen in Empfang genommen.

»Einfach vollkommen.«

Er ließ die Daumen um ihre Knospen kreisen, die sich dadurch noch stärker aufrichteten. Ihr gesamtes Fühlen und Denken war in diesem Moment auf zwei Quadratzentimeter Haut begrenzt. Nie zuvor hatte sie derartigen sexuellen Genuss verspürt oder überhaupt nur gewusst, dass ihre Brüste derart empfindsam waren. An ihrem Bauch konnte sie Connors Erektion spüren, und eine intensive Wärme breitete sich zwischen ihren Beinen aus.

»Vier Tage lang habe ich deinen Geschmack auf meiner Zunge getragen. Und jetzt will ich mehr davon. Viel mehr.«

Als sein Mund eine ihrer Brustspitzen umschloss, jagte ein Schauer durch Gingers Körper. Er hob ihre Brüste mit beiden Händen an und drückte sie zusammen, sodass er zwischen beiden Knospen hin und her wechseln konnte. Langsam und genüsslich fuhr er mit der Zunge darüber.

»Connor«, stöhnte sie und bog sich diesem wunderbaren Mund noch weiter entgegen.

Das verstand er als Aufforderung, eine ihrer Brustspitzen in den Mund zu nehmen und daran zu saugen, und dabei knabberte er ganz leicht mit den Zähnen an dieser so empfindlichen Stelle. Mit einer Hand hielt er weiterhin ihre Brüste umfasst, während die andere ihren Rücken hinabglitt. Er packte sie am Hintern und drückte sie noch fester an seinen erigierten Penis. Dann schob er mit dem Oberschenkel ihre Beine auseinander.

Als Connor sich der anderen Brustspitze widmete, war Ginger bereits so stark erregt, dass sie nicht anders konnte, als sich an seiner Erektion zu reiben. Er hielt sie mit einem Arm fest, damit sie sich im selben Rhythmus bewegen konnte wie seine Zunge auf ihren Brüsten. Und dann spürte sie seine Finger, erst auf ihrem Bauch, dann immer tiefer, bis sie die feuchte Hitze zwischen ihren Beinen erreicht hatten.

Als er ihren Kitzler zu liebkosen begann, spreizte sie die Beine für ihn und drängte sich seiner Hand entgegen. Er sollte bloß nicht aufhören, sie so zu berühren, genau so, genau dort, wo es sich so gut anfühlte. Ginger war bereits kurz davor zu kommen, hatte das Gefühl, gleich in Millionen kleine Teilchen zu zerspringen, als er die Hand plötzlich sinken ließ und einen Schritt zurücktrat. Sich ihr entzog.

Der Verlust seiner Körperwärme und Berührungen war wie ein Schock, als hätte sie gerade einen Eisberg gerammt.

Dann begriff sie, was geschehen sein musste. Sie streckte die Arme nach ihm aus. »Ist es wieder passiert? Konntest du mich nicht mehr spüren?«

Er sah auf seine zu Fäusten geballten Hände hinab. »Nein. Ich konnte dich spüren. Viel zu gut.« Er zuckte zusammen. »Ich habe mich einfach nicht unter Kontrolle, wenn du in der Nähe bist, Ginger. Ich bin zu grob. So werde ich dir noch wehtun. Himmel, ich will dir doch nicht wehtun.«

Sie konnte kaum glauben, was sie da hörte. Entschuldigte er sich etwa gerade bei ihr dafür, dass er scharf auf sie war?

»Ich bin robuster, als ich aussehe.«

Sie musste Connor wissen lassen, wie sehr sie das hier wollte, wie verzweifelt sie sich danach sehnte, dass er sie zärtlich berührte und küsste. Ob schnell oder langsam, das war ihr gleich. Sie wollte ihn einfach spüren, es genießen, ihn zu berühren und von ihm berührt zu werden.

Also öffnete sie den Verschluss des BHs auf ihrem Rücken, sodass er zwischen ihnen zu Boden fiel. »Ich fand es wunderbar, was du mit meinen Brüsten gemacht hast«, sagte sie mit belegter Stimme, bevor sie einen Schritt zurücktrat, um sich auch noch des Höschens zu entledigen.

Beherzt griff sie nach Connors Hand und legte sie auf ihren Venushügel. Als seine rauen Finger auf ihre erhitzte Haut trafen, erbebte sie vor Lust.

»Ich fand es auch wunderschön, was du hier gemacht hast. Mach das noch mal, Connor. Lass mich hinaufschweben, bis zum Höhepunkt.« Ginger stellte sich auf die Zehenspitzen und flüsterte ihm ins Ohr: »Und mach dir keine Sorgen um mich. Mit dir werde ich schon fertig.«

Ihr blieb die Luft weg, so schnell hatte er sie gepackt und auf das Bett gelegt. Nur einen Herzschlag später war sein Kopf zwischen ihren Beinen, und sein Mund machte da weiter, wo seine Hand aufgehört hatte. Mit einem Aufschrei drängte sie sich seinen Lippen entgegen, während er mit der Zunge in ihre Feuchte vorstieß. Dann leckte er ihren Kitzler und fuhr mit dem Mund die Schamlippen entlang. Dabei hielt er sie die ganze Zeit an den Hüften fest, sodass sie sich nicht mehr rühren konnte, nicht mehr denken, nicht mehr atmen, nur noch fühlen.

Und dann, oh Gott, dann war es so weit – ein Höhepunkt, wie sie ihn noch nie erlebt hatte. Sie explodierte förmlich unter ihm, zuckte und bebte vor Wonne. Aber er ließ nicht von ihr ab, sondern leckte immer weiter, drang mit der Zunge in sie ein und saugte an ihr, bis er auch noch das letzte Fünkchen Leidenschaft aus ihrem Körper befreit hatte.

Ginger war so überwältigt von ihrer Lust und den überschwänglichen Gefühlen, die Connors zärtliche Berührungen in ihr ausgelöst hatten, dass ihr die Tränen in die Augen stiegen. So wie er sie geküsst und gestreichelt hatte, hatte er ihr das Gefühl gegeben, wunderschön zu sein.

Etwas ganz Besonderes.

»Das habe ich nicht gewusst«, sagte sie, als sie wieder sprechen konnte. »Ich wusste nicht, dass es so sein kann.«

Connor küsste die Innenseiten ihrer Schenkel, legte eine Spur aus Küssen bis zu ihrem Bauch und widmete sich dann wieder ihren Brüsten, die er gleichzeitig knetete und mit dem Mund verwöhnte.

»Ich möchte in dir sein.« Sein Blick im Halbdunkel hielt sie gefangen. »Jetzt. Bevor ich explodiere.«

Gemeinsam rissen sie ihm die Hose vom Leib und zerrten an seinem T-Shirt, bis er vollkommen nackt über ihr lag.

Ginger war fest davon überzeugt, dass sich nichts und niemand so gut anfühlte wie Connor. Sie wünschte sich, ganz langsam jeden Quadratzentimeter seines traumhaften Körpers erforschen zu können. Aber das würde warten müssen, denn in diesem Moment schob er ihr bereits sein Knie zwischen die Beine, um ihre Schenkel auseinanderzudrücken, bevor er sich ein wenig nach vorn schob, sodass seine Eichel an ihre sehnsüchtig geöffneten Hautfalten stieß. Und noch bevor sie einen weiteren Atemzug nehmen konnte, drang er mit einem einzigen Stoß ganz in sie ein.

»Du bist so eng«, stöhnte er und hielt inne, bis ihr Körper langsam nachgab und sie sich weit genug für ihn gedehnt hatte. »So feucht.«

Als sie seine pulsierende Länge in sich spürte, wurde sie noch viel feuchter, und tief in ihrem Unterleib breitete sich ein Zittern aus.

»Bitte, Connor«, flehte sie. Sie konnte nicht näher benennen, was sie sich wünschte, aber sie war sicher, es gleich zu bekommen.

Und tatsächlich schienen diese zwei Worte eine magische Wirkung auf ihn zu haben, denn augenblicklich begann er, sich langsam in ihr zu bewegen. Raus, rein. Raus, rein. Immer und immer wieder, bis sie vor Lust vergehen wollte und der Höhepunkt, den sie erst Minuten zuvor erlebt hatte, überraschenderweise wieder ganz nahe war.

Ginger zog sein Gesicht zu sich herab, um ihm mit ihren Küssen zu zeigen, wie viel ihr das alles bedeutete. Genau darauf hatte sie immer gewartet. Mit ihm zusammen zu sein ging so viel tiefer als alles, was sie jemals gefühlt hatte.

Während ihres Kusses schien er in ihr immer größer zu werden, bis zu dem Moment, als sie es nicht länger aushielt und ihr Körper von einem weiteren überwältigenden Orgasmus erschüttert wurde. Auch er zuckte und bebte in ihr und stieß noch einmal härter und tiefer zu, während sie gemeinsam kamen.

Schwer atmend rollte sich Connor auf den Rücken, sodass Gingers Kopf auf seiner Brust ruhte. Durch die Hitze ihrer Leidenschaft war ihre vorher vom Regen feuchte Haut inzwischen schweißbedeckt.

Während Connor einen Arm und ein Bein über ihren Körper legte, spürte Ginger, wie erschöpft sie war. Es war diese herrliche Müdigkeit, wie man sie nur dann verspürt, wenn man sich vollkommen hingegeben hat. Am ehesten ließ sich das Gefühl mit einem ganztägigen Malmarathon vergleichen, aber es war noch viel beglückender.

Denn sie war nicht allein.

Connor atmete ihren köstlichen Duft ein, der so einzigartig war wie Ginger selbst. Ihr Name sagte bereits alles: eine wunderbare Verbindung von süß und würzig.

Er hatte nicht vorgehabt, so über sie herzufallen. Sein Gesicht an ihrer Brust und zwischen ihren Beinen zu vergraben. Oder sie so hart in die Matratze zu drücken. Aber er hatte sich einfach nicht zurückhalten können.

Es war das erste Mal, dass er bei einer Frau vollkommen die Kontrolle verloren hatte.

Gleichzeitig war ihm bereits jetzt, während sie noch warm in seinen Armen lag, bewusst, dass es dabei um weit mehr gegangen war als nur um seine Lust oder das berauschende Gefühl ihres weichen Körpers unter seinen Händen.

Sie war so unglaublich schön, innerlich wie äußerlich. Er hatte gespürt, wie überrascht sie gewesen war, als er ihr das gesagt hatte. Wie sehr er sich wünschte, all die Jahre im Abmagerungscamp auslöschen zu können, und auch die schrecklichen Dinge, die ihr Exmann ihr angetan hatte. Wenngleich er vielleicht niemals die richtigen Worte dafür finden würde, konnte er ihr doch hier im Dunkeln, in seinem Bett, ganz genau zeigen, wie einzigartig sie war.

Connor schloss die Augen und atmete ein paarmal tief durch, um seinen Herzschlag wieder zu beruhigen. Dann versuchte er, langsam von hundert rückwärts zu zählen, damit Ginger ungestört einschlafen konnte. Irgendwo um die dreißig herum begann er jedoch, sie wieder zu küssen, woraufhin sie sich streckte und ihre Brüste sich an seinem Oberkörper rieben. Dieses Mal wollte er sich mehr Zeit lassen, also überzog er erst ihre Stirn, dann ihre Wangenknochen und das Kinn mit Küssen, bevor er sich ihrem Hals und den Schlüsselbeinen widmete. Dabei glitten seine Hände sanft über ihre Brüste, ihre Taille und Hüften.

»Du machst mich wahnsinnig, Ginger«, stöhnte er und zog sie über sich. Seine Stimme war rau vor Verlangen, und sie schmiegte sich so verführerisch an ihn, dass er nach kürzester Zeit wieder bereit für sie war.

»Einfach alles an dir.« Er drückte ihre Brüste zusammen und rieb sich mit geschlossenen Augen daran wie ein brünftiger Löwe. »Es gibt keine Worte dafür«, sagte er schließlich, bevor er eine ihrer aufgerichteten Brustspitzen in den Mund nahm.

Ginger bog sich ihm entgegen, und Connor ließ seine Zunge von einer Brust zur anderen schnellen, dann knabberte er wieder an ihren Brustspitzen.

Als sie sich über seiner Erektion hin und her zu wiegen begann, war ihm klar, dass sie ihn auch noch einmal wollte. Mit einem Aufschrei stieß er ein weiteres Mal in sie hinein, und sie schienen miteinander zu verschmelzen – sein Mund mit ihrer Brust, seine Hand mit ihren Hüften. Während sie ihn immer schneller und härter ritt, steigerte sich seine Lust in Höhen, die er niemals für möglich gehalten hätte. Dann schrie sie laut auf und warf sich auf ihn nieder, während sie den Gipfel erklomm.

Ihr Orgasmus war so berauschend, dass er meinte, im Himmel zu schweben. Connor gab jede Beherrschung auf und ließ seinen Empfindungen freien Lauf.

Danach lagen sie aneinandergekuschelt da, und während Connor Gingers gleichmäßigem Atem und dem über ihnen tobenden Sturm lauschte, fiel er in den tiefsten Schlaf seit zwei Jahren.

12

Noch im Halbschlaf kehrte alles, was in der vergangenen Nacht geschehen war, bruchstückhaft zu Ginger zurück. Sie erinnerte sich an die unglaublichen Glücksgefühle, die sie genossen hatte. Connors Lippen auf ihrem Körper. Wie sie vor Lust gestöhnt und seinen Namen gerufen hatte, als er sie zum Höhepunkt gebracht hatte. Auch nach dem Aufwachen war er bei ihr, wie sie erleichtert feststellte. Sie lag in seinem Bett, und er hielt sie mit seinen starken Armen fest umschlungen.

Sachte ließ er die Finger über ihre Hüfte, zu ihrem Rücken und an der Seite ihrer Brüste entlanggleiten. Aber da Ginger ihn selbst noch nicht mit Mund und Zunge hatte erforschen können, wünschte sie sich jetzt nichts sehnlicher als das. Also legte sie die Hände auf seine Brust und sagte: »Ich möchte dich verwöhnen.«

Kopfschüttelnd stöhnte er: »Schatz, ich weiß wirklich nicht, ob ich dich –«

Dieses Mal schnitt sie ihm mit einem Kuss das Wort ab und stieß ihn nach hinten, sodass er rücklings vor ihr lag.

»Du bist atemberaubend«, flüsterte sie, während sie sein Gesicht und den Oberkörper mit Küssen überzog. Dann erforschte sie tastend jedes Tal und jeden Hügel seiner festen Bauchmuskeln, die sich unter ihren Fingerspitzen zusammenzogen.

Seine Erektion stieß gegen ihren Unterarm, und sofort richtete sie ihre Aufmerksamkeit auf seinen beeindruckenden Penis. Er war so verlockend, dass es ihr nur natürlich vorkam, ihrem Wunsch nachzugeben, ihn in den Mund zu nehmen. Er begann bereits zu stöhnen, als er nur ihre Haarspitzen auf seiner Haut spürte, während sie sich vorbeugte. Dann drückte sie ihre Lippen auf die weiche, heiße Haut seines Schwanzes. Bis jetzt hatte sie dieses Wort noch nicht einmal in Gedanken laut ausgesprochen, doch für seine prachtvolle Erektion schien es keine passendere Beschreibung zu geben.

Connor vergrub die Finger in ihrem Haar und ermutigte sie so, ihn noch tiefer in den Mund zu nehmen. Erstaunt bemerkte Ginger, wie sehr sie das erregte und wie gut es sich anfühlte, ihm diese Befriedigung zu verschaffen. Langsam glitt sie mit dem Mund auf und ab – einmal, noch einmal. Mit jedem Zungenschlag wurde er größer und härter. Dann lag sie plötzlich auf dem Rücken, er schob sich zwischen ihre Beine, und sie rief seinen Namen, als er kraftvoll in sie eindrang.

Schweigend lagen sie anschließend nebeneinander im Sonnenlicht, das durch das Fenster hereinfiel. Nur zu behaupten, dass Ginger seine Welt erschüttert hätte, würde noch nicht einmal ansatzweise das beschreiben, was er fühlte. Tief in seinem Inneren blinkte jedoch eine grelle Warnleuchte auf, die er gerne ignoriert hätte – aber es gelang ihm nicht.

Connor hatte sich geschworen, ihr fernzubleiben. Um ihr nicht wehzutun, denn das war das Letzte, was er wollte. Stattdessen war er letzte Nacht nicht nur über sie hergefallen, sie hatten es alle drei Male auch noch so eilig gehabt, dass sie kein Kondom benutzt hatten. Sie hatten überhaupt nichts unternommen, um sich vor Krankheiten zu schützen. Oder vor einer möglichen Schwangerschaft.

»Ginger, wir müssen uns unterhalten.«

Sie rückte ein wenig von ihm ab und zog das Laken hoch, um ihre herrlichen Kurven zu bedecken. »Ich wusste, dass du das sagen würdest.«

In dem Moment sah er die weißlich schimmernde Narbe auf

ihrer Schulter. »Genau hier«, sagte er und fuhr mit zwei Fingern über die blasse Linie, die sich von ihrem Schlüsselbein bis zur Unterseite der rechten Brust hinzog. »Hier hast du dich verbrannt.«

Als sie nickte, beugte er sich zu ihr hinüber, um die verletzte Haut zu küssen. »Es tut mir leid, dass du das erleiden musstest.«

Sie wob ihre Finger in sein Haar. »Inzwischen geht es mir doch längst wieder gut«, sagte sie. »Ausgezeichnet sogar.«

Irgendwie gelang es ihm, das »Wir haben nicht aufgepasst« auszusprechen, obwohl er immer noch ihren Geschmack im Mund hatte. »Ich war lange nicht mehr mit einer Frau zusammen. Und als sie mich auf der Feuerwache das letzte Mal getestet haben, war alles in Ordnung.«

»Bei mir auch.«

»Was ist mit –«

Herrje, allein beim Gedanken daran, auf diese Weise Vater zu werden, brach ihm der Angstschweiß aus. Und das alles nur, weil er die Finger nicht von ihr hatte lassen können.

»Ist es gerade die Zeit des Monats, in der du –«

Aber sie schüttelte bereits den Kopf und sagte: »Nein. Ich glaube nicht, dass ich einen Eisprung habe.«

Bei allem, was Ginger eben noch getan hatte, war sie keinesfalls rot geworden, aber jetzt fühlten sie sich beide äußerst unwohl dabei, über die möglichen Auswirkungen dieses großartigen Erlebnisses zu sprechen.

»Auch wenn mein Zyklus ein wenig unberechenbar ist, bin ich ziemlich sicher, dass nichts passieren kann.«

Erleichtert lächelte er sie an. »Gut.«

»Ja«, antwortete sie, allerdings ohne zu lächeln. »Super.«

»Beim nächsten Mal müssen wir besser aufpassen.«

Ginger warf ihm einen schnellen Blick zu. »Nächstes Mal?«

»Ich habe mir eingeredet, ich müsste mich auf Teufel komm

raus von dir fernhalten, Ginger, aber das ist unmöglich. Du haust mich einfach um. Selbst wenn ich wollte, könnte ich nicht die Finger von dir lassen.«

Sie erschauerte und streckte die Hand nach ihm aus. »Das möchte ich auch gar nicht.«

Verflucht, wie schwer es ihm fiel, über so etwas zu reden. Aber es führte kein Weg daran vorbei. Wenn sie so weitermachen wollten wie bisher, musste noch einiges zwischen ihnen geklärt werden.

»Du weißt ja, dass ich nach diesem Sommer zurück zu meiner Crew in Lake Tahoe gehen werde?«

»Natürlich. Sie können sich glücklich schätzen, dich wiederzubekommen.«

Sie sagte das so liebevoll, dass es ihm fast so vorkam, als ob ihr seine Rückkehr in das Hotshot-Team genauso wichtig war wie ihm selbst. Die Warnleuchte in seinem Inneren erlosch, und stattdessen machte sich etwas anderes dort breit.

Etwas, das er sich unmöglich eingestehen konnte.

Connor wusste, es wäre besser, erst alles abschließend zu klären, bevor er sich wieder auf sie stürzte. Aber er konnte einfach nicht anders, als sie zu packen und auf seinen Schoß zu ziehen.

»Wollen wir beide den Sommer genießen und danach weiter befreundet bleiben, auch wenn sich unsere Wege trennen?«

Erst antwortete sie nicht. Das bestätigte ihm nur, dass er zu viel von ihr verlangte. Ginger sollte sich für den Richtigen aufheben, anstatt sich jemandem wie ihm hinzugeben, der ihr keine gemeinsame Zukunft bieten konnte.

Sie sollte keine Zeit an einen hoffnungslosen Fall wie ihn verschwenden.

Als sie ihn dann jedoch anlächelte und »Hört sich gut an« sagte, war er so froh darüber, dass er sie hochhob und zum Badezimmer trug, um den Handel zu besiegeln. In letzter Sekunde ermahnte er sich noch dazu, ein Kondom aus dem Nachtschrank mitzunehmen.

Mit der freien Hand stellte er die Dusche an, während die andere über ihren Körper glitt.

Sie langte über seine Schulter. »Was hältst du davon, wenn ich dich einseife?«

Schon war sie hinter ihn geschlüpft, ließ die Seife zwischen seinen Schulterblättern kreisen und wusch ihm Rücken und Arme. Zwar hatten sie sich bereits mehrmals geliebt – und dabei hatte sie auch seine Hände gehalten oder ihn gestreichelt –, aber dass sie sich jetzt so hingebungsvoll seinen verletzten Körperteilen widmete, hätte er wirklich niemals von ihr oder irgendjemandem erwartet. Denn er wusste verdammt gut, wie angewidert andere Frauen beim Anblick seiner Narben gewesen waren.

»Du musst das nicht tun.«

Sie hielt inne. »Warum sollte ich das nicht wollen, Connor?«

Ihm schnürte sich die Kehle zu, sodass er kaum noch ein Wort herausbrachte. »Ich weiß doch, wie meine Haut aussieht. Wie schlimm es ist.«

Sie stellte sich vor ihn hin. »Was meinst du denn, wie schlimm es ist?«

»Einfach furchtbar«, stieß er hervor. »Du musst mir überhaupt nichts beweisen. Was wir getan haben, ist bereits mehr als genug.«

Sie schien ihm jedoch gar nicht zuzuhören. Nachdem sie das Seifenstück beiseitegelegt hatte, griff sie nach seinen Händen, um sie zu küssen. Erst die Fingerknöchel, dann die silbergrau schimmernde Haut, die verriet, wo sie ihn genäht hatten; sogar die erhobenen Stellen, wo sie ihm die Haut mitsamt den damit verschmolzenen Handschuhen abgezogen hatten.

Schließlich drückte sie seine vernarbten Hände an ihre Brust, führte die Handflächen dorthin, wo er ihren Herzschlag spüren konnte, direkt unter dem Brustbein.

»Wag es bloß nicht, mir vorzuschreiben, was ich tun und lassen soll, Connor. Ich bin ein großes Mädchen. Und du machst mir keine Angst. Nichts an dir. Auch wenn du es nicht glauben willst.«

Er küsste sie, und während er sie ein weiteres Mal nahm, fragte er sich, warum er dieser wunderbaren Frau nicht schon früher begegnet war.

Und was zum Teufel er machen sollte, wenn er wieder zurück nach Kalifornien gehen musste. Ohne sie.

Ginger konnte sich nicht daran erinnern, jemals so erschöpft gewesen zu sein. Oder so glücklich.

Connor war ein lebendig gewordener Traum: groß, stark und hemmungslos leidenschaftlich. Bei ihm war sie jedes einzelne Mal gekommen wie noch nie zuvor, und es war immer noch besser geworden, auch wenn sie das nicht für möglich gehalten hätte.

Jetzt schlang er ein Handtuch um sie und küsste ihren Hals, bis sich eine Gänsehaut auf ihrem Körper ausbreitete. Da bemerkte sie, dass das Telefon klingelte. Wer auch immer das war, sie würde ihn ignorieren. Egal, worum es ging, sie würde sich später darum kümmern.

Aber das Klingeln wollte einfach nicht aufhören. So lange, bis Connor den Kopf hob, den er gerade zwischen ihren Brüsten vergraben hatte, um sie mit der Zunge zu verwöhnen.

»Vielleicht solltest du besser drangehen.«

Ungehalten klemmte sich Ginger das Handtuch unter die Arme und ging in ihr Schlafzimmer, um abzunehmen.

»Hallo?«

Eine ihr unbekannte männliche Stimme meldete sich. »Hi. Entschuldigen Sie die Störung, aber hier ist Sam MacKenzie. Ist mein Bruder zufällig im Haus?«

Connor lief gerade an der Tür vorbei, ein Handtuch um die

schmalen Hüften geschlungen. »Ja. Ich werde ihn holen.« An Connor gewandt sagte sie: »Es ist Sam.«

Connor hob überrascht eine Augenbraue und griff nach dem Telefon. »Was gibt's?«

Sie konnte zwar nicht hören, was Sam zu ihm sagte, aber als sie sah, wie Connors Gesichtsausdruck sich veränderte, verwandelte sich das ungute Gefühl in ihrem Inneren in nackte Angst. Er wurde wieder zu diesem eiskalten Fels, wie sie es schon ein paarmal erlebt hatte.

»Verstanden«, sagte er schließlich. »Nein, ist schon in Ordnung. Ich melde mich später.«

»Connor?« Sie trat einen Schritt auf ihn zu. »Ist etwas passiert?«

Eine ganze Zeit lang stand er einfach nur schweigend da. Da er sich abgewendet hatte, konnte sie nicht erkennen, was in ihm vorging, als er sagte: »Die Forstbehörde hat versucht, mich zu erreichen. Am Donnerstag haben sie bei mir zu Hause und auch auf dem Handy Nachrichten hinterlassen. Da ich mich nicht zurückgemeldet habe, hat ein Freund von uns bei Sam angerufen, um sich zu erkundigen, wie ich es aufgenommen habe.«

Oh nein, sie wusste genau, was jetzt kommen würde. »Was wollten sie dir denn mitteilen?«

»Ich bin raus. Für immer.«

Mit tauben Fingerspitzen tippte er die Nummer seiner Mailbox ein, um die Nachricht des Leiters der Forstbehörde abzuhören.

»Nach erneuter Prüfung Ihres Falles hat die Forstbehörde entschieden, Sie nicht wieder in den aktiven Dienst aufzunehmen. Wie Sie sicher wissen, ist Ihr Berufungsverfahren damit abgeschlossen. In den nächsten Tagen wird sich ein Mitarbeiter unseres Umstrukturierungsprogramms mit Ihnen in Verbindung

setzen, um mit Ihnen über eine neue Aufgabe innerhalb der Forstbehörde zu sprechen. Ich möchte noch einmal betonen, dass wir sehr hoffen, Sie weiter in irgendeiner Form bei uns beschäftigen zu können. In den letzten zehn Jahren waren Sie einer unserer wertvollsten Mitarbeiter, und wir sind überzeugt, dass Sie auch in Zukunft in einem neuen Aufgabenbereich hervorragende Arbeit leisten würden.«

Neuer Aufgabenbereich?

In Zukunft?

Seit dem Ende der Highschool hatte Connor nichts anderes getan, als Flächenbrände zu bekämpfen. Was zum Teufel sollte er jetzt mit sich anfangen? Für den Rest seines Lebens graue Theorie lehren? Einen Anzug tragen, fett werden und den Neulingen immer dieselben Geschichten aus der »guten alten Zeit« erzählen?

Er hatte das Gefühl, dass die tickende Zeitbombe, in die er sich in den letzten zwei Jahren verwandelt hatte, jeden Moment explodieren würde. Eine finstere Schwärze wirbelte in seinem Inneren empor und saugte sich zäh wie dicke schwarze Tinte bis in die letzte Zelle hinein – eine Dunkelheit, gegen die er sich im Feuer und während der Zeit im Krankenhaus, als er die Hauttransplantationen über sich ergehen lassen musste, noch erfolgreich gewehrt hatte.

Vor zwei Jahren war alles so schnell gegangen, dass er gar keine Gelegenheit gehabt hatte, die Ereignisse zu verarbeiten. Den Verlust von allem, was ihm wichtig war, der seine Welt aus den Angeln hob.

Als ihm nun jedoch langsam bewusst wurde, was er verloren hatte, suchte er verzweifelt nach etwas, woran er sich festhalten konnte, um den Kopf noch ein wenig länger über Wasser zu halten.

Da umfingen ihn Gingers Arme, und während er sie murmeln

hörte, wie leid es ihr täte, wurde ihm klar, dass die Antwort genau vor ihm stand.

Solange er sich weiterhin in Ginger verlieren konnte, würde es ihm vielleicht gelingen, sich seine Dämonen vom Leibe zu halten.

13

Nachdem Connor die schlechte Nachricht erhalten hatte, wollte Ginger ihn trösten – nie zuvor hatte ihr jemand so leidgetan. Sie versuchte, sich vorzustellen, wie sie reagieren würde, wenn sie an seiner Stelle wäre – wenn eine übermächtige Behörde ihr die Farben und Leinwände wegnehmen würde, und zwar für immer. Wahrscheinlich würde sie sich am liebsten an seiner warmen Brust vergraben und den Tränen freien Lauf lassen, während er ihr übers Haar strich und ihr sagte, alles würde wieder gut werden.

Langsam ging sie auf ihn zu und legte die Arme um ihn. Als sie ihn so festhielt, bekam sie selbst feuchte Augen. Aber auch wenn er sie nicht wegschob, sondern ihre Umarmung sogar erwiderte, spürte Ginger, dass Connor sich kein bisschen entspannte. Er weigerte sich immer noch, sich seine Gefühle einzugestehen.

Wahrscheinlich brauchte er ein bisschen Zeit, um die Nachricht zu verdauen. Jedenfalls redete sie sich das ein, während jeder von ihnen seinem Alltagsgeschäft nachging; er werkelte an der Hütte herum und sie entwarf draußen auf der Veranda Skizzen für ihre neuen Bilder. Gegen Mittag hatte sich der Sturm der vergangenen Nacht endgültig verzogen und hinterließ einen strahlend blauen Himmel. Auf dem Wasser des Sees tanzten helle Lichtfunken. Die unterschwellige Anspannung, die in der Hütte herrschte, war jedoch ungebrochen und drohte Ginger zu ersticken.

Sie spürte, dass sich etwas zwischen ihnen verändert hatte, auch wenn Connor sie nach dem Mittagessen mit den Worten

»Zeit für den Nachtisch« in die Hütte trug, wo sie sich auf dem Esstisch liebten.

So wie er sie in den Stunden nach dem Anruf mit Zärtlichkeit überschüttet hatte, war sie überzeugt, dass er sie mehr denn je brauchte. Gleichzeitig wurde sie das Gefühl nicht los, dass er etwas vor ihr verbarg.

Obwohl sie ihn erst seit fünf Tagen kannte, kam ihr sein Verhalten merkwürdig vor.

Er sollte schreien. Um sich schlagen.

Ginger erinnerte sich noch lebhaft daran, wie ihr nach der Versteigerung zumute gewesen war, bei der Jeremy sie so furchtbar beleidigt hatte. Damals war endlich der Knoten geplatzt, und die Gefühle, die sich so lange in ihr aufgestaut hatten, hatten sich Luft gemacht. Ihr Lächeln war blinder Wut gewichen. Himmel, wie befreiend es gewesen war, endlich alles herauszulassen. Nicht darüber nachdenken zu müssen, was sie mit ihren Worten anrichtete, weil sie mit einem Fuß bereits aus der Tür war. Auf dem Weg in ein neues Leben.

Und weil das, was Connor durchmachen musste, sie so sehr daran erinnerte – und er ihr so viel bedeutete –, hätte sie ihn am liebsten damit konfrontiert und ihn zum Trauern gezwungen, damit er sich mit dem, was geschehen war, auseinandersetzte. Nur so würde er nach vorne blicken können.

Was auch immer ihn dort erwarten mochte.

Es musste doch noch eine Menge anderer Menschen geben, die sich jetzt um ihn sorgten. Da war natürlich sein Bruder. Und wenn seine Eltern erst einmal davon erfahren würden, wären sie bestimmt ebenfalls am Boden zerstört.

Als sie über Connors Eltern nachdachte, fiel es ihr wieder ein.

Die Liebesbriefe.

Nachdem sie gestern aus der Werkstatt weggegangen waren, hatten sich die Ereignisse ziemlich überschlagen. Die Jugendlichen mit ihren Böllern. Ihr Kuss im Regen. Sie hatte einfach nur noch an Connor denken können und an nichts anderes mehr. Bis jetzt.

Sie musste sich dringend mit Isabel treffen. Ihr die Briefe zeigen. Während sie unterwegs war, hätte Connor Gelegenheit, über die Kehrtwende nachzudenken, die sein Leben genommen hatte. Wenn sie dann zurückkam, war er vielleicht eher bereit, mit ihr über alles zu reden.

Glücklicherweise hatte sie die Briefe wieder in der Kommode versteckt, die immer noch in der Werkstatt stand. Hätte sie sie mitgenommen, wären sie vom Regen durchnässt worden.

Connor sah, wie sie nach ihrer Handtasche und dem Schlüsselbund griff. »Musst du irgendwohin?«

»Mir ist gerade eingefallen, dass ich noch ganz dringend etwas erledigen muss.«

Auch wenn sie das Gefühl hatte, ihn anzulügen, wollte sie ihm keinesfalls erzählen, dass sie Isabel die Briefe bringen wollte. Das würde ihm den Tag nur noch mehr vermiesen, und zumindest für heute wollte sie ihm weitere Schmerzen ersparen.

»Komm erst mal her.«

Connors Befehlston und das lüsterne Versprechen in seinen Augen machten sie ganz benommen. Ginger ging auf ihn zu, und er zog sie in seine Arme, vergrub seine Finger in ihrem Haar und küsste sie leidenschaftlich. Es war, als würde sie ins Bodenlose stürzen – immer mehr in seinen Bann geraten.

Schließlich ließ er sie kurz Luft holen. »Bist du sicher, dass du das nicht auch später noch erledigen kannst?«

Obwohl ihr eine innere Stimme sagte, dass sie ihm nur dabei helfen würde, sich weiterhin der unangenehmen Wahrheit zu verschließen, wenn sie mit ihm schlief, konnte sie doch nicht Nein sagen. Ihr fiel sowieso kein besserer Weg ein, ihm den Trost zu spenden, den er so dringend brauchte.

Außerdem hatte sie auch rein egoistische Gründe – sie wollte einfach jede ihr verbleibende Stunde mit ihm genießen.

Als Ginger schließlich viel später als geplant im Diner ankam, hatte sie die alten Briefe sicher in ihrer großen Handtasche verstaut. Es war schon spät, Isabel drehte gerade das GEÖFFNET-Schild um.

»Wie schön, Ginger, mit dir hatte ich heute überhaupt nicht gerechnet. Hast du Hunger?«

»Nein, ich habe schon zu Mittag gegessen.« Inklusive Nachtisch.

»Was gibt's?« Eingehend musterte Isabel das Gesicht ihrer Freundin und ließ von den Jalousien ab, an denen sie gerade herumhantiert hatte. »Geht es um Connor? Ist irgendetwas passiert, seit wir uns das letzte Mal gesehen haben?«

Eigentlich war Ginger ja nicht hergekommen, um über Connor zu reden, aber so direkt gefragt, konnte sie es auch nicht für sich behalten.

»Wir … er … und dann …«

Isabel packte sie am Arm und führte sie zu einem Barhocker. »Kaffee. Das ist es, was du jetzt brauchst. Und dann erzählst du mir alles.«

»Aber du hattest mir doch dazu geraten, mich von ihm fernzuhalten!«

»Na ja, ich bin nicht sicher, ob ich genau das gesagt habe, aber mittlerweile habe ich eingesehen, dass du recht hattest. Warum sollte ich Connor nach dem Verhalten seines Vaters beurteilen? Wenn du sagst, dass er ein toller Typ ist, dann bin ich mir sicher, dass es stimmt.« Sie stellte Ginger eine Tasse vor die Nase. »Also, wie toll ist er?«

Ginger wurde rot. Hastig nahm sie einen Schluck Kaffee, um etwas Zeit zu gewinnen.

»Schon gut. Ich kann es dir vom Gesicht ablesen.«

Aber Ginger wollte ihre Gefühle in Worte fassen. Vielleicht würde ihr das auch selbst helfen, alles besser einzuschätzen.

»Er hat so etwas an sich, das mich magisch anzieht. Und in jeder einzelnen Sekunde, die wir miteinander verbringen, bin ich einfach …« Sie legte eine Hand auf ihr Herz. »Genau hier kann ich ihn fühlen.«

Isabel kam um den Tresen herum und setzte sich neben Ginger. »Es hat dich ganz schön erwischt, was?«

Wozu sollte sie sich etwas vormachen? »Ja. Und ich weiß nicht, wie ich es aufhalten soll.«

»Was ja nur dann wichtig wäre, wenn du es aufhalten wolltest.«

»Es ist nur eine Sommeraffäre.« Darauf hatten sie sich jedenfalls geeinigt.

»Die jederzeit in den Herbst übergehen kann«, gab Isabel zu bedenken.

Mit einem Mal fiel Ginger ein, dass sie bei ihrem Gespräch ja noch beide davon ausgegangen waren, dass er am Ende des Sommers zurück nach Kalifornien gehen würde, um wieder für die Forstbehörde zu arbeiten. Aber unter den veränderten Umständen würde sie sich jetzt am Ende eines jeden gemeinsamen Tages mit Connor nach einem weiteren sehnen. Darauf hoffen, dass sich mehr entwickelte.

Auch wenn er ihr ohne Umschweife gesagt hatte, dass er ihr keine Zukunft bieten könnte.

»Du hast Angst, nicht wahr?«

Ginger blickte ihrer Freundin in die Augen, und weil sie darin so viel Verständnis und Zuneigung erkennen konnte, beichtete sie ihr alles. »Mehr als je zuvor. Und gleichzeitig könnte ich platzen vor Glück.«

Isabel legte den Kopf auf Gingers Schulter. So saßen die beiden Freundinnen vertraut im leeren Diner beisammen. »Ich wünschte, ich könnte dir etwas raten. Dir eine Antwort geben, die alles weniger verwirrend erscheinen lässt. Aber ich fürchte, in Beziehungsangelegenheiten bin ich keine große Hilfe.«

Verflucht, fuhr es Ginger durch den Kopf. Die Briefe. Die hatte sie schon wieder fast vergessen.

»Eigentlich bin ich ja gekommen, um dir etwas zu geben.« Ginger griff in ihre Tasche und zog den Stapel heraus. »Die habe ich hinter einer Schublade in der Kommode in meinem Zimmer gefunden.«

Isabel wurde kreidebleich. »Meine Briefe an Andrew«, sagte sie bestürzt und strich sanft über das Papier. »Er hat sie aufgehoben.«

»Isabel, es tut mir leid«, platzte es aus Ginger heraus, »aber einer von ihnen ist herausgefallen, und als ich erst einmal angefangen hatte, darin zu lesen, konnte ich nicht mehr aufhören.«

Ihre Freundin schien sie jedoch gar nicht zu hören. »Ich war so jung«, sagte sie leise. Eigentlich war es mehr ein Flüstern. »Ich habe mich genauso gefühlt wie du jetzt. So heillos in ihn verliebt, dass ich kaum noch klar denken konnte.«

Bei diesen Worten wäre Ginger beinahe vom Stuhl gefallen. Wahrscheinlich hatte Isabel gar nicht mitbekommen, was sie da gerade gesagt hatte, so sehr war sie in die Briefe vertieft. Aber jetzt, da das Wort »verliebt« im Raum stand – Liebe, oh Gott, war das vielleicht der Grund für diese unerklärliche Anziehungskraft zwischen ihr und Connor? –, konnte Ginger nicht länger die Augen davor verschließen.

»Ich kann nicht glauben, dass ich das alles geschrieben habe«, sagte Isabel. »Ich hatte mir unsere Zukunft bereits bis in alle Einzelheiten ausgemalt.« Seufzend presste sie die Lippen zusammen. »Was war ich doch für ein dummes kleines Mädchen.«

»Ich verstehe immer noch nicht ganz«, sagte Ginger und versuchte, sich auf das zu konzentrieren, was ihre Freundin sagte, und nicht auf ihr eigenes Gefühlschaos. »Wie konnte aus all dem hier« – sie deutete auf die Briefe – »eine so schreckliche Zehn-Worte-Geschichte werden?«

Isabel zuckte mit den Achseln. »Woher zum Teufel soll ich das wissen? Vermutlich waren Andrew und ich einfach noch zu jung und wussten es nicht besser.«

»Wird es nicht seltsam sein, ihn hier bei Sams Hochzeit wiederzutreffen?«

»Ja, sehr«, gab Isabel zu. »Aber ich habe immerhin noch ein paar Wochen, um mich darauf vorzubereiten, nicht wahr? Auch wenn ich wohl nicht zu viel Zeit darauf verschwenden sollte«, fuhr sie fort. Dann schob sie ihren Stuhl zurück und sagte: »Ich weiß, du hast noch eine Menge zu tun, um für deine Ausstellung alles rechtzeitig fertig zu bekommen. Danke für die Briefe.«

Ginger konnte verstehen, dass ihre Freundin mit den Briefen alleine sein wollte, und konnte selbst auch ein wenig Zeit gebrauchen, um ausgiebig über alles nachzudenken. Also verabschiedete sie sich.

War es tatsächlich möglich, dass sie sich bereits in Connor verliebt hatte? Während der kurzen Autofahrt zurück zur Hütte wurde sie von Erinnerungsfetzen verfolgt.

Wie Connor sie vor dem herabfallenden Ast gerettet hatte und sie an seinem wild pochenden Herzschlag hatte erkennen können, wie viel Angst er um sie gehabt hatte.

Connors gequälter Gesichtsausdruck, als ihm in der ersten Nacht die Finger taub geworden waren, während er sie gestreichelt hatte. Wie sie seine Hand ergriffen hatte und ihr war, als hielte sie stattdessen sein Herz in den Händen.

Die Art, wie er ihre Bilder betrachtete – und verstand, was sie mit ihnen ausdrücken wollte, wie kaum jemand anderer zuvor.

Und dann, natürlich, die leidenschaftlichen Stunden in seinen Armen.

Wieder zu Hause angekommen stellte sie erleichtert fest, dass der rote Truck fort war. Sie hätte Connor jetzt nicht gegenübertreten können. Ginger war überwältigt von der Möglichkeit, dass sie sich wahrscheinlich verliebt hatte. Wenn sie darüber nachdachte, fühlte sie sich, als hätte man sie in einem außer Kontrolle geratenen Zug festgeschnallt, ohne dass sie sich daran erinnern konnte, überhaupt eingestiegen zu sein.

Ginger stellte sich vor ihre Staffelei und betrachtete das Bild, an dem sie gerade arbeitete.

Es kam ihr vor, als trüge es den Titel »Vor der Liebe«. Wie war es nur möglich, wunderte sie sich, dass sie nach dieser kurzen Zeit mit Connor alles in einem völlig anderen Licht sah? Nach nur einer einzigen unglaublichen Nacht in seinen Armen?

Und doch hatte sich ihre Farbpalette unbestreitbar verändert. Sie war ausdrucksstärker geworden. Tiefgründiger.

Die Stimme in ihrem Kopf wollte ihr einflüstern, dass sie nur unglücklich werden konnte, wenn sie sich in Connor verliebte. Aber diese ängstliche Stimme klang verdächtig nach derjenigen, die ihr all die Jahre über gesagt hatte, sie könne nicht malen, dürfte nie ihrem Herzen folgen und etwas Schönes erschaffen.

Also griff Ginger nach ihrem Pinsel und bevor sie wusste, wie ihr geschah, öffneten sich alle Schleusen. Arme, Hände und Finger schienen sich wie von selbst zu bewegen.

Die Bilder flossen nur so aus ihr heraus. Es hörte gar nicht mehr auf. Und auch wenn die Farbgebung und Ausdruckskraft dieser neuen Skizzen den bisher hier in *Poplar Cove* entstandenen Werken ähnelte, besaßen sie doch eine ganz neue Qualität.

Noch mehr Gefühl.

Mehr Zärtlichkeit.

Erst als sie innehielt, um Atem zu schöpfen, sah Ginger, was sie da begonnen hatte. Sie war dabei, Connor zu porträtieren: im See schwimmend, beim Training am Strand. Dann auch im

Bett – nackt über sie gebeugt und mit einem leidenschaftlichen Ausdruck in den Augen, der ihr verriet, wie schön er sie fand. Ein einsamer Held, der die Welt rettete. Und dann war da ein Bild, auf dem er von Flammen umzingelt war, die sein Inneres schmelzen ließen, auch wenn er alles tat, um das zu verbergen.

Als ein schrilles Geräusch sie aus ihrer Versenkung holte, fuhr sie erschrocken zusammen. Es dauerte eine Weile, bis sie begriff, dass das Telefon klingelte. Sofort ließ sie den Pinsel fallen und eilte zum Apparat.

Seit dem Morgen war das Telefon für sie zum Überbringer schlechter Nachrichten geworden. Was konnte es dieses Mal wieder sein? Hoffentlich nichts, das Connor noch weiter verletzen würde.

»Ginger, Liebes, ich bin's.«

Ach, ihre Mutter. Sie ließ sich auf einen der Küchenstühle fallen. Alexandra liebte es, ihr den neuesten Klatsch und Tratsch aus der Stadt zu erzählen. Und auch wenn es Ginger nicht sonderlich interessierte, was im Freundeskreis ihrer Mutter passierte, hörte sie doch gerne zu, weil sie sich ihr dadurch verbunden fühlte. In den vergangenen acht Monaten hatten sie öfter miteinander telefoniert als in den ganzen Jahren davor, obwohl Ginger während ihrer Ehe nur ein paar Häuser von ihren Eltern entfernt gewohnt hatte. Trotzdem hatten sie sich damals kaum gesehen.

»Tut mir leid, dass ich mich letzte Woche nicht gemeldet habe, aber ich hatte einfach zu viel zu tun. So kurz vor Beginn der Opernsaison gilt es immer jede Menge Spenden einzutreiben, wie du ja weißt.«

Danach räusperte sich ihre Mutter, fast so, als wäre sie unsicher, wie sie fortfahren sollte.

Alexandra Sinclair war niemals und in keiner Situation um Worte verlegen, und deswegen wurde Ginger ganz unbehaglich zumute.

»Jedenfalls, Liebes, wollte ich mich dringend bei dir melden, um dir von den Neuigkeiten zu berichten, bevor du es von irgendjemand anders erfährst.«

Ginger hörte ihren Vater im Hintergrund etwas sagen.

»Nein, ich kann jetzt nicht einfach auflegen, ohne es ihr erzählt zu haben«, fuhr ihre Mutter ihn an und wandte sich dann wieder an Ginger. »Schätzchen, als ich heute beim Lunch war, habe ich gehört, dass Jeremy und seine neue Freundin vorhaben …«

Es war nicht schwer zu erraten, worauf ihre Mutter hinauswollte. »Sie werden heiraten.«

Wenn Ginger ehrlich war, freute sie sich sogar für ihren Ex. Warum sollte er nicht glücklich sein, wenn auch mit jemand anders. Jeder hatte eine Chance auf Liebe verdient. Sie selbst eingeschlossen. Und auch Connor.

»Ja, sie werden heiraten.« Ihre Mutter klang gequält. »Denn sie bekommen ein Kind.«

»Oh, ich verstehe. Ein Baby«, sagte Ginger genau in dem Moment, als Connor zur Tür hereinkam. Sie spürte Tränen in sich aufsteigen und begann am ganzen Körper zu zittern. »Aber er wollte doch nie –«

»Ach, Schätzchen, ohne ihn bist du besser dran. Er war nie der Richtige.«

»Mmh.« Ginger hatte einen dicken Kloß im Hals und konnte nicht mehr sprechen.

Glücklicherweise hielt ihre Mutter nicht viel von Gefühlsduselei. »An deiner Stelle würde ich nicht weiter darüber nachdenken.«

»Nein, das werde ich auch nicht«, log Ginger. »Bis bald, Mom.«

»Ginger«, fragte Connor besorgt und ging vor ihr in die Hocke. »Was ist denn los?«

»Das war meine Mutter. Mein Exmann wird –«

Sie konnte es einfach nicht aussprechen, die Worte wollten ihr partout nicht über die Lippen. Connor hatte jedoch genug mit angehört, um es sich selbst zusammenzureimen.

»Ein Kind bekommen?«

Sie nickte und verabscheute sich für die Träne, die ihr über die Wange lief.

»Du wünschst dir ein Baby«, sagte er, und bevor sie sich noch wappnen konnte, wurde sie von einer überwältigenden Sehnsucht übermannt.

»Mehr als alles andere.«

»Konnte er keine bekommen? War das das Problem? Habt ihr deswegen noch keine Kinder gehabt?«

Nie hätte sie damit gerechnet, dass sie über seine Worte lachen würde, aber seine Frage war so typisch Connor und kam genau zum richtigen Zeitpunkt, sodass es einfach aus ihr herausbrach.

»Nein«, sagte sie und wurde sofort wieder ernst. »Daran lag es nicht.«

»Woran denn dann?«

»Na ja, zunächst einmal war es um unsere Ehe nicht gut bestellt.«

»Das hat ja wohl noch niemanden davon abgehalten, Kinder in die Welt zu setzen. Sieh dir meine Eltern an. Das war das einzig Gute, was sie gemeinsam hinbekommen haben.«

»Jeremy wollte kein Kind.« Nein, das stimmte so nicht. »Jedenfalls nicht mit mir.«

»Ich weiß, ich wiederhole mich, aber er hört sich nach einem Volltrottel an. Warum zum Teufel hast du ihn nur geheiratet?«

Er schien genauso wütend zu sein wie sie selbst. »Weil ich dachte, einen Besseren als ihn würde ich nicht abbekommen. Weil ich kaum glauben konnte, dass er mich tatsächlich wollte. Dass er mich ausgewählt hatte und nicht eines dieser gut aussehenden Mädchen aus den Studentenverbindungen, die sich ihm ständig an den Hals warfen. Deswegen habe ich so lange gebraucht, um ihn zu verlassen. Ich dachte, ich würde keinen besseren Mann finden.«

»Und du hattest wirklich vor, mit diesem Typen Kinder in die Welt zu setzen? Herrje, Ginger, hast du denn keinen Funken Verstand im Kopf? Was siehst du da bloß, wenn du in den Spiegel schaust? Wer glaubst du eigentlich zu sein?«

Die Antwort war einfach. *Eine Frau, die nie gut genug für irgendjemanden war, egal, wie sehr sie sich angestrengt hat.*

»Komm mal mit.«

Er nahm sie an der Hand und führte sie aus der Küche die Treppen hinauf, bis in sein Schlafzimmer vor den Ganzkörperspiegel. Dann stellte er sich hinter sie, sodass sie beide gemeinsam hineinblicken konnten.

»Ich habe das bisher noch vor niemandem zugegeben«, sagte er leise, »aber kannst du dir vorstellen, wie schwierig es war, mir zum ersten Mal meine Verbrennungen anzusehen?«

Bewegt ergriff sie seine Hände und streichelte zärtlich über die erhobenen Narben.

»Als sie mir die Verbände abgenommen haben und ich sehen konnte, dass meine bislang einwandfreien Hände mit ihrer makellosen Haut vollkommen hinüber waren, da wollte ich wie ein kleines Kind losheulen. Aber das war nicht möglich. Alle haben mich beobachtet. Und weil ich ein Feuerwehrmann bin, hat damals jeder von mir erwartet, dass ich stark sein würde.«

Bisher hatte sie noch gar nicht darüber nachgedacht, wie schwierig es für Männer wie Connor sein musste, verletzt zu werden, weil sie sich nie eine Schwäche zugestehen durften – nicht einmal einen kurzen Moment lang.

Während sie sich so gegenseitig betrachteten, kamen Ginger ihre Gewichtsprobleme mit einem Mal lächerlich vor. Wie konnte sie nur so viel Zeit damit verschwenden, sich darüber Gedanken zu machen, wenn ihr Körper sonst vollkommen gesund war? Auch wenn sie nicht der kulturell vorherrschenden Norm für Perfektion entsprach, konnte sie doch laufen, schwimmen und malen. Worüber um Himmels willen beschwerte sie sich eigentlich?

Connor strich ihr das Haar aus der Stirn. »Ich hoffe, du denkst jetzt nicht, ich hätte dir das nur erzählt, um dir klarzumachen, dass deine Gefühle unsinnig sind.«

»Aber du hast recht. Verglichen mit dem, was du durchmachen musstest, sind meine Probleme unbedeutend.«

Er umarmte sie noch fester, sodass sie seine muskulöse Brust und die Schenkel spüren konnte. »Ich sehe das so: Mein Körper hat mir ein paar schwierige Jahre bereitet, aber davor hat mir immer jeder gesagt, wie toll ich aussehen würde. Wie kräftig ich doch sei und so gut gebaut. Und auch wenn ich es mir kaum vorstellen kann, habe ich da so eine Ahnung, dass dir so etwas nie jemand gesagt hat – bis jetzt.« Er hielt ihren Blick im Spiegel gefangen. »Was siehst du?«

Ginger spürte ein Ziehen in der plötzlich viel zu engen Brust. »Nur mich.«

»Wirklich, Schatz? Ist das alles, was du sehen kannst? Gibt es da nicht noch mehr?«

Dass dieser große starke Mann so zärtlich zu ihr war, ließ sie förmlich dahinschmelzen.

»Ich weiß nicht«, flüsterte sie. »Ich weiß nicht, was ich sehe.«

Connor hielt sie immer noch fest umschlungen. Er flüsterte jetzt ebenfalls. »Wie wäre es, wenn ich dir erzähle, was ich sehe? Du bist stark.« Er küsste die Stelle direkt über ihrem linken Ohr, und Gingers Atem ging schneller. »Und schön.« Er drehte sie zu sich herum und nahm ihr Gesicht in beide Hände. Sie blinzelte ihn an und verlor sich in seinen blauen Augen. »Und jedes Mal, wenn ich dich ansehe, raubst du mir den Atem.«

Während er ihr ganz langsam ein Kleidungsstück nach dem

anderen auszog, saugte sie jede einzelne Berührung, jede zärtliche Geste in sich auf. Er liebkoste sie mit so viel Hingabe, dass sie unter seinen Berührungen und Küssen erbebte.

Als sie schließlich nackt vor ihm stand, sagte er: »Dreh dich um, mein Schatz.«

Aber das konnte sie nicht. Nicht nach all den Jahren voller Selbsthass, der sich in ihr aufgestaut hatte. Verblüfft stellte Ginger fest, dass sie dieses Monster in ihrem Inneren entgegen ihrer bisherigen Überzeugung keineswegs besiegt hatte, obwohl sie immer so stolz auf ihren Triumph gewesen war.

Aber seine starken Hände drehten sie einfach um, bis sie keine andere Wahl hatte, als sich der Sache zu stellen, vor der sie sich am liebsten für immer verstecken wollte – genau wie sie es in der letzten Nacht mit ihm getan hatte.

Herrgott, wie sehr ihr diese Angst zuwider war. Also zwang sie sich, hinzusehen.

Es verschlug ihr den Atem.

»Neben dir sehe ich so zierlich aus«, flüsterte sie.

Vor ihm, der über eins achtzig groß hinter ihr aufragte, wirkte sie geradezu winzig – ein Wort, das sie bislang niemals mit ihrem Körper in Verbindung gebracht hatte. Connor war jedoch so groß und kräftig, dass sie weder Orangenhaut noch irgendwelche schwabbelige Stellen, sondern einzig ihre vor Lust angeschwollenen Brüste wahrnahm. Sie bemerkte die leichte Röte, die die Nachmittagssonne während des Malens auf der Veranda auf ihre Wangen gezaubert hatte. Unglaublich, wie gut ihre weichen Kurven zu Connors gestählten Muskeln passten.

»Sag mir, was du noch siehst.«

»Eine Frau, die ich, glaube ich, noch nie zuvor gesehen habe.«

»Sie ist wunderschön, habe ich recht?«

Sie blickte sich selbst in die Augen und überlegte, ob das tatsächlich wahr sein könnte.

»Ja.«

»Lass mich dir zeigen, wie schön du wirklich bist, Ginger. Lass mich dich lieben.«

Das große Wort mit den fünf Buchstaben schien in ihrem Kopf zu explodieren und sich bis in die letzten Winkel ihres Körpers auszubreiten.

Sie zweifelte nicht länger an sich selbst, weil Connor ihr wie kein anderer das Gefühl gab, dass er sie schön fand. Und weil er sich so sehr darum bemühte, dass sie das auch erkannte.

Es wäre einfach, viel einfacher, sich einzureden, dass sie wieder einmal Sex mit Liebe verwechselte, so wie damals bei ihrem Exmann. Aber sie war kein junges Mädchen mehr.

Sie war eine Frau mit klaren Vorstellungen; eine Frau, die sich in ihrem eigenen Herzen auskannte.

Und ja, oh ja, sie liebte ihn.

Nachdem Ginger sich wieder zu ihm umgedreht hatte, zog sie ihn an sich. Dann fand sie sich plötzlich auf dem Bett wieder. Mit einem einzigen kräftigen Stoß drang er in sie ein, um sie mit seinem Körper zu heilen, so wie sie es zuvor bei ihm versucht hatte.

Mit seinem Namen auf den Lippen verlor sich Ginger in ihrem Liebesspiel, in den Bewegungen ihrer Körper, in der herrlichen Hitze seiner Haut auf ihrer und dem Gefühl, von ihm vollkommen ausgefüllt zu sein.

Und als sei es das Natürlichste der Welt, kamen sie gemeinsam zum Höhepunkt.

Ginger war vollkommen zufrieden in seinen Armen eingeschlafen. Sie hatte seinem Herzschlag gelauscht, bis ihr die Augen vor Erschöpfung zugefallen waren. Aber als die Sonne unterging, erwachte sie alleine im Bett. Das Telefon hatte sie geweckt.

Eine gute Stunde lang nahm sie einen Anruf nach dem anderen entgegen. Zunächst rief Connors Bruder an, dann noch etwa ein Dutzend Freunde von ihm, allesamt Mitglieder der Hotshots-Crew. So viele Menschen, die sich um ihn sorgten. So viele Menschen, die für ihn da sein wollten.

Nach jedem Anruf fand sie außerdem eine neue Voicemailnachricht vor. Seine Mutter hörte sich so an, als ob sie geweint hätte, sodass Ginger fast froh war, nicht persönlich mit ihr gesprochen zu haben, obwohl sie wusste, dass das egoistisch von ihr war. Aber sie hätte einfach nicht gewusst, was sie sagen sollte. Als das ständige Läuten des Telefons langsam nachließ und sie bereits annahm, der größte Ansturm sei vorüber, klingelte es erneut.

»Hallo, es tut mir wirklich leid, Sie noch einmal stören zu müssen. Hier ist Connors Vater. Ist er da?«

Sofort musste sie an alles denken, was Connor ihr über Andrew erzählt hatte, und auch an die Briefe, die Isabel ihm geschrieben hatte. Wie ihre Freundin auf die vergilbten Seiten reagiert hatte, die dort auf dem Barhocker im Diner gelegen hatten. Seltsamerweise kam es Ginger so vor, als würde sie diesen Mann bereits sehr gut kennen, auch wenn sie ihm noch nie persönlich begegnet war.

»Es tut mir wirklich leid, Mr MacKenzie. Er ist nicht hier, aber ich verspreche, ihm auszurichten, dass Sie angerufen haben, sobald er zur Tür hereinkommt.«

»Bitte sagen Sie ihm, dass ich auf dem Weg zu ihm bin. Ich nehme den Nachtflug aus San Francisco.«

Ohne ein weiteres Wort beendete er das Gespräch. Erst nach einer Weile fiel Ginger auf, dass sie immer noch mit dem Hörer in der Hand dasaß und durch das Küchenfenster auf die im See versinkende Sonne starrte. Sie fragte sich, wie Connor wohl auf diesen Überraschungsbesuch reagieren würde.

Isabel würde jedenfalls ausflippen. Statt drei Wochen hatte sie jetzt nur noch acht Stunden, um sich darauf einzustellen.

Ginger rief sofort im Diner an, aber da keiner abnahm, musste wohl sehr viel los sein, sodass alle zu beschäftigt waren, um ans Telefon zu gehen.

Nachdem sie ihrer Freundin eine Nachricht hinterlassen hatte, sie möge sie zurückrufen, egal zu welcher Uhrzeit, entschied sie sich plötzlich doch anders. Es erschien ihr einfach falsch, nicht gleich mit der Wahrheit herauszurücken.

»Andrew ist auf dem Weg hierher, Isabel. Er nimmt den Nachtflug. Ich dachte, du würdest das vielleicht wissen wollen.«

Die gleichen Sätze sprach sie auf den Anrufbeantworter bei Isabel zu Hause, und dann, als sie zum gefühlten hunderttausendsten Mal den Hörer auflegte, sah sie am Seeufer vor dem Haus ein Licht aufblitzen.

Da war jemand mit einer Taschenlampe unterwegs. Sie schaute genauer hin und erkannte Connor, der irgendetwas Längliches hinter sich herzog, das sie nicht gleich einordnen konnte. Ein Gartenschlauch, wurde ihr dann klar, auch wenn es ihr nicht einleuchtete.

Ein paar Minuten später war sie bei ihm unten am Seeufer. Sie musste schreien, um das Geräusch des Wasserstrahls zu übertönen, den Connor auf das fest vertäute Boot richtete.

»Connor? Warum spritzt du das Boot ab?«

»Heute Abend werden jede Menge Feuerwerkskörper gezündet.«

Wenn es am vierten Juli regnete, dann wurde am Tag danach für gewöhnlich eine Menge Feuerwerk nachgeholt, das wusste sie. Trotzdem verstand sie nicht, was das mit dem zu tun hatte, was er da gerade veranstaltete.

»Aber es ist doch noch alles ganz nass von dem Unwetter gestern. Es hat heute bis zum frühen Vormittag geregnet.«

»Man kann nicht vorsichtig genug sein.«

Da begriff sie endlich. Auch wenn er noch so sehr vorgab,

alles sei in bester Ordnung und er würde die Dinge einfach so nehmen, wie sie kamen, konnte er in Wahrheit doch nicht loslassen.

Das Feuer hatte seine Hände zerstört. Und es schien ihn auch im Innern aufzufressen.

Sie wusste ganz genau, was sie tun musste, um ihm zu helfen. Die ganze Zeit über hatte sie gewusst, dass er sie brauchen würde, um akzeptieren zu können, was geschehen war. »Es gab eine Menge Anrufe für dich, während du fort warst.«

»Von wem?«

Mochte er sich auch noch so unbefangen geben, ihr war der leicht veränderte Tonfall seiner Stimme nicht entgangen.

»Dein Bruder hat noch einmal angerufen, um dich vorzuwarnen, dass deine Freunde aus der Hotshot-Crew sich bald melden werden. Und das haben sie, Connor. So viele von ihnen, dass ich mir gar nicht alle Namen merken konnte, aber ich habe alles aufgeschrieben. Deine Mutter hat auch eine Nachricht hinterlassen.« Sie hielt kurz inne. »Und dein Vater, er hat ebenfalls noch einmal angerufen.«

Sie wartete auf irgendeine Reaktion, aber er nickte nur und sprühte weiter Wasser auf das bereits vollkommen durchnässte Holzboot, also fuhr sie fort: »Ich soll dir ausrichten, dass er auf dem Weg hierher ist. Mit dem Nachtflug. Er wird morgen ankommen.«

»Willst du mich verarschen?«

Endlich, eine Gefühlsregung. »Stell den Schlauch ab, Connor. Rede mit mir. Bitte.«

Als er den Schlauch zur Seite legte, regte sich leise Hoffnung in ihrer Brust. Vielleicht war er doch bereit, den ersten Schritt in Richtung Heilung zu gehen.

»Komm mit mir ins Wasser, Ginger.«

Ihr schwirrte der Kopf, so sehr verwirrte sie dieser abrupte Themenwechsel. Er zog sie in seine Arme. Jetzt, da sie sich ihrer Liebe für ihn sicher war, fühlte sich alles anders an als zuvor.

Größer. Überwältigender. Hundertmal intensiver.

Und tausendmal beängstigender.

»Ins Wasser?«, fragte sie begriffsstutzig.

»Wir gehen schwimmen. Jetzt sofort. Gleich hier. Im Dunkel, unter den Lichtern der Feuerwerkskörper.«

Sie versuchte, den Kopf zu schütteln und ein Nein auszusprechen. Sex würde ihm nicht weiterhelfen. Aber seine Hände glitten bereits über ihren Körper, zogen sie aus, und dann küsste er sie – fordernd und hingebungsvoll zugleich –, sodass sie nicht anders konnte, als sich ihm hinzugeben. Dann zerrte sie an seinen Kleidern, wollte, dass es schneller ging, dass nichts mehr zwischen ihnen stand und sie ihm so nahe sein konnte wie nur irgend möglich.

Er verschränkte seine Finger mit ihren und führte sie zum Ende des Stegs.

»Bereit für den Absprung, Liebste?«

Es war das Wort Liebste, das ihr endgültig den Rest gab und auch noch das letzte Quäntchen Widerspruch in ihr verstummen ließ. Gemeinsam sprangen sie in die warme Abendluft. Als sie in das kühle Wasser eintauchten, presste es ihr sämtliche Luft aus der Lunge.

Und doch war dieses Gefühl kein Vergleich zu ihrer ersten Begegnung mit Connor, der ihr von Anfang an den Atem geraubt hatte.

Wie ein Ertrinkender klammerte sich Connor an Ginger, versuchte, sich in der Zartheit ihrer Haut zu verlieren, im Geschmack ihres Mundes, dem Spiel ihrer Zungen.

Trotzdem geriet er mit jeder Minute, die verstrich, mehr aus dem Gleichgewicht. In seinem Kopf drehte sich alles immer schneller.

Er war kurz davor zusammenzubrechen.

Wenn etwas in seinem Leben schiefgelaufen war, hatte er in der Vergangenheit nie gezögert, aktiv zu werden. Mit ganzer Kraft dagegen anzugehen. Dieses Mal war jedoch einfach alles aus den Angeln gehoben worden. Und das Einzige, was für ihn jetzt noch bedeutungsvoll war, war dieser Ort purer Sinneseindrücke, an dem außer körperlichen Empfindungen nichts mehr existierte. Wo sein einziges Ziel darin bestand, Ginger weiter emporzutragen, sie mit seinem Mund und den Händen zu liebkosen, bis sie weich und nachgiebig wurde – bis sie zum Höhepunkt kam und seinen Namen schrie.

Er zog sie weit genug auf den See hinaus, dass er noch stehen konnte, sie hingegen die Beine um ihn legen musste, um über Wasser zu bleiben. Sie schlang die Arme um seinen Hals. Und dieses Mal war sein Kuss nicht fordernd. Er wollte diesen Moment ausdehnen und den Rest der Welt so lange wie möglich aussperren.

Nur hier mit Ginger, die ihn leidenschaftlich küsste, hatte er das Gefühl, dass der tiefe Schmerz in seinem Innern langsam abebbte.

Nur hier, während ihre Hände sein Gesicht umfingen, konnte er sich erlauben, daran zu denken, dass dies mehr war als nur großartiger Sex – und dass ihn die Stärke ihrer Verbindung erschütterte.

Nur hier, im kalten dunklen Wasser, als Ginger ihn mit einem wohligen Stöhnen in sich aufnahm und er sich vollkommen in sie versenkte, konnte er überhaupt noch ein Licht am Ende des Tunnels sehen.

14

Isabel trat genau in dem Moment durch ihre Haustür, als das Feuerwerk zu Ende ging. Sie ließ ihren Hausschlüssel auf den Tisch im Flur fallen und lauschte angestrengt – aber die laute Musik, die sonst immer aus dem Zimmer ihres Sohnes kam, war nicht zu hören. Erst war sie kurz besorgt, sagte sich dann aber, dass er bestimmt noch mit seinen Freunden im Ort unterwegs war und sich amüsierte.

Sie ging nach oben in den ersten Stock, um sich bettfertig zu machen. Mit klopfendem Herzen putzte sie sich die Zähne, wusch sich das Gesicht und zog ihren Schlafanzug an. Den ganzen Nachmittag und auch die Abendschicht hindurch, während sie Dutzende Mahlzeiten zubereitet hatte, war sie nur körperlich im Diner anwesend gewesen. Hunderte Male wollte sie die Briefe hervorholen und lesen. Aber sie hatte schließlich ein Restaurant zu führen.

Jetzt ging sie jedoch gleich zu der Ecke in ihrem begehbaren Kleiderschrank, wo sie ihre Handtasche abgestellt hatte, und zog das Päckchen hervor. Sie konnte immer noch nicht fassen, dass Andrew die Briefe aufgehoben hatte. Es bedeutete ihr mehr, als es eigentlich sollte. Besonders, da sie alles, was er ihr jemals geschrieben hatte, verbrannt hatte.

Nachdem sie unter die Decke geschlüpft war, schaltete Isabel ihre Nachttischlampe ein. Beim Lesen der Briefe kehrten mit jeder weiteren, vor Leidenschaft geradezu glühenden Seite die Erinnerungen an ihre zwei Jahre währende Jugendliebe zurück.

Wie sie neben ihm im Segelboot gesessen hatte, das er oft vorsätzlich zum Kentern gebracht hatte, nur um sie im Wasser an sich ziehen und küssen zu können – so lange, bis ein anderes Boot in der Nähe auftauchte. Dann hatten sie sich voneinander gelöst und so schnell wie möglich ihr eigenes Boot wieder aufgerichtet.

Sie erinnerte sich an ihre Wanderungen durch die dichten Wälder und wie sie auf den Berggipfeln Händchen gehalten hatten, die Welt zu ihren Füßen ausgebreitet. Das herrliche Gefühl, als er sie gegen einen rauen Baumstamm gepresst hatte, und wie sie vor Verlangen gebebt hatte, als seine Finger unter ihr T-Shirt zu ihrem BH geglitten waren. Sie hatte vor Wonne aufgeschrien, als er ihre Brüste berührt und sie zärtlich gestreichelt hatte.

Oft waren sie zur Insel gerudert, und dort angekommen hatte Isabel in seinen Armen gelegen, hatte im Schein des Vollmonds seinem kräftigen, gleichmäßigen Herzschlag gelauscht und Sternschnuppen beobachtet, die vom Himmel fielen.

Sie kuschelte sich tiefer in ihre Decke und las weiter, und dabei wünschte sie sich, es gäbe nur diese schönen Erinnerungen. Die unbequeme Wahrheit war jedoch, dass dem nicht so war.

Denn sie wusste nur zu gut, was in dem letzten Brief ganz unten im Stapel stehen würde.

»Du wolltest sie. Du kannst sie haben. Für immer.«

Viel zu früh brach der nächste Tag heran. Isabel nahm gerade den ersten Schluck Kaffee und schlüpfte in ihre Clogs, als sie sah, dass ihr altmodischer Anrufbeantworter blinkte. An die Haustür gelehnt hörte sie eigentlich nur mit halbem Ohr zu, aber als sie begriff, was Ginger da sagte, traf sie fast der Schlag.

»Andrew ist auf dem Weg hierher, Isabel. Er nimmt den Nachtflug. Ich dachte, du würdest das vielleicht wissen wollen.«

Nein, um Gottes Willen nein! Ihr Herz spielte ihr einen Streich, das war alles. Auch wenn sie sich noch so sehr bemühte, normal weiterzuatmen, während sich das Zimmer um sie drehte, war es doch längst zu spät. Als die lange verdrängten Bilder in

Hochglanzfarben in ihrem Innern aufstiegen, musste sie sich mit einer Hand am Türrahmen abstützen, so lebhaft stand ihr wieder alles vor Augen.

In den zwei Jahren mit Andrew hatte Isabel sich daran gewöhnt, nachts aus dem Haus zu schleichen, um ihn zu treffen. Während des Sommers am See war es allerdings einfacher gewesen, als er noch direkt nebenan gewohnt hatte und sie sich spätabends auf der Insel oder draußen bei dem alten Karussell hatten treffen können. Aber das restliche Jahr über mussten sie in die Stadt zurück, weil Isabel noch zur Highschool ging und er Kurse an der NYU belegt hatte. Während dieser Monate war es schwieriger für sie, ihn zu sehen, ohne sich endlose Standpauken von ihren Eltern anhören zu müssen.

Sie wünschte sich, ihre Eltern würden mehr Verständnis für ihre Gefühle zeigen. Oder dass sie einsehen würden, dass er der ideale Partner für sie war. Aber Isabel hörte immer nur »Du bist zu jung« oder »Du hast doch noch dein ganzes Leben vor dir«. Und dann noch ihren Lieblingssatz: »Die erste Liebe hält nicht ewig, Schätzchen.« Als ob ihre Gefühle für Andrew nichts weiter als Schwärmerei wären.

Glücklicherweise hatte Andrew sich eine kleine Wohnung in der Nähe von ihrem Zuhause besorgt, die er sich mit ein paar Mitbewohnern teilte. Sobald ihre Eltern aus dem Haus waren – und das kam häufig vor, da sowohl ihre Mutter als auch ihr Vater stark in die Musikszene eingebunden waren –, schob sie einige dicke Kissen unter ihre Bettdecke, damit es so aussah, als würde jemand darunter liegen, und stieg die Feuerleiter hinunter. Das mit den Kissen war nur für den Fall gedacht, dass ihre Eltern früher als erwartet zurückkommen sollten und einen Blick in ihr Zimmer warfen.

Obwohl sie in einer relativ sicheren Gegend wohnte – es gab nur Mütter, die ihre Kinderwagen vor sich herschoben, Geschäftsmänner auf dem Weg nach Hause und Kinder, die auf der Straße Ball spielten –, wartete Andrew jedes Mal am Fuß der Leiter auf sie. Es hätte Isabel nichts ausgemacht, die vier Blocks zu seiner Wohnung alleine zu gehen, aber er meinte, er würde es sich niemals verzeihen, wenn ihr etwas zustoßen sollte. Wenn sie auf dem Weg zu ihm verunglücken würde.

Manchmal gingen sie Kaffee trinken und redeten stundenlang über Gott und die Welt. Oder sie stöberten in Buchläden nach alten Segelberichten. Am Ende landeten sie aber jedes Mal in seinem winzigen Zimmer auf dem engen Bett. Dann zog er sie bis auf die Unterwäsche aus und sagte ihr, wie sehr er sie liebte. Dass er es kaum erwarten könne, bis sie endlich achtzehn wurde, damit er ihr den Verlobungsring, den er ihr geschenkt hatte und der gut versteckt in ihrer Sockenschublade lag, an den Finger stecken konnte. Wie sehr er sich wünschte, endlich mit ihr schlafen zu können, sich nicht länger nur mit Küssen und Streicheln zufriedengeben zu müssen. Einige Male kamen sie der Sache gefährlich nahe, doch immer wenn ihr Verlangen sie zu überwältigen drohte, zwangen sie sich gerade noch rechtzeitig dazu, aufzuhören. Dann saßen sie sich an den Bettenden gegenüber, betrachteten gemeinsam die nautischen Karten, die er an die Wand geheftet hatte, und planten ihre Weltreise, bis sie sich wieder beruhigt hatten.

Auch wenn sie bereit war, für Andrew sämtliche Regeln zu brechen, so hatte sie doch in der Schule von mehreren Mädchen gehört, die ein Kind hatten abtreiben müssen. Und Isabel wollte auf keinen Fall in eine so schreckliche Lage geraten.

Doch immer wenn sie sich ihm in letzter Zeit entzog, flackerte etwas in seinen Augen auf, so als schwinde langsam seine Geduld. Sie konnte es ihm nicht verübeln, denn es war der gleiche Ausdruck, der ihr aus dem Spiegel entgegenblickte, wenn sie wieder zu Hause war.

Sehnsucht.

Begehren.

Tausendmal hatte sie sich ausgemalt, was für ein Gefühl es wohl wäre, wenn er in sie eindringen würde. Von ihm ausgefüllt zu sein. Diesen letzten Schritt zu gehen.

Ihr wurde ganz heiß, wenn sie nur daran dachte. Schon bald, entschied sie, sollte es so weit sein.

Bevor sie noch beide durchdrehten.

Aber sie wollte auch nichts überstürzen oder danach hastig in ihre Kleider schlüpfen müssen, um nach Hause zu rennen. Isabel sehnte sich danach, in seinen Armen einschlafen zu können, die ganze Nacht mit ihm zu verbringen, am Morgen mit ihm aufzuwachen und das Spiel der Sonnenstrahlen auf seinem Gesicht zu beobachten. Als ihre Eltern ihr also von einem geplanten Konzert außerhalb der Stadt erzählten, ließ sich Isabel eine Ausrede einfallen, warum sie nicht mitwollte. Irgendetwas über zu viele Hausaufgaben und Prüfungsvorbereitungen.

Sie konnte es kaum erwarten, Andrew von ihren Plänen zu berichten, diese herrliche Vorfreude mit ihm zu teilen. An diesem Abend waren sie zwar nicht verabredet gewesen, trotzdem machte sie sich auf den Weg zu seiner Wohnung, nachdem sie ihren Eltern gesagt hatte, sie werde eine Freundin treffen. Es dauerte eine Weile, bis ihr jemand die Tür aufmachte, weil die Musik so laut aufgedreht war. Sie hatte seine Mitbewohner immer ein wenig seltsam gefunden, aber da sie so wenig Zeit mit ihnen verbrachte, waren sie ihr eigentlich egal.

Mit geröteten Augen machte ihr James die Tür auf. Er roch nach billigem Wein. »Hey, Baby«, sagte er mit dieser für ihn typischen, leicht schmierigen Art. »Hast du ein paar deiner heißen Highschool-Freundinnen dabei?«

»Nein«, sagte sie kurz angebunden und suchte das Zimmer hinter ihm nach Andrew ab. Aber er war nicht zu sehen. Also

bahnte sie sich einen Weg durch den Rauch, vorbei an einem Pärchen, das auf der heruntergekommenen Wohnzimmercouch zugange war, und an zwei weiteren verschlungenen Körpern, die gegen den Küchentresen lehnten. Sie trat in den dunklen Flur.

Andrews Zimmertür war geschlossen. Der Gedanke daran, wie er über seine Fachbücher gebeugt dasaß, während draußen eine wilde Party tobte, ließ sie schmunzeln. Er hatte ihr erzählt, dass er kurz vor dem Abschluss in Schiffsbau stand, und als sie seine Bücher mit all den fremdartigen Gleichungen und Zeichnungen durchgeblättert hatte, war sie enorm beeindruckt gewesen.

Isabel klopfte nicht an. Warum auch, schließlich hatte sie unzählige Stunden in seinem Zimmer verbracht. Während sie den Türknauf drehte, schlug ihr Herz voll Vorfreude bei dem Gedanken an die freudigen Neuigkeiten, die sie ihm gleich berichten würde. Sie wusste, was dann kommen würde – Andrew würde sie in seine Arme ziehen und sie küssen, bis ihr die Luft wegblieb.

Als die Tür aufging, fand sie ihn jedoch nicht tief in seine Studien versunken am Schreibtisch vor. Stattdessen konnte Isabel zwei schemenhafte Gestalten ausmachen, die sich im Halbdunkel bewegten. Die Bettdecke war heruntergerutscht, und da war so viel nackte Haut, mehr, als sie je zuvor gesehen hatte. Der Junge und das Mädchen lagen falsch herum im Bett, ganz so, als hätten sie es zu eilig gehabt, um sich erst noch zu überlegen, welche Seite die richtige war.

Zunächst wollte sie nicht wahrhaben, dass es Andrew war. Aber er war es – Oh Gott, wie konnte er nur? –, und alles, was ihr in ihrer Verzweiflung in den Sinn kam, war, dass sie es doch sein sollte, die dort unter ihm lag, und nicht irgendein hübsches Mädchen mit langem, dunklem Haar und tief gebräunter Haut, das sich unter ihm wand und seinen Namen rief.

Als sie seinen Gesichtsausdruck sah, wusste sie, dass er sich ihr unauslöschlich ins Gedächtnis einbrennen würde. Diese intensive, erleichterte Freude in dem Moment, als sich die jahrelang aufgestaute sexuelle Frustration endlich auflöste.

Mit einem anderen Mädchen.

Als Josh nach Hause kam, fand er sie an den Türrahmen gelehnt vor, weil ihr wieder genauso schwindelig war wie damals, vor all den Jahren.

»Mom, was machst du da?«

Isabel blinzelte heftig und versuchte, die Vision von Andrew mit dieser anderen Frau im Bett zu verscheuchen.

»Nichts«, brachte sie schließlich hervor. »Ich mache mich nur für die Arbeit fertig.«

Er sah sie an, als sei sie verrückt geworden. »Wie du meinst.«

Während sie ihn dabei beobachtete, wie er in die Küche ging, um sich eine Schale Cornflakes zu holen, wurde ihr bewusst, wie sehr sie unter der angespannten Stimmung zwischen ihnen litt. Seit jenem Nachmittag im Diner, als er davongestürmt war, hatten sie kein nettes Wort mehr miteinander gewechselt.

Sie zwang sich zu einem Lächeln und fragte: »Hast du heute irgendwas Spannendes vor?«

Er zuckte mit den Achseln. »Nö. Ich werd einfach ein bisschen abhängen.«

Wie immer war er nicht besonders daran interessiert, sich mit ihr zu unterhalten. Diese Zeiten waren lange vorbei. Sie biss sich also auf die Zunge, denn wenn sie weiter nachbohrte, würde er nur noch mehr dichtmachen. Man konnte bei ihm nichts erzwingen.

Ihr Sohn wurde langsam erwachsen. Und es gab nichts, was sie dagegen tun konnte. Außerdem, hatte sie sich in dem Alter nicht selber gewünscht, ihre Eltern hätten sich ihr gegenüber etwas verständnisvoller verhalten? In all den Jahren als Mutter war ihr immer wieder aufgefallen, dass die eigene Familiengeschichte die beunruhigende Tendenz hatte, sich zu wiederholen. Die Lösung war ganz einfach. Sie musste lockerer werden. Ihm mehr Freiraum lassen.

Dennoch konnte Isabel einfach nicht anders, als ihm noch einen Kuss aufs Haar zu drücken, bevor sie ging, auch wenn er dabei von ihr abrückte.

Sie griff nach dem Schlüsselbund und machte sich auf den Weg zum Diner, wo sie einen weiteren Tag mit vielen Überstunden hinter sich bringen würde. Während der Fahrt versuchte sie, die Erinnerung an Andrew beiseitezuschieben.

Und sich selbst davon zu überzeugen, dass es nicht höllisch wehtun würde, ihn wiederzusehen.

Andrew MacKenzie hatte eigentlich nie wieder nach *Poplar Cove* zurückkehren wollen. Und doch war er gerade am *Albany-International*-Flughafen angekommen, hatte sich einen Mietwagen besorgt und nahm jetzt genau den Weg über kleine verschlungene Landstraßen, den er als kleiner Junge so viele Male mit seinen Eltern gefahren war.

Damals hatte er stets mit angehaltenem Atem darauf gewartet, dass die Holzhütte vor ihnen auftauchen würde. Sobald der Wagen angehalten hatte, war er bereits aus der Tür gewesen. Und auch heute schlug sein Herz wieder genauso wild wie damals, als er von der zweispurigen Straße abbog, jedoch hatte seine Aufregung inzwischen andere Ursachen.

Er war kein Kind mehr, das noch sein ganzes Leben vor sich hatte. Stattdessen ging er auf die fünfzig zu und war gerade unfreiwillig in den Vorruhestand geschickt worden. Alles, was er vorzuweisen hatte, war eine gescheiterte Ehe und einen Tritt in den Hintern von genau der Kanzlei, für die er jede Woche hundertzwanzig Stunden geschuftet hatte. Außerdem noch zwei Söhne, die ihm fremd waren.

Dass er seine Kinder kaum kannte, war das Schlimmste von allem. Er litt darunter, dass er sich von Fremden anhören musste, wie heldenhaft sich die beiden verhielten, dass sie einzigartig seien, die Allerbesten in ihrem Job.

Das sollte er doch von alleine wissen, verdammt noch mal! Als sein jüngster Sohn vor zwei Jahren ohnmächtig und mit schweren Verbrennungen auf der Intensivstation gelandet war, da hatte er sich schließlich etwas geschworen: Sollte Connor wieder gesund werden und es lebend aus dem Krankenhaus schaffen, dann würde er alles anders machen. Ein besserer Ehemann sein. Weniger Zeit im Büro verbringen. Sich seinen Söhnen annähern.

Doch dazu war es nicht gekommen. Connor war durch und durch ein Kämpfer, Gott sei Dank. Aber noch am selben Tag, als sie ihn aus dem Krankenhaus entlassen hatten, hatte Elise ihm die Scheidungspapiere überreicht. Und auch wenn er anschließend immer wieder auf Sam und Connor zugegangen war, hatten beide Söhne nichts mit ihm zu tun haben wollen. Das hatte sich erst geändert, als Sam sich in diesen hübschen Fernsehstar aus San Francisco verliebt hatte. Dianna hatte die bis dahin verhärteten Fronten aufgeweicht. Ihr hatte er es zu verdanken, dass Sam einige seiner Anrufe erwidert hatte, das wusste Andrew. Sam und Dianna hatten sogar ein paar seiner Essenseinladungen angenommen.

Connor hingegen war eine harte Nuss, die er bis heute nicht geknackt hatte. Von Sam hatte Andrew erfahren, wie sehr sich die beiden mit ihrer Arbeit identifizierten. Hotshot zu sein bedeutete für sie mehr, als nur eine Arbeit zu haben, um sich ihren Lebensunterhalt zu verdienen. Sie hatten sich beide ihrem Beruf mit Leib und Seele verschrieben. Er war das, was sie im Kern ausmachte. Deswegen hatte Andrew Connor auch mehrfach seine

Hilfe im Berufungsverfahren angeboten, aber sein Sohn hatte es vorgezogen, sich allein mit der Forstbehörde herumzustreiten.

Gestern hatte Sam ihm dann die schlechten Nachrichten überbracht. Die Forstbehörde war der Meinung, Connors Unfall sei besonders schwerwiegend gewesen. Er würde nie wieder als Feuerwehrmann arbeiten.

Andrew hatte sofort zum Telefon gegriffen und den ersten Flug nach Albany gebucht. Connor brauchte ihn jetzt. Dieses eine Mal würde er ihn nicht im Stich lassen.

Als er sich *Poplar Cove* näherte, schimmerte der See in einem so intensiven Blau zwischen den Hütten hervor, dass er ihm beinahe unwirklich vorkam. Obwohl er eine Sonnenbrille trug, musste er die Augen zusammenkneifen. Die letzten dreißig Jahre hatte er ausschließlich in San Francisco verbracht und sich nicht einmal ein langes Wochenende gegönnt, um wandern zu gehen oder sich mit einer Angel im Gepäck auf die Suche nach einem fischreichen See zu machen.

Er spürte ein Ziehen im Brustkorb. Herrgott, wie sehr er diesen Ort vermisst hatte. Er fuhr langsamer, um das Wasser, die Berge und die ihm so vertrauten alten Ferienhäuser in Ruhe betrachten zu können.

Einen Moment lang vergaß er alles um sich herum, bis auf das pure Vergnügen, wieder in Blue Mountain Lake zu sein.

Doch dann traf ihn mitten auf der Straße im Auto die Erkenntnis mit voller Wucht: Tatsächlich war nichts mehr so wie vor dreißig Jahren, auch wenn er ein Déjà-vu-Erlebnis nach dem anderen gehabt hatte, seit er hier angekommen war.

Gut, der Anfahrtsweg hatte sich kaum verändert. Auch die Ferienhäuser sahen noch so aus wie früher. Der See war immer noch voller Boote. Aber Andrews Träume waren so tief in ihm vergraben, dass er überhaupt nicht mehr hätte sagen können, wonach er sich als Neunzehnjähriger gesehnt hatte.

Er wusste nur, dass er es nicht bekommen hatte.

Als ein anderer Wagen hinter ihm zu hupen anfing, fuhr er wieder schneller, bis die Kiesauffahrt von *Poplar Cove* zu sehen war. Beim Einbiegen bemerkte Andrew vor dem Haus einen Truck und noch ein weiteres Auto. Während des kurzen Gesprächs mit seinen Eltern hatte er erfahren, dass sie die Hütte einer jungen Frau vermietet hatten. Der Truck gehörte wohl Connor. Offensichtlich arbeitete er bereits an der Hütte, um sie für Sams Hochzeit herzurichten.

Nachdem Andrew ausgestiegen war, ging er die Stufen zu der mit Fliegengittern geschützten Veranda hinauf und klopfte an die Haustür. Durch das Fliegengitter konnte er eine hübsche junge Frau erkennen, die vor einer Staffelei stand. Sie schien zu tanzen, auch wenn er keinerlei Musik hören konnte.

»Entschuldigen Sie«, sagte er, aber die Frau reagierte nicht. »Entschuldigen Sie bitte«, wiederholte er ein bisschen lauter, und dieses Mal drehte sie sich zu ihm um, und zwar genau in dem Moment, als Connor auf die Veranda hinaustrat.

»Dad«, sagte er und wirkte dabei wenig begeistert.

Andrew lächelte trotzdem. Er erinnerte sich noch gut daran, wie Connor an Schläuche und Apparate angeschlossen unter einem dünnen weißen Laken gelegen hatte – und jetzt stand ein starker junger Mann vor ihm. Es war wie ein Wunder.

»Connor, du siehst gut aus«, sagte er, immer noch durch das Fliegengitter von den beiden getrennt.

Die Frau schob sich an Connor vorbei, um die Tür zu öffnen. »Hallo. Ich bin Ginger. Kommen Sie doch herein.«

Er ging auf sie zu und schüttelte ihr die Hand. Andrew dachte darüber nach, ob er zu seinem Sohn gehen und ihn umarmen sollte, aber das hatte er nicht mehr getan, seit Connor ein kleiner Junge gewesen war. Also verwarf er die Idee schnell wieder.

»Wie war der Flug?«, erkundigte sich Ginger, nachdem einige Sekunden lang betretenes Schweigen geherrscht hatte.

»Gut.« Er räusperte sich. »Großartig.«

Ginger warf Connor einen Blick zu, der Andrew verriet, dass zwischen den beiden eine Beziehung bestand.

»Sie müssen erschöpft sein.«

»Nein, ich fühle mich gut. Ich habe im Flugzeug ein bisschen schlafen können.«

Gingers Armbanduhr gab ein Piepen von sich. Bestürzt sah sie auf das Ziffernblatt. »Tut mir wirklich leid, aber ich muss zur Arbeit.« Wieder warf sie seinem Sohn einen vielsagenden Blick zu. »Connor weiß, wo alles steht, falls Sie hungrig sind. Er kann Ihnen schnell etwas warm machen.«

Als sie sich abwandte, um ins Haus zu gehen, stieß sie dabei kurz mit Connor zusammen. Andrew entging nicht, wie Connor darauf reagierte und dass er verstohlen die Hand nach Ginger ausstreckte.

Andrew erinnerte sich noch gut daran, was für ein Gefühl es war, mit einer Frau zusammen zu sein, die ihn mit nur einem einzigen Blick oder der sanften Berührung ihrer Finger völlig gefangen nehmen konnte.

»Willst du eine Cola?«, fragte Connor.

»Danke, ich habe genug Koffein für die ganze Woche intus.«

Connor zog die Augenbrauen hoch. »Okay. Ich werd' mir eine holen.«

War er etwa bei einer so einfachen Frage wie die nach einem Getränk bereits in das erste Fettnäpfchen getreten?

Während Connor in der Küche verschwand, schaute sich Andrew ein wenig um. Das alte Holzhaus sah fast noch genauso aus wie in seiner Kindheit. Es gab nur wenige neue Möbel, und die Veranda war ein wenig heller gestrichen worden, sonst war alles noch so wie früher, als ob die Zeit stehen geblieben wäre.

Ginger kam aus dem ersten Stock zurück und ging ebenfalls in die Küche. Sie sagte etwas zu Connor, aber Andrew war zu weit entfernt, um es verstehen zu können. Um nicht den Eindruck zu erwecken, dass er sie heimlich beobachtete, zog er sich ein wenig zurück. Zuvor sah er jedoch noch, wie Ginger sich auf die Zehenspitzen stellte, um seinen Sohn zu küssen.

»Ich hoffe, wir sehen uns später noch«, sagte sie im Hinausgehen zu Andrew.

Nachdem Connor es sich mit der Cola auf der Veranda bequem gemacht hatte, wünschte Andrew sich plötzlich, er hätte ebenfalls etwas, womit er seine Hände beschäftigen könnte, und wäre es auch nur die Lasche einer Dose.

Diese nervöse Anspannung ähnelte der am Tag von Connors Geburt. Damals hatten ihm sogar die Hände gezittert, als er zum Krankenhaus gefahren war, um ihn abzuholen. Neugeborene machten ihm Angst. Sie waren so klein und hilflos, so vollkommen von einem abhängig. Und auch wenn Connor ihn inzwischen um einige Zentimeter überragte, fühlte sich Andrew in seiner Gegenwart doch immer noch genauso unbeholfen wie damals.

»Wie geht es mit der Hütte voran?«

»Die Elektrik war vollkommen hinüber. Die Stämme sind verrottet. Das Dach ist im Eimer.«

Andrew nickte und überlegte fieberhaft, was er als Nächstes fragen könnte.

»Wohnst du in der Stadt oder –«

»Hier. Ich übernachte hier.«

»Das ist großartig. Ginger scheint ein wunderbares Mädchen zu sein.«

Mist, schon wieder bedachte ihn sein Sohn mit diesem Blick, der einen zur Salzsäule erstarren lassen könnte. Als Anwalt sollte er doch eigentlich wissen, wie man ein Gespräch in die richtige Richtung lenkte.

»Hast du ein paar alte Freunde getroffen?«

»Lass doch den Unsinn. Weswegen bist du hier?«

Connors Tonfall machte Andrew wütend, und er vergaß sofort alle Vorsätze, freundlich zu bleiben. »*Poplar Cove* gehört schließlich nicht dir, es ist das Haus deiner Großeltern. Damit ist es auch meins. Ich habe also jedes Recht, hier zu sein.«

»Falsch.« Connor stand auf und blickte auf ihn herab. »Momentan ist es Gingers Haus. Und du bist nur hier, weil sie dich hereingebeten hat. Und das hat sie auch nur getan, weil sie dich nicht so gut kennt.«

Andrew stand ebenfalls auf und trat seinem Sohn entgegen. Auch wenn er nicht ganz so muskulös war wie Connor, der sich jahrelang bis an die Grenzen getrieben hatte, hatte er dennoch denselben Körperbau. Von den zwanzig Jahren Altersunterschied einmal abgesehen, waren sie also durchaus ebenbürtige Gegner.

»Wie wäre es dann, wenn wir gleich zur Sache kommen?«

Andrew hatte eigentlich behutsam vorgehen wollen. Das hatte sich wohl erledigt. Wenn Connor derartig auf ihn losging, dann würde er ihm eben zeigen müssen, dass sein alter Herr noch genug auf dem Kasten hatte, um ihn auszubremsen.

»Dein Bruder hat mich angerufen. Er hat mir erzählt, was geschehen ist. Dass die Forstbehörde dein letztes Gesuch abgelehnt hat. Deswegen bin ich hier. Um mich um meinen Sohn zu kümmern.«

»Mir geht es gut.«

Zum ersten Mal seit langer Zeit erkannte Andrew sich selbst in seinem verbissenen Sohn wieder. Auch er hatte eine solche Situation erlebt – als er allen anderen etwas vorgespielt hatte und am meisten sich selbst. Als er sich eingeredet hatte, dass er mit dem veränderten Lauf der Dinge fantastisch klarkommen würde.

»Mein ganzes Leben lang habe ich nichts anderes getan, als Sachverhalte zu prüfen«, erklärte er seinem Sohn. »Und der

Sachverhalt ist jetzt doch folgender: Feuerwehrmann war schon immer dein Traumberuf. Und nun haben dir ein paar Schlipsträger deine Zukunft genommen.«

Aus rein juristischer Sicht konnte Andrew die Entscheidung der Forstbehörde durchaus nachvollziehen. Ein verletzter Mann im Team stellte ein viel zu hohes Risiko dar, da jederzeit damit gerechnet werden musste, dass er im entscheidenden Moment handlungsunfähig war.

»Das ist ein schwerer Schicksalsschlag, Connor. Früher oder später wirst du dich damit auseinandersetzen müssen.«

»Wie ich dir schon sagte: Mir geht es gut.«

»Ich habe doch nicht extra diesen gottverfluchten Nachtflug genommen, damit du mir vorspielen kannst, alles sei in Ordnung!«

Connors Mund verzog sich zu einem höhnischen Lächeln. »Ach, du tust mir ja so leid. Einen Nachtflug musstest du erdulden!«

Aus Andrews Kehle drang ein verärgerter Laut, in dem sich all seine Enttäuschung der letzten zwei Jahre entlud, in denen sein Sohn jede seiner Einladungen ausgeschlagen hatte.

»Bei den Intelligenztests hast du immer überdurchschnittlich gut abgeschnitten. Du hättest alles werden können. Und dreißig ist doch kein Alter. Es ist noch nicht zu spät für ein Studium, um Arzt oder Professor zu werden. Zur Hölle, nach allem, was ich gehört habe, bist du in den letzten Jahren ein Wahnsinnslehrer geworden.«

»Stell dir mal vor, wie viel einfacher es gewesen wäre, mir das alles am Telefon zu sagen, anstatt den ganzen Weg hierher auf dich zu nehmen.«

»Verdammt, Connor, ich bin dein Vater. Ich habe alles andere in meinem Leben beiseitegeschoben, um bei dir zu sein. Um dir zu helfen.«

»Blödsinn. Du hast doch nie gewollt, dass Sam und ich Feuerwehrmänner werden, und uns immer wieder darauf hingewiesen, dass diese Arbeit keine Zukunftsperspektive hat. Muss ein tolles Gefühl sein, das endlich bestätigt zu sehen.«

Andrew wusste, es wäre besser, die ganze Sache an dieser Stelle abzubrechen und alles noch einmal in Ruhe zu überdenken, bevor er erneut versuchte, auf Connor zuzugehen. Aber ehe er sich zurückziehen konnte, fragte sein Sohn: »Hast du Mom mit einer anderen Frau betrogen?«

Was zum Teufel?

»Betrogen? Wovon redest du? Vielleicht habe ich nicht immer alles richtig gemacht, aber betrogen habe ich sie bestimmt nicht!«

»Ich weiß von Isabel.«

Andrew öffnete den Mund, um etwas zu erwidern, und schloss ihn dann wieder. Deswegen hatte sich Connor also vom ersten Moment an so feindselig verhalten.

Zwischen zusammengebissenen Zähnen stieß er hervor: »Ich kannte Isabel vor –«

Es war alles so kompliziert. Andrew war versucht zu lügen, ahnte jedoch, dass sich das irgendwann rächen würde.

»Wir sind ein Paar gewesen, bevor ich deine Mom kennengelernt habe.« Und er hatte sich verzweifelt gewünscht, wieder mit ihr zusammenkommen zu können. Auch wenn es unmöglich gewesen war.

»War Isabel der Grund, warum eure Ehe keine Chance hatte?«

»Ja.« Er schüttelte den Kopf. »Nein. Das ist alles so lange her. Wir haben es versucht, Connor. Ich schwöre es dir. Deine Mutter und ich, wir haben es wirklich versucht.«

»Sie hat es tatsächlich versucht.« Connor stand auf. »Du nicht.«

Während sein Sohn zur Tür ging, wurde Andrew von heftigen Schuldgefühlen erfasst. Er spulte die letzten Minuten noch einmal im Kopf ab, und ihm fiel auf, was er alles falsch gemacht hatte.

Wenn er seinen Sohn jetzt so gehen ließ, da war er ganz sicher, dann hätten sie sich endgültig entzweit. Er musste also den letzten Trumpf aus dem Ärmel ziehen, der ihm noch verblieben war. Connors Liebe zu seinem Bruder.

»Bitte, Connor«, sagte er und griff nach dem vernarbten Arm seines Sohnes. »Vermutlich bin ich für dich nicht gerade der liebste Mensch auf Erden, und wahrscheinlich würdest du mich gerne wieder in den nächsten Flieger zurück nach San Francisco verfrachten. Aber Sam und Dianna haben mich gebeten, sie zum Altar zu führen, und ich würde wirklich gerne etwas zu dieser Hochzeit beitragen und helfen, wo ich kann.«

Die restlichen Gedanken schluckte er hinunter. *Ich möchte an deinem Leben teilhaben. Endlich den Mann kennenlernen, der du geworden bist. Vielleicht auch bei deiner Hochzeit Trauzeuge sein.* Denn all das wollte Connor bestimmt nicht hören.

Während des langen Schweigens, das auf seine Bitte folgte, schwitzte Andrew so heftig, dass ihm ganze Rinnsale die Brust hinunterliefen. Dann endlich zuckte Connor mit den Achseln.

»Mach, was du willst. Mir ist es egal.« Connor griff sich seine Laufschuhe, die auf der Veranda bereitstanden. »Ich werd joggen gehen.«

Andrew blieb allein auf der Veranda zurück. Er sah seinem Sohn nach, der über den Sand davonsprintete, um so schnell wie möglich von ihm wegzukommen.

15

Unter einem glänzend blauen Himmel löste Josh die Taue des Motorboots seiner Mutter, das am Steg vor ihrem Haus im Wasser lag. Fünf seiner Freunde – darunter auch Hannah – waren bereits eingestiegen, hatten es sich mit ein paar Softdrinks gemütlich gemacht und unterhielten sich über das große Freudenfeuer vom Abend zuvor. Er kannte sie seit seinem fünften Lebensjahr – alle, bis auf Hannah. Einige seiner Kumpels lebten wie er ganzjährig am See, andere kamen nur in den Sommerferien hierher.

Die vorherrschende Geschwindigkeitsbegrenzung von fünf Meilen pro Stunde ignorierend schoss er in die Bucht hinaus. Die hohe Heckwelle schlug hinter ihm ans Seeufer und rüttelte die dort am Steg vertäuten Boote durch.

Es lag nur an Hannah, dass die letzte Woche kein vollkommener Reinfall gewesen war. Wäre sie nicht hier, dann hätte er die Zeit lieber im Loft seines Vaters verbracht, wäre mit ihm in laute, überfüllte Restaurants gegangen, hätte auf der irren Anlage in seiner Wohnung die neuesten Videospiele gespielt oder mit den Freunden seines Vaters ein Bier getrunken, während sie ihre übliche Pokerrunde abhielten. Sie spielten um echtes Geld – und erlaubten ihm das sogar auch.

Als Josh zuletzt wieder nach Blue Mountain Lake zurückgekommen war, hatte er das Gefühl gehabt, im Treibsand zu versinken. Der Ort war ihm zu klein geworden. Zu langweilig. Gab es einen größeren Kontrast zu dem geschäftigen Architekturbüro seines Vaters als das öde Diner seiner Mutter? Rotweißes Fünfzigerjahredesign gegen Glas und Stahl.

Wie um alles in der Welt hatte aus seinen Eltern überhaupt jemals ein Paar werden können? Natürlich liebte Josh seine Mutter, aber sie war so provinziell. Sein Dad hingegen trug immer moderne Anzüge, die coolsten neuen Markenjeans und tolle Schuhe – er hatte sogar mehrere echt ausgeflippte Brillen, die er je nach Stimmungslage wechselte.

So unauffällig wie möglich blickte Josh über die Schulter zu Hannah. Sie sollte nicht bemerken, dass er sie beobachtete. Die weißen Shorts und das gelbe T-Shirt standen ihr gut. Sogar mehr als das. Er konnte immer noch nicht fassen, dass sie eingewilligt hatte, mit auf diesen Bootsausflug zu kommen. Auch wenn er nicht der Oberloser war, hing er doch nicht gerade mit dem angesagten Partyvolk ab. Mit ihrem Aussehen hätte Hannah keinerlei Probleme, in diese Gruppe aufgenommen zu werden, aber aus unerfindlichen Gründen wollte sie lieber mit ihm zusammen sein.

Cool.

»Mann, dein Boot ist echt irre«, sagte sein Freund Matt. »Ich kann gar nicht glauben, dass deine Mutter dich damit alleine rausfahren lässt.«

Josh zuckte mit den Achseln. Ja, das Boot war ganz nett, aber er fuhr damit bereits herum, seit er fünf Jahre alt war. Jetzt war er beinahe sechzehn und kein Kind mehr.

Er wollte etwas Neues erleben und dachte darüber nach, wie er Hannah wohl beweisen könnte, was für ein draufgängerischer Typ er war. Besonders nachdem der alte Knacker zwei Abende zuvor am Seeufer so einen Aufstand wegen der Feuerwerkskörper gemacht hatte.

»Übernimm du mal das Steuer«, sagte er und kletterte auf den Bug hinaus.

»Ey Mann, das ist verboten«, sagte Ben.

Na und, dachte Josh. Seine Mutter würde sich in die Hose machen, wenn sie ihn dabei sehen würde, aber sie kam ja nie aus ihrem Diner heraus, und das lag auf der anderen Seite des Sees.

»Wann ist es das letzte Mal vorgekommen, dass ein Ranger jemanden auf dem See festgenommen hat?« Er sah Hannah an, als wollte er sagen: *»Wir hätten den Angsthasen am Ufer zurücklassen sollen.«*

Er hangelte sich am weißen Fiberglas entlang, bis er zur Metallreling am äußersten Rand des Bootes kam. Dort hakte er sich mit den Beinen ein und rief nach hinten zu Matt: »Gib Gas!«

Ein teuflisches Grinsen machte sich auf Matts Gesicht breit, als er den Motor aufheulen ließ. Sie fuhren so schnell, dass Josh Tränen in die Augen schossen und seine Gesichtshaut nach hinten gezogen wurde, bis er aussah wie ein Bassett.

Verdammt, das war eher nach seinem Geschmack.

Adrenalin pur.

Geschwindigkeit.

Gefahr.

Sie peitschten in einem engen Kreis durchs Wasser, um einem vorbeifahrenden Segelboot auszuweichen, und waren gerade wieder in Richtung Bucht unterwegs, als Matt überraschend den Motor abwürgte.

»Was zum Teufel –«

Der restliche Satz blieb Josh im Halse stecken, als er aufblickte.

Seine Mom stand laut schreiend am Ufer.

Scheiße. Was für ein dummer Zufall. Es kam doch so gut wie nie vor, dass sie tagsüber nach Hause zurückkehrte.

Zu allem Übel hatte sie sich dafür genau den Tag ausgesucht, als er ein Mädchen im Boot dabeihatte. Um Hannah nicht in die Augen sehen zu müssen, senkte er den Kopf, sodass ihm die Haare ins Gesicht fielen.

Er wollte gar nicht erst sehen, wie sie ihn auslachte. Wie um alles in der Welt sollte er aus diesem Schlamassel wieder herauskommen?

Mit ungeschickten Bewegungen befreite er sich von der Reling, bevor er über den Bug zurück ins Boot kletterte. »Lass mich ans Steuer«, fuhr er Matt an, der sofort beiseitesprang.

»Wenn meine Mutter erfährt, dass ich das Steuer angefasst habe, bin ich echt am Arsch«, sagte sein Freund. Sichtlich nervös kaute er auf seinen Fingernägeln herum und schien kurz davor, wie ein Kleinkind am Daumen zu nuckeln.

»Es war meine Idee«, gab Josh zurück. »Und ich werde das ausbaden.«

Auch wenn er sich vor seinen Freunden und Hannah nichts anmerken lassen wollte, sah es in seinem Innern ganz anders aus. Ihm war so schlecht, dass er dachte, er müsse sich gleich übergeben. Zu Beginn des Sommers hatte seine Mutter ihm eindeutig klargemacht, dass es mit einer gewissen Verantwortung verbunden war, wenn er die Bootsschlüssel bekam. Was da eben passiert war, hatte sie damit sicher nicht gemeint.

Als Josh zur Mole kam, war er extravorsichtig, um nirgendwo anzustoßen. Sobald er die Taue festgemacht hatte, nahmen seine Freunde auch schon Reißaus. Hannah wartete jedoch noch und blieb neben ihm stehen.

»Kann ich irgendwie helfen?«

Ohne zu ihr aufzuschauen, schüttelte er den Kopf. »Nee. Wir sehen uns später.«

Er blickte auf Hannahs Füße mit den lila lackierten Zehennägeln, die in schwarzen Sandalen steckten. Einen Moment lang blieb sie stumm vor ihm stehen, als würde sie darauf warten, dass er noch etwas sagte. Oder sie vielleicht noch einmal anschaute.

Er wünschte, sie wäre jetzt nicht hier, damit er alleine vor Scham im Boden versinken könnte.

»Tja, deine Mom ist gleich da, also werd ich wohl besser gehen. Man sieht sich.«

Trotz des riesigen Kloßes in seinem Hals versuchte er, zu schlucken. Warum nur war er ausgerechnet heute auf die Idee gekommen, sich auf die Bootsspitze zu setzen? Warum hatte er es nicht einfach dabei belassen können, mit den anderen ein paar Runden auf dem See zu drehen?

Die lauten Schritte seiner Mutter auf dem Bootssteg kamen schnell näher. Gleich würde sie ihn in der Luft zerreißen. Als sie vor ihm stand, verdeckte sie die Sonne. »Du hättest sterben können«, waren ihre ersten Worte.

Er blickte zu ihr auf. An dem Zittern in ihrer Stimme erkannte er sofort, was für große Sorgen sie sich um ihn gemacht hatte. Schnallte sie es denn immer noch nicht? Er war kein kleines Kind mehr. Niemals wäre er aus dem Boot gefallen, und falls doch, wüsste er ganz genau, wie man schnell genug abtauchte, um der Schiffsschraube auszuweichen.

»Ich bin nicht gestorben. Mir geht's gut.«

Im Nu wandelte sich ihr Gesichtsausdruck von besorgt zu verärgert. »Ist das alles, was du dazu zu sagen hast? Kein ›Tut mir leid, Mom, es wird nie wieder vorkommen‹? Kein ›Oje, ich weiß auch nicht, was ich mir dabei gedacht habe‹? Sondern einfach nur, dass du es heil überlebt hast?«

Josh war klar, es war höchste Zeit, sich einsichtig zu zeigen, also sagte er: »Ich weiß auch nicht, was ich mir dabei gedacht habe. Es wird nicht wieder vorkommen.«

»Du hast mich fast zu Tode erschreckt, Junge.«

»Ich weiß.«

Sie sah ihn lange an. »Es kommt mir vor, als seist du erst gestern noch ein kleiner Junge gewesen.«

Wütend ging er zum Ende des Stegs und sammelte die Handtücher ein, die er dort liegen gelassen hatte. Genau das war ja ihr Problem. Wie konnte er sie nur dazu bringen, dass sie das endlich einsah?

»Ich bin aber kein kleines Kind mehr.«

Isabel atmete tief durch. »Ich weiß«, seufzte sie dann. »Und deswegen werde ich dich jetzt auch wie einen jungen Erwachsenen behandeln und nicht wie einen kleinen Jungen.« Sie streckte die Hand aus. »Gib mir die Schlüssel.«

Er erstarrte. Instinktiv schlossen sich seine Finger noch fester um das Schlüsselbund.

»Ich hab doch schon gesagt, dass das nicht wieder vorkommt.«

»Und ich glaube dir. Aber du wirst nicht ungestraft davonkommen. Und da ich deine Mom bin, werde ich diejenige sein, die dir eine Lektion erteilt.« Sie nahm ihm die Schlüssel aus der Hand. »Das Boot ist eine Woche lang tabu für dich.«

Er war fassungslos. »Und was zum Teufel soll ich hier in diesem bescheuerten Ort ohne mein Boot anfangen?«

»Mein Boot«, korrigierte sie ihn. »Und soeben sind zwei Wochen daraus geworden.«

Zuerst blamierte sie ihn vor Hannah. Und jetzt wollte sie ihn wegen dieses blöden kleinen Fehltritts bestrafen?

»Du nervst echt.«

Sie trat einen Schritt auf ihn zu und bohrte ihm den Zeigefinger in die Brust. »Im Moment gilt das Gleiche für dich!«

Das machte ihn dermaßen wütend, dass er ihr ein »Ich wünschte, ich wäre immer noch bei Dad in der Stadt« entgegenschleuderte. Er wollte, dass sie sich genauso mies fühlte wie er selbst. »Kein Wunder, dass er nicht bei dir bleiben wollte. Kein Wunder, dass er sich hat scheiden lassen.«

Damit hatte er erreicht, was er wollte – er konnte seiner Mutter an den Augen ablesen, wie verletzt sie war. Aber auch das machte es nicht besser, Josh fühlte sich einfach nur entsetzlich leer. Da er nicht wusste, wie er sich entschuldigen sollte – und eigentlich hatte er auch gar keine Lust, sich zu entschuldigen –, rannte er davon.

Es war bestimmt das Beste für alle, wenn er seine Flucht nach New York City vorbereitete. Nur würde er dieses Mal dableiben. Für immer.

Andrew hatte eigentlich vorgehabt, zu seinem Mietwagen zurückzukehren und sich im Gasthof ein Zimmer zu besorgen. Sich ruhig hinzusetzen und einen Plan zu schmieden, wie er seinen Sohn dazu bringen könnte, ihm zu vertrauen. Aber als er zu dem kleinen Streifen Grün am Ende der Verandastufen kam und auf das Wäldchen schaute, das sein Grundstück von Isabels trennte, fühlte er sich wie von einem unsichtbaren Magneten angezogen. Seine Füße fanden von ganz allein den Weg in diese Richtung.

Der ausgetretene Pfad zwischen *Poplar Cove* und *Sunday Morning Camp* war inzwischen vollkommen überwuchert, sodass er immer wieder mit der Anzughose oder dem langärmeligen Hemd im Gestrüpp hängen blieb. Als Kind war er hier am See stets nur in Shorts und einem T-Shirt unterwegs gewesen. Während er sich langsam einen Weg durch das Dickicht bahnte, kam er sich wie ein alter Spießer vor. Jemand, über den er sich früher als Junge lustig gemacht hätte – ein richtiges Greenhorn.

Dann stolperte er auch noch über einen dicken abgestorbenen Stamm. Laut fluchend hielt sich Andrew an einer der vielen Pappeln fest, die seine Großeltern zu dem Namen für ihr Ferienhaus inspiriert hatten. Dem Wald war seine Schimpftirade egal, seine Worte hatten hier in etwa so viel Gewicht wie in den letzten drei Jahrzehnten im Gerichtssaal.

Er dachte an jenen Tag vor zwei Monaten zurück, als er von seinem überheblichen Kollegen Douglas Wellings, einem fünfunddreißig Jahre alten Heißsporn, in die Räume der Vorstandsetage gerufen worden war. Dort hatte sich bereits die ganze restliche Riege der Junganwälte versammelt, eine Reihe junger Kerle, die der Meinung waren, um einen Fall zu gewinnen, bräuchte man nur einen schicken Anzug zu tragen und gute Beziehungen zu haben. Es waren auch noch einige wenige ältere Männer anwesend gewesen, aber keiner von ihnen hatte ihm in die Augen sehen können. Da hatte er Bescheid gewusst. Fünfundzwanzig Jahre hatte er der Firma geschenkt. Und von einem Moment auf den anderen war alles vorbei gewesen.

Wir kennen doch alle die schlechte wirtschaftliche Lage im Moment. Irgendwo müssen wir einsparen. Es ist wirklich keine leichte Entscheidung. Vielen Dank für Ihre tatkräftige Unterstützung. Und jetzt sag schön Auf Wiedersehen, Opa.

Tagelang hatte er anschließend über einem Racheplan gebrütet. Er würde die Kanzlei wegen Diskriminierung verklagen. Es ihnen heimzahlen, dass sie ihn gefeuert hatten, damit sie eine billigere Arbeitskraft einstellen konnten. Nächtelang hatte er sich vors Internet geklemmt und Rechtsbücher gewälzt. Als er schließlich kurz davor gewesen war, eine Klage einzureichen, hatten Sam und Dianna ihn zu einem Treffen in der Stadt gebeten.

Sie wollten heiraten. Und sie wollten ihn als Brautführer dabeihaben.

Verlegen hatte er auf ihrer Wohnzimmercouch die Tränen der Rührung weggeblinzelt. Dann hatte er sich viel zu überschwänglich bei ihnen für diese Ehre bedankt, bis sie sich beinahe schon unwohl gefühlt hatten.

Als er ihr Haus verlassen hatte, war ihm klar geworden, dass er sich gar nicht deswegen gegen seine Entlassung wehrte, weil er seinen Job so dringend wiederhaben wollte. Es war ihm einfach nur darum gegangen zu zeigen, dass er noch für jemanden einen Wert besaß. Für wen auch immer.

Sein Griff um den Baumstamm verstärkte sich, und erst einen Moment zu spät spürte er, wie stark die Rinde ihm ins Fleisch schnitt. Als er die blutige Wunde in seiner Handfläche bemerkte, entfuhr ihm ein weiterer Fluch. Die dreißig Jahre fernab von diesem Ort hatten ihn wirklich zu einem Greenhorn werden lassen. Ein Greenhorn mit empfindlichen Händen. Als Allererstes musste er sich morgen früh ein paar seetaugliche Kleider kaufen.

Während er sich zwischen den Bäumen hindurchschlängelte, saugte er an der Wunde. Immer wieder blitzten blaue Streifen zwischen den Stämmen auf, bis der Wald schließlich in einen Uferstreifen überging.

Die Sonne stand glitzernd über dem Wasser, sodass er im ersten Moment geblendet wurde. Und dann sah er sie.

Isabel.

Sie saß am Rand der Mole, mit den Beinen im Wasser, und augenblicklich schien sein Herz auszusetzen. Von dort, wo er stand, hätte er schwören können, die Zeit sei stehen geblieben, und er würde wieder das fünfzehnjährige Mädchen vor sich sehen, in das er sich Hals über Kopf verliebt hatte.

Das glatte, blonde Haar fiel ihr noch genau wie früher über die Schultern. Sie war auch noch genauso schlank wie damals. Ohne weiter darüber nachzudenken, ging er auf sie zu.

Aber ein modern designtes Motorboot, das vorbeirauschte, katapultierte ihn unvermittelt wieder in die Gegenwart zurück.

Herrgott noch mal, was hatte er denn erwartet? Dass er einfach so in Blue Mountain Lake auftauchen und die Zeit um dreißig Jahre zurückdrehen könnte? Dass er in der Lage wäre, seinem Leben eine völlig neue Wendung zu geben, damit alles endlich so wurde, wie er es sich immer gewünscht hatte?

Genau in dem Moment zog Isabel die Beine hoch, um aufzustehen. Andrew suchte verzweifelt nach einer Fluchtmöglichkeit.

Dreh dich einfach um und renn weg, du Trottel!

Seine Füße wollten ihm jedoch nicht gehorchen. Stattdessen stand er wie angewurzelt da und beobachtete, wie Isabel sich umdrehte.

Und ihn erkannte.

Isabel kniff die Augen zusammen und holte tief Luft. Wegen der schlaflosen Nacht war sie bereits seit dem Morgen ganz benommen. Als Ginger dann mittags zur Arbeit erschienen war und ihr erzählt hatte, sie sei Andrew begegnet, hatte sie zusätzlich noch furchtbare Kopfschmerzen bekommen.

Ansonsten hätte sie niemals während der Hauptgeschäftszeit das Restaurant verlassen, aber sie war kurz davor gewesen, sich über den Zwiebeln, die sie gerade in der Pfanne angebraten hatte, zu übergeben. Außerdem hatte Scott ihr versichert, dass er auch alleine zurechtkäme. Also hatte Ginger Isabel zu ihrem Wagen gebracht und ihr versprochen, sich am Nachmittag noch einmal zu melden, falls sie irgendetwas brauchen sollte.

Zu Hause hatte sie dann die hässliche Auseinandersetzung mit Josh erwartet, und als ob das alles nicht bereits schlimm genug gewesen wäre, hatte sich Andrew offenbar dazu entschieden, ihr ausgerechnet jetzt einen Besuch abzustatten. Isabel war immer noch übel, aber nun wurde ihr auch noch schwindelig.

Sie versuchte sich einzureden, dass ein Wiedersehen mit ihm ihr nichts ausmachen würde, sie nicht verletzen könnte.

Aber als sie die Augen wieder öffnete und Andrew MacKenzie ins Gesicht blickte, dem ersten Jungen, den sie jemals geliebt hatte, war der Schmerz so überwältigend, dass ihr der Atem stockte.

Dreißig Jahre lang hatte sie sich eingeredet, sie sei über ihn hinweg. Aber jetzt … jetzt wusste sie es besser. Sie wusste es mit der Gewissheit, mit der sie ihr eigenes Gesicht im Spiegel erkannte. Das Gefühl war ihr so vertraut wie die Form von Joshs

Kopf, wenn sie ihn als kleines Kind gestreichelt hatte, damit er wieder einschlafen konnte, nachdem er mitten in der Nacht aus einem Albtraum hochgeschreckt war.

Sie war nie über Andrew MacKenzie hinweggekommen. Und da war er jetzt, an ihrem Uferabschnitt, stand ihr gegenüber und starrte sie an, als hätte er einen Geist gesehen.

Isabel fasste sich mit beiden Händen an den Hals und versuchte, sich daran zu erinnern, wie man einatmete. Es gab tausend Dinge, wegen denen sie sich mit einem Mal unsicher fühlte. Die fünf Kilo, die sie nach Joshs Geburt zugenommen hatte. Die Falten auf ihrer Stirn, um Augen und Mund herum und am Hals. Die grauen Haare, die sich einen erbitterten Kampf mit den blonden Strähnen lieferten, der bereits gewonnen war, bevor er überhaupt begonnen hatte. Ihre zerknitterte Jeans und das alte T-Shirt, auf dem lauter Biopesto-Flecken und Spritzer der Tomatensauce gelandet waren, die sie heute früh frisch zubereitet hatte.

Eine Sekunde lang spielte sie mit dem Gedanken, einfach in den See zu springen und davonzuschwimmen, aber irgendwann musste sie sich ihm ja sowieso stellen. Besser, sie brachte es gleich hinter sich.

Ohne Eile ging sie den Steg entlang, sie lächelte nicht, das wäre ihr verlogen vorgekommen. Mit finsterem Blick wollte ihm Isabel aber auch nicht entgegentreten, also versuchte sie, eine gleichgültige Miene aufzusetzen, die dem Mann an ihrem Seeufer hoffentlich vermitteln würde, dass er für sie nicht mehr als ein Fremder war.

Auch er ging langsam auf sie zu. Das teure, akkurat gebügelte Hemd und der Anzug saßen wie angegossen, wenngleich dieser Aufzug hier am Seeufer geradezu lächerlich fehl am Platz wirkte.

Die dreißig Jahre hatten auch bei ihm ihre Spuren hinterlassen. Er war mittlerweile fast vollständig ergraut und sah aus, als hätte er in den letzten zehn Jahren nicht eine einzige Nacht durchgeschlafen. Aber das waren alles nur Äußerlichkeiten. Denn auch wenn Isabel sich wünschte, es wäre nicht so, sah sie in ihm immer noch den umwerfend attraktiven jungen Mann, der er einmal gewesen war. Körperlich war er offensichtlich gut in Form, vermutlich ging er regelmäßig ins Fitnessstudio. Die Hände waren immer noch genauso groß. Die Schultern so breit wie damals.

»Isabel.«

Als er ihren Namen aussprach, zog es ihr den Boden unter den Füßen weg. Nur mit größter Willensanstrengung konnte sie ihre Füße überhaupt zum Weitergehen bewegen.

Mit erhobenem Kinn erwiderte sie seinen Blick. »Andrew.«

»Mein Gott, du bist immer noch so schön.«

Ihr blieb die Luft weg. Erschrocken öffnete sie den Mund und schloss ihn wieder, ohne etwas gesagt zu haben.

»Du hast dich überhaupt nicht verändert, Isabel.«

»Halt.« Abwehrend hob sie die Hände, aber als ihr auffiel, wie sehr sie zitterten, steckte sie sie lieber in die Hosentasche. »Lass das.«

Am besten erstickte sie seine Annäherungsversuche sofort im Keim. Um ihn in die Schranken zu weisen.

Er sollte wissen, dass er kein Recht auf einen Teil ihres Herzens hatte.

»Du bist wahrscheinlich hier, um *Poplar Cove* für die Hochzeit deines Sohnes herzurichten.«

Er brauchte lange für seine Antwort. Währenddessen wurde sein Blick nur noch brennender. Dann nickte er. »Ja. Und auch, um Connor beizustehen.« Er räusperte sich. »Er macht gerade eine schlimme Phase durch. Ich sollte jetzt für ihn da sein.«

Zu hören, wie liebevoll Andrew über seinen Sohn sprach, brachte sie vollkommen durcheinander. Er war ihr viel zu nahe, nahe genug, um in ihrem Bauch tausend Schmetterlinge aus ihren Kokons zu befreien. Und obwohl es dämlich war, war ihr doch sofort aufgefallen, dass er keinen Ehering trug. Als ob es eine Rolle spielen würde, ob er nun verheiratet war oder nicht.

»Sam und Connor sind aber nicht der einzige Grund, warum ich hergekommen bin, Izzy.«

Seit dreißig Jahren hatte sie niemand mehr Izzy genannt. Und sie hätte auch nicht im Traum daran gedacht, jemandem zu erlauben, diesen Spitznamen zu gebrauchen. Sie bekam Ohrensausen, ein hohes, schrilles Pfeifen. Sie konnte sich das nicht länger anhören, erst recht nicht jetzt, hier, an dem Steg vor ihrem Haus – genau an dem Ort, wo er ihr das erste Mal gesagt hatte, dass er sie liebte.

»Nenn mich nicht so«, sagte sie, aber da zogen bereits dicke Wolken vor die Sonne und verdunkelten den Tag, bis es Nacht um sie wurde. Und sie stürzte in die Dunkelheit, wobei sie sich nichts sehnlicher wünschte, als in seinen Armen zu landen.

16

Andrew hob Isabel hoch und eilte das Seeufer entlang zu ihrem Haus. Dass sie einfach so ohnmächtig geworden war, hatte ihm einen Riesenschrecken eingejagt, der ihm immer noch in den Knochen saß, auch wenn ihre Augenlider bereits wieder flatterten.

»Mir geht es gut«, wollte sie sagen, doch es klang schwächlich, so gar nicht nach ihr.

»Ganz ruhig«, sagte er und drückte ihr unwillkürlich einen Kuss auf die Stirn. »Ich halte dich fest«, fügte er noch hinzu, während er sie nach oben zum Elternschlafzimmer trug, an das er sich aus seiner Kindheit erinnerte. Mit einem Knie schob er die Tür auf und sah, dass Isabel das Zimmer inzwischen als ihr eigenes nutzte. Sie hatte es komplett umgestaltet.

Behutsam legte er sie aufs Bett und nahm eine Decke aus der Truhe, die in der Ecke stand. Er deckte sie damit zu, setzte sich neben sie auf den Rand der Matratze und streichelte ihr sanft über den Kopf. Während er sie betrachtete, das blonde Haar fächerartig auf dem Kissen ausgebreitet, wurde er von seinen Gefühlen überwältigt. Es hatte keinen Zweck, sich vorzustellen, dass er in den letzten dreißig Jahren tausendmal so neben ihr hätte aufwachen können.

Aber er wünschte es sich trotzdem.

Doch da regte Isabel sich bereits unter der Decke. Sie befreite sich davon und rückte ein wenig von ihm ab, um sich aufzusetzen. Sie lehnte sich mit dem Rücken an das dicke hölzerne Kopfteil und presste beide Hände an die Schläfen.

»Was willst du, Andrew?«

Da fiel ihm wieder ein, dass Isabel nie eines dieser schüchternen Pflänzchen gewesen war, sondern immer frei heraus gesagt hatte, was ihr durch den Kopf ging. Aber nachdem sie eben am Strand einfach zusammengesackt war, musste er erst mal sicherstellen, dass ihr nichts fehlte.

»Bist du krank?«

»Nein.« Das Wort kam wie eine Kugel aus ihrem Mund geschossen.

»Du bist ohnmächtig geworden.«

Sie massierte sich die Schläfen. »Ich habe Kopfschmerzen. Habe nicht besonders gut geschlafen.« Dann ließ sie die Hände sinken und funkelte ihn wütend an. »Was zum Teufel machst du hier?«

»Izzy –«

»Ich hab dir doch schon gesagt, dass du mich nicht so nennen sollst.«

Andrew wollte einatmen, aber irgendwie gelang es ihm nicht.

»Ich bin hier, um mich bei dir zu entschuldigen.«

Sie blinzelte einmal, zweimal, wie um herauszufinden, ob er irgendetwas im Schilde führte. »Okay.«

Diese Reaktion verblüffte ihn. Das konnte doch nicht alles sein, oder?

Aber Isabel hatte bereits ihre Beine über die Bettkante ihm gegenüber geschwungen, um aufzustehen. Er streckte eine Hand aus, um sie daran zu hindern.

»Nein, warte.«

Er blickte auf seine Hand an ihrem Arm hinab, spürte wieder dieses Knistern, das schon früher immer zwischen ihnen bestanden hatte. Er wusste, eigentlich sollte er seine Hand wegnehmen, aber er konnte nicht. Dafür hatte er viel zu lange darauf gewartet, sie wieder berühren zu dürfen.

»Bitte. Ich muss mir das von der Seele reden.«

Schwer atmend schüttelte sie seine Hand ab.

»Na gut.« Sie rückte noch ein Stück von ihm ab. »Leg los.«

Er fand es schier unerträglich, sie so unvorbereitet für sich gewinnen zu müssen.

»Ich habe Mist gebaut, Isabel. Mir ist klar, dass du das bereits weißt, aber ich wollte, dass du es endlich aus meinem Mund hörst. Ich weiß auch nicht, was da vor dreißig Jahren passiert ist, warum ich mich in dieser Nacht betrunken habe und dann …«

»Dann hast du es mit einer anderen Frau getrieben«, beendete sie den Satz für ihn. »Sie geschwängert und geheiratet.«

Er versteifte sich. »Ich habe nur dich geliebt. Immer nur dich.«

»Daran hättest du denken sollen, bevor du mit ihr ins Bett gegangen bist.«

»Ich war ein dummer Junge. Mir kamen die Hormone zu den Ohren raus. Ich wusste überhaupt nicht, wie ich damit umgehen sollte.«

»Ach ja?«, fragte sie herausfordernd. »Eine bessere Ausrede ist dir in den letzten dreißig Jahren nicht eingefallen? Nichts Interessanteres, als dass du schlimm dran warst, weil ich noch nicht bereit für Sex war? Das ist bedauerlich, Andrew. Wirklich ein Jammer.«

»Ich schwöre dir, wenn ich gewusst hätte, wie es unser aller Leben auf den Kopf stellen wird – dass alles so kommen würde –, dann hätte ich das niemals getan!«

»Du verstehst es immer noch nicht, oder? Du glaubst wirklich, das mit uns sei nur deswegen auseinandergegangen, weil du sie geschwängert hast, habe ich recht? Weil du das Richtige getan und sie geheiratet hast? Meinst du im Ernst, dass ich dir einfach so verziehen hätte, wenn diese eine Nacht keine Konsequenzen gehabt hätte?«

Außer sich vor Wut hatte Isabel sich im Bett aufgerichtet und kniete jetzt vor Andrew.

»Tja, da hast du dich getäuscht. Du hast mein Vertrauen gebrochen, Andrew. Ich hätte dir das niemals verziehen, auch wenn es kein Baby gegeben hätte.«

Hilflos musste er mit ansehen, wie sie aufstand und in ihrem begehbaren Kleiderschrank verschwand, aus dem sie mit einem Stapel Briefe zurückkam. Sie drückte sie ihm in die Hand.

»Hier. Die gehören dir.« Sie zeigte zur Tür. »Und jetzt verschwinde!«

Als er nach unten blickte, erkannte er das Päckchen sofort als die Briefe wieder, die Isabel ihm damals geschrieben hatte. Er hatte sie in seiner Kommode in *Poplar Cove* aufbewahrt. Andrew war verzweifelt. So konnten sie doch nicht auseinandergehen. Dafür hatte er viel zu lange darauf gewartet, endlich wieder bei ihr zu sein.

»Erinnerst du dich denn nicht mehr daran, wie es zwischen uns war, Izzy? Weißt du nicht mehr, dass wir alles hinter uns lassen und in einem von mir gebauten Boot um die ganze Welt segeln wollten? Kannst du dich nicht daran erinnern, wie sehr du mich geliebt hast?«

»Ich höre immer nur ›mir‹ und ›mich‹!«

Während sie ihm das entgegenschrie, durchquerte sie das Zimmer und hämmerte mit den Fäusten gegen seine Brust. Er musste nach ihren Schultern greifen, damit sie nicht beide umfielen.

»Alles, was du bis jetzt zu mir gesagt hast, drehte sich ausschließlich um dich. Wie schlimm das alles für *dich* war. Wie dringend *du* meine Vergebung brauchst. Wie sehr *du* dich verändert hast. Dass diese Briefe beweisen würden, wie sehr ich *dich* geliebt habe.«

»Izzy, es tut mir leid. Ich wollte doch nicht –«

»Nein! Schluss jetzt!« Sie wirbelte herum. »Ich will nichts

weiter hören. Glaubst du vielleicht, mich damit beeindrucken zu können, dass du mich mehr geliebt hast als deine eigene Frau?«

»Sie ist inzwischen meine Exfrau.«

»Natürlich ist sie das!« Isabel ließ ein verächtliches Schnaufen hören. »Auch wenn du es nicht zu verstehen scheinst – ein richtiger Mann hätte sich seiner Verantwortung gestellt und versucht, das Beste daraus zu machen. Er hätte sich mit Leib und Seele seiner Frau und den Kindern verschrieben, um verdammt noch mal auch noch die letzte Erinnerung an das Mädchen zu vertreiben, das er zurückgelassen hat.«

Ihre Worte trafen genau ins Schwarze. Er hatte versucht, dieser Mann zu sein, sich ganz seiner Familie zu widmen, aber es war ihm mit jedem Jahr schwerer gefallen, bis er irgendwann einfach aufgegeben hatte.

»Wie wäre es mit folgendem Fazit für unser kleines spontanes Wiedersehen: Du hast dich wie ein verfluchter Scheißkerl verhalten. Bist fremdgegangen. Hast es vermasselt. Damit sind wir alle irgendwie fertig geworden. Also, von mir aus sage ich dir gerne, was du so dringend von mir hören willst, wenn du dich danach besser fühlst und bereit bist, wieder aus meinem Leben zu verschwinden: Ja, ich vergebe dir. Wenn ich ganz ehrlich sein soll, bist du mir sogar egal, du und deine Midlife-Crisis, oder was auch immer dich hierher getrieben hat. Ich habe mir hier in Blue Mountain Lake ein wunderbares Leben aufgebaut, ganz alleine. Und das Letzte, was ich gebrauchen kann, ist jemand, der sich da reindrängt.«

Sie brach ab und holte ein paarmal zitternd Luft, dann presste sie die Hände vor der Brust zusammen.

»Wenn wir also jetzt mit allem durch sind, würde ich es begrüßen, wenn du gehst.«

»Ich werde gehen«, sagte er leise, obwohl sein Herz raste, weil er so erschüttert darüber war, wie sehr sie ihn verabscheute. »Ich lasse dich gleich in Ruhe. Aber es gibt noch etwas, das ich dir vorher gerne sagen würde.«

Sie sah ihn mit eiskaltem Blick an, während er fortfuhr. »Es tut mir wirklich aufrichtig leid, wie ich mich verhalten habe. Wenn ich die Vergangenheit ändern könnte, würde ich es tun. Aber du hast recht, ich bin nie über dich hinweggekommen. Dreißig Jahre lang habe ich dich vermisst, Isabel, dich dreißig Jahre lang geliebt – auch wenn du meinst, dass mich das zu einem schlechten Menschen macht. Und egal, ob du meine Gefühle erwiderst oder nicht, ich werde dich auch die nächsten dreißig Jahre genauso lieben.«

Mit Tränen in den Augen ging er hinaus – der Inbegriff eines gebrochenen, alternden Mannes. Als er auf halbem Weg die Treppe hinunter war, kam ihm Ginger entgegen. Sie erschreckte sich so sehr, dass ihr ein leiser Aufschrei entfuhr.

»Oh! Ich hatte nicht erwartet, Ihnen hier zu begegnen. Ich bin nur vorbeigekommen, um nach Isabel zu –«

Als sie nicht weitersprach, war ihm gleich klar, dass sie ihm angesehen hatte, wie elend ihm zumute war. Wahrscheinlich waren ihr auch seine feucht schimmernden Augen nicht entgangen.

Ginger legte ihm eine Hand auf den Arm. »Haben Sie Isabel heute zum ersten Mal wiedergesehen, seit –?«

Herr im Himmel, sogar Connors Freundin wusste also bereits alles darüber, was für ein Arschloch sein Vater war.

»Sie ist oben«, war alles, was er herausbrachte. »Bitte, kümmern Sie sich um sie. Für mich.«

»Was ist da gerade geschehen?«

Als Ginger zur Tür hereingestürmt kam, stand Isabel immer noch an genau derselben Stelle wie eben.

»Was hatte Andrew hier zu suchen?«, fragte Ginger. »Und warum war er kurz davor, in Tränen auszubrechen?«

»Er hätte beinahe geweint?«

»Ja.«

Erschrocken bemerkte Isabel, wie schnell sich ihre Wut in Schmerz verwandelte. Es wäre so viel einfacher, wenn sie sich weiterhin an ihren Zorn klammern könnte. Sich darin einhüllen wie in eine Rüstung.

Es hieß doch immer, die Zeit heile alle Wunden.

Und nicht, dass sie sie noch verschlimmerte.

17

Nachdem Ginger Isabel mit ein paar Kopfschmerztabletten ins Bett gesteckt hatte, machte sie sich auf den Weg zurück nach *Poplar Cove*. Was sie da gerade mit angesehen hatte, hatte ihr stark zugesetzt.

Andrew und Isabel hatten sich offensichtlich einmal sehr geliebt. Und dann hatte einer von ihnen einen Fehler gemacht, der so schwerwiegend war, dass sie dadurch auseinandergerissen wurden. Bis jetzt war Ginger immer davon ausgegangen, dass dreißig Jahre ausreichen würden, um über eine verlorene Liebe hinwegzukommen. Nun wusste sie, wie falsch sie damit gelegen hatte.

Ihre Gedanken kehrten zu Connor und ihren Gefühlen für ihn zurück. Sie wusste nicht, in welche Richtung sich diese Liebe entwickeln würde und ob er überhaupt jemals in der Lage sein würde, ihre Gefühle zu erwidern. Wie würde sie sich in dreißig Jahren fühlen, wenn es nicht so wäre?

Würde sie daran zerbrechen, so wie Andrew und Isabel?

Als sie in die Hütte kam, war Connor gerade dabei, die Holzstämme mit Sandpapier abzuschleifen. Ihr Herz machte einen Sprung, und sie sah kurz dabei zu, wie er mit einem gleichmäßigen Ratsch-ratsch-ratsch das alte Holz abschmirgelte, um darunter verstecktes, neues Leben freizulegen.

Dann ging sie schnurstracks auf ihn zu, zog ihn von dem Stamm weg und drückte ihn fest an sich. Sie küsste ihn so leidenschaftlich, als wären sie wochenlang getrennt gewesen und nicht nur für ein paar Stunden. Jeder einzelne Augenblick mit ihm war so kostbar. Sie würde nicht eine Sekunde davon für selbstverständlich halten. Erst recht nicht, nachdem sie gerade erlebt hatte, wie vergänglich dieses Glück war.

Dass sich alles von einer Sekunde auf die andere ändern konnte.

Eigentlich sollte sie ihn jetzt loslassen, ihn weiterarbeiten lassen, aber es gelang ihr nicht. Noch nicht. Mit einer Hand fuhr sie ihm durch das Haar und strich ihm über die Stirn.

»Kannst du kurz Pause machen?«

Er lächelte nicht, ließ einfach seine Hand in ihre gleiten, damit sie ihn nach oben ins Schlafzimmer führen konnte. Sie hatte ihren Raum ganz ungeniert mädchenhaft und farbenfroh eingerichtet, und doch passte er so gut hinein, geradezu perfekt. Er war das fehlende Puzzleteil, die ausgleichende männliche Kraft, deren Abwesenheit sie bislang nie bemerkt hatte.

Mit beiden Händen fuhr sie unter sein T-Shirt, ließ sie über seine muskulöse Brust gleiten und zog dann den Saum des Shirts hoch, um ihren Berührungen Küsse folgen zu lassen.

»Ginger«, sagte er mit belegter Stimme, »hast du überhaupt eine Vorstellung davon, was du mit mir anstellst? Wie sehr ich dich begehre, sobald du nur das Zimmer betrittst?«

Nachdem sie ihm das T-Shirt über den Kopf gezogen hatte, legte sie eine Wange an seine nackte Brust, um auf seinen Herzschlag zu lauschen. »Wenn es sich auch nur ein kleines bisschen so anfühlt, wie das, was in mir vorgeht«, sagte sie an seine Haut geschmiegt, »dann weiß ich ganz genau, wie es dir geht.«

Er griff ihr ins Haar, während Gingers Hände zu seiner Jeans hinabglitten. Sie hob ihm den Mund zum Kuss entgegen. Dann öffnete sie erst den Knopf seiner Jeans und den Reißverschluss und zog sie ihm schließlich über die Hüften, bis sie zu Boden fiel. Dabei berührte sie seine Erektion in den Boxershorts und rieb mit den Fingern über den dünnen Stoff. Ihr Kuss wurde leidenschaftlicher, und in dem Moment, als sich ihre Zungen trafen, umschloss ihre Hand ihn ganz.

Doch er löste ihre Finger wieder.

»Nicht so.« Nachdem er ihr ebenfalls die Hose und den Slip ausgezogen hatte, zog er sie auf den Bettvorleger hinab. »Sondern so.«

Und dann drang er in sie ein, schob seine Hüften zwischen ihre Schenkel, bis er tief in ihr erbebte.

In seinen dunklen Augen lag unbändiges Verlangen, doch er hielt ganz still, während er sich über ihr abstützte.

»Meine liebste Ginger«, flüsterte er und gab ihr einen sanften, zärtlichen Kuss. »Ich –«

Mehr sagte er nicht, aber das war auch gar nicht nötig. Sie konnte spüren, was in ihm vorging – was er für sie empfand. Sie fand die Antwort in seinem Kuss, sah es daran, wie behutsam er sie berührte, obwohl er das bereits für grob hielt.

»Ich weiß«, antwortete sie, und dann ließen sie sich gemeinsam emportragen, während sie sich weiterküssten. Anschließend fühlte sie sich so vollkommen, wie sie da unter ihm auf dem Bettvorleger lag, dass sie sich einhundertprozentig sicher war, dass er sie liebte, auch wenn er die Worte niemals laut aussprechen würde. Zumindest in diesem Moment auf dem Schlafzimmerboden hatte er genau dasselbe gefühlt wie sie.

Als sie später gemeinsam auf der Veranda zu Abend aßen, konnte sie sich nicht länger zurückhalten. »Wie ist es mit deinem Vater gelaufen?«, fragte sie ihn.

»Er will bei der Renovierung mithelfen.«

»Tatsächlich? Hat er dir keinen weiteren Grund genannt, warum er hergekommen ist?«

Connor schwieg einen Moment lang. »Sam hat ihn angerufen und ihm die Neuigkeit mitgeteilt. Er hat sich Sorgen gemacht.«

Die Neuigkeit. So bezeichnete er also den Anruf, der sein ganzes Leben verändert hatte.

»Und was hast du ihm gesagt?«

Connor griff nach seinem Bier und nahm erst einmal einen kräftigen Schluck, bevor er antwortete. »Was ich bereits allen anderen gesagt habe.«

»Dass es dir gut geht.«

»Jepp.«

Ginger gab sich Mühe, ihre Zunge im Zaum zu halten. Aber nach dem, was vorhin zwischen ihnen gewesen war, fühlte sie sich ihm so stark verbunden und auch irgendwie für ihn verantwortlich, dass sie es einfach nicht mehr ertragen konnte, sich die ewig gleiche Lüge anzuhören.

»Hast du denn irgendjemanden davon überzeugen können?«

»Sag das noch mal.«

Es klang unfreundlich. Streng. Aber sie würde nicht klein beigeben. Dieses Mal nicht.

»Du behauptest die ganze Zeit, es ginge dir gut. Aber wir wissen doch beide, dass das nicht stimmt. Gar nichts ist gut. Das kann es auch gar nicht sein. Schließlich wurde dir dein Lebensinhalt genommen.«

»Herrgott noch mal!«, fluchte Connor und knallte die Flasche so energisch auf den Tisch, dass ein Sprung im Glas entstand. »Was um alles in der Welt habt ihr nur alle? Man könnte meinen, es sei ein Verbrechen, die Dinge positiv zu sehen. Ist es nicht das, was von mir erwartet wird? Jetzt, da ich nicht länger Feuerwehrmann bin, kann ich schließlich tun und lassen, was ich will. Nun, da nicht mehr jede Sekunde meines Lebens vom Feuer bestimmt wird, steht mir doch die ganze verfluchte Welt offen.«

»Ja, Connor. Das ist ja alles richtig. Aber das heißt nicht, dass du die Wut und die Trauer, die zu so einem Prozess dazugehören, einfach überspringen kannst. Du musst endlich mal deine Gefühle rauslassen, wenn auch nur für fünf Minuten.«

»Verstehst du denn nicht?« Er schob seinen Stuhl zurück. »Ich könnte die ganze Welt bereisen, mir die gottverdammten sieben Weltwunder ansehen. Einfach immer in Bewegung bleiben, so lange, bis ich das Gefühl habe, endlich neu anfangen zu können.«

»Aber das willst du doch gar nicht.« Sie ließ nicht locker.

»Woher zum Teufel willst du denn wissen, was ich will?«

Auch Ginger schob jetzt ihren Stuhl zurück, umrundete den Tisch und griff nach Connors Hand. »Weil ich dich kenne. Ich weiß, wer du wirklich bist. Und ich will dir helfen. Bitte lass mich dir helfen, Connor.«

»Schön. Du willst mir helfen? Ich werde dir ganz genau zeigen, wie du mir helfen kannst. Die einzige Art, wie du mir helfen kannst.«

Er drehte sie herum und presste sie gegen die Wand der Veranda, direkt an den Stamm hinter ihnen. Dabei hielt er ihre Handgelenke fest umklammert und führte sie über ihren Kopf. Überrascht stieß sie ein Keuchen aus, weil er sie mit dieser groben Geste vollkommen überrumpelt hatte.

»Ich weiß genau, dass du das nicht so meinst«, gab sie zurück, dann versank sie in seinem Kuss, der so ungestüm war, dass sie kurz darauf Blut schmeckte. Sie war sich nicht sicher, ob es ihr eigenes war oder seines, doch die verstörende Wahrheit war, es spielte keine Rolle, wenn er sie nur weiter so küsste. Das war alles, was sie wollte, seine Zunge auf ihrer spüren und seinen Atem trinken.

Doch bereits einen Augenblick später entzog er sich ihr, verstärkte seinen Griff um ihre Handgelenke so sehr, dass sie schmerzerfüllt aufschrie. Der Zorn, der von ihm Besitz ergriffen hatte, schien förmlich von seinem Körper abzustrahlen. Fast hatte Ginger den Eindruck, seine Wut noch weiter angefacht zu haben, indem sie nicht vor ihm geflohen war.

Er schob seinen Oberschenkel zwischen ihre Beine. Dabei war er so unbeherrscht, dass sie es plötzlich mit der Angst zu tun bekam. Doch als sie versuchte, sich seinem eisernen Griff zu entwinden, hielt er sie nur noch stärker fest.

»Rede mit mir, Connor«, flehte sie ihn an.

»Du denkst, du weißt, was ich will«, sagte er barsch, und sein Tonfall schien so gar nicht zu den sanft ans Ufer plätschernden Wellen passen zu wollen. »Aber du täuschst dich. Das hier ist es, was ich will. Alles, was ich will.«

Er löste eine Hand von ihrem Handgelenk, doch anstatt Ginger ganz freizugeben, riss er ihr mit einer einzigen schnellen Bewegung das dünne Sommerkleidchen vom Körper.

Es war so dunkel, dass sie nicht genau erkennen konnte, was für ein Ausdruck in seinen Augen lag. Sie sah nur die Schatten, die seine Wangenknochen warfen – seine wunderschön geschnittenen Gesichtszüge. Es ging alles viel zu schnell, als dass sie die richtigen Worte hätte finden können, um ihn aufzuhalten – zu schnell, um überhaupt darüber nachdenken zu können, ob es das war, was sie wollte –, sie spürte eine Hand, die ihre Brust umfasste, und während er sie gröber als sonst knetete, fühlte sie die intensive Hitze, die er immer ausstrahlte.

Ihr Körper reagierte sofort auf seine Berührungen, öffnete sich ihm, wurde so feucht, dass die Nässe durch ihr Höschen bis auf seinen Schenkel drang.

»Connor«, stöhnte sie, während sie sich unwillkürlich an ihm zu reiben begann, weil sie sich nach dem erlösenden Genuss sehnte, den seine Arme ihr versprachen, auch jetzt noch. Und dann war seine Hand zwischen ihren Beinen.

Sofort schob sie ihm die Hüften entgegen, damit seine Finger sie leichter fanden, sogar als er zwei Finger auf einmal in sie hineinstieß, antwortete sie wie immer auf seine Berührungen. Doch dabei beschlich sie das ungute Gefühl, irgendwo zwischen der Realität und einem Albtraum gefangen zu sein. Wie damals in der Nacht, als sie in sein Zimmer gestolpert war und er sie unvermittelt fest gepackt hatte.

Doch im nächsten Moment war ihre Angst wieder verschwunden. Denn sie vertraute selbst jetzt noch darauf, dass er ihr niemals absichtlich wehtun würde, auch nicht in diesem aufgewühlten Zustand.

Was hatte sie von jemandem wie Connor zu befürchten, der doch im Grunde seines Herzens heldenhafter und anständiger war als jeder andere Mann, den sie kennengelernt hatte?

Sie müsste nur ein Wort sagen, dann würde er sofort von ihr ablassen.

Nur wollte sie gar nicht, dass er das tat.

»So bin ich jetzt«, sagte er stockend, während er mit dem Mund ihren Hals entlangwanderte, sie biss und an ihrer Haut saugte. Er gab ihre Handgelenke frei, um sich ihren Brüsten widmen zu können. Wie er die aufgerichteten Brustspitzen zwischen den Fingern hin und her rollte, machte sie derart verrückt, dass sie vor Lust aufkeuchte. »Das ist aus mir geworden. Und jetzt, nachdem du mein wahres Gesicht gesehen hast, liegt es an dir, dich zu entscheiden.«

»Du kannst noch hundertmal versuchen, mich davon zu überzeugen«, stieß sie atemlos hervor, »aber ich werde dir das trotzdem niemals glauben.«

Doch ihre Worte schienen ihn kein bisschen zu beruhigen, im Gegenteil, er stieß seine Finger nur noch wilder in sie hinein, massierte mit dem Daumen ihr Lustzentrum und presste die andere Hand auf ihre Brüste. Dann wurde sie von einem Beben erfasst, das ihren ganzen Körper erschütterte. Mit geschlossenen Augen sank Ginger gegen den Holzstamm in ihrem Rücken, während sich die Muskeln in ihrem Inneren um seinen Finger schlossen.

Ihr Orgasmus schien gar nicht mehr enden zu wollen, und dabei hörte sie ihn an ihrem Ohr flüstern: »Du hast die Wahl, Baby. Nimm mich, so wie ich bin. Oder lass mich verdammt noch mal in Ruhe.«

Durch den Schleier ihres Begehrens hindurch konnte sie trotzdem noch erkennen, was er vorhatte; dass er Sex als Waffe einsetzte. Er wollte sie damit brechen, sie bis an ihre Grenzen bringen, um auszutesten, ob er sie so von sich wegtreiben konnte.

Und vielleicht wäre es ihm auch gelungen, wenn sie nicht schon so viele Jahre vor allem davongerannt wäre, wenn sie es nicht so verflucht leid wäre, sich im Kreis zu drehen und nie irgendwohin zu gelangen. Dann hätte er sie mit seinem Verhalten vielleicht verschrecken können.

Hatte er denn immer noch nicht begriffen, dass sie längst eine Wahl getroffen hatte? Dass sie sich immer wieder für ihn entscheiden würde? Nicht nur, weil er ihren Körper mit jeder Berührung dazu brachte, in unbekannte Höhen emporzusteigen, sondern weil sie erkannt hatte, dass die Liebe zu Connor, die sie im Herzen trug, das wahrhaftigste Gefühl war, das sie jemals empfunden hatte.

Sie hatte nicht vorgehabt, sich ihm auf diese Weise zu offenbaren, gegen eine Wand gepresst, in seiner Hitze und überwältigenden Kraft gefangen – andererseits war ihre Beziehung mit Connor von Anfang an so gewesen.

Stürmisch.

Überraschend.

Beängstigend.

Doch gleichzeitig auch wunderschön und unbeschreiblich kostbar.

»Ich liebe dich, Connor.«

Sich selbst und ihm gegenüber ihre Gefühle einzugestehen, war so wunderbar befreiend, dass Ginger es gleich noch einmal sagen musste.

»Ich liebe dich von ganzem Herzen.«

»Nein.« Seine Augen verdunkelten sich. Verstört schaute er sie an. »Das tust du nicht. Das kannst du nicht.«

»Doch. Ich kann.«

Mit beiden Händen umfasste sie sein Gesicht, um ihn dazu zu bringen, sie anzuschauen. »Wenn es also das ist, was du von mir willst, wenn es das hier ist, was du brauchst, um weiterzumachen, dann nimm dir, was du brauchst. Ich gebe mich dir bedingungslos hin.«

Er schloss die Augen, und in seinem Innern schien ein Kampf zu toben – derselbe Kampf, den er bereits seit zwei Jahren führte.

»Hast du mir zugehört, Connor? Ich habe mich entschieden. Ich gebe mich dir hin. Weil ich dich liebe.«

Und dann entdeckte sie eine Träne unter seinen Wimpern, die eine ganz andere Sprache sprach als seine zusammengebissenen Zähne und der verkrampfte Kiefer. Langsam bahnte sich die Flüssigkeit einen Weg über Connors Wangenknochen hinunter bis zu seinem Mund.

Ginger hob ihre Lippen an seine und schmeckte das Salz.

»Nimm mich, Connor«, flüsterte sie nach dem Kuss. »Ich gehöre dir.«

Die Dunkelheit drohte ihn zu verschlingen, zog ihn immer tiefer hinab. Gingers Worte – *Ich liebe dich, Connor* – wirbelten in seinem Kopf umher, bohrten sich in seine Brust, genau an der hohlen Stelle, wo eigentlich sein Herz sitzen sollte.

Sie konnte ihn unmöglich lieben. Es gab nichts zu lieben. Von ihm war nur noch die äußere Hülle übrig. Eine leere Hülle. Während Connor verzweifelt versuchte, sich wieder an die

Oberfläche zu kämpfen, wurde ihm bewusst, dass dies die größte Herausforderung seines Lebens war – noch Furcht einflößender als das Feuer, das ihm die Haut versengt hatte.

Als sie ihm zärtlich über das Gesicht fuhr, spürte er die Feuchtigkeit an ihren Fingerspitzen. Weder auf dem Berg noch im Krankenhaus hatte er auch nur eine Träne vergossen, nicht einmal nach dem Telefonanruf. Er hatte nicht weinen können, bis er Ginger gegen die Wand gepresst hatte, sie dazu gebracht hatte, sich ihm ganz hinzugeben, bis er sie sagen hörte –

Der Schmerz in seiner Brust war so überwältigend, dass er ihre Hüften noch stärker umklammerte, die Finger in ihrem weichen Körper vergrub.

»Ginger.«

Seine Stimme klang tief bewegt, und als er ihr in die Augen blickte, fand er dort Liebe. Da wusste er, sie mussten damit aufhören. Er sollte sie in Ruhe lassen. Bevor er noch etwas tat, für das er sich niemals selbst vergeben könnte.

Aber alles, was er sagen konnte, war: »Ich kann dich nicht gehen lassen.«

»Das musst du auch nicht, Connor. Das habe ich dir doch schon gesagt.«

Obwohl er sich noch nie derart verzweifelt gegen etwas gewehrt hatte, schien er immer weiter in dieses finstere schwarze Loch im Herzen des Mahlstroms hineingesogen zu werden.

Kein Feuer hatte ihm jemals eine solche Angst eingejagt oder ihn derart überwältigt wie seine Leidenschaft für Ginger. Mit jeder Sekunde, die sie zusammen verbrachten, steigerte sich dieses Begehren noch. Jedes Mal, wenn er sie berührte, traf er auf die stärkste Kraft, der er je begegnet war.

»Ich hätte dich nie anrühren dürfen. Ich hätte dich in Ruhe lassen sollen. Lauf davon, Ginger. So schnell, wie du kannst.«

Er war so leer wie einer dieser vor sich hin rottenden Stämme, deren harte Schale bereits bröckelte, weil sie innen hohl waren.

»Was ich jetzt tun werde, sollte ich eigentlich nicht machen.«

Mehr brachte er nicht über sich. Er konnte nur hoffen, dass sie seine Warnung ernst nehmen und stark genug für sie beide sein würde. Schlau genug, um sie beide zu retten und so schnell zu laufen, wie ihre Füße sie trugen.

Aber sie lief keineswegs vor ihm davon, stieß ihn nicht weg, sondern machte sich an seiner Hose zu schaffen, um sie ihm mit ebenso großer Eile herunterzureißen wie er ihr zuvor das Kleid.

Sein Mund formte die Worte »Nein, Ginger«, auch wenn sein Herz flehte: *Ja. Bitte lass mich jetzt nicht alleine.*

Und als hätte sie dieses unausgesprochene Gebet gehört, antwortete sie: »Ich werde nirgendwohin gehen«, und schlang die Beine um ihn. Mit einer Hand griff sie nach ihrem Höschen, um es zur Seite zu ziehen. Sie ließ ihn in sich hineingleiten und presste ihm die Fersen gegen den Hintern.

»Lass dich einfach gehen«, raunte sie. »Lass einfach alles los.«

Danach schlang sie ihre Beine noch enger um ihn und ritt ihn genauso stürmisch wie er sie, nahm ihn tiefer in sich auf als je zuvor. Doch als er mit einem lauten Brüllen zum Höhepunkt kam, war es ihr Herzschlag an seiner Brust, den er am stärksten spürte.

»Ich werde gleich heute Abend ausziehen.«

Sie hatte immer noch die Beine um ihn geschlungen, die Arme um seinen Hals gelegt, und Schweiß tropfte zwischen ihren halb nackten Körpern auf den Boden. Und er war ein Arschloch, das gerade etwas getan hatte, von dem er nie für möglich gehalten hätte, dass er dazu in der Lage wäre. Er hatte ihr wehgetan, hatte sie vor Schmerz aufschreien hören, als er sie gegen die Wand gedrückt hatte. Aber trotzdem hatte er sie nicht in Ruhe gelassen. Konnte nicht von ihr ablassen.

Abrupt befreite sie sich aus seinem Griff. Schob ihn weg. Da erst sah er die blauen Flecken an ihren Handgelenken, die sogar im spärlichen Licht auf der Veranda gut erkennbar waren.

Blutergüsse. Die er verursacht hatte.

»Ich höre, was du sagst«, gab sie zurück. »Auch die Dinge, die ungesagt bleiben. Ganz besonders die. Aber mir hast du verdammt noch mal nicht zugehört, oder?«

Nur ihr hatte er es zu verdanken, dass er noch nicht vollkommen durchgedreht war, und wie dankte er ihr dafür? Indem er sie ihrer Herrlichkeit beraubte. Sie verletzte.

»Ich habe dir Gewalt angetan, Ginger. Ich habe dich dazu gebracht, mich zu ficken. Hier. Auf diese Weise.«

Ohne ihren Körper an seinem fühlte er sich verloren, ein verlassener Mann auf einer einsamen Insel. Er blickte auf das zerrissene Kleid hinab, das auf dem Boden lag, zog sich mit zitternden Händen die Jeans über die Hüften.

»Ich habe mich wie ein wildes Tier verhalten.«

Ihr entfuhr ein wütendes Schnauben. »Ja, du wolltest unbedingt mit mir *ficken*. Du wolltest das, was zwischen uns ist, in etwas Hässliches, Wertloses verwandeln. Aber das ist dir nicht gelungen. Begreifst du das denn nicht, Connor? Dazu warst du gar nicht in der Lage.«

»Ich habe dich praktisch gezwungen zu kommen. Habe dich mit meinen Berührungen kontrolliert.«

Sie griff nach seinen Händen, legte sich eine Hand auf die Brüste und schob sich die andere zwischen die Beine.

»Glaubst du wirklich, dass du mich so zum Höhepunkt bringen könntest? Indem du deine Hände an mir reibst? Komme ich jetzt gerade? Nein!«

Mit vor Wut geröteten Wangen schob sie seine Hände wieder weg und wirbelte herum.

»Wenn du mir wehgetan hättest, wenn du wirklich versucht

hättest, mir etwas aufzuzwingen, dann hätte ich niemals derart die Kontrolle aufgegeben. Ich bin in dich verliebt, Connor, aber das bedeutet ganz sicher nicht, dass ich nur noch eine Marionette bin, deren Fäden du in der Hand hältst.«

»Deine Handgelenke. Die Blutergüsse stammen von mir.«

Sie hielt abrupt inne und besah sich die Druckstellen. »Ich bekomme eben schnell blaue Flecken«, sagte sie abwehrend und warf ihm einen verärgerten Blick zu. »Hast du überhaupt ein Wort von dem verstanden, was ich dir gerade gesagt habe? Ich liebe dich. Genau so, wie du bist. Ich wünsche mir nur, dass du endlich mit mir redest. Dich mir anvertraust.«

Auch wenn er sich Mühe gab zu begreifen, was sie ihm da sagte, was sie ihm anbot, hatte es doch bereits bei ihm ausgesetzt, sobald sie das Wort Liebe erwähnt hatte. Das war wie ein Hieb in die Magengrube, denn es gab nur eine einzige Sache, die noch schlimmer wäre, als seine Hände zu verlieren, kein Feuerwehrmann mehr sein zu können und seine Identität aufgeben zu müssen.

Ginger zu lieben … und sie ebenfalls zu verlieren.

Nachdem sich alles, was ihm in den letzten dreißig Jahren wichtig gewesen war, in Rauch aufgelöst hatte, war er zu der Überzeugung gelangt, dass ihm alles Gute im Leben früher oder später entgleiten würde.

Das war die einzige Wahrheit, die es für ihn gab. Die einzige Gewissheit, die er noch hatte.

»Ich habe dich nie für einen Feigling gehalten, Connor. Niemals. Aber wenn du heute Abend fortgehst, dann weiß ich, dass du einer bist. Dir selbst magst du vielleicht hunderte Male während eines Brandeinsatzes bewiesen haben, wie mutig du bist. Aber das hier ist die Gelegenheit, mir deine heldenhafte Seite zu zeigen.«

18

Das war eine schreckliche Nacht gewesen.

Andrew kam eigentlich gut mit wenig Schlaf aus – als Prozessanwalt hatte er oft noch spät über Akten gesessen, nur um bei Tagesanbruch aufzustehen und seine Klienten zu verteidigen –, doch heute war er im Schlafzimmer des kleinen Gästehauses aufgewacht, das vom Gasthof des Ortes vermietet wurde, ohne zu wissen, wo oder wer er war. Nachdem er sich eine Tasse Kaffee aufgebrüht hatte, stand er am Fenster und starrte auf den See hinaus.

Am Abend zuvor hatte er stundenlang auf der Veranda des Gästehauses gesessen, das direkt zum Ufer des Blue Mountain Lake hinausging. Rebecca, die hübsche Besitzerin des Gasthofs, hatte seine Kreditkarte geprüft, ihm einen großen, altmodischen Schlüssel überreicht und dann gesagt: »Leider ist unser Restaurant für heute Abend bereits ausgebucht, aber wenn Sie noch hungrig sind, kann ich Ihnen das Diner hier vor Ort empfehlen. Isabel vollbringt wahre Wunder in der Küche.«

Auch wenn er halb verhungert war, würde Isabel sicher nicht besonders erfreut sein, ihn heute Abend dort anzutreffen. Und auch nicht an irgendeinem anderen Abend.

Im Aufenthaltsraum hatte Andrew jedoch bereits das Obst und die Kekse auf der Anrichte stehen sehen. Er hatte mit dem Kopf in die Richtung gedeutet und gesagt: »Danke, aber ich glaube, dieses fürstliche Mahl hier wird mir reichen.«

Rebecca hatte nicht überzeugt gewirkt. »Wissen Sie was«, hatte sie ihm angeboten, »wie wäre es, wenn ich schnell bei unserem Koch vorbeischaue und frage, ob er Ihnen nicht noch eine Kleinigkeit zubereiten kann. Ich würde es dann innerhalb der nächsten Stunde ins Gästehaus bringen lassen.«

Es war gestern das erste Mal gewesen, dass jemand nett zu Andrew war. Aber er gab sich keinerlei Illusionen hin. Sie war nicht deswegen so freundlich, weil er ein so toller Kerl war oder gar ihre Liebenswürdigkeit verdient hätte.

Rebecca kannte ihn einfach nicht.

Und freundlich zu sein war ihr Job.

Danach hatte er lange in einem der Gartenstühle mit den hohen, abgerundeten Rückenlehnen gesessen, wie sie in den Adirondacks weit verbreitet waren, und die Boote auf dem See beobachtet, ohne sie jedoch wirklich wahrzunehmen.

Stattdessen sah er die ganze Nacht lang den hasserfüllten Ausdruck auf dem Gesicht seines Sohnes vor sich und auch den Isabels, als beide ihm vor Augen gehalten hatten, wie sehr er sie verletzt und wo er überall versagt hatte.

In der Hütte konnte er sich jedoch nicht ewig verstecken. Und seltsamerweise fühlte sich Andrew trotz all der Streitigkeiten des vergangenen Tages so, als sei er endlich zu Hause angekommen.

Dreißig Jahre hatte er vermieden, wieder hierher zurückzukommen. Dreißig Jahre lang war er vor seinen Fehlern davongelaufen. Oder zumindest dachte er, er hätte es getan. Blue Mountain Lake hielt einen Teil seiner Seele gefangen, den er nicht einfach so abtun oder gar vergessen konnte.

Andrew war im Sommer zur Welt gekommen, in einem kleinen Krankenhaus keine Stunde von hier entfernt. Ob sein altes Kinderbett wohl noch auf dem Dachboden von *Poplar Cove* stand? Oder hatten seine Eltern es ausrangiert, nachdem Connor ihm entwachsen war? Jeden Sommer seiner Kindheit hatte er mit seiner Familie hier am See verbracht, Oma und Opa eingeschlossen. Er war praktisch am Seeufer aufgewachsen, war

Sommer für Sommer im manchmal kühlen Wasser schwimmen gegangen, hatte gesurft oder Marshmallows über dem Feuer geröstet. Damals hatte er geglaubt, ganz genau zu wissen, wie sich sein weiteres Leben entwickeln würde.

Er hatte vorgehabt, Boote zu bauen. Segelboote, von denen jedes eine Einzelanfertigung sein würde. Um mit einer wunderschönen Frau an seiner Seite um die Welt zu segeln.

Andrew verließ seinen Platz am Fenster, um sich noch eine weitere Tasse Kaffee einzuschenken. Es war zu spät. Er hatte verflucht noch mal zu viel Zeit damit vergeudet, den Märtyrer zu spielen. Während er sich darum bemüht hatte, die falschen Leute zu beeindrucken, waren die besten Jahre seines Lebens vergangen.

Trotzdem hoffte er immer noch inständig, er möge sich irren. Ansonsten wäre es sinnlos, noch länger hierzubleiben oder zu versuchen, Rückgrat zu beweisen und sich mit seinem Sohn zu versöhnen.

Bevor er sich an diese Aufgabe machte, wollte er den Tag jedoch so beginnen, wie er es als Kind immer getan hatte. Indem er kurz im See schwimmen ging. Rasch zog Andrew sich eine Badehose über und lief das leere Seeufer entlang bis zum Steg des Gasthofs. Am Ende des Stegs ließ er sich mit einem lauten Platschen ins Wasser fallen. Er genoss den Adrenalinschub, der durch seine Adern fuhr, als er in das kühle Nass eintauchte.

Als er wieder an die Oberfläche kam, erblickte er Rebecca, die auf der Veranda des Gasthofs stand und ihn beobachtete. Sie lächelte verschämt, weil er sie dabei erwischt hatte, wie sie ihn ansah, winkte einmal kurz und verschwand dann wieder im Gebäude.

Über die Jahre hatte Andrew feststellen können, dass Unzufriedenheit etwas Merkwürdiges an sich hatte: Dadurch, dass er das Gefühl kannte, konnte er es auch bei anderen Menschen erkennen, und zwar besonders gut bei denjenigen, die es am meisten zu verstecken suchten. Etwas im Blick der Gastwirtin, ein bestimmter Zug um den Mund, verriet ihm, dass sie nicht glücklich war. Natürlich ging ihn das überhaupt nichts an. Und doch wusste er schließlich besser als jeder andere, was es hieß, am Ende der Suche nach Glück mit leeren Händen dazustehen.

Nachdem Andrew kurz geduscht und sich rasiert hatte, zog er sich an und schlenderte die Hauptstraße entlang. Der Gasthof mit seinen Gästehäusern befand sich ganz am Anfang des Ortskerns, der insgesamt etwa zwei Straßenzüge umfasste. Isabels Diner war genau am anderen Ende der Straße. Zwar hatte er ihr versprochen, sie nicht weiter zu belästigen, aber das bedeutete ja nicht, dass er sich das Lokal nicht von der anderen Straßenseite aus anschauen konnte, um zu sehen, was sie aus dem Laden gemacht hatte.

Mit klopfendem Herzen und schweißnassen Händen ging er an den kleinen Souvenirläden, dem Eiscafé, dem Buchladen, dem Nähgeschäft und dem öffentlichen Anlegesteg vorbei, von dem aus die Besucher des Ortes historische Bootsfahrten unternahmen. Vereinzelt sah Andrew auch ein paar Büros an der Straße.

Als er bei Isabels Diner ankam, war er erstaunt, wie sehr es sich verändert hatte. In ihrer Kindheit war es ein heruntergekommener Treffpunkt für Jugendliche gewesen. Doch aus der Ferne betrachtet machte es fast den Eindruck, als hätte Isabel den ganzen verfluchten Laden neu hochgezogen. Aber sollte ihn das wirklich überraschen? Selbst als junges Mädchen war sie bereits außergewöhnlich gewesen. Schlau, witzig und talentiert. Hinzu kam, dass sie auch noch so gut aussah, dass es fast wehtat, sie anzusehen.

Sie sah immer noch genauso gut aus.

Und es tat immer noch weh.

Vor dem Lokal hatte sich eine kleine Menschentraube gebildet, und er hörte, wie sich die Leute darüber unterhielten, dass das Diner doch um diese Zeit normalerweise immer geöffnet hätte. Neugierig trat Andrew ein paar Schritte näher. Auf einem handgemalten Schild an der Eingangstür stand: VORÜBERGEHEND GESCHLOSSEN – ÖFFNEN IN KÜRZE.

Dann hörte er Isabel lauthals fluchen.

Bevor er es sich noch anders überlegen konnte, hatte er seine Schritte bereits in die Richtung gelenkt, aus der ihre Stimme gekommen war – zur Rückseite des Diners. Dort fand er sie neben einer offenen Rohrleitung knien, aus der fortwährend Wasser spritzte, das sich langsam über den gesamten Parkplatz ausbreitete. In einer Hand hielt sie eine große Rohrzange.

»Wo ist der Haupthahn?«

Als sie aufblickte, verzog sie erstaunt das Gesicht – doch der Ausdruck wandelte sich in Sekundenschnelle in Verärgerung. »Gleich neben dir. Ich bekomme ihn einfach nicht zu. Hier.«

Sie warf ihm die schwere Zange zu. Er konnte sie gerade noch auffangen, bevor sie ihn zwischen die Augen traf. Zu einem anderen Zeitpunkt hätte er ihr die Befriedigung gerne gegönnt, sich mit einem Werkzeug an ihm abzureagieren – aber jetzt musste er sich erst einmal um ihre Wasserleitung kümmern, bevor auch noch die letzte Reserve aus dem Brunnen abfloss.

Irgendjemand hatte den Absperrhahn mit Farbe überstrichen, sodass Andrew sich mit ganzer Kraft dagegenstemmen musste, um ihn abzudrehen. In diesem Moment war er dankbar für den geradezu fanatischen Ehrgeiz, mit dem er das Fitnessstudio besuchte – ansonsten hätte er jetzt ausgerechnet vor der Frau, die er beeindrucken wollte, wie ein Schwächling dagestanden. Er schraubte den Hahn zu, bis kein einziges Tröpfchen mehr herauskam.

»Danke.«

Auch wenn Isabel das Wort nur widerwillig über die Lippen kam, nahm Andrew ihr das nicht übel – er hatte es nicht anders verdient.

»Gern geschehen.« Er wollte ihr in die Augen schauen, ihr zeigen, wie wichtig es ihm war, dass sie ihm verzieh, aber sie weigerte sich, ihn anzusehen. »Ich könnte rüber in den Laden gehen und dir ein neues Rohr besorgen, falls das irgendwie weiterhilft.«

»Das ist nicht der erste Rohrbruch, den wir hier haben. Der Klempner hat mir Ersatzrohre dagelassen.«

»Soll ich die für dich montieren?«

»Nein danke«, sagte sie über die Schulter hinweg, während sie durch den Hintereingang wieder ins Diner ging. »Nachdem ich beim letzten Mal zugesehen habe, werde ich das auch gut alleine hinbekommen.«

So einfach würde Andrew sich nicht geschlagen geben. Er weigerte sich einfach zu glauben, dass das, was gestern Abend geschehen war, das Ende ihrer gemeinsamen Geschichte sein sollte.

»Vor dem Eingang hat sich schon eine lange Schlange gebildet. Die warten alle auf dein Essen. Ich bekomme das mit dem Wasser wieder hin, versprochen.«

Bei dem Wort »versprochen« verengten sich ihre Augen zu schmalen Schlitzen. Verdammt, er hätte sich anders ausdrücken sollen.

»Bitte, Izzy, lass mich dir helfen.«

»Isabel!« Die Tür knallte hinter ihr ins Schloss.

Warum konnte er nicht ein einziges Mal das Richtige sagen?

Aber dann öffnete sich die Tür plötzlich wieder, und Isabel ließ eine Plastiktüte vor seine Füße fallen. »Wehe, du vermasselst es.«

Als die Tür erneut zugeschlagen wurde, konnte er sich ein Lächeln nicht verkneifen. Es war zwar keine große Sache, dass sie ihn ein Rohr einsetzen ließ, aber immerhin besser als nichts.

Ein Schritt in die richtige Richtung. Und verdammt viel besser, als vom Grundstück verwiesen zu werden.

Er würde nehmen, was er kriegen konnte, und dann weitersehen.

In diesem Moment bog ein Wagen auf den Parkplatz. Andrew erkannte Ginger, als sie ausstieg, und hätte sich am liebsten sofort in irgendeinem Mäuseloch verkrochen. Es war ihm äußerst unangenehm, dass sie ihn gestern bei Isabel gesehen hatte, als er beinahe in Tränen ausgebrochen wäre. Aber weglaufen oder sich verstecken wäre genau das, was er früher gemacht hätte.

Und sein bisheriges Verhalten hatte ihn nirgendwohin gebracht. Es wurde also Zeit, diese immer gleichen zerstörerischen Muster zu durchbrechen, indem er etwas Neues tat.

Also wünschte er ihr einen guten Morgen, sobald sie in Hörweite kam.

Ginger fuhr zusammen. »Sie haben mich vielleicht erschreckt.«

»Tut mir leid. Ich helfe nur gerade Isabel dabei, ein paar kaputte Rohre auszuwechseln.«

Offensichtlich verwirrt zog sie die Stirn kraus. »Ach, das ist wirklich nett von Ihnen.«

Andrew fielen die dunklen Schatten unter ihren Augen auf und wie stark ihre Lider geschwollen waren. Es wäre am einfachsten, so zu tun, als hätte er es nicht bemerkt. Aber dann erinnerte er sich daran, wie sie sich ihm gegenüber verhalten hatte, als sie sich in Isabels Haus über den Weg gelaufen waren.

»Ist alles in Ordnung?«

Bislang hatte Ginger auf Andrew immer einen robusten Eindruck gemacht. Stark. An diesem Morgen jedoch wirkte sie resigniert, so wie jemand, der gerade das Handtuch geworfen hatte.

Sie atmete tief durch und schüttelte den Kopf. »Nein. Aber das wird schon wieder.« Sie nickte in Richtung Diner. »Ich werd mal besser reingehen.«

Warum ließ sie sich bloß von Andrew helfen?, wunderte sich Isabel. Sie hätte das Rohr auch gut selbst reparieren können. Und doch hatten sich ihre Füße selbstständig gemacht und sie in die Küche getragen. Dann hatten ihre Hände nach der Tüte mit den Ersatzrohren gegriffen und sie ihm gegeben.

Trotzdem hatte sie ihn gestern nicht angelogen. Sie würde ihm keinesfalls vergeben.

Auch wenn er das gesamte Rohrsystem ihres Restaurants erneuern würde.

Ihr Frittierkoch kam aus dem Gastraum, wo er gerade seine allmorgendliche Cola hinuntergestürzt hatte. »Die Leute sind kurz davor, einen Aufstand anzuzetteln. Kann ich sie jetzt endlich reinlassen?«

Isabel nickte und kurz darauf strömten unzählige dankbare Gesichter in den Laden, um ihre gewohnten Frühstücksplätze einzunehmen. Auch wenn Isabels vernünftige Seite sich darüber im Klaren war, dass ihre Gäste dankbar wären, wenn sie Wasser hätte, um ihnen Kaffee und Essen kochen zu können, so hoffte ihre irrationale Seite dennoch, dass Andrew es nicht hinbekommen würde. Er war bereits als junger Mann handwerklich begabt gewesen. Autos, Rohre, er konnte einfach alles reparieren. Nur ein einziges Mal würde sie ihn gerne scheitern sehen.

Aber als sie ein paar Minuten später kurz vergessen hatte, dass es gerade kein fließend Wasser gab, und den Hahn aufdrehte, lief alles wieder einwandfrei.

Andrew hatte es also geschafft. War wie ein Ritter in glänzender Rüstung hier aufgetaucht, um die Jungfrau in Nöten zu retten.

Der verdammte Mistkerl.

Als die Bestellungen aufgegeben wurden, war bald jede freie Herdplatte besetzt und Isabel so beschäftigt, dass eigentlich kein Raum mehr für irgendwelche anderen Gedanken war. Trotzdem blieb sie auf der Hut, denn sie rechnete jeden Moment damit, dass Andrew triumphierend durch die Hintertür hereinkommen würde, um sich ein Dankeschön von ihr abzuholen. Wahrscheinlich ging er sogar davon aus, damit wäre alles vergeben und vergessen.

Doch als die Frühstücksschicht in die Mittagszeit überging, war er immer noch nicht aufgetaucht. Mitten im Hochbetrieb klingelte ihr Bürotelefon. Scott nahm ab und reichte ihr den Hörer weiter, obwohl Isabel gerade überhaupt nicht danach war, zu irgendjemandem freundlich zu sein.

»*Blue Mountain Lake Diner*. Isabel hier.«

»Ach, wunderbar. Ich bin so froh, dass ich Sie erreicht habe. Mein Name ist Dianna Kelley, hoffentlich können Sie mir weiterhelfen. Der Cateringservice für unsere Hochzeit hat mir gerade abgesagt, und nachdem ich mich ein wenig umgehört habe, habe ich erfahren, dass Sie eine hervorragende Köchin sind.«

»Eigentlich richte ich keine Hochzeiten aus«, sagte Isabel kurz angebunden, obwohl das sonst gar nicht ihre Art war. »Wann soll sie denn stattfinden?«

»Am einunddreißigsten Juli.«

Das war derselbe Tag, an dem Andrews Sohn heiraten wollte. Sie ließ sich in den Bürostuhl fallen. »Haben Sie Familie hier am See?«, hakte sie nach.

»Nein, aber mein Verlobter hat in seiner Kindheit jeden Sommer dort verbracht. Vielleicht kennen Sie ja das Ferienhaus? *Poplar Cove*. Mir ist klar, dass meine Anfrage sehr kurzfristig ist, und ich hätte vollstes Verständnis, wenn Sie unseren Auftrag nicht annehmen können, aber Sam und ich würden uns wirklich sehr freuen, wenn Sie wenigstens darüber nachdenken würden.«

Somit hatte sie Isabel ein Hintertürchen offengelassen. *Tut mir sehr leid, aber ich habe zu viel zu tun, es wird mir also lei-*

der nicht möglich sein. Warum konnte sie dann nicht einfach ablehnen und auflegen?

Die Antwort traf sie wie ein Schlag – weil sie eben kein Feigling war. Sie würde nicht kneifen. Stattdessen war Isabel bereit, sich ihren Ängsten zu stellen. Und sie würde sie besiegen, verflucht noch mal.

Kurz darauf hatten sie bereits erste Details besprochen. Isabel würde Speisen und Getränke für die Hochzeit von Andrews Sohn liefern.

19

Connor hatte stets von allen Seiten zu hören bekommen, wie mutig er sei. Und er hatte es gerne geglaubt. Schließlich hatte er Dinge geleistet, zu denen niemand sonst imstande gewesen wäre, sich nahezu unüberwindbaren Gefahren gestellt, und war dennoch jedes Mal mit einem Lächeln auf den Lippen aus den Ereignissen hervorgegangen. Er hatte immer nur Glück im Leben gehabt. War von einem Erfolgserlebnis zum nächsten weitergezogen.

Damit war es nach dem Feuer in der *Desolation Wilderness* vorbei gewesen, so viel stand fest. Damals war er zum ersten Mal mit seiner eigenen Sterblichkeit in Berührung gekommen. Hatte einsehen müssen, dass er kein Superheld war. Trotzdem war Connor immer davon ausgegangen – sogar felsenfest überzeugt gewesen –, dass alles wie früher sein würde, sobald er seine Arbeit wieder aufnahm. Dass er vor nichts Angst haben würde. Immer noch unbesiegbar wäre. Und wenn es hart auf hart käme, jederzeit fähig, die richtigen Entscheidungen zu treffen.

Mit dem Anruf der Forstbehörde hatte dieses Bild von sich selbst jedoch einen Riss bekommen. Aber erst als er Ginger »Ich liebe dich« sagen hörte, war endgültig alles zusammengebrochen.

Denn wenn er ehrlich war, hatte er sich noch niemals etwas so sehr gewünscht oder einen anderen Menschen so sehr gebraucht wie Ginger. Noch nie hatte ihn etwas dermaßen beherrscht, etwas, das außerhalb seiner Kontrolle lag. Sogar ein Feuer folgte gewissen Regeln. Sicher, es konnte einen auch mal überraschen, aber meistens bekam man nur dann einen Denkzettel verpasst, wenn man eine gewisse Grenze überschritt und sich zu weit vorwagte.

Seine Gefühle für Ginger hingegen waren grenzenlos.

Und genau deshalb hatte er versucht, seine Empfindungen mit hartem Sex auszulöschen. Sie von sich weg zu treiben. Doch als ihm das nicht gelungen war, hatte er genau das getan, wovor er sich die ganze Zeit gefürchtet hatte, weil er es hatte kommen sehen.

Er hatte sie verletzt.

»Warum bist du nicht nach oben gekommen?«, hatte sie ihn heute Morgen gefragt, nachdem sie die Treppen zum Wohnzimmer hinuntergestiegen war.

Er hatte sich auf der Couch im Wohnzimmer aufgerichtet und war überwältigt von ihrem Anblick gewesen. Im schwachen Licht der aufgehenden Sonne, das durch die Fenster hereinfiel, war sie wunderschön gewesen.

So verdammt schön.

»Weil ich mir in deiner Nähe nicht über den Weg traue.«

Jedenfalls seit dem gestrigen Abend nicht mehr. An dem sie ihm trotz allem gesagt hatte, dass sie ihn liebte. In dem Moment, als er es am wenigsten verdient gehabt hatte.

Er stand auf. »Ich kann einfach nicht riskieren, dich noch einmal zu verletzen«, sagte er. »Du bist der letzte Mensch auf der Welt, dem ich wehtun möchte.«

Sie war auf ihn zugegangen, als hätte sie ihn nicht gehört, als hätte sie nicht verstanden, dass er sie nur vor sich selbst schützen wollte und vor der unbändigen Wut in ihm, die er nicht länger verdrängen konnte. Erst letzte Nacht war ihm überhaupt klar geworden, welches Ausmaß dieser Zorn besaß.

Die blauen Flecken an ihren Handgelenken hatten ihm die Augen geöffnet.

Sie war nur wenige Zentimeter vor ihm stehen geblieben.

Nahe genug, dass er bloß noch an eines hatte denken können – sie an sich zu ziehen, damit er sie mit seinen Lippen und Händen um Vergebung anflehen könnte und sie mit dem ihr gebührenden Respekt behandeln, wie er es bereits gestern Abend hätte tun sollen.

»Ich habe darauf gewartet, dass du zu mir ins Bett kommst, Connor. Die ganze Nacht. Darauf, dass du hochkommst und mit mir redest. Ich wollte das nicht tun. Nach unten kommen und dich dazu zwingen.«

Plötzlich hatte sie wohl selbst bemerkt, wie nahe sie beieinanderstanden, weil sie erst einen Schritt zurückwich, dann noch einen. Mit jedem Zentimeter Abstand zwischen ihnen wurde das Ziehen in seiner Brust stärker.

Dann hatte sie sich schützend die Hände vors Herz gelegt und gesagt: »Ich wollte, dass du den ersten Schritt machst.« Als sie gegangen war, hatte er ihr nachgesehen. Er hatte gehört, wie sie den Motor ihres Wagens angelassen hatte und die Kiesauffahrt hinuntergefahren war.

Seit sie gegangen war, nahm er die Welt um sich herum nur noch wie im Nebel wahr. Er hatte sich auf den Weg zur Werkstatt gemacht und dort nach der größten Axt gegriffen, die er hatte finden können. Immer wieder hatte er damit auf einen Baumstamm eingeschlagen. Doch aller Schweiß der Welt hatte Ginger nicht aus seinem Kopf vertreiben oder das Gefühl verjagen können, dass alles, was er sich wünschte, zum Greifen nahe vor ihm lag.

Nur dass er verdammt noch mal keinen blassen Schimmer hatte, wie er es festhalten sollte.

Nachdem Andrew seinen Mietwagen hinter *Poplar Cove* geparkt hatte, sah er beim Aussteigen, wie Connor einen riesigen Baumstamm aus dem Wald in Richtung Seeufer zerrte. Schnell eilte er ihm zu Hilfe.

»Ich nehme das andere Ende.«

Connor antwortete zwar nicht, wartete aber, bis sein Vater zugepackt hatte. Herr im Himmel, war der schwer, dachte Andrew, als er den Baum vom Boden hochhob. Kurz darauf atmete er bereits stoßweise und der Schweiß lief ihm in die Augen. Er schaffte es gerade noch so, mit seinem Sohn Schritt zu halten. Aber die Anstrengung tat irgendwie auch gut.

Es war das erste Mal überhaupt, dass er und Connor als Team zusammenarbeiteten.

Endlich kamen sie bei der Hütte an und konnten den Stamm absetzen. Andrew hätte sich am liebsten auf der Stelle in den Sand geworfen, weil ihm die Puste ausgegangen war, aber Connor hatte sich bereits wieder auf den Weg zurück in den Wald gemacht.

Als Andrew angeboten hatte zu helfen, hatte er eigentlich eher daran gedacht, ein paar Nägel einzuschlagen. Und nicht an solche Hauruckaktionen.

Dann musste er jetzt eben umdenken, entschied er, während er seinem Sohn nachschaute, der bereits zwischen den Baumreihen verschwand.

Zwei Stunden später meinte Andrew, jeden Moment einen Herzinfarkt zu erleiden. Die Schmerzen in seinen Armen und im Schultergürtel wollten einfach nicht nachlassen. Bei jedem Schritt, den er tat, stöhnte er laut auf. Aber er wollte sich keinesfalls geschlagen geben oder seinem Sohn zeigen, was für ein Schwächling er war.

Genau in dem Moment ließ Connor den Stamm fallen, den sie gerade trugen. Er krachte so unvermutet zu Boden, dass er beinahe Andrews Fuß zermalmt hätte. Fluchend sprang er aus dem Weg und warf seinem Sohn einen wütenden Blick zu. »Verdammt noch mal, du hättest wirklich etwas sagen können, bevor du ihn einfach so fallen lässt.«

Aber Connor reagierte gar nicht, stand einfach nur da und ballte die Hände zu Fäusten.

Ach, Mist. Connors Hände. Nach dem Unfall waren sie nicht mehr zu gebrauchen gewesen. Jetzt sahen sie zwar immer noch stark vernarbt aus, aber Andrew war davon ausgegangen, dass sein Sohn sie wieder problemlos benutzen konnte. Weil Connor nie etwas anderes angedeutet hatte.

Und er hatte ihn nie danach gefragt.

»Es sind deine Hände, habe ich recht?«, fragte Andrew, nachdem er zu seinem Sohn hinübergegangen war.

»Das kommt und geht«, murrte Connor.

»Was kommt und geht?«

»Die Taubheit. Der Schmerz.«

Andrews instinktive Reaktion war, seinen Sohn beschützen zu wollen. Ihn zu umsorgen, wie er es hätte tun sollen, als Connor noch ein kleiner Junge war.

»Wir sollten uns jemanden suchen, der uns diese Arbeit abnimmt.«

»Einen Teufel werden wir tun.«

Die Heftigkeit in der Stimme seines Sohnes ließ Andrew beinahe vor ihm zurückweichen. »Ich wollte damit nicht sagen, dass du das nicht alles alleine hinbekommst. Ich weiß, dass du das kannst. Aber vielleicht wäre es einfacher, wenn –«

»Scheiß auf einfach«, unterbrach ihn Connor.

Aber Andrew hatte den schmerzerfüllten Ausdruck im Gesicht seines Sohnes bemerkt. »Sei doch kein Idiot«, sagte er. »Du könntest deinen Händen noch mehr Schaden zufügen.«

»Mir geht es gut.«

»Nein«, widersprach Andrew und blickte Connor direkt in die Augen. »Dir geht es gar nicht gut.«

Connor wollte weglaufen, doch Andrew packte ihn am Arm und ließ nicht los.

»Kannst du dir überhaupt vorstellen, was für ein Gefühl es gewesen ist, dich dort im Krankenhaus zu sehen? Am ganzen Körper in Mullbinden gewickelt. Ohne zu wissen, wie schlimm du verletzt bist. Ob du jemals wieder in der Lage sein würdest, deine Hände zu benutzen. Weißt du, wie schwer es ist, das eigene Kind derart leiden zu sehen?«

Während er das sagte, kehrte die Erinnerung zurück. Andrew durchlebte erneut diese ersten, entsetzlichen Stunden, als er immer neue Abkommen mit Gott getroffen hatte.

»Wenn es möglich gewesen wäre, hätte ich dir diese Schmerzen abgenommen. Ich habe Gott gesagt, dass er mich sofort gegen dich austauschen kann, aber er hat mich nicht erhört. Es schien ihm egal zu sein, dass mein Sohn ohnmächtig dort liegt. Ich sah alles vor mir. All die Jahre, die Baseballspiele in der Juniorenmannschaft, die Halloween-Kostüme – all das war fort.«

Während er den Griff um Connors Arm noch verstärkte, schickte Andrew ein stummes Dankesgebet in den Himmel – zu dem Gott, den er damals so gründlich verflucht hatte –, weil er so glücklich darüber war, dass sein Sohn überhaupt am Leben war.

»Ich möchte nicht auch noch die nächsten dreißig Jahre verlieren.«

Connor schüttelte Andrews Hand ab. »Du kommst einfach hierher zurück, um dich ganz heldenhaft zu entschuldigen. Aber manchmal reicht das nicht aus. Ich weiß, wovon ich spreche.«

Die Botschaft seines Sohnes war eindeutig. Er konnte sagen, was er wollte, sich noch so sehr bemühen, Connor würde ihm nicht vergeben. Gut, dann musste er ja auch nicht länger um den heißen Brei herumreden. Denn er hatte Gingers unglücklichen Gesichtsausdruck heute Morgen auf dem Parkplatz keinesfalls vergessen.

»Was ist da eigentlich mit dir und deiner Freundin los?«

Connor blieb wie angewurzelt stehen und drehte sich zu ihm um. »Wovon, zum Teufel, sprichst du?«

»Ich habe Ginger heute Morgen getroffen. Beim Diner. Sie wirkte unglücklich. Zwischen euch ist doch irgendetwas vorgefallen, oder etwa nicht?«

»Willst du wissen, was verdammt noch mal vorgefallen ist? Sie hat mich gestern Abend gefragt, wie unser Treffen gelaufen ist.«

»Unser Treffen?«

»Ja, und meine Antwort hat ihr nicht gefallen. Sie hat mir kein einziges Wort geglaubt. Und weil sie auch noch recht hatte, bin ich ausgeflippt und über sie hergefallen.«

Andrew kannte diese Schuldgefühle, die seinen Sohn von innen auffraßen. Vor dreißig Jahren hatte er sich genauso gefühlt, sich bei jedem Atemzug selbst gehasst.

»Du hast ihr wehgetan, weil du auf mich wütend warst?«

»Wütend auf alles, verflucht!«

Dieses Gespräch erweckte in ihm das Gefühl, im Treibsand zu versinken. Aber das war gut. Denn es bedeutete, dass er und Connor aufeinander angewiesen waren, wenn sie da wieder herauskommen wollten.

»Was ist noch passiert, Connor? Spuck's schon aus.«

»Sie hat gesagt, dass sie mich liebt.« Connor stand reglos da, als würde er erwarten, gleich eins übergezogen zu bekommen. »Sie kann mich nicht lieben. Das ist unmöglich.«

»Herr im Himmel, Connor. So darfst du nicht denken. So kann man doch keine Beziehung mit einer wunderbaren Frau eingehen – wenn man eigentlich überzeugt ist, dass Liebe unmöglich ist. Geh zu ihr. Sag ihr, dass du es verbockt hast. Sag ihr, wie leid es dir tut. Dass du den Rest deines Lebens damit verbringen wirst, es wiedergutzumachen.«

Das waren genau die Dinge, die er damals gerne zu Isabel gesagt hätte. Aber dann war Connors Mutter mit der Nachricht zu ihm gekommen, dass sie schwanger war, und somit war es zu spät für irgendwelche Entschuldigungen gewesen.

»Erwartest du ernsthaft, dass ich mir von dir Ratschläge darüber anhöre, wie man eine Beziehung führt?«

Und dieses Mal musste Andrew seinen Sohn ziehen lassen, denn Connor hatte recht.

Was wusste er schon von Liebe?

20

Während der Frühstücksschicht und auch mittags war das Diner brechend voll, aber kaum war der letzte Kunde gegangen, sagte Isabel: »Sieht so aus, als wäre es mal wieder an der Zeit für unseren regelmäßigen Nachmittagsplausch, oder was meinst du?«

Ohne auf Gingers Antwort zu warten, legte Isabel ihrer Freundin eine Hand ins Kreuz und schob sie zur Tür hinaus.

»Wir könnten das heute an den See verlegen. Ein kleiner Tapetenwechsel wird uns guttun.«

Am Ufer tummelten sich Familien; Babys planschten im Wasser, Mütter kitzelten Kinderbäuche, Väter ermutigten ihre Söhne, den ganzen Weg bis zur Boje zu schwimmen; Geschwisterpaare johlten vor Lachen, während sie sich gegenseitig von dem Steg stießen, der ins Wasser führte.

»Genau das wünsche ich mir«, sagte Ginger sehnsüchtig.

Isabel schirmte ihre Augen mit einer Hand vor dem gleißenden Licht ab. »Du weißt aber sicher, dass das nicht immer eitel Sonnenschein bedeutet. Heute Abend werden sich die Kinder auf der Rückbank gegenseitig an die Gurgel gehen, während sich der Mann mit seiner Frau über irgendeinen Blödsinn streitet.«

»Es geht mir ja auch nicht nur um die schönen Momente«, erwiderte Ginger. »Sondern um die Aussicht auf ein paar Momente wie diese.«

»Und was ist mit Connor? Was spricht dagegen, dass er dir all das geben könnte?«

Ginger lachte freudlos. »Ich komme so zur Arbeit«, sie deutete auf ihre verquollenen Augen und die geröteten Wangen, »und du fragst mich das noch? Als ob die Möglichkeit bestünde, dass Connor heute Abend zu Hause mit einem Strauß Rosen auf mich wartet.«

»Rosen passen überhaupt nicht zu dir. Wenn er dich auch nur ein bisschen kennt, wird er dich mit einem Strauß Feldblumen überraschen.«

»Glaub mir, es wird keine Blumen geben.«

»Verrate mir nur eins: Was genau hast du erwartet, als du dich auf Connor eingelassen hast? Du kannst es mir gerne sagen, wenn ich falschliege, aber ich hatte nicht gerade den Eindruck, er sei wie der Prinz aus dem Märchen auf seinem weißen Ross angeritten gekommen. Eher wie der Bösewicht, der sich vorgenommen hat, *Poplar Cove* zu plündern.«

Ginger rief sich die erste gemeinsame Nacht ins Gedächtnis zurück. Connors Albtraum.

»Du hast recht«, sagte sie gedehnt. »Ich wusste von Anfang an, was für ein Mann er ist.«

Und was für einer er niemals sein könnte.

»Und trotzdem hast du beschlossen, Zeit mit ihm zu verbringen. Etwas mit ihm anzufangen.«

Ja. Es war ihre Entscheidung gewesen. Dieselbe, die sie danach immer wieder getroffen hatte – mit Connor zusammen zu sein.

Er hatte sie nie angelogen. Oder ihr etwas versprochen, was er nicht hätte einhalten können. Von der allerersten Nacht an bis heute war er geradezu schonungslos ehrlich gewesen.

»Wir sollten das nicht tun. Ich habe dir nichts zu geben, Ginger. Gar nichts.«

Sie hatte sich eingeredet, nicht verletzt werden zu können, wenn sie sich mit offenen Augen auf Connor einließ. Hatte zugelassen, dass sie sich in ihn verliebte, obwohl ihr klar war, er würde ihre Gefühle nicht erwidern können.

Aber dann, letzte Nacht, hatte sie sich ihm vorbehaltlos hingegeben, ihre Liebe so offen gezeigt wie nie zuvor – und das hatte alles verändert. Denn obwohl sie immer wieder gesagt hatte, er brauche sich für sie nicht zu verändern, dass sie ihn genau so wollte, wie er war, hatte er sich von ihr abgewendet.

Isabel schwieg einen Moment und musterte Ginger prüfend. »Sieh mal, ich weiß, du hast starke Gefühle für ihn. Vielleicht liebst du ihn sogar. Aber, Süße, du bist so viel mehr wert, als du denkst. Ich war der Meinung, das wäre dir inzwischen auch klar geworden. Dein Umzug nach Blue Mountain Lake und dein neues Leben hier hätten dir gezeigt, wie großartig du bist. Jeder Kerl, mit dem du zusammen bist, sollte sich verdammt noch mal für den glücklichsten Menschen auf der ganzen Welt halten.«

Ginger zog die Knie unter das Kinn und schlang die Arme um die Beine. »Nachdem ich Jeremy verlassen hatte, habe ich mir geschworen, dass ich es das nächste Mal besser machen würde. Ich würde geduldig abwarten, bis der richtige Mann in mein Leben tritt. Ich war mir so sicher, dass ich die wahre Liebe erkennen würde, sobald sie mir begegnet.«

Und dann war Connor aufgetaucht, und sie war verloren gewesen.

»Das denken wir doch alle«, sagte Isabel mit einem schiefen Lächeln.

»Und obwohl ich es eigentlich besser wissen sollte«, hörte sich Ginger sagen, »hofft ein Teil von mir immer noch, dass Connor sich in diesen Mann verwandelt. Wenn ich ihm nur genug Zeit lasse. Wenn ich ihn nur genug liebe.«

Isabels mitfühlender Gesichtsausdruck wandelte sich zu echter Besorgnis. »Nein, nein und nochmals nein! Hör mir zu, du wirst ihn nicht ändern können. Das kann nur er selber.«

Mit einem Mal erkannte Ginger das eigentliche Problem, es schien ihr genauso klar wie das Blau des Himmels, wie das funkelnde gekräuselte Wasser des Sees und das fröhliche Geschrei der Menschen um sie herum.

Sie fühlte sich nicht deshalb schlecht, weil Connor sich ihr gegenüber gestern Abend so unbeherrscht gezeigt hatte – das hatte sie ihm ja auch immer wieder klarzumachen versucht. Er war nicht annähernd so grob gewesen, wie er gedacht hatte, und sie war schließlich nicht aus Zucker. Das Problem bestand auch nicht darin, dass er sie verletzt hatte, weil er lieber unten auf der Couch schlafen wollte, anstatt sich ihr zu öffnen.

Nein, sie litt aus einem ganz anderen Grund. Und der war plötzlich so dermaßen offensichtlich, dass Ginger sich wunderte, wie sie ihn so lange hatte übersehen können.

Nicht Connors Verhalten ihr gegenüber war das Problem. Es war vielmehr die Art und Weise, wie sie mit sich selbst umgegangen war.

Sie hatte sich so sehr nach ihm verzehrt, war derart übereifrig darauf bedacht gewesen, seine Wunden zu heilen, dass sie währenddessen keinen einzigen Gedanken an sich selbst und ihre eigenen Bedürfnisse verschwendet hatte. Connor hatte immer an erster Stelle gestanden, genauso wie früher ihr Exmann, ihre Eltern oder ihre gesellschaftlichen Verpflichtungen.

Nur war es dieses Mal noch viel schlimmer gewesen. Weil sie insgeheim gehofft hatte, Connor würde bemerken, was sie alles für ihn tat, und sie dafür mit seiner Liebe belohnen. Einer Liebe, die sie sich mehr wünschte als irgendetwas sonst auf der Welt.

»Habe ich mich überhaupt verändert, Isabel?«, fragte sie jetzt. »Seit wir uns kennengelernt haben?«

»Unheimlich. Ich bin so stolz auf dich. Besonders da ich ja aus eigener Erfahrung weiß, wie schwer es sein kann, nach einer Scheidung noch einmal von vorne anfangen zu müssen. Du hast das großartig hinbekommen, Ginger.«

»Wenn das wahr ist, warum tappe ich dann jetzt wieder in

genau die gleiche Falle? Wieso rackere ich mich ab, nur um alle anderen glücklich zu machen?«

Weshalb hatte sie sich bloß eingeredet, es wäre in Ordnung, sich mit den Krumen zu begnügen, die vom Tisch fielen? Dass ein bisschen Zuneigung besser wäre als gar keine?

Isabel legte den Arm um sie. »Ach Süße, ärgere dich nicht. Das ist doch nur menschlich. Du kannst bloß hoffen, dass es beim nächsten Mal einfacher wird.«

»Wird es das denn?«, fragte Ginger ihre Freundin. »Einfacher?«

Isabel schnaufte. »Ich bin mir ziemlich sicher, dass du die Antwort nicht hören willst.«

»Ich denke, ich kenne sie bereits.«

Ginger stand noch deutlich vor Augen, wie Andrew Isabels Haus als gebrochener Mann verlassen hatte, und sie ihre sonst immer so stark wirkende Freundin entsetzlich blass und mit den Nerven vollkommen am Ende angetroffen hatte.

»Falls du dich dadurch besser fühlst«, sagte Isabel, »ich habe mir gestern denselben Rat gegeben, nachdem Andrew wie aus heiterem Himmel bei mir zu Hause aufgetaucht war. Es kostet mich höllisch viel Überwindung, mich nicht selbst dafür zu hassen, dass ich immer noch so unglaublich starke Gefühle für einen Kerl habe, den ich dreißig Jahre nicht gesehen habe. Ich war felsenfest davon überzeugt, dass es dieses Mal anders laufen würde. Dass ich einfach eine Mauer um mich errichten könnte, die er nicht überwinden kann. Dass es nicht so schmerzhaft sein würde, einfach nur in seiner Nähe zu sein.«

»Es tut mir leid, dass du so darunter leidest«, sagte Ginger und umarmte ihre Freundin.

»Mir auch. Wenn man bedenkt, dass ich gerade eingewilligt habe, sämtliche Speisen und Getränke für die Hochzeit seines Sohnes zu liefern! Genau den Sohn, den er in der Nacht gezeugt hat, als er mich mit diesem Mädchen betrogen hat.«

»Ist das dein Ernst?«

»Mein voller Ernst.«

Als Isabel vor dem Farbregal im Baumarkt stand und ein Dutzend verschiedener Grüntöne gegeneinander abwog, die in ihren Augen alle genau gleich aussahen, kam Connor um die Ecke geschossen. Einen Moment lang war sie wie gelähmt, weil er seinem Vater so ähnlich sah. Ein derart klares Bild vor Augen zu haben, wie Andrew vor ungefähr zwanzig Jahren ausgesehen haben musste, verschlug ihr fast den Atem.

Geistesabwesend und ohne sie eines Blickes zu würdigen, sagte er: »'Tschuldigung, hab Sie gar nicht gesehen.«

Connor machte einen müden und niedergeschlagenen Eindruck. Genau wie Ginger heute bei der Arbeit.

Obwohl Isabel sich ermahnte, ihre Nase nicht in fremde Angelegenheiten zu stecken, war ihr Ginger doch inzwischen zu sehr ans Herz gewachsen, als dass sie einfach den Mund hätte halten können – Ginger war für Isabel nicht nur eine Freundin, sondern fast schon wie eine Tochter.

»Connor.«

Erst jetzt schien er zu erkennen, wen er da vor sich hatte. »Isabel.«

Sie fragte sich, ob er wohl über die Sache mit Andrew Bescheid wusste. So wenig erfreut, wie er über ihr Treffen wirkte, ging sie davon aus, dass es so war. Kein Kind wollte darüber nachdenken, dass der eigene Vater Gefühle für eine andere Frau als die Mutter haben könnte, das konnte sie nachvollziehen. Dabei spielte es auch keine Rolle, wie alt die Kinder waren.

»Wie geht es mit der Arbeit an *Poplar Cove* voran?«

»Ganz gut«, antwortete er. »Sie wissen ja, wie das mit den alten Holzhäusern so ist.«

Mit einem Nicken wählte sie eine der Farbproben aus und

überlegte währenddessen, wie sie ihm wohl taktvoll vermitteln könnte, was ihr auf dem Herzen lag.

»Ginger bedeutet mir wirklich viel.«

Ein Muskel an seiner Wange begann zu zucken. »Das weiß ich.«

»Nach einer schlimmen Scheidung hierherzukommen. Neu anzufangen. Ich weiß, wie schwer das sein kann. Der See hat ihr dabei geholfen. Diese Stadt. Die Leute hier. Alle mögen sie.«

Isabel zögerte, bis er nickte und sie sicher sein konnte, dass ihre Worte zu ihm durchgedrungen waren.

»Ginger ist wirklich ein ganz besonderer Mensch, Connor. Sie verdient weitaus mehr, als sie sich selbst zugesteht.«

Er stand regungslos da, ohne auch nur zu blinzeln, aber der gequälte Ausdruck in seinen Augen ließ Isabel beinahe bereuen, dass sie ihm das alles gesagt hatte. Denn dieser Blick hatte Isabel verraten, wie stark seine Gefühle für Ginger waren.

Selbst wenn er ihre Freundin verletzte, lag es keinesfalls daran, dass er ein herzloser Mensch war.

Oder dass er nicht genug für Ginger empfand.

Er liebte sie.

Aber Isabel wusste nur zu gut, dass Liebe allein manchmal nicht ausreichte.

Als Connor die Hütte betrat, klingelte gerade das Telefon und er hätte den Apparat beinahe aus der Wand gerissen, als er abnahm.

Die Stimme seines Bruders drang aus der Leitung. »Ich wollte mich unbedingt mal melden und hören, wie es so mit Dad läuft.«

»Konntest du ihn nicht davon abhalten herzukommen?«

»Nichts und niemand hätten ihn aufhalten können. Er war wild entschlossen.«

Sie sprachen zum ersten Mal miteinander, seit Connor die

Nachricht der Forstbehörde erhalten hatte, und deswegen wusste Connor auch ganz genau, was als Nächstes kommen würde.

»Also, wie läuft's so bei dir?«

»Die Hütte wird schon wieder.«

»Das habe ich nicht gemeint. Wie geht es dir?«

Seinen Bruder konnte er einfach nicht anlügen.

»Mies.«

Sams Reaktion war kurz und treffend. »Scheiße.«

»Ich hab's vermasselt.«

»Ist doch egal. Wir werden einfach woanders heiraten.«

»Nicht *Poplar Cove*. Die Sache mit Ginger.«

»Die Untermieterin? Hast du etwas mit ihr angefangen?«

Connor musste einfach fragen. »Was war an Dianna so besonders?«

»Einfach alles.«

Die nächste Frage hätte Connor niemandem außer seinem Bruder stellen können.

»Woher wusstest du es?«

»Ich konnte sie einfach nicht abweisen oder sie mir aus dem Kopf schlagen. Sie war jede einzelne Sekunde bei mir.«

Die Beziehung von Sam und Dianna umfasste zehn Jahre. Nicht nur eine Woche wie ein Vorschlaghammer, der Connor unvorbereitet mitten ins Herz getroffen hatte.

»Ich melde mich später«, sagte er zu Sam.

Da er seinerseits Ginger nicht abweisen konnte, hielt Connor es keine weitere Sekunde in der Hütte aus.

Isabel war mehr als deutlich gewesen. Ihre Warnung war bei ihm angekommen.

Lass Ginger gehen. Lass sie ihr Glück finden. Ohne dich.

Himmel. Woher sollte er nur die Kraft dafür nehmen?

Auch heute fegte wieder ein rauer Wind über den See. Kalt und beißend, passend zu seiner Stimmung. Eine Fahrt mit dem

Segelboot war genau das, was er jetzt brauchte. Er wollte sich von den schaumgekrönten Wellen durchschütteln lassen. Also ging Connor zum Bootshaus, zog sich aus und schlüpfte in einen der Gummianzüge, die dort an einem Haken hingen.

Als Connor hüfttief im Wasser stand, fiel ihm auf, wie staubig das Segel des Bootes war. Während er sich auf dem Deck ausbalancierte, um das Segel aufzuspannen und einzustellen, bekamen seine Bauchmuskeln eine gehörige Portion Extratraining.

Sobald er sich von der Boje losgemacht hatte, schoss das Segelboot durchs Wasser. Es dauerte nur wenige Sekunden, bis Connor seinen Rhythmus gefunden hatte. Je weiter er sich vom Ufer entfernte, desto heftiger tobte der Wind. Er spürte, wie der Schiffskörper aus Fiberglas mit einem dumpfen Klatschen auf die immer größer werdenden Wellen aufschlug, und hoffte, dadurch alle lästigen Gedanken aus seinem Kopf vertreiben zu können. Es hatte zu regnen begonnen, und Connor genoss das Unwetter, selbst dann noch, als sich die Regentropfen in Hagelkörner verwandelten.

Während er über das Wasser sauste, verstärkte er seinen Griff um die Ruderpinne und wartete auf den Moment, wenn er nur noch den Hagel auf seiner Haut spüren würde, den heftigen Sog des Wassers unter dem Bootsrumpf. Aber Ginger ließ sich nicht vertreiben, sie lauerte in jeder zerstiebenden Gischtkrone, in die er hineinstieß.

Connor bekam Ginger einfach nicht mehr aus dem Kopf, genau wie es Sam mit Dianna ergangen war.

Sie war jede Sekunde bei ihm.

Dann schlug mit einem Mal der Wind um, und er konnte den Segelbaum gerade noch abfangen, bevor er ihm gegen den Kopf gekracht wäre. Obwohl ihm das Segel in die Hand schnitt, spürte er kaum etwas. Es war schwer zu sagen, ob es sein Nervenleiden war oder ob seine Hände durch die Kälte taub geworden waren.

Plötzlich fiel ihm auf, dass nicht nur seine Hand, sondern der ganze Arm gefühllos war. Bis hoch zur Schulter.

In dieser Millisekunde, als er kurz abgelenkt war, brachte der Wind das Boot zum Kentern. Connor ritt das Boot aus, so gut es ging, indem er sich mit angespannten Bauchmuskeln und unter das Schiffsdeck geklemmten Beinen parallel zur Wasseroberfläche hielt. Verzweifelt kämpfte er darum, das Boot aufrecht zu halten, aber sobald das Kielschwert in der Luft hing, verlor die Jolle jeden Halt. Das Segel traf auf das Wasser und ging unter, bis das Boot vollständig gekentert war. Als Connor untertauchte, konnte er sich nicht länger festhalten. Er musste mit voller Kraft dem Boot hinterherschwimmen, weil es rasend schnell außer Reichweite getrieben wurde.

Himmel, war das Wasser hier in der Mitte des Sees kalt. Connor besaß nicht genügend Körperfett, um diesen Temperaturen lange standhalten zu können. Immer wieder kletterte er auf den umgestülpten Bootskörper, um nach dem Kielschwert zu greifen, aber es war einfach viel zu glitschig, als dass seine Hände dort einen Halt gefunden hätten.

21

Als Ginger zurückkehrte, war das Haus leer. Nach einem Blick auf das Seeufer stellte sie fest, dass das Segelboot nicht mehr an der Boje vertäut war. Wenn sie daran dachte, dass Connor in diesem Sturm draußen auf dem See unterwegs war, wurde ihr angst und bange.

Nein, schalt sie sich. Er war schließlich hier am See aufgewachsen. Also wusste er ganz genau, wann es sicher war hinauszufahren und wann nicht.

Sie musste endlich damit aufhören, sich fortwährend den Kopf über ihn zu zerbrechen. Nachdem Ginger sich ein Paar Jeans und ein mit Farbflecken übersätes Sweatshirt übergezogen hatte, holte sie ihre Staffelei von der windumtosten Veranda. Dieser Augenblick war ein Test. Und alles hing davon ab, dass sie ihn mit Bravour bestand.

Nur noch vierzehn Tage bis zur renommierten *Blue Mountain Lake Art Show,* und heute begann die Woche, in der sie sich frei genommen hatte, um darauf hinzuarbeiten. Die gute Neuigkeit war, dass erst am Morgen eines ihrer im Diner zur Schau gestellten Bilder vom Fleck weg gekauft worden war. Die schlechte Neuigkeit war die, dass sie nun ein Exponat weniger für die Ausstellung hatte.

Nur wenn sie die ganze Woche über fleißig den Pinsel schwang, würde sie alles rechtzeitig fertig bekommen. Das lag auch daran, dass sie in der letzten Woche so viele Stunden in Connors Armen verbracht hatte anstatt zu malen. Aber Ginger war gleichzeitig dankbar dafür, weil ihre gemeinsame Zeit sie inspiriert hatte. Diese wunderschönen, mit Liebe und Zärtlichkeit gefüllten Tage hatten ihre Arbeiten auf der Gefühlsebene vielschichtiger werden lassen.

Wenn das allerdings hieß, dass ihre Kreativität künftig an Connor gekoppelt war, dann hatte sie wirklich ein Problem.

Während Ginger den Pinsel hob, atmete sie einmal tief durch und sagte sich, dass Connor ihr das nicht auch noch nehmen würde. Schließlich hatte er ihr bereits ihr Herz gestohlen.

Sie verdiente auch noch etwas, das nur ihr allein gehörte.

Obwohl es ihr zunächst schwerfiel, verlor sie sich zum Glück bald doch in ihrer Arbeit. Irgendwann wusste Ginger nicht einmal mehr, wie lange sie bereits gemalt hatte – sobald sie voll konzentriert bei der Sache war, vergaß sie einfach alles um sich herum –, aber als sie von der Staffelei aufblickte, erkannte sie, dass der heftige Wind in einen tosenden Hagelsturm übergegangen war.

Und Connor war immer noch draußen auf dem See.

In einem solchen Unwetter konnte ein kleines Segelboot leicht kentern oder gar Schlimmeres.

Ginger stürmte aus der Tür und lief das Seeufer entlang bis zum Anlegeplatz. Dort angekommen zerrte sie an der Plane des Motorboots und riss sich in ihrer Panik mehrere Fingernägel ein. Der Sturm hatte zusätzlich zum starken Regen und Hagel auch noch für dichten Nebel gesorgt. Sobald sie das Boot so weit freigelegt hatte, um hinter das Steuer klettern zu können, löste sie die Taue. Dann drehte sie den Schlüssel in der Zündung. Am liebsten wäre sie so schnell wie möglich auf den See hinausgeschossen, um Connor zu finden, aber da sie kaum mehr als anderthalb Meter weit sehen konnte, kam sie nur im Schneckentempo vorwärts.

Wo steckte er bloß?

Sie schickte ein Stoßgebet in den Himmel, und dann tauchte

vor ihr plötzlich etwas aus dem Nebel auf – die Umrisse eines weißen umgestülpten Bootsrumpfs. Sie steuerte direkt darauf zu.

Erst als sie bis auf wenige Meter an die Jolle herangekommen war, konnte sie nähere Einzelheiten erkennen. Von Connor war zunächst nichts zu sehen. Einen Moment lang entglitt ihr das Steuer, während sich der entsetzliche Gedanke in ihr breitmachte, sie hätte Connor verloren. Nur eine Sekunde später entdeckte sie jedoch seinen auf und ab wippenden Kopf im Wasser. Verzweifelt versuchte er, sich trotz der starken Wellen auf das gekenterte Boot zu hieven.

Connor war dazu ausgebildet worden, andere Menschen zu retten. Ginger nicht. Aber nun, da ihre Rollen vertauscht waren, musste sie sich auf ihre eigene Stärke verlassen.

Vorsichtig lenkte sie das Boot an Connor heran, so nahe es ging, ohne ihn zu streifen. Auch wenn der Wind und die Dünung ihr die Sache erschwerten, gab Ginger nicht auf; ihre Angst schob sie beiseite.

Da entdeckte er sie. Sie stellte den Motor ab und lehnte sich so weit wie möglich aus dem Boot. Es fehlte nur ein winziges Stück, beinahe hätten ihre Finger ihn zu fassen bekommen. Aber zu ihm ins Wasser zu springen, durfte sie nicht riskieren, weil ihnen sonst womöglich das Motorboot abhandenkam. Erneut versuchte sie, nach Connor zu greifen, und dieses Mal erwischte sie ihn.

Ihre kalten Hände legten sich um seine eisigen Arme. Mit einer Kraft, von der sie gar nicht gewusst hatte, dass sie sie besaß, zog sie ihn zu sich heran. Connor konnte seine Finger kaum noch bewegen, und Ginger ahnte, dass es nicht allein an der Kälte, sondern auch an seinen geschädigten Nerven lag, die jede noch so kleine Bewegung zur Qual werden ließen.

Aber im nächsten Moment war er es, der sie zu sich heranzog, bis beide Boote gegeneinanderstießen – dann stemmte er sich hoch in ihres.

Sie hätte nicht an seiner Stärke zweifeln sollen, selbst unter solchen Umständen nicht. Ginger blieb hoch konzentriert, bis das Motorboot sicher am Steg vertäut war. Über die Jolle konnten sie sich später Gedanken machen.

Erst jetzt erlaubte sie sich, Connor genauer zu mustern und ihn in die Arme zu nehmen. Herrje, aus seiner Haut war sämtliche Farbe gewichen. Er zitterte vor Kälte. Irgendwie musste sie ihn ins warme Haus schaffen.

Aber auch jetzt bewies Connor wieder seine fast schon übermenschliche Stärke. Nachdem Ginger ausgestiegen war und ihm vom Boot helfen wollte, schaffte er es aus eigener Kraft auf den Landesteg und lief mit ihr durch den Hagelsturm zur Hütte.

Sobald sie im Haus waren, zog Ginger ihn aus, nahm eine dicke Decke von einem Stuhl und wickelte ihn darin ein. Irgendwie verfing sie sich dabei auch in der Decke, sodass ihr Körper an seinen gedrängt wurde. Als sie sich befreien wollte, um ihm einen Tee zu machen, hielt er sie jedoch fest.

»Du hast mir wirklich eine Heidenangst eingejagt«, flüsterte sie an seiner Brust. Sie bebte am ganzen Körper, aber mehr wegen der Nachwirkungen ihrer Furcht als vor Kälte.

»Du hast mich gerettet.«

Als Ginger ihm Arme und Hände massierte, damit wieder Leben hineinkam, stellte sie fest, dass die festen Muskeln sich wie Eisblöcke anfühlten.

»Du musst dich aufwärmen.«

Glücklicherweise gab es im Dielenbereich am Hintereingang der Hütte eine Dusche, also mussten sie nicht in den ersten Stock hochgehen. Nur wenige Sekunden später standen sie immer noch fest umschlungen unter dem heißen Wasserstrahl, Connor nackt, Ginger vollständig bekleidet.

Rasch wärmte das Wasser ihn auf, und Ginger war überglücklich, als er sich zu ihr hinunterbeugte, um sie zu küssen.

Augenblicklich richteten sich Gingers Brustspitzen auf und berührten seine Brust, doch als er anfing sie auszuziehen, dachte sie nur daran, dass er offenbar wieder Gefühl in den Händen hatte.

Als sie schließlich beide nackt waren, sanken sie gemeinsam auf den gekachelten Boden der Dusche.

Ein allerletztes Mal, sagte sie sich, als sie spürte, wie sein üppiges Glied in sie hineinglitt und seine Hitze sich in ihr ausbreitete. Sie versuchte, sich alles ganz genau einzuprägen – die Leidenschaft in seinen blauen Augen, den bewegten Ausdruck auf seinem Gesicht.

Eines Tages würde sie einen anderen Mann kennenlernen und heiraten. Sie würde Kinder bekommen. Und alles daransetzen, glücklich zu sein.

Aber es würde niemals wieder jemanden wie Connor geben.

Nach dem, was gerade geschehen war, hatte sie sich diese letzten gestohlenen Augenblicke in seinen Armen verdient.

Anschließend würde sie stark sein.

Als er die Hände um ihre Hüften legte, um sie ganz auf sich herunterzuziehen, stöhnte sie auf. Während er ihr sagte, wie sehr er sie begehrte, brauchte, haben musste, wurde ihr klar, dass sie nicht loslassen, ihn keinesfalls aufgeben wollte. Dann spürte sie, wie sich ihre Schoßmuskeln im Höhepunkt um ihn schlossen, und sein Lustschrei hallte tief in ihrem Innern nach.

Ein letztes Mal.

Gott sei Dank lag sie endlich wieder in seinen Armen. Genau dort gehörte sie hin, und nur so konnte er seinen inneren Frieden finden.

Connor konnte selbst kaum glauben, dass er so dumm gewesen war, ohne Schwimmweste mitten in einem solchen Unwetter mit dem Segelboot hinauszufahren.

Das Schlimmste daran war, dass er damit nicht nur sein eigenes Leben, sondern auch Gingers riskiert hatte. Zwar hätte sie ihm in diesem Unwetter niemals hinterherfahren sollen, aber sie hatte es dennoch getan.

Er spürte, wie sie sich aus seinen Armen befreien wollte, und hätte sie am liebsten festgehalten. Aber sie entwand sich ihm und schob ihn energisch von sich weg.

Er beobachtete sie dabei, wie sie aus der Dusche stieg und sich in ein Handtuch wickelte. Er tat es ihr gleich und drehte mit klopfendem Herzen den Hahn zu.

»Connor, wir müssen uns unterhalten.«

Verdammt. Er ahnte, was jetzt kommen würde. Was kommen musste, so wie er sich gestern Abend und heute Morgen verhalten hatte.

Da er bereit war, einfach alles zu tun, um sie bei sich zu behalten, sagte er: »Du hattest recht. Als du gesagt hast, dass ich alle anlüge. Zu wissen, dass ich nie wieder in meinem Beruf arbeiten werde, oder mit meiner Crew …« Er hielt inne, suchte nach den richtigen Worten, um seinen Verlust zu beschreiben. »Es ist sogar schlimmer als das Gefühl, mit dem ich im Krankenhaus aufgewacht bin. Ich wusste, dass meine Haut unwiederbringlich verloren ist. Aber nie wieder auf dem Berg zu stehen, nie wieder diesen Kick zu spüren, wenn man sich den Flammen stellt …«

Er fuhr sich mit einer Hand durchs nasse Haar, zwang sich dazu, es auszusprechen: »Ich habe mich dafür geschämt, dass ich so fühle. Dass es mir so viel ausmacht. Deswegen wollte ich nicht darüber sprechen.«

Jetzt gab es kein Zurück mehr. Es war an der Zeit, die Karten offen auf den Tisch zu legen.

»Wenn es noch nicht zu spät ist, falls du mir jemals verzeihen könntest, dass ich mich so idiotisch aufgeführt habe – ich will dich nicht verlieren.«

Sie starrte ihn an. Bislang hatte er ihr ihre Gefühle immer am Gesicht ablesen können. Dieses Mal nicht.

»Für wie lange?«

Verständnislos blickte Connor sie an. Nach diesem für ihn so schwierigen Geständnis kam er einfach nicht darauf, was sie meinte.

»Wie lange?«

»Wie lange willst du mich behalten?«

Mist, verdammter. Jetzt hatte er es begriffen, aber eine Antwort fiel ihm trotzdem nicht ein. »Das mit uns ist mehr als nur ein Sommerflirt, das weißt du.«

»Gut, dann nehmen wir eben den Herbst auch noch dazu. Und danach?«

Ginger wusste eigentlich, dass Connor momentan keinerlei konkrete Zukunftspläne hatte, sondern sich von einem Tag zum nächsten hangelte, ohne dabei an morgen zu denken.

»Weiß ich nicht.«

Sie wandte sich ab und verließ das Badezimmer. Er wollte sie wieder an sich ziehen, die letzten fünf Minuten zurückspulen und ihr Gespräch noch einmal neu beginnen. Besser noch, diese Unterhaltung ganz vergessen und sich wieder in ihr verlieren so wie vorhin.

Als sie beide im Wohnzimmer standen, sagte Ginger: »Zuerst dachte ich, ich könnte das – eine Affäre für den Sommer und mit ein bisschen Glück noch bis in den Herbst hinein. Vielleicht sogar bis zum Winter. Ich weiß, wir hatten eine Abmachung. Schließlich habe ich dir gesagt, du sollst hier nicht den Helden spielen. Habe dich mehr oder weniger angefleht, mit mir ins Bett zu gehen. Mir ist also bewusst, dass ich jetzt plötzlich alle

Regeln über den Haufen werfe. Aber ich kann so nicht länger weitermachen. Ich kann nicht so tun, als ob mir zwei oder drei Jahreszeiten ausreichen würden.«

Es war die schwierigste Herausforderung, der er sich je gestellt hatte, nicht die Hand nach ihr auszustrecken, während sie weitersprach.

»Ich möchte alles: Leidenschaft. Hingabe. Kinder. Liebe.« Ihre Augen bohrten sich in seine. »Ich möchte einen Ehemann und Partner. Einen Mann, der mit mir gemeinsam die Zukunft plant.« Sie zog das Handtuch enger um sich. »Ich wünsche mir eine Beziehung, in der mich der Mann genauso liebt wie ich ihn.«

Connor hätte alles darum gegeben, die Worte aussprechen zu können. Ihr all das sagen zu können, was sie gerne hören wollte. Denn natürlich hatte sie das verdient, und noch viel mehr. Isabels Worte kamen ihm wieder in den Sinn: *Ginger ist ein wundervoller Mensch, Connor. Sie hätte so viel mehr verdient, als sie für sich beansprucht.*

Verflucht, er wollte nicht daran denken, wie sie in den Armen eines anderen Mannes lag und mit einem wehmütigen Lächeln auf den Lippen an den längst vergangenen Sommer mit ihm zurückdachte.

Drei kleine Worte, das sollte doch nicht so schwer sein. Wenn er sie nur aussprechen könnte, würde sie ihm gehören.

Aber er brachte es einfach nicht über sich.

Verflucht noch mal. Was stimmte bloß nicht mit ihm? Eine unglaubliche Frau bot ihm eine gemeinsame Zukunft voller Liebe an.

Connor betrachtete Ginger, die nassen Locken, die ihr auf die Schultern fielen, ihre vom Duschen rosige Haut, die nach ihrem Liebesspiel beinahe zu glühen schien. Und auch wenn ihre grünen Augen tränenverschleiert waren, konnte er die Entschlossenheit in ihrem Blick erkennen, mit der sie für genau die Liebe einstehen würde, die sie verdient hatte.

Da fiel es ihm wie Schuppen von den Augen. Er hatte Ginger vom ersten Kuss an geliebt, seit ihrer ersten gemeinsamen Nacht in *Poplar Cove*, als sie nach seinem Albtraum seine Hand gehalten hatte und einfach nicht hatte loslassen wollen.

All die verdrängten Gefühle stiegen in ihm auf und trafen ihn wie ein Faustschlag in die Magengrube, sodass er laut aufkeuchte. Denn jetzt, da er sich im Klaren darüber war, was er für sie empfand, konnte er die Augen nicht länger vor den Konsequenzen verschließen.

Er liebte sie einfach zu sehr, um sich vorzumachen, es gäbe da draußen nicht noch einen besseren Mann für sie.

Sie sollte mit jemandem zusammen sein, der sich über seine Zukunft im Klaren war. Sie hatte einen Partner verdient, der nicht verzweifelt darum kämpfen musste, die nächste Minute zu überstehen. Der nicht ständig von ihrer Kraft zehren würde, bis sie nichts mehr zu geben hatte.

»Du hast recht«, presste er hervor, und dabei brannte ihm die ausgedörrte Kehle so stark, als hätte er gerade Feuer schlucken müssen. »All diese Dinge hast du verdient, Ginger. Und ich sollte beiseitetreten, damit du sie bekommen kannst.«

Bei seinen Worten zuckte sie zusammen, als hätte er sie geschlagen. Nie zuvor hatte er sich so schlecht gefühlt oder war sich so niederträchtig vorgekommen. Schließlich hatte sie gerade ihr Leben aufs Spiel gesetzt, um ihn zu retten.

»Du bist eine unglaubliche Frau, Ginger. Ich habe noch nie jemanden kennengelernt, der so stark ist wie du. So schön.«

Der selbstsüchtige Teil von ihm kämpfte immer noch darum, auszusprechen, wie sehr er sie liebte. Sie anzuflehen, sich ihm weiter hinzugeben, auch wenn er ihr im Gegenzug nichts zurückgeben konnte.

»Wenn ich überhaupt jemanden lieben könnte«, sagte er, »dann wärst du es.«

Sie nahm einen zittrigen Atemzug. »Und wenn ich damit aufhören könnte, jemanden zu lieben«, sagte sie sanft, »dann wärst du es.«

22

Die angespannte Stimmung – das Elend – in *Poplar Cove* war so erdrückend, dass Andrew meinte, daran ersticken zu müssen. Man musste kein Genie sein, um zu erkennen, dass es zwischen Connor und Ginger nicht besonders gut lief. Keine zufälligen Berührungen mehr. Keine zweideutigen Blicke. Keine Abschiedsküsschen.

Während jeder von ihnen in seiner Ecke des Hauses vor sich hin werkelte – Connor sägte marode Stellen aus der Wand, Andrew schliff die neuen Stämme ab und Ginger malte von früh bis spät –, vergingen vier Tage.

Connor hatte in dieser Zeit kaum zwei Worte gesprochen. Und Ginger brachte ihnen zwar Sandwichs nach draußen, setzte sich aber nicht zu ihnen. Andrew wünschte sich, er bräuchte nur einen Zauberstab zu schwenken, um die beiden wieder zu versöhnen, da sie doch ganz offensichtlich zusammengehörten, aber ihm war klar, dass es so einfach nicht war. Trotzdem hoffte er weiterhin darauf, dass sie sich wieder versöhnten und dass am nächsten Morgen alles geklärt sein würde.

Als er es schließlich nicht mehr länger aushielt und bereits darüber nachdachte, die beiden so lange in den Garderobenschrank zu sperren, bis sie sich ausgesprochen hatten, verließen sie das Haus – allerdings liefen sie beide in entgegengesetzte Richtungen am Seeufer entlang. Als Andrew die Hütte endlich für sich alleine hatte, war er derart erleichtert, dass er sich beinahe schuldig fühlte. Aber sosehr er sich auch um Connor sorgte, sein Sohn war schließlich nicht der Einzige, der Probleme hatte.

Andrew war endlich wieder in Isabels Nähe, und doch wollte ihm nicht ein plausibler Grund einfallen, um sie zu besuchen. Schließlich hatte sie ihm unmissverständlich klargemacht, dass er sich bitte schön von ihr fernhalten sollte. Ihm lief die Zeit davon, und das war ein unerträgliches Gefühl, auch wenn ein paar Tage nach dreißig langen Jahren eigentlich keinen großen Unterschied mehr machen sollten.

Seit er Isabel erneut begegnet war und sie in den Armen gehalten hatte, fühlte er sich wieder wie mit neunzehn – und er war auch genauso verliebt in sie.

Gerade als Andrew einige frisch gefällte Stämme versiegeln wollte, klingelte das Telefon. Ohne darüber nachzudenken – immerhin war es einmal sein Haus gewesen –, ging er an den Apparat in der Küche.

»Josh ist heute nicht gekommen.«

Isabel war dran, und sie klang gestresst. Verärgert. Panisch. Der Name Josh war ihm sofort ein Begriff.

»Dein Sohn? Ist etwas nicht in Ordnung?«

»Andrew! Warum zum Teufel gehst du bei Ginger ans Telefon? Und woher kennst du den Namen meines Sohnes?«

Obwohl er in Kalifornien gelebt hatte, hatte Andrew der Versuchung nicht widerstehen können, ein wachsames Auge auf sie zu haben. Aber jetzt war vielleicht nicht der beste Zeitpunkt, um ihr das mitzuteilen.

»Auch egal«, sagte sie, noch bevor er antworten konnte. »Für so etwas hab ich jetzt keine Zeit. Ich muss mit Ginger reden. Dringend!«

»Sie ist nicht da«, sagte Andrew. »Connor auch nicht. Was ist denn los?«

»Ich kann nicht glauben, dass mir das passiert«, sagte Isabel. »Josh war heute zum Spülen eingeteilt«, erklärte sie. »Inzwischen ersticken wir schon beinahe in Bergen dreckigen Geschirrs.

Wenn ich nicht bald jemanden finde, der aushilft, können wir den Laden zumachen.«

»Ich bin gleich da.«

Noch bevor sie mit ihm streiten konnte, hatte Andrew aufgelegt und ignorierte auf dem Weg zu ihr sämtliche Geschwindigkeitsbegrenzungen.

»Schneller konntest du nicht fahren?«, fuhr Isabel ihn an, als er durch den Hintereingang in die Küche kam. Dann deutete sie mit dem Daumen auf die Spülküche. »Ich zeig dir rasch, wie man den Hobart bedient.«

Nachdem sie ihm kurz die große silberne Maschine erklärt hatte, die alle Teller, Gläser und auch das Besteck spülte und trocknete, fragte sie: »Irgendwas unklar?«

»Nein«, antwortete Andrew und machte sich umgehend an die Arbeit, um der Geschirrmassen Herr zu werden, die mittlerweile nicht nur auf dem Edelstahltresen der Spülküche, sondern auch auf dem Boden verteilt waren. Seite an Seite arbeiteten sie schweigend und reibungslos, bis wieder Land in Sicht war, ganz so, als hätten sie die letzten dreißig Jahre zusammen und nicht getrennt verbracht.

Und auch wenn Andrew es niemals für möglich gehalten hätte, dass er dem Geschirrspülen etwas abgewinnen könnte, musste er doch zugeben, dass er schon seit Jahren nicht mehr so glücklich gewesen war. Einfach nur, weil er in Isabels Nähe sein konnte.

Einige Stunden später war auch der letzte Gast gegangen, und er jagte gerade noch schnell die Fußmatten durch die Maschine, als sie zu seiner Überraschung sagte: »Danke für deine Hilfe. Auch wenn ich es nur ungern zugebe – ohne dich wäre ich heute aufgeschmissen gewesen. Und du machst dich gar nicht so schlecht.«

»Weißt du was, es hat mir sogar Spaß gemacht.« Er zuckte mit den Achseln und fügte hinzu: »Ich hatte ganz vergessen, wie befriedigend es sein kann, wenn die Arbeit erledigt ist. Egal, welche Arbeit.«

Isabel räusperte sich und sagte dann: »Ich hol nur schnell etwas Geld aus der Kasse, um dich zu bezahlen.«

Sein Gelächter hallte durch die Küche. »Ich will doch kein Geld von dir, Isabel. Ich wollte einfach nur aushelfen.«

Sie versteifte sich. »Mir ist schon klar, dass du wahrscheinlich irgendeinen sehr gut bezahlten Job hast –«

»Nicht mehr.«

Das schien sie zu verblüffen.

»Die haben mich gefeuert. Auch wenn sie es Vorruhestand genannt haben, aber das sind nur schöne Worte.«

»Also deswegen bist du hier.«

»Nicht mehr arbeiten zu müssen hat es einfacher gemacht, herzukommen«, stimmte er ihr zu, »aber ich habe dir doch schon gesagt, warum ich zurückgekommen bin. Um meinem Sohn beizustehen.«

»Ist bestimmt ein gutes Gefühl, hier den Helden zu spielen.«

Das hatte gesessen. Andrew wollte kontern, stattdessen hörte er sich jedoch sagen: »Seit dreißig Jahren habe ich keinerlei körperliche Arbeit mehr verrichtet. Mir tut alles weh. Auch wenn man fünfmal die Woche ins Fitnessstudio geht, bereitet einen das nicht auf acht Stunden Schufterei mit Hammer und Nägeln vor.«

»Früher hast du gerne handwerklich gearbeitet.«

Ihm kam in den Sinn, dass niemand außer ihr das über ihn wusste. »Du hast recht. Das habe ich. Und ich lerne es langsam wieder.« Er deutete mit dem Kopf auf den Hobart. »Ich weiß zwar nicht, ob Geschirrspülen die gleiche Magie entfaltet, aber einfach mal wieder richtig anzupacken tut gut. Ganz egal, was.«

Rasch wandte sie sich ab, aber nicht schnell genug. Er hatte bereits gesehen, dass sie errötet war. Himmel, wie gern er sie an sich ziehen wollte. Ihr durch das Haar fahren, über ihre Haut streicheln.

Aber obwohl ihn sein Begehren fest im Griff hatte, erkannte Andrew doch, dass es zu früh dafür war. Bevor er noch irgendwelche Dummheiten machte, sollte er lieber schnell gehen. Zuerst musste er aber sicherstellen, dass er Isabel wiedersah.

»Gibt es jemanden für die Spätschicht?«

Er erkannte, wie schwer ihr die Antwort fiel; dass ihr zuwider war, was sie dann sagen musste: »Nein, ich habe niemanden.«

»Wann soll ich da sein?«

Sie nahm ein Messer, hielt es in den Wasserstrahl und wischte es mit einem Küchentuch trocken. »Halb sechs.«

Das helle Glitzern der Edelstahlklinge verstand er als Aufforderung zu gehen.

»Komm nicht zu spät. Und denk ja nicht, dass ich dir verziehen habe, nur weil ich dich mein Geschirr spülen lasse.«

»Das werde ich nicht«, sagte er, meinte damit aber nur den Teil mit dem Zuspätkommen. Denn er hoffte immer noch, dass er an dem anderen Teil irgendwie etwas ändern könnte.

Drei Stunden später kam Isabel, nachdem sie zu Fuß eine Unmenge Besorgungen gemacht hatte, ins Restaurant zurück. Wenngleich heute ein weiterer kühler, windiger Tag war, fühlte sie sich erhitzt und konnte es kaum erwarten, endlich Mantel und Pullover auszuziehen. Sollten die Hitzewallungen noch schlimmer werden, würde sie womöglich den gesamten Nachmittag im Kühlraum verbringen müssen.

Nein, dachte sie dann, während sie ein halbes Dutzend orangefarbener und gelber Paprikaschoten vor sich ausbreitete, warum sollte sie sich selbst etwas vormachen.

Das war einzig Andrews Verdienst. Wegen ihm hatte sie das Gefühl zu verbrennen. Vorhin hatte sie sich in einer schwachen

Sekunde sogar gewünscht, er würde aufhören zu reden und sie gleich dort auf der Edelstahltheke nehmen.

Ihn mit der Plastikschürze und den gelben Gummihandschuhen am Geschirrspüler stehen zu sehen, hätte sie eigentlich nicht so aus der Fassung bringen sollen. Aber dennoch war sie schwach geworden. Und wenn sie daran dachte, dass er in wenigen Minuten wieder hier sein würde, um die gleiche Arbeit noch einmal zu erledigen – und ihr den Hintern zu retten –, wurde sie nur noch nervöser.

Außerdem war sie von einer widerwärtigen Vorfreude erfüllt.

Um sich vor ihm zu schützen, blieb ihr nur eins – argwöhnisch zu bleiben und nach den tatsächlichen Absichten zu fragen, die hinter seinem Süßholzgeraspel stecken konnten.

Da sie die Paprikaschoten grillen wollte, drehte sie den Gasherd auf und griff nach ihrem Feuerzeug. Als die Flammen höher emporschlugen als beabsichtigt, wollte Isabel gerade einen Schritt zurücktreten, als sie von zwei starken Händen gepackt und zur Seite geschoben wurde.

Sie hätte Andrews Berührung jederzeit wiedererkannt. Niemand sonst löste diese starke körperliche Reaktion bei ihr aus. Sie bekam eine Gänsehaut, als würde sie frieren, und hatte doch gleichzeitig das Gefühl, innerlich versengt zu werden.

Auch wenn sie sich danach sehnte, in seine Arme zu sinken, befreite sie sich stattdessen energisch aus seinem Griff.

»Verflucht noch mal, was soll das?«

Ein Muskel in seiner Wange zuckte. »Du solltest wirklich vorsichtiger sein.«

Nun, er war nicht der Einzige, der hier wütend war. »Zum Henker, das ist mein Restaurant. Denkst du etwa, ich könnte mit meinem eigenen Herd nicht umgehen?«

»Herrje, Isabel. Die Flammen waren nur Zentimeter von deinem Gesicht entfernt. Du hättest dich verletzen können.«

Gerade als sie tief Luft holen wollte, um ihm zu sagen, wohin er sich seine Ratschläge stecken konnte, nahmen seine Worte in ihrem Kopf eine völlig neue Bedeutung an.

Verletzt. Er hatte Angst gehabt, dass sie sich verbrannte. So wie sein Sohn.

»Diese Brandwunden bei deinem Sohn zu sehen. Ich kann mir gar nicht vorstellen, wie schrecklich das gewesen sein muss«, sagte sie, bevor sie darüber nachgedacht hatte.

Er blinzelte verwirrt, so als würde ihm erst in diesem Moment klar werden, wie übertrieben seine Reaktion gewesen war. Schließlich hatte sie nur den Gasherd angezündet.

»Es tut mir leid. Du hast recht. Ich habe überreagiert.«

Sie wollte die Hand nach ihm ausstrecken und konnte sich erst in letzter Sekunde beherrschen.

Eine einzige Berührung, eine Millisekunde, wäre bei weitem nicht genug.

»Es ist nur so, dass ich seit Connors Unfall …«

Andrew schluckte schwer, und Isabel konnte ihm all seine Liebe – und die Angst, die er um seinen Sohn gehabt hatte – am Gesicht ablesen.

»Ich kann einfach kein Feuer mehr sehen. Egal welcher Art. Kaminfeuer. Feuerstellen. Sogar die Lagerfeuer, die abends am anderen Ufer des Sees angezündet werden, verursachen mir eine Gänsehaut.«

»Das ist doch verständlich.«

»Ich habe so viel Zeit verschwendet, Isabel. Ich hätte mit Sam und Connor herkommen sollen, als sie klein waren. Hätte ihnen beibringen sollen, wie man segelt. Stattdessen habe ich es meinen Eltern überlassen, ihnen zu zeigen, wie wundervoll der See ist.«

Sie wusste nicht, was sie darauf erwidern sollte, denn insgeheim war sie froh gewesen, dass er nie mitgekommen war. Wie hätte sie es ertragen sollen, Andrew jeden Sommer mit seiner Frau und den Kindern sehen zu müssen?

»Jetzt bist du doch hier.«

»Aber ich fürchte, es könnte bereits zu spät sein.«

»Bemüh dich um ihn. Lass nicht locker. Denn das ist unsere Aufgabe als Eltern. Auch wenn unsere Kinder sich so verhalten, als würden sie unsere Liebe nicht brauchen oder nicht haben wollen – genau dann haben sie sie am nötigsten. Also denk einmal nicht nur an dich und deine Gefühle. Und versuch einfach nur, für ihn da zu sein.«

»Danke, dass du mich daran erinnerst«, sagte er leise, und Isabel erkannte, dass sie sich viel weiter vorgewagt hatte, als sie eigentlich wollte.

»Ich werd dann mal alles vorbereiten, wir öffnen ja gleich.«

Er nickte und zog sich ohne ein weiteres Wort an den Geschirrspüler zurück. Aber Isabel wusste, die ganze Angelegenheit war damit nur aufgeschoben und nicht aufgehoben.

Zum Glück war den ganzen Abend über viel los, sodass Isabel gar keine andere Wahl blieb, als sich auf das Geschäft zu konzentrieren. Allerdings ergab sich dadurch das Problem, dass sie Andrew unmöglich früher gehen lassen konnte. Auch wenn sie nicht alleine waren – Caitlyn, Scott und zwei ihrer Servicekräfte waren auch noch da –, so war er ihr hier in der Küche einfach viel zu nahe.

Nachdem sie die letzte Bestellung rausgegeben hatte, stieß sie die Hintertür auf, um etwas frische Luft zu schnappen. Der Wind war stärker geworden, und sie genoss die Kälte, obwohl sie nur ein T-Shirt trug.

Sie lief gerade über den Parkplatz in Richtung See, als sie unvermittelt stehen blieb, weil ihr ein junges Pärchen auffiel, das sich küsste. Das war doch ihr Sohn! Und das blonde Mädchen, mit dem er sich vor ein paar Tagen aus dem Staub gemacht hatte, um ins Kino zu gehen.

Sie bemerkte Andrew erst, als er direkt neben ihr stand. »Kaum vorstellbar, dass wir beide genau in dem Alter waren, als wir uns kennengelernt haben.«

»Das ist mein Sohn. Ich wusste gar nicht, dass er eine Freundin hat.«

»Wir haben unseren Eltern damals auch nichts von uns erzählt. Wir hielten uns für so erwachsen«, sagte er sanft. »Aber wenn ich mir die beiden heute so ansehe …« Er schüttelte den Kopf. »Wir waren noch Kinder, meinst du nicht auch?«

Als Isabel sich noch einmal zu ihrem Sohn umdrehte und sah, wie zögerlich er das Mädchen in die Arme schloss, musste sie Andrew recht geben. Ihr Sohn war nicht einmal annähernd erwachsen. Zweifelsohne würde er in den nächsten Jahren, während er älter wurde und sich weiterentwickelte, viele Fehler machen.

Mit einem Mal sah Isabel die gemeinsame Vergangenheit mit Andrew in einem neuen Licht, und der schwarze Schleier, der sich in den letzten dreißig Jahren darübergelegt hatte, hob sich an einigen Stellen.

Sie drehte sich zu Andrew um, betrachtete die Falten in seinem Gesicht, die grauen Strähnen in seinem Haar, und fand, dass er trotz allem besser aussah als der attraktive Neunzehnjährige von damals.

»Eigentlich wussten wir damals gar nicht, was wir tun, oder?«, sagte sie sanft.

»Ja, so war es«, stimmte er ihr zu. »Zumindest was mich angeht.«

Seine raue Stimme ging ihr durch und durch, es war geradezu beängstigend. »Ich muss wieder rein.«

Fast hatte sie damit gerechnet, dass er sie aufhalten würde.

Doch stattdessen sagte er bloß: »Gut. Geh nur. Aber eines Tages wird es keinen Grund mehr geben, vor mir davonzulaufen.«

Das brachte sie erneut auf die Palme, womit er sicherlich gerechnet hatte. Trotzdem konnte sie sich eine Antwort nicht verkneifen. »Ich renne nicht weg.«

»Bist du dir da sicher?«

Wütend ging sie wieder auf ihn zu. »Es gibt überhaupt keinen Grund, vor dir davonzulaufen.«

»Wie wäre es dann, wenn ich dir einen gebe?«

Als er sie küsste, schien in ihrem Magen eine Rakete hochzugehen.

Grundgütiger, wie hatte sie jemals vergessen können, was für ein wunderbares Gefühl es war, seinen Mund auf dem ihren zu spüren, und wie herrlich seine Küsse schmeckten?

Er legte ihr eine Hand auf die Hüfte und vergrub die andere in ihrem Haar. So zog er sie näher an sich heran, bis sich nicht mehr nur ihre Lippen berührten, sondern auch ihre Zungen. Sie trafen sich zu einem Tanz, der so natürlich war, so perfekt aufeinander abgestimmt, dass sie vor Wonne aufstöhnte und sich noch enger an ihn schmiegte.

Er drückte sie gegen die Motorhaube eines Autos, und sie ließ es bereitwillig zu, denn sie wollte mehr von seiner Hitze, von diesem köstlichen Rausch, den nur Andrew in ihr auslösen konnte.

Isabel hatte auch mit ihrem Ehemann Spaß im Bett gehabt, aber jetzt, da sie wieder in Andrews Armen lag, fragte sie sich, wie sie sich jemals mit weniger als dieser alles verzehrenden Leidenschaft hatte zufriedengeben können. Diesem Gefühl, ohne den nächsten gestohlenen Atemzug ihres Geliebten nicht weiterleben zu können?

Sie fuhr mit den Händen über Andrews Körper, mit der gleichen Gier wie er, genauso sehnsüchtig. Sie spürte seine Erektion und konnte nicht anders, als sich daran zu reiben. Nichts wünschte sie sich in diesem Moment mehr, als sich ihm ganz hingeben zu können. Sie wollte, dass Andrew sie zum Höhepunkt brachte.

Er ließ die Hände unter ihr T-Shirt gleiten, den Brustkorb hinauf bis zu ihren Brüsten, die er mit beiden Handflächen bedeckte. Ihr Herz schlug wie wild.

Aber dann hörte sie durch den dichten Nebel ihres Begehrens eine Stimme: »Mom?«

Isabel war der Welt derart entrückt, dass sie die Stimme ihres Sohnes erst in dem Moment erkannte, als sie ihn sagen hörte: »Scheiße. Das ist meine Mom, die da mit irgendeinem Typen auf dem Auto rummacht.«

Oh Gott. Josh.

Andrew reagierte zuerst, indem er die Hände schnell wieder unter ihrem T-Shirt hervorzog. Mit butterweichen Knien versuchte Isabel, sich aufzurichten und auf Josh zuzugehen, aber da hatte er ihr bereits ein »Du widerst mich an« entgegengeschleudert und war davongestürmt.

Als Andrew ihr daraufhin tröstend eine Hand auf den Rücken legen wollte, wich sie vor seiner Berührung zurück.

Wie hatte sie das nur zulassen können? Wieso hatte sie Andrew geküsst? Und wenn ihr Sohn nicht aufgetaucht wäre, wie weit wäre sie wohl noch gegangen?

Sie kannte die Antwort bereits. Andrew war schon immer der einzige Mensch gewesen, bei dem sie völlig die Kontrolle verloren hatte. Aber obwohl er derjenige war, der sie als Erster geküsst hatte, war das Ganze doch nicht nur seine Schuld. Sie hatte es genauso gewollt wie er. Hatte sich ihm mehr als bereitwillig mitten auf dem Parkplatz hingegeben.

»Er wird darüber hinwegkommen, uns beim Küssen erwischt zu haben.«

»Ich weiß einfach nicht mehr, wie ich mich verhalten soll. Früher hat er immer gesagt, ich sei die beste Mutter der Welt. Wir waren Freunde. Hatten Spaß miteinander.«

Sie wollte weinen. Schreien. Eine ganze Woche durchschlafen. Andrew noch einmal küssen.

»Aber inzwischen kann ich es ihm einfach nicht mehr recht machen, egal, was ich tue oder sage. Ich habe das Gefühl, ihn zu verlieren. Und das macht mich fertig.«

»Er versucht doch nur herauszufinden, was es bedeutet, ein Mann zu sein. Ich weiß aus eigener Erfahrung, wie schwer das ist.«

Andrew war eigentlich der letzte Mensch auf dieser Welt, mit dem sie ihre Sorgen besprechen wollte, und doch kam es ihr ganz normal vor. So als ob er sie, ungeachtet allem, was zwischen ihnen stand, immer noch besser verstehen würde als alle anderen.

»Haben deine Söhne das auch durchgemacht?«

Sie sah den Schmerz in seinem vom Mondlicht beschienenen Gesicht aufflackern. »Das weiß ich nicht«, gab er zu, und die starke Gefühlsregung in seiner Stimme überraschte sie. »Ich habe immer gearbeitet, war ständig unterwegs auf Geschäftsreisen. Gerade waren sie noch kleine Jungs und als ich dann wieder nach Hause kam, waren Männer aus ihnen geworden. Männer, die nichts mit ihrem Vater zu tun haben wollten.«

»Das tut mir leid.«

»Mir auch. Aber du hast es heute Morgen selbst gesagt: Zwar kann ich die Zeit nicht zurückdrehen und alles besser machen; aber mit ein bisschen Glück und wenn ich mich der Verantwortung stelle, schaffe ich vielleicht eine bessere Zukunft. Hier. Jetzt. Mit Connor. Ich möchte, dass meine beiden Söhne spüren, wie viel sie mir bedeuten.« Seine Augen bohrten sich in ihre, hielten ihren Blick gefangen. »Aber ich hätte auch Verständnis dafür, wenn sie das nicht wollen. Denn manche Dinge sind einfach nicht wiedergutzumachen.«

Er sah sie bedeutungsvoll an.

»Deshalb kann ich nur aus eigener Erfahrung darüber sprechen, wie schwer es ist, ein Mann zu werden.« Ihr stockte der Atem, als er fortfuhr: »Ich weiß, du kannst es nicht mehr hören, Isabel, aber ich war nur ein dummer Junge, der es nicht besser wusste.«

Ihr fiel keine Antwort ein. Wut verspürte sie allerdings auch keine mehr. Isabel war über ihre verzweifelten Versuche, Andrew durch Zorn und Sarkasmus von sich fernzuhalten, hinaus. Auch darüber, vor ihm wegzulaufen, sobald sie nicht mehr weiterwusste.

Aber sie war trotzdem noch nicht so weit, ihm zu vergeben.

»Ich sollte besser gehen, oder?«, sagte er und räusperte sich.

Sie sah ihn nicht an, es ging einfach nicht. »Ja, das wäre besser.«

»Was ist denn mit dir los?«

Erst jetzt fiel Josh auf, dass Hannah das Seeufer entlangrennen musste, um mit ihm Schritt zu halten. Er konnte kaum fassen, was er da gerade mit angesehen hatte. Das Bild von diesem Typen, der seine Mutter auf einer Motorhaube bestieg, spielte sich in einer Endlosschleife vor seinem inneren Auge ab.

Und dabei drehte sich ihm der Magen um.

»Meine Mom sollte sich nicht so verhalten. In der Öffentlichkeit.« Und auch sonst nirgendwo.

»Ich fand es eigentlich ganz romantisch. Deine Mom ist doch schon lange allein, oder? Fändest du es nicht schön, wenn sie einen Partner finden würde?«

»Das war nicht romantisch. Es war ekelhaft.«

Hannah blieb stehen. »Warum denn?«

In ihrer Frage schwang ein drohender Unterton mit, aber Josh war viel zu verärgert, um es zu bemerken.

»Sie ist meine Mom. Sie sollte … so etwas nicht nötig haben.«

»Aber du hast mir doch erzählt, dein Vater hätte andauernd neue Freundinnen.«

»Bei ihm ist das ja auch etwas anderes.«

»Ach ja? Etwa, weil er ein Mann ist? Während sie damit zufrieden sein muss, für den Rest ihres Lebens nur deine Mutter zu sein? Du hast doch ständig gesagt, dass du dir wünschen würdest, sie würde endlich ein eigenes Leben haben und dich in Ruhe lassen. Und wenn sie das dann macht, benimmst du dich wie ein Vollidiot.«

Sie drehte sich um und lief davon.

»Hannah, warum bist du denn jetzt auf *mich* wütend?«

Sie wandte sich nur kurz zu ihm um und sagte: »Weil du deine Mutter wie den letzten Dreck behandelt hast. Und ich habe keine Lust, meine Zeit mit einem verzogenen Kerl zu verbringen.«

Isabel blieb auf und wartete, bis Josh nach Hause kam.

»Was du da vorhin gesehen hast, ist nicht das, was du denkst.«

»Natürlich ist es das.« Er blickte sie finster an. »Du hast es mit irgendeinem Typen beinahe auf der Motorhaube eines Autos getrieben.«

Ihr kam die Galle hoch, wenn sie daran dachte, welches Bild sich ihrem Sohn da geboten haben musste. Gleichzeitig fand sie es nicht richtig, sich bei ihm dafür zu entschuldigen, dass sie ein ganz normaler Mensch mit normalen sexuellen Bedürfnissen war.

Trotzdem wollte sie ihn wissen lassen, dass es sich nicht um irgendeinen wildfremden Mann gehandelt hatte.

»Ich kenne ihn. Schon lange. Andrew ist im Ferienhaus nebenan aufgewachsen. In *Poplar Cove*. Wir waren mal ein Paar.« Die

Worte »Ich war so alt wie du, und ich habe ihn geliebt« kamen ihr über die Lippen, noch ehe sie bedacht hatte, mit wem sie sprach.

Voller Entsetzen beobachtete sie, wie Joshs Gesichtsausdruck von Wut und Ekel zu tiefster Niedergeschlagenheit wechselte.

»Dad war der einzige Mann, den du je geliebt hast.«

Herrje. Sie hatte nicht daran gedacht, was es für ihn bedeuten würde zu hören, dass sie ein Leben vor ihm und seinem Vater gehabt hatte.

»Natürlich habe ich deinen Vater geliebt. Und auch wenn wir nicht mehr zusammen sind, werde ich ihn immer dafür lieben, dass er mir dich geschenkt hat.«

Aber Josh hörte ihr schon nicht mehr zu. »Ich hab alles ganz genau gesehen. Was du mit dir hast machen lassen. Der einzige Mann, den du lieben solltest, ist Dad, nicht irgend so ein Arschloch, das mal nebenan gewohnt hat. Wegen dir kann mich Hannah jetzt nicht mehr ausstehen.«

Die Worte ihres Sohnes – dass sie all diese Dinge mit Andrew nicht getan hätte, wenn sie ihn nicht immer noch lieben würde – stimmten sie nachdenklich.

»Ich liebe ihn nicht«, sagte sie wie zu sich selbst. Dann erst drang zu ihr durch, was Josh danach gesagt hatte. »Hannah? Meinst du damit deine Freundin? Wieso kann sie dich nicht mehr ausstehen?«

Aber er war mit ihr fertig. »Warum gehst du nicht einfach zu deinem Lover zurück, dann musst du nicht mehr an mich denken. Denn es ist ja wohl mehr als offensichtlich, dass dir außer ihm alle anderen Leute scheißegal sind.«

Das Letzte, was sie von ihm hörte, war das Krachen, mit dem seine Zimmertür ins Schloss fiel. Dann setzte laute Musik ein.

Da wurde Isabel klar, dass all die Dinge, zu denen sie Andrew in Bezug auf Connor geraten hatte, genauso gut auf sie und Josh zutrafen. Je mehr er sich von ihr abwandte und behauptete, er würde sie hassen, desto mehr brauchte er sie.

Ja, sie verstand seine Schwierigkeiten beim Erwachsenwerden, erinnerte sich nur zu gut daran, was für ein Gefühl es war, fünfzehn Jahre alt und vollkommen durcheinander zu sein. Aber auch wenn ihr bewusst war, dass sie sich ein wenig zurückziehen sollte, um ihn seinen eigenen Weg finden zu lassen, bedeutete das nicht, dass sie nicht für ihn da sein konnte, sobald er auf die Nase fiel.

Denn das würde er. Das taten sie alle.

Früher oder später.

23

Bei besonders heftigen Flächenbränden konnte es vorkommen, dass Connor bis zu zweiundsiebzig Stunden am Stück mit wenig bis gar keinem Schlaf auskommen musste. An solchen Tagen hielt ihn einzig sein Adrenalinspiegel und ein paar kalorienreiche Mahlzeiten am Laufen. Außerdem wusste er ja, dass er zufrieden schlafen gehen konnte, sobald das Feuer gelöscht war.

In der letzten Woche hatte er genauso wenig geschlafen, aber dieses Mal war kein befriedigendes Ende in Sicht.

Den ganzen Tag über arbeitete er an den Stämmen. Ginger war ständig bei ihm, nicht nur im Haus, sondern auch in seinen Gedanken. Ihre Worte »Ich wünsche mir einen Ehemann und Partner. Ich will einen Mann ... der mich genauso liebt wie ich ihn« spulten sich immer wieder in seinem Kopf ab.

Nie hätte er gedacht, dass er über Andrews Gegenwart so froh sein würde. Mit ihm als stillem Puffer zwischen ihnen waren die Tage einfacher zu ertragen. Aber sobald sein Vater das Haus verließ und es dunkel wurde, geriet Connors Entschluss ins Wanken.

Er hatte gar nicht erst versucht, in der Hütte zu schlafen. Denn ein einziger schwacher Moment würde bereits ausreichen, und schon wäre er oben bei Ginger, würde ihre Tür eintreten, um sie während einiger gestohlener Momente davon zu überzeugen, noch einmal mit ihm das Bett zu teilen. Und dann noch einmal.

Also war er jeden Abend bei Sonnenuntergang in die Werkstatt geflüchtet. In der ersten Nacht hatte er sich die Zeit mit Liegestützen, Situps und Klimmzügen vertrieben, bis er schweißbedeckt auf dem Betonfußboden lag. Aber genützt hatte es nichts. Nach wie vor konnte er an nichts anderes denken als an Ginger. Also war er laufen gegangen. Die ersten paar Hundert Meter hatte er sich kraftlos gefühlt. Schwerfällig. Als würden Gewichte an seinen Gliedmaßen hängen. Aber das hatte ihn nur noch weiter angespornt, er war entschlossen gewesen, den Schmerz zu überwinden. Mit jedem Stück Wegstrecke hatte er das Tempo gesteigert. Er hatte Kilometer um Kilometer zurückgelegt, war *Poplar Cove* davongelaufen.

Doch er hatte Ginger nicht aus seinem Kopf verbannen können.

Ihr wunderschönes Gesicht. Wie sie morgens aussah – die Locken auf dem Kissen ausgebreitet, ihr üppiger Mund, der zum Küssen einlud. Wie sie ausgesehen hatte, als sie ihm auf der Veranda ihre Liebe erklärt hatte. Er hatte ihr an den Augen ablesen können, dass sie die Wahrheit sprach. Das waren nicht einfach nur in der Hitze der Leidenschaft dahergesagte Worte gewesen.

Da keiner seiner üblichen Tricks auch nur ansatzweise geholfen hatte, war Connor zurück zur Werkstatt gejoggt. Dort angekommen hatte er sich vor dem Segelboot seines Vaters wiedergefunden. Es war wunderschön, auch wenn es noch nicht fertig gebaut war.

Das Unwetter, in das er neulich hineingeraten war, hatte das alte Segelboot seiner Großeltern zerstört. Gleich am nächsten Morgen – nachdem Ginger all die Dinge eingefordert hatte, die er ihr nicht geben konnte – war er mit dem Motorboot rausgefahren, um die kleine Jolle wieder zurückzuholen. Sie trieb auf der anderen Seite des Sees im seichten Wasser und war beinahe entzweigebrochen, weil die Wellen sie immer wieder gegen die Steine am Ufer geworfen hatten.

Das Boot seiner Großeltern mochte er nicht mehr retten können, aber er konnte dieses hier fertigstellen. Nachdem er die ganze Werkstatt durchsucht hatte, fand er schließlich die

Baupläne für das Segelboot, die ordentlich zusammengefaltet in einer Schublade lagen.

Während der schwierigen nächsten Tage, in denen er mit Ginger in der Hütte werkelte, wurde das Boot zu seinem geistigen Anker, seinem Ziel. Auch wenn er während der Arbeit an dem Boot immer noch ständig an sie dachte, konnte er so wenigstens die Stunden bis zum Sonnenaufgang füllen, und danach machte er damit weiter, sie heimlich beim Malen auf der Veranda zu beobachten und ihren Duft einzuatmen, wenn sie an ihm vorbeiging.

Mit jedem weiteren Tag schien sich die nervöse Anspannung, die ihn seit dem Unfall in der *Desolation Wilderness* erfüllte – und die einzig in Gingers Gegenwart ein wenig nachgelassen hatte –, geradezu exponentiell zu steigern. Wenn er überhaupt einmal für kurze Zeit auf eine dicke Segelplane in der Werkstatt gebettet schlief, hatte er ständig Albträume. Auch die Arbeit mit Hammer, Silikonpistole und Sandschleifmaschine wurde gefährlicher, da seine Hände immer öfter taub wurden, dann wieder überempfindlich, sodass er ständig aufpassen musste, dass er das Werkzeug nicht fallen ließ.

Connor stand über das Segelboot gebeugt da, um ihm den letzten Schliff zu verpassen. Bald würde die Sonne aufgehen, dann würde er es ins Wasser ziehen. Fast wünschte er sich ein weiteres Unwetter herbei, das ihn und Ginger wie von höherer Macht bestimmt wieder zusammenbringen würde.

Aber da er wusste, dass das nicht passieren würde, war er versucht, einen Hammer zu nehmen und seine bisherige Arbeit zu zerstören, damit er wieder von vorne anfangen könnte. Denn wenn er hiermit fertig war, womit zum Teufel sollte er sich dann bloß beschäftigen, um sich von Ginger fernzuhalten?

Am Tag zuvor war ein Nachbar vorbeigekommen, der auch eine alte Hütte weiter unten am See besaß. Die Jungs aus dem

Baumarkt hatten ihn geschickt, weil er sich Connors Arbeit ansehen wollte. Der Hausbesitzer hatte sich stark beeindruckt gezeigt und gesagt, dass es fast unmöglich sei, noch jemanden zu finden, der überhaupt bereit war, an den alten Holzhäusern Renovierungsarbeiten vorzunehmen. Die Baufirmen von heute wären immer nur darauf aus, die alten Gebäude abzureißen und Fertigholzhäuser an ihre Stelle zu setzen. Dann hatte er Connor nach seinen Zukunftsplänen gefragt und ob er sich vorstellen könne, einigen der Anwohnern am See bei den Reparaturen an ihren Häusern zu helfen.

Connor hatte die handwerklichen Arbeiten durchaus genossen – es war ein befriedigendes Gefühl, mit langen Pinselstrichen über einen Baumstamm zu streichen, bis er golden glänzte; ihn zu versiegeln, damit er Wind und Wetter standhielt. Das Haus seiner Großeltern wieder zum Leben zu erwecken war eine wunderbare Erfahrung. Aber es kam für ihn trotzdem nicht infrage, hierzubleiben und diese Tätigkeit zu seinem Beruf zu machen. Nicht dass er sich nicht vorstellen könnte, ein Zimmermann zu sein. Er dachte dabei auch nicht an seine Hände, sondern nur an Ginger. Connor konnte sich einfach nicht vorstellen, im selben Ort zu leben wie sie.

Mit anzusehen, wie sie einen anderen Mann heiratete und Kinder bekam – das wäre die Hölle auf Erden.

Lieber würde er sich kopfüber in ein brennendes Feuer stürzen.

Andrew lag stundenlang auf dem Bett in seinem Zimmer des Gästehauses und starrte die Decke an. Sein ganzes Wesen war immer noch von Isabel erfüllt. Er erinnerte sich daran, wie ihr weicher Körper sich an ihn geschmiegt und ihre Zunge die seine umspielt hatte. Wie sie ihn über sich gezogen hatte, noch näher an sich heran.

Als er um fünf Uhr morgens immer noch kein Auge zugetan hatte, hoffte er inständig, ein kurzes Bad im See würde ihn vielleicht beruhigen. Aber auch wenn das Wasser kühl war und er körperlich vollkommen erschöpft, war er anschließend immer noch genauso aufgewühlt, als hätte ihre Begegnung gerade erst stattgefunden und nicht schon vor mehreren Stunden.

Kurz vor Sonnenaufgang stieg Andrew wieder in sein Auto und machte sich auf den Weg zu *Poplar Cove*. Erst nachdem er hinter der Hütte geparkt hatte, fiel ihm auf, dass es noch viel zu früh war, um Connor und Ginger zu stören. Da er aber auch nicht einfach ruhig im Auto sitzen bleiben konnte, stieg er aus und ging den altbekannten Pfad entlang, der ihn zu dem einzigen Ort führte, den er seit seiner Ankunft konsequent gemieden hatte.

Das Heiligtum seines Großvaters, der Teil von *Poplar Cove*, der ihm immer am meisten bedeutet hatte: die Werkstatt.

Er blieb vor dem alten roten Schuppen stehen, den sein Großvater genau so erhalten hatte, wie er ihn beim Kauf des Grundstücks 1910 vorgefunden hatte. Das Haus am Wasser hatte er dann später selbst gebaut. Es kam Andrew so vor, als wären all seine verlorenen Träume hier im Erdboden begraben und bahnten sich nun einen Weg an die Oberfläche, bis das trockene Laub unter seinen Füßen nachzugeben schien. Er schwankte.

Mit pochendem Herzen legte er eine Hand auf den großen Türknauf und öffnete das Flügeltor. Da stand sie im hinteren Ende des Raums, genau an der Stelle, wo er sie vor gut dreißig Jahren zurückgelassen hatte: seine hölzerne Schaluppe. Er konnte kaum glauben, dass sie niemand auseinandergebaut hatte, um das Holz anderweitig zu verwenden oder etwas Platz zu schaffen. Warum, um alles in der Welt, war sie immer noch da?

Und dann bemerkte Andrew, dass er nicht allein war. Sein Sohn hockte neben dem Boot.

»Connor?«, fragte er und ging auf ihn zu. Plötzlich bemerkte er, dass das Boot nicht länger halb fertig war. »Warst du das? Hast du mein Boot zusammengebaut?«

»So wie es da stand, war es schließlich reine Holzverschwendung.«

Trotz der gefühllosen Worte war Andrew tief bewegt. Er kniete sich neben das Boot, ließ die Finger über das glatte, goldene Holz gleiten, das er als Teenager so sorgfältig abgehobelt und geschliffen hatte.

Damals war er nicht viel älter als Isabels Sohn gewesen, hatte aber schon lange davon geträumt, einmal seinen Lebensunterhalt mit dem Segeln verdienen zu können. Sobald er laufen konnte, hatte sein Vater ihn mit aufs Segelboot genommen, und sie hatten viele gemeinsame Stunden auf dem See verbracht.

Andrew war eigentlich immer davon ausgegangen, dass auch er einmal mit seinen eigenen Söhnen in einem selbst gebauten Boot auf den See hinausfahren würde.

»Du hast recht«, wandte er sich schließlich an Connor. »Ich hätte es schon längst vollenden sollen.«

»Es ist doch nur ein Boot«, erwiderte Connor, und Andrew war sofort klar, dass sein Sohn bemüht war, ihr Gespräch in ungefährlicheres Gewässer zu lenken. Aber es war sinnlos, dem Sturm noch länger auszuweichen. Früher oder später würde er doch über sie hereinbrechen, wie sehr sie sich auch vor ihm verstecken mochten.

»Nein, es war mehr als das. Ich habe das Segeln immer geliebt. Das war es, was ich eigentlich tun wollte – Schiffe bauen und auf ihnen übers Wasser fahren. Ich wollte einmal um die ganze Welt segeln.«

»Warum zum Teufel bist du dann nie wieder hergekommen?«

»Himmel, ich wünschte, ich wäre es. Ich wünschte, ich könnte die Vergangenheit ändern, aber ich war einfach zu feige, um mich meinen Fehlern zu stellen.«

»Ich hab bereits kapiert, dass da was zwischen dir und Isabel war, aber wen kümmert's? Du hättest doch trotzdem mit Mom herkommen können. Hättest Zeit mit mir und Sam verbringen können. Dann hättest du uns beibringen können, wie man segelt, und nicht Opa.«

»Das war nicht so einfach.«

»Einfacher geht's doch nun wirklich nicht. Du hattest eine Frau und Kinder, die dich brauchten.«

»Eigentlich wollte ich Isabel heiraten«, brach es aus Andrew heraus. Jetzt konnte er es nicht mehr zurücknehmen. »Wir hätten es getan, sobald sie die Highschool beendet hätte und wir beide studiert hätten. Stattdessen habe ich deine Mutter geschwängert. Ein einmaliger, dummer Ausrutscher, weil ich betrunken gewesen bin. Und mir nichts dir nichts hatte ich unser aller Leben verpfuscht.«

Als Connor endlich ein Licht aufging, wurde er so wütend, wie Andrew ihn noch nie zuvor erlebt hatte – nicht einmal während der ersten Tage im Krankenhaus.

»Mom wurde mit Sam schwanger, und deswegen hast du sie geheiratet?«

»Ich hätte sie nicht geheiratet, wenn ich nicht auch etwas für sie empfunden hätte.«

»Aber du hast sie niemals so geliebt wie Isabel, habe ich recht?«

Andrew wusste, dass er sich um Kopf und Kragen redete. »Deine Mutter sollte nicht das Gefühl haben, zweite Wahl zu sein. Und als sie schwanger wurde, da konnten wir nicht einfach getrennte Wege gehen und das Beste daraus machen. So waren wir nicht erzogen worden. Damals war es das einzig Richtige. Wir haben uns gemeinsam dazu entschieden, uns gegenseitig den Ring angesteckt und uns dann die größte Mühe gegeben, die Sache in den Griff zu bekommen. Wir wollten nicht, dass Sam – oder du –, dass ihr in einem kaputten Elternhaus aufwachsen müsst.«

»Du hast die falsche Entscheidung getroffen.«

»Inzwischen ist mir das auch klar«, versuchte er sich zu verteidigen, aber Connor schnitt ihm das Wort ab.

»Wir waren dir immer scheißegal, oder?«

Das war der Tropfen, der das Fass zum Überlaufen brachte. Andrew würde sich nicht länger tatenlos von seinem Sohn beleidigen lassen.

»Wie kannst du es wagen, mich über die Liebe belehren zu wollen? Verflucht, du bist doch selbst viel zu feige, um dieses wunderschöne Mädchen überhaupt nur an dich ranzulassen, geschweige denn ihre Liebe anzunehmen!«

Connor starrte ihn mit einem mörderischen Funkeln in den Augen an, aber das war Andrew gleichgültig. Er würde nicht eher aufhören, bis er alles gesagt hatte, was ihm auf dem Herzen lag.

»Als ihr klein wart, habe ich alles in meiner Macht Stehende getan, um dir und Sam ein guter Vater zu sein, aber unser Zuhause war ja eine verdammte Kriegszone. Das alleinige Hoheitsgebiet deiner Mutter – sie hat mich geradezu aus dem Haus getrieben, deshalb habe ich mich immer hinter meiner Arbeit versteckt. Und jedes Mal, wenn ich bei einem eurer Baseballspiele aufgetaucht bin, hat sie mir die ganze Zeit über nur Vorwürfe gemacht, warum ich bei den vorherigen vier Malen nicht gekommen bin. Ich hatte gar keine Chance.«

Als Connor etwas erwidern wollte, hob Andrew abwehrend die Hand.

»Ein stärkerer Mann als ich wäre euch trotzdem ein guter Vater gewesen. Ich war es nicht. Aber ich hätte euch zwei Jungs um nichts in der Welt eintauschen wollen. Und jetzt bin ich wild entschlossen, dieser bessere Mann zu sein. Deswegen werde ich dich auch nicht eher gehen lassen, bis du mir nicht verraten hast, was zwischen dir und Ginger schiefgelaufen ist.«

Als Connor die Hände zu Fäusten ballte, fragte sich Andrew

eine Sekunde lang, ob er auf ihn losgehen würde. Fast hoffte er es, dann könnte Connor sich abreagieren und gleichzeitig würde er Andrew etwas von seiner Schuld nehmen.

Doch anstatt auf ihn einzuprügeln, sagte Connor: »Sie hat mehr verdient, als ich ihr geben kann.«

Eine einfache Aussage. Aber der Schmerz, der dahinter lauerte, ließ Andrew den Atem stocken. Vor dreißig Jahren hatte es für ihn, Isabel und Elise keinen Ausweg gegeben.

Doch für seinen Sohn war es noch nicht zu spät, alles wieder hinzubiegen.

»Normalerweise schreckst du doch nie vor einer Herausforderung zurück. Hast du wenigstens versucht, ihr zu geben, was sie sich wünscht?«

»Hast du mir nicht zugehört?«, schrie Connor. »Ich kann es nicht, verfluchter Mist! Ich kann nicht so leben – ständig habe ich sie im Kopf und kann vor lauter Sehnsucht nicht mehr klar denken. Ich hätte immerzu Angst, dass ihr etwas zustößt.«

»Du liebst sie.«

»Natürlich liebe ich sie«, sagte Connor mit rauer Stimme, die seine starken Gefühle verriet. »Aber ich habe ihr nur immer wieder wehgetan. Ich würde sie ständig bloß verletzen.«

Andrew wollte die Hand nach seinem Sohn ausstrecken, wusste aber nicht wie. »Wir bauen manchmal Mist. Verletzen einander. Aber der größte Fehler wäre es, alles hinzuwerfen. Oder Zeit mit Bitterkeit zu verschwenden. Mit Wut. Sich von seiner Schuld auffressen zu lassen. Einem dummen Ausrutscher zu erlauben, dich für immer zu jemandem zu machen, der du nie sein wolltest.«

»Verstehst du denn nicht?«, knurrte Connor. »Ich habe ihr nichts zu geben. Sie verdient einen gesunden, normalen Mann, der ihr alles bieten kann, was sie sich wünscht. Und zwar sofort. Nicht erst in fünf oder zehn Jahren. Sie sollte nicht warten müssen, bis ich mir über meine Zukunft klar geworden bin. Darüber, ob ich überhaupt eine habe.«

»Das sind doch alles nur Ausreden, Connor. Und das weißt du genauso gut wie ich. Natürlich bist du gut genug für die Frau, die du liebst. Wenn es nicht so wäre, würde sie deine Liebe nicht erwidern.«

Connor antwortete nicht, und während sich eine bleierne Stille über sie senkte, sagte Andrew sich, dass er es wenigstens versucht hatte. Mehr konnte er nicht tun. Gerade wollte er sich abwenden, um seinem Sohn etwas Freiraum zu lassen, als ihm Isabels Worte wieder in den Sinn kamen.

Bemüh dich um ihn. Lass nicht locker. Denn das ist unsere Aufgabe als Eltern. Denk einmal nicht an dich und deine Gefühle. Und sei einfach für ihn da.

Er war zurück an den See gekommen, um sich selbst und allen anderen zu beweisen, dass er ein besserer Mann sein konnte. Sobald er die richtige Entscheidung traf, würde sich alles andere von selbst ergeben, davon war er überzeugt gewesen. Und die dreißig Jahre vernachlässigten Beziehungen hätten seiner Erwartung nach inzwischen längst repariert sein müssen.

An jenem ersten Tag in Isabels Schlafzimmer hatte er ihr gesagt, er hätte sich verändert. Aber das stimmte gar nicht. Er dachte immer noch nur an sich selbst.

Es war längst überfällig, das zu ändern.

»Du musst nicht als Hotshot arbeiten, Connor. Du bist eigentlich noch nicht mal auf deine Hände angewiesen. Jeder ist seines eigenen Glückes Schmied. Und dir stehen doch immer noch so viele Türen offen. Noch dazu gibt es eine wunderschöne Frau, die dich liebt. Und das Einzige, was ich dir mit Sicherheit sagen kann, ist, dass du es immer bereuen wirst, wenn du sie jetzt gehen lässt.«

Bei Connors Anblick, wie er da so verloren neben dem Segelboot stand, wusste Andrew mit einem Mal ganz genau, was zu tun war.

Dieser erste Schritt, den er auf seinen Sohn zumachte, flößte ihm mehr Angst ein als alles, was er jemals getan hatte, und es wurde immer schlimmer, je näher er ihm kam. Aber schließlich ging es hier nicht um ihn. Andrews eigenes Glück war bereits verloren.

Er würde alles tun, um Connor dabei zu helfen, seines zu retten.

Andrew schloss seinen Sohn in die Arme und wehrte sich dabei innerlich gegen jegliche Schamgefühle, obwohl ihm Tränen über die Wangen liefen, als er sich erneut an Connor wandte.

»Ich weiß, ich habe dir das nicht oft genug gesagt, aber ich liebe dich. Ich war ein beschissener Vater und habe hundertfach versagt. Aber obwohl ich nicht wusste, wie ich es dir zeigen sollte, habe ich dich doch immer geliebt. Und das werde ich auch immer tun.«

24

Ginger stöhnte, als das Telefon sie viel zu früh aus dem Schlaf riss.

Die letzte Woche war äußerst anstrengend gewesen. Ständig musste sie darauf achten, Connor nicht versehentlich zu berühren, wenn sie einander im Haus begegneten. Denn mehr als eine flüchtige Berührung würde es nicht brauchen, um sie wieder in seine Arme zu treiben und alle guten Vorsätze vergessen zu lassen. Außerdem kostete es Ginger große Mühe, sich ihm gegenüber reif zu verhalten, indem sie nicht nur für sich alleine Mittagessen machte.

Jede Nacht hatte sie wie eine liebeskranke Närrin mit klopfendem Herzen darauf gewartet, dass er die Treppe hochkam. Obwohl sie sich die größte Mühe gegeben hatte einzuschlafen, hatte sie doch immerzu wach gelegen und gehofft und gebetet, dass er diese Nacht zu ihr kommen würde. Dass er die Türklinke herunterdrücken, ins Zimmer treten und sie auf Knien um Vergebung bitten würde. Dann würde er ihr sagen, dass er sich getäuscht hatte und dass er sie liebte.

Aber das hatte er nicht getan.

Warum tat es so verdammt weh, wenn sie doch nur versuchte, glücklich zu werden?

Und warum war es so verflucht schwer, Connor hinter sich zu lassen und nach vorne zu blicken?

Nachdem sie zum Hörer gegriffen hatte, brachte sie ein grummeliges Hallo heraus, wurde jedoch gleich von Isabel unterbrochen. »Ginger, ich habe dich doch nicht etwa geweckt, oder?«

»Ist nicht so schlimm«, antwortete Ginger. Sie wollte sich aufrichten, aber sofort wurde ihr furchtbar schlecht.

»Ich schwöre dir, ich hatte mir fest vorgenommen, dich nicht anzurufen. Ich weiß schließlich, dass du dich diese Woche ganz auf deine Malerei konzentrieren wolltest. Aber könntest du vielleicht trotzdem auf einen Sprung rüberkommen? Ich habe Scott gebeten, für mich zu übernehmen, also muss ich nicht ins Diner. Ich mache uns Frühstück.«

Allein beim Gedanken an Essen drehte sich Ginger erneut der Magen um, trotzdem sagte sie artig: »Natürlich. Bin schon unterwegs.«

Seit sie in Blue Mountain Lake ihre Zelte aufgeschlagen hatte, war Isabel immer für sie da gewesen, wenn sie sie gebraucht hatte. Zuerst als Arbeitgeberin, dann als Freundin. Also würde auch eine Magengrippe sie nicht davon abhalten, Isabel jetzt beizustehen.

Aber sobald sie das Haus ihrer Freundin betreten hatte und ihr der Geruch von frischem Rührei in die Nase stieg, konnte sie nur noch zum Badezimmer rennen.

Dort fand Isabel sie über die Kloschüssel gebeugt vor.

»O mein Gott«, sagte ihre Freundin und nahm ihr das Haar aus dem Gesicht, um es zu einem Zopf zusammenzubinden. »Nur ein einziges Mal in meinem Leben habe ich so auf Frühstück reagiert, und das war, als ich –« Sie zögerte, dann fuhr sie mit sanfter Stimme fort: »Ginger, könnte es vielleicht sein, dass du schwanger bist?«

Doch Ginger kam noch nicht einmal dazu, sich den Mund abzuwischen, bevor es wieder losging. Als sie einige Minuten später mit dem Rücken an die kühle Badezimmerwand gelehnt dasaß und sich mit einem feuchten Handtuch, das ihr Isabel gereicht hatte, das Gesicht abwischte, war sie immer noch sprachlos.

Denn es war nicht ganz auszuschließen.

Wie oft hatten Connor und sie es viel zu eilig gehabt, um ein Kondom zu benutzen? Beinahe jedes Mal, dämmerte ihr jetzt. Trotz ihres gezwungenen Gesprächs über Verhütung hatten sie sich immer wieder von ihrer Leidenschaft mitreißen lassen und nicht weiter daran gedacht.

»Ich werde einen Test besorgen«, sagte Isabel. »Im nächsten Ort, damit niemand etwas mitbekommt.«

Doch da war noch etwas Wichtiges, das Ginger beinahe vergessen hätte. Sie sprach langsam, so als müsste sie sich jedes einzelne Wort erst überlegen. »Du hast mich wegen etwas gerufen. Worum geht es denn, Isabel? Ich bin doch wegen dir hier.«

Aber ihre Freundin hatte bereits nach den Autoschlüsseln und ihrer Handtasche gegriffen. »Das kann warten. Der Test nicht. Rühr dich nicht vom Fleck, bis ich wieder da bin.« Sie drohte Ginger mit dem Finger. »Und geh bloß nicht nach *Poplar Cove* zurück. Ich werfe die Eier auf meinem Weg zum Auto in den Müll. Geh erst mal duschen und versuch, dich zu entspannen. Ich beeil mich auch, versprochen!«

Ginger war froh über die genauen Anweisungen. Sie blieb so lange unter der Dusche, bis das warme Wasser alle war, dann wickelte sie sich in ein Handtuch, zog sich wieder an und ging nach unten in Isabels Wohnzimmer, um dort auf der Couch zu warten. Es gab jede Menge Zeitschriften und Bücher, in denen sie hätte blättern können, Hunderte Fernsehsender, die sie hätte gucken können, aber auch ohne äußere Reize drehte sich bereits alles in ihrem Kopf.

Weil sie sich schon so lange ein Kind gewünscht hatte, hoffte sie inständig, Isabel möge mit ihrer Vermutung recht behalten.

Gleichzeitig machte sie sich keine falschen Hoffnungen über ihre Lage. Jedenfalls nicht mehr.

Sie hatte darauf bestanden, für sich selbst zu sorgen, um nicht auf das Geld ihrer Eltern angewiesen zu sein. Oder auf das ihres

Exmannes. Aber es war ein himmelweiter Unterschied, sich alleine mit Trinkgeldern durchschlagen zu müssen oder aber ein Kind aufzuziehen. Sie wollte ihm Ballettstunden bezahlen können und sich Piraten im Freizeitpark ansehen. Ihr Kind sollte eine gute medizinische Versorgung bekommen, die besten Schulen – einfach von allem nur das Beste.

Sogar Isabel hatte immer wieder davon gesprochen, wie schwer es sein konnte, ein Kind ganz alleine großzuziehen, und sie war schließlich einer der stärksten Menschen, die Ginger kannte. Trotzdem hatte sich Isabel oftmals einen Partner an ihrer Seite gewünscht, mit dem sie Freud und Leid des Elterndaseins hätte teilen können.

Als Ginger noch einmal gründlich über alles nachdachte, fiel ihr auf, dass sie den wichtigsten Punkt bislang außer Acht gelassen hatte.

Connor.

Da kam Isabel mit einer weißen Plastiktüte in der Hand ins Zimmer. »Ich habe gleich zwei gekauft. Nur um sicherzugehen.«

Ginger ging mit dem Test ins Badezimmer. Zwei Minuten später starrte ihr ein blaues Pluszeichen entgegen.

Freude – pure Freude, wie sie sie bislang nur in Connors Armen erlebt hatte – erfüllte sie. Schnell riss Ginger die andere Packung auf, ging noch einmal auf die Toilette und wartete ab. Ihr Herz schlug wie ein Uhrwerk, tick-tack, so laut, dass es durchs ganze Badezimmer zu hallen schien. Bis lange vor den vorgeschriebenen zwei Minuten das Wort SCHWANGER in hellen blauen Buchstaben in dem ovalen Fenster des kurzen weißen Stäbchens erschien.

Als Ginger in dem kleinen, rostfleckigen Spiegel einen Blick auf sich selbst erhaschte, sah sie Freudentränen auf ihren Wangen.

Sie hatte sich schon so lange ein Kind gewünscht, und nun war sie rein zufällig schwanger geworden.

Nie wieder würde sie frischgebackene Mütter mit ihren Kinderwagen betrachten, die sich durch den Eingang des Diners kämpften, und sich dabei wünschen, an ihrer Stelle zu sein. Nie wieder würde sie über ihre Zukunft nachdenken und sich fragen, ob sie jemals eigene Kinder haben würde.

Andererseits, fragte sie sich plötzlich, war es denn wirklich so zufällig geschehen? Hätte sie sich bei einem anderen Mann nicht vielleicht anders, vorsichtiger verhalten? Hatte sie sich so schnell und vorbehaltlos in Connor verliebt, dass sie sich jedes Mal, wenn sie miteinander schliefen, insgeheim gewünscht hatte, von ihm schwanger zu werden?

Isabel klopfte an die Tür. »Alles in Ordnung da drinnen?«

Als Ginger auf den Flur hinaustrat, bekam sie nur ein einziges Wort heraus.

»Schwanger.«

Mit einem Aufschrei schloss Isabel sie in die Arme und drückte sie ganz fest.

»Ich freue mich so für dich«, war ihre erste Reaktion, und dann: »Es wird alles gut werden, egal, was kommt.«

»Ich muss zu ihm gehen und es ihm sagen. Sofort.«

Isabel nickte. »Möchtest du, dass ich mitkomme?«

»Nein.«

Das ging nur sie und Connor etwas an.

Auf dem Weg nach *Poplar Cove* rangen Freude und Angst in ihrem Innern. Sie sah Connor bereits, als sie noch auf Isabels Seite des Uferabschnitts war. Er stand am Seeufer, und bei seinem Anblick bekam sie weiche Knie.

Es wird alles gut, sprach sie sich Mut zu, atmete dann einmal tief durch und ging auf ihn zu.

Es war Zeit, Connor zu sagen, dass er Vater wurde.

25

Als er Ginger auf sich zukommen sah, machte Connors Herz einen Satz.

Er hatte Stärke beweisen wollen, indem er sich von ihr abwandte, um sich ganz alleine seinen Problemen zu stellen. In der Welt der Hotshots gab man niemals auf oder gestand sich irgendwelche Schwächen ein. Aber lag das wirklich daran, dass sie alle so harte Kerle waren? Oder hatte es vielmehr damit zu tun, dass sie sich da oben auf dem Berg jederzeit auf neunzehn andere Männer verlassen konnten, die ihnen den Rücken stärkten? Eine erfahrene Crew von Freunden, die zum Familienersatz geworden waren und die ihnen in jeder Notsituation den Arsch retten und sie aus den Flammen ziehen würden, falls es nötig sein sollte.

Die Erkenntnis traf ihn wie ein Schlag in die Magengrube: Ginger war seine Crew.

Wieso hatte er das bloß nicht eher erkannt? Sie hatte ihn unterstützt, ihm verständnisvoll zugehört – und sogar ihr Leben für ihn riskiert. Sie hatte sich ihm vollkommen hingegeben. Und anstatt es ihr gleichzutun, war er vor ihr davongelaufen.

Nach all den Gefahren, denen er getrotzt hatte, stand nun zum ersten Mal sein Herz auf dem Spiel. Zum ersten Mal hatte er sich verliebt, heftiger, als er es je für möglich gehalten hatte.

Sein Vater hatte recht. All die Gründe, warum er Ginger aufgeben sollte, waren eigentlich nur Ausreden. Er wollte genau so für sie da sein, wie sie immer für ihn da gewesen war. Ihr die Hand halten, wenn sie litt. Ihre Erfolge mit ihr feiern.

Sie lieben, egal, was die Zukunft bereithalten mochte. Und ihre Liebe annehmen, ohne irgendetwas infrage zu stellen.

Er würde sich nicht länger von seiner Angst leiten lassen. Sondern alles dafür tun, um sie zurückzugewinnen.

Während er auf sie zuging, schien die Welt um ihn herum stehen zu bleiben. Er spürte die Sandkörner unter seinen nackten Fußsohlen, die Hitze der Sonne auf den Schultern. Hörte die Rufe der Eistaucher, die über den See hallten. Endlich stand sie direkt vor ihm.

Er nahm ihren Anblick in sich auf. Sie wirkte müde. Als hätte sie geweint. Aber dennoch strahlend.

»Du hast mir gefehlt, Ginger.«

Überrascht wich sie einen Schritt zurück, dann blickte sie zu Boden, schloss die Augen und atmete tief durch.

»Ich muss dir etwas sagen, Connor.«

»Ginger, bitte. Lass mich zuerst reden.«

»Nein«, beharrte sie. »Ich muss das loswerden.« Sie straffte die Schultern und reckte das Kinn. »Ich bin schwanger.«

Die Sonne trat hinter den Bäumen hervor, und einen Moment lang war Connor geblendet.

»Sag das noch mal.«

»Ich werde ein Kind bekommen.« Jetzt klang ihre Stimme ganz zittrig. »Unser Baby.«

»Du bist schwanger.« Er brauchte eine Sekunde, um diese unglaubliche Nachricht zu verdauen.

»Wahrscheinlich ist es beim erst… « Sie stolperte über ihre Worte. »In der ersten Nacht. Oder am nächsten Morgen. Zeitlich kommt es ungefähr hin.«

Er machte sich darauf gefasst, negative Gefühle in sich zu spüren. Ein Kind bedeutete schließlich, dass sein Leben, so wie er es bis jetzt gekannt hatte, für immer vorbei war.

Doch unverhoffterweise fühlte er große Erleichterung.

Und pure Freude.

Er nahm ihre Hände, verschränkte seine Finger mit ihren. »Ich liebe dich.«

Ginger blickte erst auf ihre Hände hinunter, dann sah sie mit skeptisch hochgezogenen Augenbrauen zu ihm auf. Und dann löste sie plötzlich ihre Finger aus seinen. Trat einen Schritt zurück.

»Sagst du das jetzt nur, weil –?«

Erneut streckte Connor die Hände nach ihr aus, aber dieses Mal zog er sie an sich. »Verdammt noch mal, Ginger. Ich habe dir gerade gesagt, dass ich dich liebe. Du bist die erste Frau, der ich das jemals gesagt habe.«

»Ich wette, ich bin auch die erste Frau, die du geschwängert hast.«

Was zum Teufel sollte das denn jetzt? Er hatte ihr gerade seine wahren Gefühle gestanden, und sie machte ihm Vorhaltungen?

»Das verstehe ich nicht. Ich dachte, das ist es, was du willst. Ein Kind. Einen Mann, der dich liebt.«

»Ich sehe gar keine Wiesenblumen.«

»Verflucht noch mal, was haben Wiesenblumen damit zu tun?«

»Ich habe dich schon einmal um all das gebeten«, schrie sie ihn an. »Und du hast abgelehnt. Also wag jetzt bloß nicht, mir zu sagen, dass du mich liebst, und verlang dann auch noch, dass ich dir glaube!«

Sie atmete schwer, und ihr Gesicht war gerötet. Sichtlich bemüht, sich wieder zu beruhigen, sagte sie: »Dadurch muss sich überhaupt nichts ändern. Du wirst bald nach Kalifornien zurückgehen. Wir können eine vernünftige Lösung finden. Ich weiß, dass es auch dein Kind ist, und ich werde dafür sorgen, dass du jede Menge Zeit mit ihm oder ihr verbringen kannst.«

»Von wegen dadurch muss sich nichts ändern. Das ändert alles. Du wirst ein Kind bekommen. Mein Kind. Und kein Kind von mir wird ohne Vater aufwachsen.«

»Wenn du mir jetzt noch mit dem H-Wort kommst, dann mache ich dich platt.«

»Du hast recht, zu heiraten ist nicht immer die Lösung. Aber wenn nun mein Wunsch, dich zu heiraten, gar nichts mit diesem Kind zu tun hat? Wenn ich dich vielleicht einfach nur deswegen heiraten möchte, weil ich mir ein Leben ohne dich nicht mehr vorstellen kann?«

Vor Verblüffung blieb ihr der Mund offen stehen, doch ihr Ausdruck verwandelte sich sofort in Wut.

»Ich leide nicht unter Gedächtnisverlust. Vor vier Tagen bist du ›beiseitegetreten‹«, sie setzte ihre Worte mit den Fingern in Anführungszeichen, »›damit ich die Chance habe, den Richtigen zu treffen‹. Und jetzt willst du seinen Platz einnehmen?«

Er verstärkte seinen Griff um ihre Schultern. »Es ist mein Platz, verdammt!«

Wie hatte es so weit kommen können? Dass sie beide hier am Seeufer standen und sich anschrien? Er bemühte sich, seine Beherrschung wiederzugewinnen.

»Wie oft muss ich dir noch sagen, dass ich dich liebe, bis du mir endlich glaubst?«

»Ich weiß es nicht, Connor. Ich weiß es einfach nicht.« Sie legte eine Hand auf ihren Bauch. »Das ist heute alles zu viel für mich. Ich brauche ein bisschen Zeit zum Nachdenken.«

»Wie viel Zeit?«

Und wie zum Teufel sollte er sich so lange gedulden, bis sie sich entschieden hatte?

»Keine Ahnung. Ich weiß nur, dass ich jetzt nicht mit dir darüber reden kann.«

Mit einem Mal schienen sie die Rollen getauscht zu haben.

Jetzt war er derjenige, der Forderungen an sie stellte … und sie war diejenige, die ihn abwies.

Josh wartete, bis er hörte, wie seine Mom das Haus verließ, dann rief er seinen Vater an. »Hey, Josh«, meldete dieser sich am anderen Ende der Leitung, »hab gar nicht damit gerechnet, von dir zu hören. Vor allem noch so früh am Tag.«

Josh blickte auf die Uhr – erst halb acht. Aber er hatte einfach nicht mehr länger warten können.

»Ich möchte zu dir kommen, um bei dir zu leben.«

Stille am anderen Ende der Leitung. »Du meinst, du möchtest mich wieder besuchen kommen?«

»Nein. Ich möchte ganz bei dir leben.«

»Hast du mit deiner Mutter darüber gesprochen?«

»Nein, aber sie wird wahrscheinlich froh sein, wenn ich ihr nicht länger im Weg bin, damit sie und dieser Typ zu Ende bringen können, was sie da auf der Motorhaube angefangen haben.«

»Es gibt einen Typen? Auf der Motorhaube?«

»Sie hat mit irgendeinem Arschloch rumgemacht, in das sie angeblich mal verliebt war.«

»Andrew.«

»Ja«, sagte Josh, den der Verlauf des Gesprächs immer missmutiger stimmte. Warum hatte sein Vater ihm nicht längst gesagt, er solle seine Taschen packen? »Also, das ist doch in Ordnung, wenn ich bei dir einziehe, oder?«

»Hey, Junge, du weißt, ich hätte dich liebend gerne bei mir, aber ich werde den nächsten Monat fast die ganze Zeit in Asien sein.«

»Ich komme auch gut alleine klar«, erwiderte Josh. Dann hörte er im Hintergrund eine Frauenstimme. »Ist nur mein Sohn, Liebling«, antwortete sein Vater. »Bin gleich wieder bei dir.«

Nur sein Sohn.

Deutlicher ging es ja wohl kaum. Seine Eltern interessierten sich beide einen Scheißdreck für ihn, weil sie viel zu sehr damit beschäftigt waren, jemanden flachzulegen.

»Vergiss es«, sagte Josh noch, bevor er den Hörer aufknallte.

Als Isabel im Diner eintraf, hielt ihr Scott den Telefonhörer hin. »Es ist Brian.«

Das wurde ja immer besser. Erst Andrew. Dann Josh. Jetzt Brian. Als hätten sich die Männer in ihrem Leben alle gegen sie verschworen.

»Was gibt's?«

»Ich wusste, er würde zu dir zurückkommen.«

»Wer? Wovon redest du?«

»Ich habe gerade mit Josh telefoniert. Er hat mir erzählt, dass Andrew wieder aufgetaucht ist.«

Wie war es möglich, dass ihr Ex es selbst nach zehn Jahren noch schaffte, verletzt zu klingen, sobald es um Andrew ging?

Und dass sie sich tatsächlich immer noch schuldig fühlte.

Aber Andrew ging Brian nun wirklich nichts an. »Warum hat Josh dich angerufen?«

»Er will zu mir ziehen.«

»Nein.«

»Keine Sorge«, sagte er schnell. »Ich habe ihm schon gesagt, dass das nicht geht.«

»Herrje, Brian. Waren das deine Worte? Hast du dir mal überlegt, wie er sich dabei fühlt?«

»Und was ist mit dir? Als du mit dem lange verschollenen Andrew auf der Motorhaube beschäftigt warst, hast du dabei an deinen Sohn gedacht?«

Ihr lag ein *Du kannst mich mal* auf der Zunge, dem ein *Gut gekontert* gegenüberstand.

»Danke für die Warnung«, brachte sie schließlich heraus. »Ich werde mich nachher in Ruhe mit Josh darüber unterhalten.«

Nachdem Isabel aufgelegt hatte, dachte sie betrübt an ihren Sohn und wie übel ihm die Pubertät mitspielte.

Aber sie selbst fühlte sich auch nicht viel besser.

Denn unabhängig davon, ob sie Andrew je vergeben konnte, ihm jemals wieder würde vertrauen können, würde ihr Sohn ihn doch niemals akzeptieren.

Wenn er sie nicht zusammen auf dem Parkplatz gesehen hätte, dann vielleicht schon. Wenn sie Josh nicht verraten hätte, dass Andrew auch ein Grund gewesen war, warum ihre Ehe mit seinem Vater nicht funktioniert hatte, dann hätte vielleicht alles anders kommen können.

Aber es war nun einmal, wie es war.

Und daran würde sich auch nichts mehr ändern.

Josh tastete nach der halb leeren Zigarettenschachtel in seiner Hosentasche. Er hatte sie vor ein paar Tagen von dem neuen Spüler geklaut, den seine Mutter eingestellt hatte, und sich eingeredet, der Typ würde es sowieso nicht bemerken, weil es nur noch so wenige waren. Es war lange her, seit er das letzte Mal etwas hatte mitgehen lassen. Mit fünf hatte er im Lebensmittelgeschäft eine Wasserpistole eingesteckt, die ihm seine Mutter nicht kaufen wollte. Auch wenn er damals nicht erwischt worden war, hatte Josh sich hinterher schuldig gefühlt – genau wie jetzt.

Er verließ die Hütte durch die Hintertür und lief in das kleine Wäldchen hinein, bis er zu dem Holzstoß zwischen seinem Grundstück und *Poplar Cove* kam.

Das Haus, in dem das Arschgesicht aufgewachsen war, das es jetzt mit seiner Mutter trieb.

Es war Josh unerträglich, dass er Schuldgefühle wegen der geklauten Zigaretten hatte. Genauso wie es ihm zuwider war, dass er in letzter Zeit anscheinend immer nur alles falsch machte und nie irgendwo richtig dazugehörte.

Er hatte ein paarmal versucht, Hannah zu erreichen, war aber immer direkt zu ihrer Voicemail weitergeleitet worden. Das Schlimmste daran war, dass es seine eigene Schuld war. Sie fand ihn zum Kotzen, weil er seine Mom so angeschnauzt hatte.

Das war ja genau das Problem – manchmal verstand er das alles, dann wusste er, dass seine Mom ihr Bestes gab und dass er derjenige war, der alles versaute. Aber dann wieder gab es Momente, in denen er seine Wut und seinen Frust einfach nicht im Griff hatte.

Die Zigaretten und eine Schachtel Streichhölzer hüpften beim Laufen in seiner Tasche auf und ab, bis er sie hervorholte und in seiner verschwitzten Hand hielt. Eigentlich hatte er gar keine richtige Lust darauf, aber nur ein Loser würde jetzt wieder gehen, ohne eine geraucht zu haben, oder?

Er klopfte eine Zigarette aus der Packung, so wie er es in Filmen gesehen hatte, entzündete ein Streichholz und hielt es an die Kippe. Hoffentlich hatte er sie am richtigen Ende angezündet, dachte er noch, während er sie sich zwischen die Lippen steckte.

Wie er da so mit glühender Zigarette im Mund mitten im Wald stand, kam er sich ziemlich cool vor. Als ob er endlich Kontrolle über sein Schicksal erlangt hätte.

Dann nahm er einen Zug.

Während ihm die Zigarette aus dem Mund und auf die trockenen Blätter fiel, rang er würgend nach Luft. Mist, das war wirklich das Ekelhafteste, was er jemals geschmeckt hatte. Wie konnte sich das jemand freiwillig antun?

Zu seinen Füßen stieg Rauch auf, das trockene Laub neben den Plastiksohlen seiner Tennisschuhe fing rasend schnell Feuer. Als seine Augen endlich zu tränen aufhörten, sah er, wie sich die

Flammen ausbreiteten, und zusammen mit den Blättern gingen auch all seine dämlichen Kindheitsfantasien in Rauch auf.

Während er panisch auf dem Laub herumsprang, kam er sich vor wie der letzte Idiot. Am liebsten wäre er zu seiner Mutter ins Diner gerannt, hätte sich mit einem Comic an den Tresen gesetzt und sich von ihr einen dreifachen Schokomilchshake mixen lassen. Wie sie es in seiner Kindheit gemacht hatte.

Als er das kleine Feuer endlich ganz ausgetreten hatte, ging er nach Hause, vergrub die Zigarettenschachtel und die Streichhölzer tief unten im Küchenabfall und stieg unter die Dusche, um den Rauchgestank loszuwerden.

26

Gott sei Dank, dachte Ginger, während sie ihrem Gemälde den letzten Schliff verpasste. Mochten ihre Gefühle auch in Aufruhr sein wie nie zuvor, zumindest hatte sie nicht auch noch ihre Fähigkeit zu malen verloren. Lieber konzentrierte sie sich auf ihre Kunst, als über all die verrückten Dinge nachzudenken, die Connor am Seeufer zu ihr gesagt hatte.

Ich liebe dich.

Und wenn ich dich nun heiraten will, weil ich mir ein Leben ohne dich nicht mehr vorstellen kann?

War ihm nicht klar, dass sie ihn längst abgeschrieben hatte? Dass er nicht urplötzlich eine Kehrtwende hinlegen und dann erwarten konnte, dass sie seine Aufrichtigkeit nicht infrage stellte?

Ginger legte den Pinsel ab. Wem wollte sie etwas vormachen? Sie war überhaupt nicht bei der Sache. Wie auch, wenn ihre ganze Zukunft in der Schwebe hing? Und Connor immer noch auf ihre Antwort wartete?

In weniger als einer Woche würde sie zum ersten Mal ihre Bilder der Öffentlichkeit präsentieren können. Auf diese Ausstellung freute sie sich schon seit Monaten. Sie sollte das auskosten, Himmel noch eins. Mit oder ohne den Mann, den sie liebte, an ihrer Seite.

Gerade wollte sie wieder zum Pinsel greifen, als ihr Rauchgeruch in die Nase stieg. Seltsam. Warum sollte jemand an diesem sonnigen Tag ein Lagerfeuer machen?

Blitzartig wurde ihr klar: Das war kein Lagerfeuergeruch, irgendetwas brannte!

Sofort fuhr ihre Hand zu ihrem Bauch. Sie zwang sich, ruhig zu bleiben, schlüpfte in ihre Tennisschuhe und rannte zum Strand hinunter, um herauszufinden, was da los war.

Am Ufer angekommen, schaute sie in den Himmel und legte erschrocken eine Hand über den Mund, um nicht aufzuschreien. Der Rauch stieg von den Bäumen hinter *Poplar Cove* auf. Alle paar Sekunden tauchte eine weitere orange lodernde Flammenspitze über der Dachlinie auf.

Ihr erster Gedanke – der einzige – galt Connor. Wie traurig er sein würde, wenn die Hütte zerstört würde. Er hatte sie mit so viel Herzblut renoviert. Aber, was noch viel wichtiger war, sie war sein allsommerliches Zuhause gewesen, in dem er als Kind glücklich gewesen war. In diesen Holzwänden wohnten seine schönsten Erinnerungen.

Sie konnte nicht zulassen, dass die Hütte in Flammen aufging.

Ginger rannte auf das Haus zu, suchte nach einem Schlauch und einer Leiter, obwohl sie ganz genau wusste, dass Connor ihr abraten würde, wenn er da wäre. *Geh von dem Gebäude weg. Entferne dich so weit wie möglich vom Feuer und bleib in Sicherheit.*

Das würde sie auch. Aber erst musste sie alles in ihrer Macht Stehende tun, um das Holzhaus seiner Familie zu retten.

Sie hatte die Leiter gegen die Hauswand gelehnt und wollte gerade den Schlauch aufdrehen, als Josh über den Strand angerannt kam. Wahrscheinlich hatten die Flammen ihn angelockt.

»Geh nach Hause und verständige den Notruf«, rief sie ihm zu. »Ruf auch deine Mutter an. Und Connor und seinen Vater.«

Die Augen des Jungen waren vor Angst weit aufgerissen. »Okay«, schrie er, dann rannte er zurück zu seinem Haus.

Es war ihr selbst unverständlich, aber auch wenn das Feuer so nahe war, dass Ginger bereits die Hitze spüren konnte, hatte sie doch keine Angst davor, mit einem schweren Schlauch auf das Dach zu steigen. Sie dachte nur an ihr Ziel.

Ich muss Poplar Cove *retten. Für Connor.*

Ginger hätte nicht sagen können, wie lange sie dort oben stand, aber es wurde schnell heißer und der Rauch immer dichter. Auf seinem Weg den Berg hinab in Richtung Hütte sprang das Feuer von Baum zu Baum, als handele es sich um Zunder.

Die Adirondacks waren für ihre kurzen, aber heftigen Regenschauer bekannt – Unmengen von Wasser, die wie aus dem Nichts vom Himmel herabstürzten. Aber seit dem Unwetter, das Connors Boot zum Kentern gebracht hatte, war es trocken und heiß gewesen, mit Temperaturen um die vierzig Grad.

Wie sehr wünschte sie sich jetzt einen dieser heftigen Regenschauer herbei. Doch wenn sie zum Himmel emporblickte, sah sie durch die Rauch- und Aschewolken den klaren blauen Himmel durchschimmern.

Sie musste kein Feuerwehrmann sein, um zu erkennen, dass es der ideale Tag für einen Flächenbrand war.

So schnell sie konnte, bewässerte Ginger das ganze Dach. Sirenen hatte sie noch keine gehört, auch wusste sie nicht, wie weit die nächste freiwillige Feuerwehr entfernt war. Also würde sie so lange wie möglich hier ausharren, aber bevor es richtig gefährlich wurde, würde sie das Dach natürlich verlassen.

Als sie jemanden schreien hörte, schaute sie nach unten und erblickte Andrew, der gerade die Leiter hochstieg. Ginger befand sich über dem hinteren Teil des Hauses, so nah an den Bäumen, dass sie beinahe danach hätte greifen können.

»Ginger!« Auf Andrews Gesicht zeichnete sich Panik ab. »Du musst vom Dach runter. Sofort!«

Sie öffnete den Mund, um ihm zu antworten, wollte ihm sagen, dass es ihr gut ging, da spürte sie, wie der Wind scharf und unerwartet an ihrem Rücken vorbeizischte.

Aber die Brise war bisher nicht so sengend heiß gewesen. Das Feuer war schneller näher gekommen, als sie erwartet hatte.

»Lass den Schlauch fallen und lauf!«, schrie Andrew über das Knistern der Flammen hinweg, und sie wollte gerade losrennen, als ein dicker Funke über ihren Kopf hinwegsprang. Er sah aus wie einer dieser kleinen Feuerwerkskörper, die die Kinder am vierten Juli am Seeufer zündeten.

Trotz ihrer Bemühungen, alles feucht zu halten, gelang es dem Funken, das Holzdach in Brand zu setzen, sodass eine Flammenwand zwischen ihr und Andrew hochfuhr und ihr den Rückweg abschnitt.

Beim Anblick der tanzenden Flammen konnte Ginger nur an eines denken: Sie würde sterben, ohne ihr Gespräch mit Connor zu Ende geführt zu haben.

Sie war davon ausgegangen, ihr würde genug Zeit bleiben, um sich alles genau zu überlegen und zu verdauen, was er gesagt hatte. Um in Ruhe beide Seiten abzuwägen.

Sie hatte sich wenigstens ein paar Stunden gönnen wollen, in denen sie auf ihn wütend war, hatte ihn ein bisschen leiden lassen wollen, so wie sie gelitten hatte.

Aber dafür war das Feuer zu schnell näher gekommen.

Und jetzt, dachte sie, während sie von einem heftigen Hustenanfall geschüttelt wurde, sah es ganz so aus, als ob ihr keine Zeit mehr dafür bleiben würde.

Es sei denn, Connor wäre schneller bei ihr als die Flammen.

Connor fand es zwar verständlich, dass Ginger um Bedenkzeit gebeten hatte, aber er würde währenddessen bestimmt nicht einfach untätig herumsitzen und abwarten.

Sein ganzes Leben lang hatte Connor alles, was er sich vorgenommen hatte, auch verwirklicht.

Er hatte nicht vor, Ginger zu verlieren. Erst recht nicht jetzt, da er endlich seinen Hintern hochbekommen und erkannt hatte, dass sein Leben ohne sie wertlos war.

Isabel war ihre engste Freundin. Er musste sie auf seine Seite ziehen.

Also war er, kurz nachdem Ginger ihn am Seeufer hatte stehen lassen, zum Diner gefahren. Er war zum ersten Mal wieder hier, seit er von Isabels Beziehung mit seinem Vater erfahren hatte. Sie stand hinter dem Tresen und setzte gerade neuen Kaffee auf, als sie aufblickte und ihn erkannte.

»Connor.«

»Ginger ist schwanger«, sagte er, ohne sich mit Formalitäten aufzuhalten. »Ich liebe sie. Aber sie glaubt mir nicht. Du musst mir dabei helfen, sie zu überzeugen.«

Isabel sah nicht einmal annähernd so verblüfft aus, wie er erwartet hatte.

»Sie hat den Test bei mir zu Hause gemacht.«

Aha, deswegen ist sie heute Morgen den Weg am Seeufer zurückgekommen.

»Ich weiß, dass sie mich liebt.«

»Ja«, sagte Isabel. »Das tut sie.«

»Also ist sie einfach nur stur.«

»Du hast sie verletzt.«

»Ich weiß. Und ich will ja auch den Rest meines Lebens lang versuchen, das wiedergutzumachen.«

»Dann wirst du aber ganz schön vor ihr zu Kreuze kriechen müssen.«

»Vertrau mir, einen reumütigeren Mann als mich wird die Welt noch nicht gesehen haben.«

Das konnte Isabel endlich ein Lächeln entlocken. Und zum ersten Mal, seit Ginger ihn hatte stehen lassen, bekam er das Gefühl, es könnte doch noch alles ein gutes Ende nehmen.

Dann klingelte das Telefon, und gleichzeitig hörte er jemanden rufen: »Es brennt! Am anderen Seeufer.«

Connor rannte nach draußen, schaute in den Himmel und musste erst ein paarmal blinzeln, um etwas erkennen zu können. Dicke Rauchschwaden quollen zwischen den Bäumen auf der anderen Seite des Sees hervor.

Genau an der Stelle, wo die Hütte seiner Urgroßeltern stand.

Er war bereits halb im Auto, da öffnete Isabel die Beifahrertür. »Ich komme mit.«

Mit quietschenden Reifen fuhr Connor vom Parkplatz. Obwohl die Höchstgeschwindigkeit auf der Straße, die um den See führte, bei siebzig Stundenkilometern lag, kletterte seine Tachonadel immer höher. Fünfundneunzig, hundert, einhundertzwölf, einhundertzwanzig. Connor fuhr immer schneller, denn je näher sie *Poplar Cove* kamen, desto schlimmer wurde der Anblick, der sich ihnen bot.

Bitte, flehte er. *Ginger darf einfach nichts zustoßen. Bitte lass sie in Sicherheit sein.*

Nie zuvor hatte er solche Angst um jemanden gehabt, nicht einmal in all den Jahren, als er Feuer bekämpft hatte.

Ginger bedeutete ihm alles. Und wenn sie durch irgendeinen schrecklichen Zufall in dem Feuer gefangen sein sollte …

Nein, er durfte nicht einmal daran denken.

Wenn er das täte, wäre er verloren. Vollkommen verloren.

»Sie sind bestimmt schon da, um es zu löschen«, war alles, was Isabel während der Fahrt über sagte. Das Entsetzen, das aus ihren Worten sprach, füllte den ganzen Wagen, bis es Connor unmöglich war, zu antworten, sie zu beruhigen.

Als sie endlich bei der Hütte ankamen, sprang Connor aus dem Auto. Ginger.

Wo zum Teufel steckte sie?

Seine Augen suchten das ganze Gelände ab, schnell und routiniert, so wie er es bei jedem anderen Feuer auch tun würde. Nur kostete es ihn dieses Mal alle Kraft, nicht in Panik auszubrechen.

Er konnte sie nicht sehen.

Verfluchte Scheiße, wo konnte sie bloß sein?

Jemand packte ihn am Arm, aber da es nicht Ginger war, ließ er sich nicht ablenken.

»Connor, sie ist da oben. Auf dem Dach. Die Flammen haben sie eingeschlossen. Und sie hat bereits viel zu viel Rauch eingeatmet.«

Da endlich drang zu ihm durch, was sein Vater sagte. »Ich habe versucht, sie runterzuholen«, sagte Andrew noch, aber Connor war schon auf halbem Weg die Leiter hoch, die an eine Seite der Hütte gelehnt war.

Er hatte keine Schutzkleidung und trug nur Tennisschuhe, deren Sohlen sofort schmelzen würden, wenn sie mit Feuer in Berührung kamen, aber das spielte keine Rolle. Alles, was jetzt zählte, war Ginger von diesem Dach herunterzubekommen.

Kurz darauf stand er bereits oben und blickte direkt in die Flammen. Als dann die nachmittägliche Brise auffrischte – ein kräftiger Windstoß, der Rauch und Flammen für den Bruchteil einer Sekunde teilte –, konnte er sie sehen.

Ginger stand in der hinteren Dachecke und hielt einen Schlauch in der Hand, mit dem sie immer noch versuchte, den Flammen Einhalt zu gebieten, obwohl sie sich bereits selbst in tödlicher Gefahr befand.

Das Dach war zu hoch, um einfach nach unten springen zu können. Jeder andere, der solcherart von Flammen umzingelt war, hätte lauthals geschrien. Geweint. Um Hilfe gefleht.

Aber selbst durch die lodernden Flammen hindurch konnte Connor ihren konzentrierten Gesichtsausdruck und die Entschlossenheit erkennen, mit der sie versuchte, das Holzhaus seiner Familie zu retten.

Unglaublich. Sie war einfach unglaublich.

Mit seinem feuerfesten Anzug hätte er vielleicht durch die Flammen rennen können. Aber wenn er das mit Shorts und Turnschuhen versuchte, würde er hier oben sterben. Er musste einen anderen Weg finden, um zu ihr zu gelangen, und zwar schnell, denn es wurde mit jeder Sekunde heißer und stickiger, und auch der Rauch wurde dichter.

Er wusste, dass er sofort handeln musste, aber plötzlich wollten seine Füße sich nicht mehr bewegen.

Herr im Himmel, er war in einer Schockstarre gefangen.

Ihn fröstelte, während sich blinde Panik in jeder Zelle seines Körpers ausbreitete, ihn noch weiter lähmte, bis er kaum noch atmen, geschweige denn klar denken konnte. Ihm zog sich die Brust zusammen, bei dem Gedanken, dass er alles verlieren könnte – eine Aussicht, die immer wahrscheinlicher zu werden schien.

Aber dann hörte er, wie jemand seinen Namen rief. Es war Gingers Stimme, gefolgt von einem entsetzlichen Husten. Offenbar hatte sie beim Rufen zu viel Rauch eingeatmet.

Inmitten der Schwaden konnte er zwar kaum noch etwas erkennen, aber allein zu hören, wie Ginger ihm zuschrie, er solle sich retten und vom Dach heruntergehen, reichte aus, um den tödlichen Zauber, der von ihm Besitz ergriffen hatte, zu durchbrechen.

Ein unerwartetes Lächeln huschte über seine Lippen. Nie im Leben hätte er gedacht, dass er jemals einen Menschen so sehr lieben würde.

Er würde Ginger retten. Und sich selbst auch.

Denn sie verdienten ein gemeinsames Leben.

Als er sich in Bewegung setzte, wurde er einzig von seinen Instinkten und Muskelerinnerungen gelenkt, die er in einem Jahrzehnt Brandbekämpfung gesammelt hatte, und mit einem

Mal war alle Angst verflogen. Erneut suchte Connor die Umgebung ab und entschied, dass es die beste Lösung wäre, auf die große Pappel direkt neben der Hütte zu springen. Es war genau der Baum, von dem der Witwenmacher herabgefallen war. Aber in diesem Moment war er trotzdem dankbar dafür, dass er dort stand.

Er schätzte den Abstand zwischen Dach und Baum ab, schob alle Bedenken in seinem Kopf beiseite, rannte los und sprang.

Als er den Stamm zu fassen bekam, schnitt ihm die Rinde so fest in die Handfläche und die nackten Knie, dass ihm warmes Blut über die Haut lief. Er ließ sich jedoch nicht davon ablenken, sondern kletterte noch etwas höher auf den über ihm liegenden Ast. Von dort stieg er auf den nächsthöheren und kam auf diese Weise immer weiter nach oben, bis er so nahe wie möglich an Ginger herangekommen war.

»Schatz, es wird langsam Zeit, von hier zu verschwinden.«

Er sprang von dem Ast zu ihr hinüber. An dieser Stelle war das Dach bereits so heiß, dass er die Glut förmlich unter den Sohlen spüren konnte.

Ginger rannte auf ihn zu und schlang die Arme um ihn. »Ich wusste, dass du kommen würdest.«

Ihre Worte rührten ihn mehr als jemals etwas zuvor. Trotz aller Enttäuschungen hatte sie nach wie vor unerschütterlich an ihn geglaubt. Dann wurde Ginger jedoch erneut von einem Hustenanfall erfasst, und es kostete ihn viel Selbstbeherrschung, weiter mit ruhiger Stimme zu sprechen.

»Und ich wusste, du würdest hier oben mit einem Schlauch stehen«, gab er spöttisch zurück, obwohl er einen dicken Kloß im Hals hatte. Er musste dafür sorgen, dass sie nicht in Panik verfiel. »Du musst dich jetzt an mir festhalten und darfst auf keinen Fall loslassen.«

»Okay«, krächzte sie. Als Ginger auf seinen Rücken kletterte und Arme und Beine so fest wie möglich um ihn schlang, wurde sie von weiteren Hustenanfällen geschüttelt.

Ihr weicher warmer Körper an seinem Rücken gab ihm das Gefühl, unverwundbar zu sein – als ob es nichts gäbe, das er nicht schaffen könnte.

Warum, fragte er sich, während er über das Dach sprintete, hatte er das nicht schon früher begriffen? Was spielte es schon für eine Rolle, ob er Feuerwehrmann war oder nicht? Das waren doch nur Nebensächlichkeiten.

Denn mit Ginger an seiner Seite war einfach alles möglich.

Connor stieß sich kraftvoll vom Dach ab und streckte die Arme nach dem Baum aus. Aber mitten in der Luft wurde ihm klar, dass er sich verschätzt hatte, was ihr gemeinsames Gewicht anging, und dass sie viel schneller nach unten stürzten als geplant. Glücklicherweise hatte Ginger das auch erkannt und sich von ihm gelöst, noch bevor er etwas dagegen unternehmen konnte. Beide griffen sie nach dem einzigen Ast, der sie jetzt noch vor den letzten viereinhalb Metern bis zum Boden retten konnte.

Als sich seine Hände um den dicken Ast schlossen, hörte er, wie Ginger die Luft aus den Lungen gepresst wurde, weil sie so hart dagegengeprallt war. Seine rechte Hand packte noch fester zu, während er mit der linken nach Ginger griff.

Am liebsten hätte er ihr tausendmal gesagt, wie sehr er sie liebte, aber während sie über einem lodernden Feuer an einem Baum hingen, war wohl kaum der richtige Zeitpunkt dafür. Außerdem hatten sich inzwischen gut zwei Dutzend Menschen unter dem Baum versammelt, die alle wild durcheinanderredeten. Dann lehnte jemand eine Leiter an den Stamm, um zu ihnen zu gelangen. Einmal musste also genügen.

»Ich liebe dich«, sagte Connor, während er Ginger die Leiter hinunterhalf.

Ginger öffnete den Mund, aber es wollte nur ein erschöpftes Husten herauskommen, bevor die Sanitäter sie ihm entrissen.

Connor wollte sie eigentlich nicht hergeben, aber die jahrelange Erfahrung im Umgang mit schweren Katastrophen setzte sich durch. Die Rettungshelfer mussten sie so schnell wie möglich durchchecken, etwas gegen den Husten unternehmen und dafür sorgen, dass das Baby den Schock überlebte.

Einer der ortsansässigen Männer der freiwilligen Feuerwehr wies die Umstehenden an, das Gelände zu verlassen. Die Schaulustigen gingen zu ihren Booten zurück, die sie ans Ufer gezogen hatten. Sein Vater blieb jedoch nach wie vor an seiner Seite, während die Mannschaft der freiwilligen Feuerwehr in ihrer Schutzkleidung am Seeufer beschäftigt war, um zu verhindern, dass das Feuer sich weiter ausbreitete.

Connor ließ Ginger nicht eine Sekunde lang aus den Augen, selbst dann nicht, als sich der Einsatzleiter zu ihm und Andrew gesellte.

»Ist das Ihr Haus?«

Als Andrew bejahte, wusste Connor schon, was als Nächstes kommen würde.

»Wir werden uns als Erstes auf das Löschen des bereits bestehenden Brandes konzentrieren, um zu verhindern, dass das Feuer auf die anderen Hütten am See übergreift. Mein Gefühl sagt mir, dass Ihr Ferienhaus schon zu stark beschädigt ist, aber wenn wir später über genügend Leute verfügen sollten, könnten wir es vielleicht noch retten ...«

Connor wusste, dass es einen Unterschied machen könnte, ob er mit anpackte. Denn auch wenn es nur ein Mann mehr war, so könnte genau das für die Rettung des Hauses ausschlaggebend sein. Aber er musste sich um die Frau kümmern, die er liebte.

Die Sanitäter hatten sie auf eine Trage geschnallt, und während sie in den Krankenwagen gehoben wurde, lösten sich ihre Blicke nicht ein einziges Mal voneinander.

»Ich muss gehen«, sagte er zu seinem Vater. »Ich muss bei Ginger bleiben.«

Er hätte erwartet, dass sein Vater, der gerade mit ansehen musste, wie das Ferienhaus der Familie niederbrannte, kein Verständnis für seine Entscheidung haben würde, aber stattdessen sagte Andrew nur: »Ginger braucht dich viel mehr als ein Haufen rauchender alter Stämme.«

Als die Sanitäter gerade die Doppeltür an der Rückseite des Krankenwagens schließen wollten, schob sich Connor noch mit hinein.

»Hey, Sie können doch nicht –«, versuchte es einer der Rettungshelfer, aber Gingers leise Stimme schnitt seinen Einwand ab.

»Ich brauche ihn«, brachte sie mit Mühe hervor, ehe ihr wieder der Atem ausging und ihr der andere Sanitäter eine Atemmaske über Mund und Nase legte.

»Ich bin ja da, Schatz«, sagte Connor und schlüpfte auf den Sitz neben ihr.

Er hielt ihre Hand und strich ihr sanft übers Haar. Nachdem Ginger an einen Tropf angeschlossen worden war, senkten sich kurz darauf ihre Augenlider, während sich Flüssigkeit und Sauerstoff langsam in ihrem Körper verteilten.

»Sie ist schwanger«, warnte Connor die Sanitäter. »Seien Sie behutsam mit ihr.«

Als sie in der kleinen Krankenstation des Ortskreises ankamen, schlief Ginger bereits. Die Sanitäter brachten sie schnell zu einem Arzt, der sie untersuchen konnte. Wenngleich Connor wusste, dass er nicht dabei sein durfte, brachte es ihn doch fast um, auch nur für kurze Zeit von ihr getrennt zu sein. Er wollte an ihrer Seite sein, wenn sie die Augen aufschlug. Wollte sie in seinen Armen halten und niemals wieder loslassen.

Als Isabel, Josh und Andrew hereingestürmt kamen, ging Connor gerade unruhig im Warteraum auf und ab. Isabel umarmte ihn stürmisch. »Du hast sie gerettet.«

Sie weinte zwar nicht, während sie das sagte, aber ihr war deutlich anzusehen, wie sehr sie das Ganze mitgenommen hatte. »Geht es dir gut?«

»Nein. Gar nicht. Erst wenn ich weiß, dass mit Ginger alles in Ordnung ist.«

»Und mit dem Baby.«

Er brachte nur ein Nicken zustande.

»Ginger kann einiges aushalten«, sagte Isabel und dabei drückte sie seine Hand. »Sie wird das schon schaffen. Sie und das Kind.«

In diesem Moment zupfte Josh seine Mutter am Ärmel. Sein Gesicht war kreidebleich, die Augen waren weit aufgerissen und die Hände zu Fäusten geballt.

»Mom, ich muss dir etwas sagen.«

27

»Ich habe den Brand verursacht«, sagte Josh.

Wenn es überhaupt etwas gab, das Connor für einen Moment von seiner Sorge um Gingers Zustand ablenken konnte, dann diese Aussage.

»Was ist passiert?«

Der Junge kniff die Augen zusammen, und ein paar Tränen liefen ihm über die Wangen. »Ich bin zu dem Holzstoß zwischen unseren Häusern gegangen. Um zu rauchen.«

Entsetzt kniff Isabel den Mund zusammen und wurde ganz blass. Andrew war hinter sie getreten und hatte ihr eine Hand auf den Rücken gelegt. Connor hatte den Eindruck, dass diese Unterstützung von seinem Vater das Einzige war, was Isabel in diesem Moment noch auf den Beinen hielt.

»Aber mir ist sofort schlecht geworden, also habe ich die Zigarette mit dem Schuh ausgetreten. Dabei haben dann die Blätter am Boden angefangen zu brennen, deswegen bin ich drauf rumgetrampelt, bis die Glut aus war.« Josh atmete zittrig ein und aus. »Aber anscheinend habe ich nicht alles erwischt.«

Unzählige Male hatte Connor sich die Beichten unfreiwilliger Brandstifter angehört und dabei geholfen, sie zu beruhigen. Aber dieses Mal war es anders. Und zwar nicht deswegen, weil es seine eigene Hütte war, die gerade niederbrannte.

»Ginger hätte da oben sterben können.«

Der Junge begann, haltlos zu schluchzen, er musste sich sogar die Nase an seinem Pullover abwischen. »Es tut mir so leid. Es war nur ein Versehen, das schwöre ich. Ich wollte doch niemandem etwas tun. Und schon gar nicht Ginger. Sie ist toll. Ich würde doch niemals wollen, dass ihr etwas zustößt.«

Dann sind wir schon zwei, dachte Connor wütend, während Andrew sich zwischen ihn und Josh schob.

»Ich werde mit ihm zum Feuerwehrhauptmann gehen, um ihm die ganze Angelegenheit zu erklären. Und dafür zu sorgen, dass der Junge nicht irgendetwas sagt, was ihm nachher als vorsätzliche Brandstiftung ausgelegt werden kann.« Er legte Josh einen Arm um die Schultern, die vor lauter Angst und Reue zitterten. »Isabel, du solltest auch dabei sein.«

Sie nickte, drehte sich mit einem »Es tut mir so schrecklich leid« noch kurz zu Connor um, bevor sie Andrew und ihrem Sohn hinausfolgte.

Die Empfangsdame räusperte sich hinter ihrem Tresen. »Entschuldigen Sie bitte, sind Sie Connor MacKenzie? Miss Sinclair würde Sie gerne sehen.«

Nachdenklich ging Connor durch den Wartesaal in den abgesperrten Patientenbereich. Sein ganzes Leben lang war er anderen eine Stütze gewesen. Immer derjenige, auf den sich alle verlassen konnten. Selbst nach seinem eigenen Krankenhausaufenthalt hatte er keine Schwäche gezeigt.

Fast kam es ihm so vor, als wären die Ereignisse der letzten zwei Wochen ein Test, um herauszufinden, aus welchem Holz er wirklich geschnitzt war.

Der Anruf der Forstbehörde.

Der völlige Kontrollverlust, jedes Mal, wenn er Ginger berührte.

Zu erfahren, dass er Vater werden würde.

Ginger, die ihm nach seiner Liebeserklärung eine Abfuhr erteilte.

Wie *Poplar Cove* abbrannte und sich zusammen mit dem Haus auch einhundert Jahre Familiengeschichte in Rauch auflösten.

Und jetzt Ginger hier in einem Krankenhausbett.

Die Vorhänge waren zugezogen. Connor schob einen davon beiseite und wollte gerade zu ihr ans Bett treten, als ihm bei ihrem Anblick einen Moment lang das Herz stehen blieb: Sie hing am Tropf, war auf dicke Kissen gestützt und mit einem dünnen weißen Überwurf zugedeckt.

»Hallo«, sagte sie mit einem kaum merklichen Lächeln.

Erst da setzte sein Herzschlag wieder ein. Sie hörte sich gut an, und auch ihre Gesichtsfarbe wirkte gesund. Aber es war ihm trotzdem unmöglich, sie wie die anderen Brandopfer zu sehen, bei denen er normalerweise nur die wichtigsten medizinischen Daten abhakte und dann zufrieden war, dass es ihnen so weit gut ging.

Er ermahnte sich dazu, behutsam zu sein, aber als er sie erst einmal umarmte, konnte er einfach nicht mehr aufhören, sie zu küssen, und musste sie noch fester an sich ziehen.

Seine Kehle war ausgedörrt. »Wie geht es dem Baby?«, fragte er, und dabei überschlug sich seine Stimme. Automatisch glitten seine Hände zu ihrem noch flachen Bauch. »Ist es –«

Sie griff nach seinen Händen und hielt sie fest. »Ihm geht es wunderbar.«

Der Atem, den er die ganze Zeit über angehalten hatte, entfuhr mit einem Zischen.

»Gott sei Dank«, sagte er und fügte dann hinzu: »Dich da oben auf dem Dach zu sehen – noch nie habe ich solche Angst gehabt. Und als ich gemerkt habe, dass mir der Weg zu dir versperrt war …«

Das war der schrecklichste Moment seines Lebens gewesen.

»Ich wollte dich da nur noch heil runterbekommen. Alles andere war egal.«

»Ich musste doch wenigstens versuchen, die Hütte zu retten«, erklärte Ginger. »Auch wenn ich wusste, dass du wütend sein würdest, weil ich nicht beim ersten Anzeichen von Feuer abgehauen bin.«

»Versprich mir, dass du nie wieder etwas so Mutiges – und Dummes – tun wirst.«

Zwar zuckte sie zusammen, als er »Dummes« sagte, ließ sich aber dennoch nicht beirren. »Das kann ich dir nicht versprechen, Connor. Es könnte doch wieder um etwas gehen, das mir genauso wichtig ist. Werden sie das Haus retten können?«

»Wahrscheinlich nicht.«

Eine Träne rollte ihr über die Wange. »Es ist einfach nicht gerecht, dass die erste Gelegenheit für einen Löscheinsatz seit zwei Jahren sich dir nur deshalb geboten hat, weil dein eigenes Haus in Flammen steht. Es tut mir so leid, Connor.«

»Das ist alles unwichtig. Die Hütte. Sogar meine Arbeit als Feuerwehrmann. Unser Holzhaus hat seinen Zweck erfüllt – es hat uns zusammengebracht.«

Er konnte die Worte nicht länger zurückhalten.

»Ich liebe dich, Ginger. Bitte heirate mich. Nicht weil du schwanger bist, sondern weil wir zusammengehören.«

Sie löste ihre Hände zwar nicht aus seinen, aber er spürte, wie sich ihre Finger verkrampften.

»Ich möchte einfach nicht, dass wir ein zum Scheitern verurteiltes Muster wiederholen, Connor, indem wir genau dasselbe tun wie deine Eltern und nur deshalb heiraten, weil ich ein Kind erwarte.«

»Mein Vater war in eine andere Frau verliebt, als er meine Mutter geschwängert hat. Ich bin in dich verliebt, Ginger. Er war neunzehn. Ich bin dreißig. Er war noch nicht bereit für die Ehe, jedenfalls nicht für die Ehe mit meiner Mutter. Aber ich bin bereit, Ginger. Ich bin für dich bereit. Für ein Leben mit dir. Mit unserem Kind.«

Er sah, wie sie versuchte, all das zu verarbeiten, aber gleichzeitig wusste er auch, dass er ihr mehr würde bieten müssen als das. Nachdem er sie so verletzt hatte, verdiente sie einfach alles von ihm, was er zu geben hatte.

»In der Nacht, als du mir gesagt hast, dass du mich liebst, da hat mich diese Erfahrung so überwältigt wie niemals etwas zuvor. Nicht einmal das Gefühl, als das Feuer meine Hände verbrannt hat, ist so stark gewesen. Es hat mir Angst eingejagt, Ginger. Mehr als alles, dem ich mich je stellen musste. Es schien mir einfacher zu sein, meine Gefühle zu unterdrücken.«

Er führte ihre Hände an sein Herz und hielt sie dort fest.

»Aber ich habe erkannt, dass ich lieber zu viel fühlen möchte als gar nichts.«

Das mit dem Wiederholen eines zum Scheitern verurteilten Musters hatte sie ohne wirkliche Überzeugung gesagt. Mehr, um sich zu vergewissern, dass sie alles Wesentliche geklärt hatten. Damit nichts Unausgesprochenes mehr zwischen ihnen stand.

Denn im Grunde ihres Herzens glaubte sie Connor, dass er sie liebte. Er war kein Mann, der lügen würde, wenn es um Liebe ging, nur um zu bekommen, was er wollte und sie dazu zu bewegen, ihn zu heiraten. Connor würde niemals versuchen, sie in ein emotionales Gefängnis zu sperren, wie so viele andere es getan hatten.

Connor war ihre erste Liebe.

Ihre große Liebe.

»Ich habe auch noch nie so für jemanden empfunden«, gab sie zu. »Meine Gefühle für dich flößen mir ebenfalls Angst ein. Du bist jetzt ein Teil von mir. So unabänderlich, dass ich nie wieder ohne diesen Teil existieren könnte. Und als das Feuer auf dem Dach immer näher kam, konnte ich nur daran denken, dass ich jetzt nicht mehr dazu kommen würde, Ja zu sagen.«

Nichts hatte sie je so berührt wie die reine Freude, die sich daraufhin auf Connors Gesicht ausbreitete.

»Ja? So wie ein ›Ja, ich will dich heiraten‹?«

»Eine andere Antwort hätte es doch nie gegeben, Connor. Wie hätte ich mich anders entscheiden können. Ich habe dich eigentlich schon vom ersten Moment an geliebt, als du auf der Veranda aufgetaucht bist. Jedes Mal, wenn du die Kontrolle verloren hast, war ich bei dir, und ich war genauso verloren. Aber an diesem Morgen am Seeufer war ich schrecklich verletzt. Ich wollte, dass du dir etwas mehr Mühe gibst.«

»Glaub mir, niemand wird sich jemals so sehr darum bemühen, dich glücklich zu machen, wie ich.«

»Nein, Connor, du musst doch gar nichts anderes tun, als einfach nur so zu sein, wie du bist. Der Mann, den ich bereits liebe. Denn was auch immer von jetzt an zwischen uns beiden vorfallen wird, ich werde deine Liebe nie wieder anzweifeln. Ich werde mir immer sicher sein können, dass wir alles füreinander geben würden.«

Dann küsste er sie, behutsam und zärtlich.

»Wir Feuerwehrmänner nennen es die Lebewohl-Liste.«

»Die Lebewohl-Liste?«

»Wenn es keinen Ausweg mehr gibt, das Feuer unaufhaltsam näher kommt und das Ende absehbar ist – wen würde man dann als Letztes anrufen wollen?«

»Man würde diejenigen anrufen, die man am meisten liebt, um es ihnen noch ein letztes Mal zu sagen.«

»Vor zwei Jahren standen Sam und meine Mutter ganz oben auf dieser Liste.«

»Und jetzt?«

»Jetzt stehst du ganz oben, Ginger. Und da wirst du auch für immer bleiben.«

28

So ausgelaugt und zutiefst erschöpft hatte sich Isabel noch nie gefühlt. Während Josh erst vom Feuerwehrhauptmann und anschließend von einem Brandermittler befragt worden war, hatte sie das Gefühl gehabt, als würde dieser Tag niemals enden wollen. Die ganze Zeit über hatte Andrew ihrem Sohn beigestanden und ihn in Schutz genommen.

Wegen Josh war *Poplar Cove* abgebrannt. Ginger und Connor wären beinahe gestorben. Gott sei Dank war Andrew da gewesen und hatte alle ständig daran erinnert, dass es sich um einen Unfall gehandelt hatte. Immer wieder hatte er ihr versichern müssen, dass Josh keinesfalls etwas angelastet werden könne und dass er auch keinen dauerhaften Eintrag im Vorstrafenregister zu erwarten habe, weil der Untersuchungsbeamte keine Anzeige erstatten würde.

Als die Sonne endlich unterging, lag Josh bereits in seinem Bett und schlief tief und fest. Derweil saß Andrew mit einer Kaffeetasse in der Hand in ihrer Küche, und es erstaunte sie, wie gut er dorthin passte.

Irgendwie schaffte er es, sich ohne Schwierigkeiten in Isabels Welt am See einzufügen, die sie eigentlich nur für sich und ihren Sohn geschaffen hatte.

»Was für ein nervenaufreibender Tag, nicht wahr, Isabel?«

Das war die Untertreibung des Jahrhunderts. Sie wünschte sich nichts sehnlicher, als das alles für kurze Zeit hinter sich lassen zu können.

»Wie wäre es, wenn wir raus zur Insel rudern würden?«

Mit einem Blick über die Schulter in Richtung von Joshs Zimmer fragte sich Isabel, ob sie nicht lieber hierbleiben sollte – nur für den Fall, dass ihr Sohn aufwachte –, aber in Wahrheit war das bloß eine Ausrede, um nicht mit Andrew alleine sein zu müssen.

Weil ihre tiefen Gefühle für ihn sie schrecklich ängstigten. Besonders nach allem, was heute geschehen war.

Auf ihrem Weg zum Steg griff sich Andrew ein paar große Strandtücher, die auf der Veranda lagen, dann kletterten sie nacheinander in das Ruderboot. Unter einem pechschwarzen Himmel glitten die Holzpaddel durch das ebenso dunkle Wasser.

Während Andrew ruderte, saßen sie schweigend beieinander. In der nachtschwarzen Finsternis konnte Isabel ihn kaum erkennen, und trotzdem beruhigte es sie zu wissen, dass er so nahe bei ihr war, ja, es erfüllte sie sogar mit Freude, ihn neben sich zu wissen.

Bei einem Notfall hätte sie früher niemand anderen als ihn mit in ihrem Rettungsboot haben wollen.

Zum ersten Mal fragte sie sich jetzt, nach drei Jahrzehnten, ob es denkbar wäre, dass er für sie noch einmal zu diesem ganz besonderen Mann werden könnte?

Nachdem sie ihr Boot an das Ufer gezogen hatten, streckte Andrew die Hand aus, und Isabel ließ sich von ihm zu ihrem »Privatstrand« führen. Auf dieses besondere Fleckchen Erde hatten sie sich als Teenager immer zurückgezogen, wenn sie einmal ungestört sein wollten. Und während er neben ihr herging und sie seine warme Hand in ihrer spürte, wartete Isabel darauf, dass alte Erinnerungen in ihr aufsteigen würden – all die Szenen, die sie sich lieber gar nicht wieder vor Augen führen wollte.

Aber dann fiel ihr auf, dass sie gerade dabei waren, einen neuen Lebensabschnitt zu beginnen, anstatt zu dem zurückzukehren, was früher einmal zwischen ihnen gewesen war. Und auch wenn sie die Vergangenheit niemals vergessen würde, wurde Isabel doch jetzt endlich klar, dass Andrew nicht zum See zurückgekommen war, um alte Zeiten heraufzubeschwören.

Sie würden sich gemeinsam eine neue Zukunft aufbauen.

Nachdem sie die Badetücher im Sand ausgebreitet hatten, war es die natürlichste Sache der Welt, den Kopf auf seine Schulter zu legen.

»Es tut mir so leid, dass du dein Ferienhaus verloren hast«, sagte Isabel, während er sie ein wenig fester an sich zog. In seiner Umarmung begann ihre Selbstbeherrschung zu bröckeln.

»Ich hätte dich heute beinahe verloren. Da oben auf dem Dach …« Sie musste innehalten, denn allein sich vorzustellen, wie Andrew dort vom Feuer hätte umzingelt werden können, verursachte ihr Übelkeit.

Er verlagerte das Gewicht, bis Isabels Kopf auf seinem kräftigen Unterarm lag, beugte sich über sie und betrachtete lange ihr Gesicht. Dann fuhr er ihr sanft mit dem Daumen über die Wange, um die Tränen fortzuwischen.

»Wein doch nicht, Izzy. Ich bin ja noch hier. Und ich gehe nirgendwohin. Versprochen.«

»Ich kann mich gar nicht genug für das entschuldigen, was mein Sohn angerichtet hat. Bevor er ins Bett gegangen ist, hat Josh mir aber noch gesagt, dass er dich vollkommen falsch eingeschätzt hat. Du wärst eigentlich gar kein so übler Kerl. Ich hoffe, du kannst ihm irgendwann verzeihen.«

»Versteh mich da nicht falsch, ich glaube, ich hab noch gar nicht recht begriffen, dass *Poplar Cove* nicht mehr da ist – aber irgendwie frage ich mich, ob es nicht vielleicht sogar besser so ist.«

»Wie könnte das besser sein?«

»Na ja, zunächst einmal bedeutet es einen Neuanfang für mich und Connor. Und den haben wir auch verflucht nötig.«

»Genau wie Ginger«, murmelte Isabel.

Und ich selbst, fügte sie im Stillen hinzu. Ihr war nie bewusst gewesen, wie sehr sie in der Vergangenheit stecken geblieben war, bis Andrew wieder aufgetaucht war.

»Jetzt kommen Connor und ich vielleicht dazu, die Hütte ganz neu aufzubauen; monatelang gemeinsam an etwas zu arbeiten, das uns beiden am Herzen liegt. Vielleicht möchte Josh auch mithelfen, dann könnte er ein paar seiner Schuldgefühle mit Hammer und Säge verarbeiten. Könnte auch eine gute Möglichkeit sein, um den Tatendrang, den Jungs in seinem Alter haben, in die richtigen Bahnen zu lenken und ihn eine Weile aus Schwierigkeiten herauszuhalten.«

»Du willst also hierbleiben?«

Zog er tatsächlich in Erwägung, ihren Sohn um Hilfe zu bitten, nach allem, was er angerichtet hatte?

»Das will ich, Izzy. Nichts 3wünsche ich mir mehr. Aber ich möchte dich auch nicht verletzen; wenn du also nicht willst, dass –«

Isabel unterbrach ihn, indem sie ihm einen Finger auf die Lippen legte. »Als mein Sohn uns überrascht hat …« Sie errötete. »Na ja, als er uns beim Küssen erwischt hat, da habe ich mich dir gegenüber unmöglich benommen. Nur weil er nicht damit zurechtkommt, dass sich seine Mutter wie eine ganz normale Erwachsene verhält, muss ich ja nicht so tun, als sei zwischen uns nichts vorgefallen.« Sie schaute zu ihm auf, und ihre Blicke fanden sich. »Denn in Wahrheit wollte ich doch, dass es passiert. Ich wollte, dass du mich küsst.«

»Tatsächlich?«

»Ja. Und wie. Aber gleichzeitig war ich mir noch nicht sicher, ob ich dir jemals wieder vertrauen könnte. Bis heute, als ich dich mit meinem Sohn gesehen habe und wie du ihn beschützt hast, obwohl er ganz allein für den Schaden verantwortlich ist.«

»Er ist nur ein Teenager, der einen Fehler gemacht hat. Auch wenn es ein großer Fehler war, aber er hat das ja nicht absichtlich getan.«

»Euch beide so zu sehen hat mir gezeigt, dass ich dir wirklich vertrauen kann. Was du damals getan hast und was er heute angerichtet hat, unterscheidet sich gar nicht so sehr voneinander. Zwei Jungs, die nicht wussten, wohin mit ihrer Energie. Ihrer Leidenschaft. Mir kommt immer wieder in den Sinn, was ich zu dir gesagt habe, als du damals ins Diner gekommen bist. Darüber, dass ein echter Mann das Beste aus seiner Situation gemacht hätte.«

»Du hattest recht. Vollkommen recht.«

»Vielleicht«, sagte sie, »aber wenn ich so gut im Austeilen bin, dann sollte ich auch selbst etwas einstecken können, meinst du nicht? Denn ich habe dir schließlich einen Vortrag darüber gehalten, dass du dir in deiner Ehe mehr Mühe hättest geben sollen – aber habe ich das denn selbst getan? Nein. Weil ich die ganze Zeit über, als ich meinen Ehemann und den Vater meines Kindes hätte lieben sollen, immer noch in dich verliebt war.«

»Du bist in mich verliebt?«

»Ich habe dich immer geliebt, Andrew. Habe nie aufgehört, dich zu lieben, nicht eine Sekunde lang, nicht einmal, als ich so wütend auf dich war, dass ich am liebsten mit dem Küchenmesser auf dich losgegangen wäre.«

Sie hörte ihn leise lachen, weil sie so schonungslos ehrlich war, dann flüsterte er: »Izzy, mein Engel, wie sehr ich dich liebe.« Er beugte sich vor und küsste sie.

Ihr Kuss begann sanft und zärtlich, und dann, ohne Vorwarnung, brach die Ausweglosigkeit eines ganzen Sommers durch und gewann die Oberhand über jegliche Zurückhaltung oder Geduld, bis sie sich zügellos aufeinanderstürzten, sich schmeckten und erforschten.

Und dann legte Andrew Isabel rücklings auf das Handtuch, und während er sie langsam auszog, schaute sie zum Mond auf, der gerade durch die Bäume lugte. Die Luft um sie herum war erfüllt vom Duft der Blaubeerbüsche, die wie ein süßes Parfum rochen. Nachdem er ihr das T-Shirt und den Büstenhalter ausgezogen hatte, tastete er sich in Richtung Hosenbund vor, und dabei stöhnte Isabel bei jeder Berührung seiner Finger auf ihrer nackten Haut auf. Er bedeckte ihre Brüste mit seinen so herrlich großen Händen, denen sie sich sehnsüchtig entgegenreckte, denn sie wollte mehr – so viel er ihr nur geben konnte. Als Nächstes spürte sie seinen Mund zwischen ihren Beinen. Unter seinen Liebkosungen vergaß Isabel, wo sie war, sie nahm nur noch den Mann wahr, der ihr einen solch unvergleichlichen Genuss verschaffen konnte.

Während er sie mit seinem Mund liebte, wurde sie immer weiter emporgetragen, aber Isabel wollte dieses Gefühl mit ihm teilen, also griff sie nach seinen Schultern und zog ihn über sich. Mit zitternden Händen versuchte sie, seine Hose zu öffnen, doch als er sie wieder küsste, verlor sie die Kontrolle über ihre Finger. Also übernahm Andrew das für sie und hatte sich kurz darauf ganz ausgezogen, um sich nackt über sie zu beugen.

Beim nächsten Mal würde sie ihn ausgiebig betrachten, jeden Quadratzentimeter seines Körpers neu kennenlernen. Aber jetzt ging es nur noch darum, sich ihm zu öffnen, ihn aufzunehmen und in sich zu spüren – es war atemberaubend!

Er hielt kurz inne und fragte: »Wie soll ich jemals genug von dir bekommen?« Dann glitt er in sie hinein, und sie hielten einander fest umschlungen. Sie bewegten sich in einem Rhythmus, der auf herrliche Weise vertraut schien und doch eine ganz neue Erfahrung war. Andrew küsste Isabel, als hätte er sein ganzes Leben lang darauf gewartet, sie zu finden. Und in dem Moment, als sie sich gegenseitig zum Höhepunkt brachten, gab auch sie sich ihm vollkommen hin. Sein lustvoller Schrei verlor sich in den Bäumen und dann in ihrem Mund, als sie ihn küsste.

Nachdem sie schwer atmend und verschwitzt zur Erde zurückgekehrt waren, wo sie auf einem zerwühlten Strandtuch lagen, nahm Isabel sein Gesicht zwischen die Hände und küsste ihn noch einmal mit all der Liebe, die sie für ihn empfand.

Es gab keine Reue mehr.

Auch keinen Zorn.

Nach dreißig Jahren hatte nur die Liebe überdauert.

29

Zwei Wochen später …

Kunst in den Adirondacks war ein überwältigender Tag für Ginger gewesen. Glücklicherweise hatte sie die meisten ihrer Gemälde im Keller des *Blue Mountain Lake Freizeitzentrums* aufbewahrt, sodass sie – zusammen mit den Exponaten, die im Diner hingen – genügend Bilder für die Ausstellung hatte, obwohl einige ihrer jüngsten Werke im Feuer verloren gegangen waren.

Connor hatte ihr geholfen, das Schild mit der Aufschrift »Gemälde von Ginger Sinclair« über ihrem winzigen weißen Zeltpavillon aufzuhängen, und jedes Mal, wenn ihr Blick darauf fiel, machte sich ein idiotisches Grinsen auf ihrem Gesicht breit. Wenn die Besucher vor ihren Gemälden stehen geblieben waren und ihr gesagt hatten, wie gut sie ihnen gefielen … um ehrlich zu sein hatte es dann gar keine Rolle mehr gespielt, ob sie eines davon gekauft hatten oder nicht. Einfach nur ein Teil dieser Gemeinschaft von Künstlern sein zu dürfen war für Ginger bereits die größte Erfüllung. Dass sie dann auch noch beinahe all ihre Bilder verkauft hatte und von verschiedenen Hausbesitzern rund um den Blue Mountain Lake wegen Auftragsarbeiten angefragt worden war, hatte dem Ganzen die Krone aufgesetzt.

Ginger war überglücklich darüber, dass ihr Traum, Malerin zu werden, endlich in Erfüllung gegangen war. Doch das Schönste daran war gewesen, ihre Freude mit Connor teilen zu können. Jeden Tag war er losgezogen, um ihr einen Wildblumenstrauß zu pflücken. Inzwischen fand sich in jedem Zimmer ihres gemieteten Hauses eine Vase mit Wiesenblumen, und die Bettlaken waren mit Blütenblättern bedeckt.

Und gerade war sie auf der Insel im See auch noch Zeugin der wunderschönsten Hochzeit überhaupt geworden. Ginger war es eine Ehre, den bewegenden Gelübden von Sam und Dianna zu lauschen.

Als die beiden von dem Feuer erfahren hatten, hatten sie ihre Pläne geändert und waren früher an den See geflogen. Da *Poplar Cove* nur noch aus einem Haufen verkohlter Stämme bestand, musste die Hochzeit verlegt werden. Andrew hatte die Idee mit der Insel gehabt, und schon bald waren sich alle einig gewesen, dass dies wirklich der geeignetste Ort war.

Die vielen Gäste, die ganze Dekoration und das Essen herzubringen war nicht einfach gewesen, und alle hatten gebetet, dass das schöne Wetter bis nach der Zeremonie anhalten würde – aber irgendwie war das ganze Durcheinander auch Teil des Vergnügens gewesen. Und Ginger war völlig aus dem Häuschen, wenn sie daran dachte, dass sie in naher Zukunft mit Dianna und Sam verwandt sein würde.

Höchstwahrscheinlich schon sehr bald, dachte sie, während sie eine Hand auf ihren Bauch legte. Es gab keinen Grund, warum sie und Connor warten sollten, schließlich war ein Baby unterwegs.

Ginger spürte Hitze in sich aufsteigen, ein vertrautes Gefühl, und als sie aufblickte, sah sie Connor, der als Trauzeuge neben seinem Bruder stand und sie anlächelte.

Er formte ein »Ich liebe dich« mit den Lippen, und sie wurde von einer Woge des Glücks durchströmt, während er Braut und Bräutigam den improvisierten Gang entlangfolgte.

Sie warf ihm eine Kusshand zu, dann stand sie auf, um Isabel dabei zu helfen, das Mittagessen zu servieren.

Andrew hatte nie glücklicher ausgesehen als jetzt, fand Isabel, während er flankiert von seinen beiden Söhnen für den Fotografen posierte, der die Bilder für das Hochzeitsalbum schoss.

In diesen Anblick versunken, hatte sie vollkommen vergessen, dass sie gerade eine Vorspeisenplatte mit gegrillten Garnelen in den Händen hielt, und wurde deshalb von der sanften Stimme überrascht, die fragte: »Kann ich Ihnen vielleicht irgendwie helfen?«

Elise, Andrews Exfrau, nahm ihr das Tablett aus den plötzlich erlahmten Händen. »Vielen Dank, dass Sie sich solche Mühe mit der Hochzeit machen. Das Essen ist wirklich ganz ausgezeichnet.«

»Gern geschehen«, antwortete Isabel und war unendlich erleichtert darüber, dass das Eis somit endlich gebrochen war.

Sie erlaubte sich, die Frau, mit der Andrew dreißig Jahre lang verheiratet gewesen war, genauer zu betrachten: Elise sah immer noch gut aus – schmal, mit dunkler Bob-Frisur und einem feinen Gespür für Mode. Isabel lächelte sie an und sagte: »Sie haben da zwei tolle Söhne großgezogen. Darauf können Sie wirklich stolz sein.«

»Das bin ich.« Einige Momente standen sich die beiden Frauen schweigend gegenüber und beobachteten die drei Männer. »Ich wollte schon seit Langem einmal mit Ihnen sprechen«, gab Elise mit leiser Stimme zu. »Ich wollte Ihnen sagen, dass es mir wirklich leidtut, was vor über dreißig Jahren geschehen ist.«

Ihre Blicke trafen sich. »Mir tut es auch leid.«

»Aber ich würde nichts daran ändern wollen. Meine Söhne würde ich um nichts in der Welt hergeben.«

Für Isabel fügte sich damit das letzte Puzzleteil ins Bild. Alles geschah aus einem bestimmten Grund.

»Da haben Sie absolut recht«, antwortete sie mit einem Lächeln. »Und wenn es Ihnen nichts ausmacht, dann könnte ich wirklich etwas Hilfe mit dem Essen gebrauchen.«

Elise erwiderte das Lächeln, und auch wenn aus ihnen niemals Freundinnen werden würden, so war Isabel doch froh zu wissen, dass sie nie wieder Feindinnen sein würden.

Als Andrew sah, wie seine Exfrau auf Isabel zuging, hätte ihn beinahe der Schlag getroffen. Auch wenn er weiterhin für den Fotografen lächelte, setzte sein Herzschlag erst in dem Moment wieder ein, als die beiden Frauen einander anlächelten.

Was um Himmels willen konnten sie wohl miteinander besprochen haben?, war sein erster Gedanke, dicht gefolgt von: *Sei einfach froh, dass anscheinend Gras über die Sache gewachsen ist.*

Er war wirklich ein verdammter Glückspilz, jedenfalls dachte er das, seit Isabel ihn das erste Mal wieder geküsst hatte. Und während der letzten Wochen hatte er auch endlich die Gelegenheit bekommen, mit seinen beiden Söhnen in genau dem Boot zu segeln, das Connor für ihn fertig gebaut hatte. Es war sogar noch schöner gewesen, als er es sich vor all den Jahren ausgemalt hatte. Er hoffte, dass er den Blue Mountain Lake in den kommenden Jahren noch viele Male mit ihnen – und ihren Kindern – befahren würde.

Nachdem Connor von dem Fotografen für ein gemeinsames Bild mit Ginger beiseitegezogen worden war, sagte Sam: »Mit den Vorbereitungen für die Hochzeit hast du dich wirklich selbst übertroffen, Dad.«

Andrew war sich im Klaren darüber, dass seine Bemühungen, diese Hochzeit auf der Insel möglich zu machen, kaum all seine Fehler in der Vergangenheit aufwiegen konnten. Aber sie sprachen nicht länger über das, was früher war. Sie schauten nach vorne, in eine bessere Zukunft.

»Es war mir eine große Freude.« Dianna, seine neue Schwiegertochter, winkte ihnen zu. Sie sprach gerade mit dem Pfarrer, der die Trauung vollzogen hatte. »Ich freue mich so sehr für dich und Connor«, sagte Andrew zu seinem Sohn.

»Also«, sagte Sam gedehnt, »mal abgesehen davon, dass du hierbleiben und die Hütte wieder aufbauen willst, was hast du sonst noch so für Pläne?«

Andrew hatte die Nase voll davon, seinen Kindern etwas vorzumachen. »Ich werde Isabel heiraten.«

Sam überraschte ihn, indem er laut auflachte. »Verdammt, wir hätten daraus eine Tripelhochzeit machen sollen.«

Wie schon den ganzen Tag spürte Andrew auch jetzt wieder Tränen in sich aufsteigen. »Ich glaube, ich habe es dir heute noch nicht gesagt, aber ich liebe dich, mein Sohn.«

Und zum ersten Mal seit seiner Kindheit antwortete Sam ohne Umschweife: »Ich liebe dich auch.«

Connor schlang von hinten die Arme um Ginger. »Ich glaube nicht, dass ich meinen Vater und meinen Bruder schon einmal gemeinsam habe lachen sehen.«

Sie lehnte sich an seine Brust und sagte: »Ich weiß, er war kein guter Vater, aber ich wette, er wird ein wunderbarer Großvater für unser Kind werden.«

Connor zog sie noch fester an sich und legte ihr die Hände auf den Bauch. »Unsere Kinder.«

Über den Uferstreifen hinweg fing Connor den Blick seiner Großmutter auf, und an ihrem glücklichen Gesichtsausdruck erkannte er, dass sie das vertraute Gespräch ihres Sohnes mit ihrem Enkel mit angesehen hatte. Wie immer war Connor überrascht, wie rüstig seine Großeltern noch waren, und als seine Oma Ginger stürmisch umarmte, musste er lächeln.

»Wir freuen uns wahnsinnig darüber, bald noch eine Schwiegerenkelin zu haben.«

Als er ihnen von der Verlobung erzählt hatte, hatte seine Großmutter nur gesagt: »Ich wusste, dass das passieren würde. War es nicht schlau von uns, *Poplar Cove* zu vermieten?«

Er und Ginger hatten beschlossen, ihre Schwangerschaft bis zum zweiten Trimester für sich zu behalten, aber er konnte seiner Verlobten ansehen, wie gerne sie das Geheimnis gelüftet hätte. Doch irgendwie schien seine Großmutter bereits etwas von dem Baby zu ahnen. Ihr war auch schon früher nie etwas entgangen, und daran hatte sich offensichtlich seit seiner Kindheit nichts geändert.

In diesem Moment räusperte sich sein Großvater und zog etwas aus seiner Manteltasche hervor. »Wir haben das Brachland neben *Poplar Cove* auf deinen Bruder überschreiben lassen. Und diese Besitzurkunde«, er hielt ihm ein Stück Papier hin, »ist für dich. Nachdem dein Vater uns erzählt hatte, dass die Hütte dank deiner Renovierungsarbeiten wieder wie neu ausgesehen hat, waren deine Großmutter und ich der Meinung, dass du sie damit bereits zu deinem Eigentum gemacht hast. Das hier soll es nur noch offiziell besiegeln.«

Am Tag nach dem Brand hatte Connor sich zu der Gruppe von Freiwilligen gesellt, die die Überreste des Hauses weggeräumt hatten. Jeder aus der Truppe war irgendwann einzeln zu ihm gekommen, um ihm zu sagen, wie sehr sie sich gewünscht hätten, dass sie sein Ferienhaus hätten retten können, und wie leid es ihnen tat, dass es niedergebrannt war.

Es hatte Connor viel bedeutet, auch noch diese letzten Stunden der Hütte mitzuerleben. Und er freute sich bereits darauf, sie in den kommenden Monaten wiederaufzubauen. Nebenbei wollte er auch noch einige Arbeiten für andere Hausbesitzer rund um den See erledigen. Schon jetzt hatte er mehr Anfragen erhalten, als er überhaupt annehmen konnte. Gemeinsam mit Ginger hatte er sich am anderen Ende der Bucht ein Haus gemietet, in dem sie wohnen würden, bis *Poplar Cove* wieder bezugsfertig war.

In diesem Moment kam der Fotograf, um seine Großeltern zu holen, und Ginger sagte: »Das freut mich so für dich, Connor. Ich weiß, wie sehr du *Poplar Cove* geliebt hast. Und jetzt gehört es dir.«

Er drehte sie in seinen Armen herum, sodass sie einander in die Augen blicken konnten. »Nicht mir. Uns. Wir werden gleich am Montagmorgen zum Gericht gehen und deinen Namen in die Urkunde eintragen lassen. Und dann werden wir uns hier gemeinsam ein neues Leben aufbauen.«

Erst an diesem Morgen, während er einige letzte Besorgungen für die Hochzeit erledigt hatte, war ihm in einem Schaufenster auf der Main Street ein Ring in Form einer Blume aufgefallen, bei dem jedes einzelne Blatt in einer anderen, kräftigen Farbe erstrahlte. Jetzt griff er in seine Hosentasche und zog ihn hervor.

»Eine Wildblume«, hauchte Ginger erstaunt.

»Als ich diesen Ring gesehen habe, wusste ich, dass er wie geschaffen für dich ist.« Er steckte ihn ihr an den Ringfinger und verschränkte seine vernarbten Hände mit ihren. »Mein ganzes Leben lang habe ich das Feuer gebraucht, um mich lebendig zu fühlen. Aber jetzt weiß ich: Du bist alles, was ich brauche, mein Schatz. Dieser Ring ist das Versprechen, dass ich dich für immer lieben – und ehren – werde.«

Bevor sie ihn küsste, um das Abkommen zu besiegeln, sprach sie noch einmal die Worte, die sie vor einigen Wochen voller Verzweiflung zu ihm gesagt hatte – nur dass sie diesmal zu etwas wahrhaft Schönem erblühten.

»Nimm mich, Connor. Ich bin dein.«

Danksagung

Jeder Roman ist ein neues Abenteuer für mich, in das ich mich – gemeinsam mit meinem Team – voller Begeisterung stürze. Ich danke meinem Ehemann und meinen Kindern, meinen Eltern und meiner Schwiegermutter, die immer für mich da sind, wenn ich an einem neuen Buch arbeite. Ein besonders herzliches Dankeschön geht an meine Schwägerin Linda. Vielen Dank auch an die wunderbaren Frauen aus meiner Clique: Shelley Adina, Jami Alden, Carol Culver, Theresa Grant, Jasmine Haynes, Rachael Herron, Anne Mallory, Monica McCarty, Poppy Reiffen, Penelope Williamson, Veronica Wolff und Jackie Yau. Ich danke Ellen Higuchi und der ganzen Liebesroman-Lesegruppe vom Dienstagabend – für die immerwährende Unterstützung, die großartigen Buchempfehlungen und all den Spaß, den wir zusammen haben. Ich danke Jeannie Ruesch für meine wunderschöne Website. Und meiner Lektorin Shauna Summers, die all das findet, was ich übersehen habe. Genau wie Jessica Sebor, der ich ebenfalls danken möchte. Und, wieder einmal, ein herzliches Dankeschön an meine Agentin Jessica Faust, die ihrer Aufgabe stets mit wahrem Feuereifer nachkommt.

Und zu guter Letzt möchte ich mich bei all denjenigen bedanken, die mir mitgeteilt haben, wie sehr sie sich auf Connors Geschichte freuen. Ich hoffe, dass das Buch Ihnen beim Lesen genauso viel Freude bereitet wie mir beim Schreiben.

Bella Andre

Lynn Viehl

In der Hitze der Nacht

Roman

Sie ist die Hauptverdächtige in einem Mordfall und seine große Liebe …

Marc LeClare ist der heißeste Kandidat im Wahlkampf um das Amt des Gouverneurs von Louisiana. Als er bei einem Brand ums Leben kommt, fällt der Verdacht auf Isobel Duchesne, der einzigen Überlebenden des Feuers. Der Polizist Jean-Delano Gamble übernimmt die Ermittlungen und verhört Isobel. Das brisante ist: Einst waren die beiden ein Liebespaar. Als sie einander nun wieder begegnen, lodern die Gefühle erneut hoch. Ein Wettlauf gegen die Zeit beginnt, denn ein Unbekannter hat es auf Isobels Leben abgesehen …

»Packend erzählt! Eine aufregende neue Serie!« *Romantic Times*

Band 1 der Serie
330 Seiten, kartoniert mit Klappe
€ 9,99 [D]
ISBN 978-3-8025-8488-6